LA BÊTE NOIRE

Collection dirigée par Glenn Tavennec

L'AUTEURE

Rhys Bowen, auteure best-seller du *New York Times*, a été nommée dans tous les plus grands prix de romans policiers, et en a gagné de nombreux, dont les Agatha et Anthony Awards. Elle a écrit entre autres la série *Son Espionne royale*, qui se déroule dans les années 1930 à Londres, la série *Molly Murphy Mysteries*, au début du XXe siècle à New York, et la série *Constable Evans Mysteries*, au pays de Galles. Elle est née en Angleterre et partage aujourd'hui son temps entre la Californie du Nord et l'Arizona.

RHYS BOWEN

SON ESPIONNE ROYALE ET LA PARTIE DE CHASSE

Tome 3

Traduit de l'anglais par Blandine Longre

LA BÊTE NOIRE
Robert Laffont

Titre original : ROYAL FLUSH

ISSN : 2431-6385
ISBN : 978-2-221-24261-2
(éd. originale : ISBN 978-0-425-23639-0, The Berkley Publishing Group, a division of Penguin Group, New York, 2009)

Dépôt légal : janvier 2020

Je dédie ce roman à Merion Webster Sauer
et à son fils Lee,
qui ont temporairement été anoblis.

1.

Rannoch House
Belgrave Square
Londres
12 août 1932

À mon avis, il n'y a pas d'endroit sur terre plus inconfortable que Londres pendant une canicule. Je devrais probablement nuancer cette opinion en confessant que je n'ai jamais remonté le cours du fleuve Congo au cœur des ténèbres avec Conrad[1] ni traversé le Sahara à dos de chameau. Mais, au moins, les gens qui s'aventurent dans ces contrées sont disposés à renoncer à leurs aises. À Londres, il est si rare que l'air soit vaguement tiède que nous sommes toujours pris complètement au dépourvu en cas de forte chaleur. Le métro se transforme en une assez bonne imitation du tristement célèbre Trou noir de Calcutta[2], et les odeurs d'aisselles malpropres de certains passagers agrippés aux courroies pendant du plafond, à

1. Allusion à *Heart of Darkness* (*Au cœur des ténèbres*), court roman de l'écrivain Joseph Conrad paru en 1899. *(N.d.T.)*
2. Ainsi fut surnommé un cachot de Fort William, à Calcutta, où plus d'une centaine de prisonniers de guerre britanniques, détenus en juin 1756 par les troupes du Nabab du Bengale, périrent étouffés. *(N.d.T.)*

quelques centimètres de votre visage, deviennent particulièrement pénibles.

Vous vous demandez peut-être si les membres de la famille royale britannique empruntent souvent ce mode de transport. La réponse est non, évidemment. Mes austères parents, le roi George V et la reine Mary, doivent avoir une idée des plus imprécises de ce qu'est une rame de métro. Bien sûr, je ne suis que la trente-quatrième prétendante au trône d'Angleterre dans la ligne de succession, et sans doute étais-je alors la seule personne appartenant à la royauté à ne pas avoir un sou en poche, et à vivre seule à Londres, sans domestiques, tout en essayant de joindre les deux bouts. Aussi, avant de poursuivre, permettez que je me présente. Je m'appelle lady Victoria Georgiana Charlotte Eugénie de Glen Garry et Rannoch. Ma grand-mère était la moins séduisante des nombreuses filles de la reine Victoria, à en juger par les photographies sur lesquelles on la voit encore jeune. Mais tout le monde a tendance à avoir l'air grincheux sur ces vieux clichés, n'est-ce pas ? Quoi qu'il en soit, ni Kaiser ni roi ne l'ayant demandée en mariage, on la casa avec un duc écossais. Elle vécut au château de Rannoch, au fin fond de l'Écosse, avant d'y mourir d'ennui et d'un excès de grand air.

Mon frère Binky, issu d'un premier mariage, est le duc actuel. Il est plutôt fauché lui aussi, notre père ayant perdu ce qui restait de la fortune familiale lors du krach boursier de 1929, avant de se tuer d'un coup de fusil et de laisser sur les bras de Binky des droits de succession exorbitants. Au moins, mon frère a hérité du domaine, de la ferme attenante et des plaisirs associés aux responsabilités de l'aristocratie terrienne – à savoir la chasse et la pêche –, il ne meurt donc pas tout à fait de faim. Pour ma part, je me nourris désormais de haricots blancs en boîte, de toasts et de thé. À l'école, on ne m'a rien enseigné d'utile, hormis à parler un français passable, à marcher avec un livre sur la tête et à placer un évêque à table. Rien qui puisse inciter un employeur potentiel à m'embaucher – et encore faudrait-il que quelqu'un de mon rang ait la possibilité de trouver un travail ordinaire sans que cela ne soit vu d'un mauvais œil. J'ai déjà fait une tentative, en tant que vendeuse au rayon cosmétiques chez Harrods, un grand magasin londonien, et je n'ai tenu que cinq heures en tout et pour tout.

Sans oublier qu'une crise économique terrible accable la Grande-Bretagne. Il suffit de voir à chaque coin de rue les malheureux portant des pancartes indiquant *Prêt à accepter n'importe quel emploi* pour comprendre que la situation n'est guère réjouissante pour la plupart des gens. Ce n'est cependant pas le cas de la majorité des membres de ma classe sociale. Leur existence est restée la même, entre croisières en Méditerranée sur leurs yachts et fêtes somptueuses. Il est probable qu'ils ignorent jusqu'au fait que le pays est mal en point.

Vous savez à présent pour quelle raison il n'y a pas de Bentley – avec chauffeur – garée devant Rannoch House, notre résidence londonienne située dans Belgrave Square, et pourquoi je ne peux me permettre de prendre le taxi trop souvent. Malgré tout, j'essaie en général d'éviter le métro. Pour une fille qui, comme moi, a grandi à la campagne, y descendre est toujours inquiétant – davantage encore depuis qu'un homme a cherché à me pousser sous un train afin de me tuer.

Mais, à cette occasion, je n'avais d'autre choix. Le centre-ville était si étouffant que c'en était insupportable, et je décidai donc d'aller rendre visite à mon grand-père, qui vit en banlieue dans le comté de l'Essex ; or pour s'y rendre, il faut emprunter la District Line du métro. Oh, je devrais également préciser que je ne veux pas parler de mon grand-père paternel, le duc écossais (dont le fantôme continue paraît-il de jouer de la cornemuse sur les remparts de notre demeure ancestrale, le château de Rannoch, dans le comté du Perthshire), mais de mon grand-père roturier, qui habite une modeste maison mitoyenne devant laquelle trônent des nains de jardin. Ma mère, une ancienne actrice, est en effet la fille d'un Cockney[1], un agent de police à la retraite. Elle a aussi le chic pour passer d'un homme à un autre. Elle a quitté mon père alors que j'étais âgée de deux ans et, depuis, elle a vécu entre autres avec un joueur de polo argentin, un coureur automobile français et un millionnaire texan, magnat du pétrole. Elle a multiplié les exploits amoureux sur toute la surface du globe – contrairement à sa fille, à laquelle il reste encore beaucoup à découvrir dans ce domaine.

Après sa fugue, je grandis à Rannoch. Comme vous pouvez l'imaginer, on ne m'autorisa pas à fréquenter ma famille maternelle. Cela fait donc peu de temps que j'apprends à connaître mon grand-père et, franchement, je l'adore. C'est la seule personne au monde avec laquelle je peux être moi-même. J'ai enfin l'impression d'avoir une vraie famille !

Quelle ne fut donc pas ma déception en découvrant qu'il n'était pas chez lui. Sa voisine, une veuve avec laquelle il avait lié amitié, s'était absentée elle aussi. Si grand-papa avait eu le téléphone, cela m'aurait évité d'avoir à me déplacer. Mais ce moyen de communication n'avait pas encore tout à fait atteint le fin fond de l'Essex. Debout dans le jardin situé devant la maison, sous le regard désapprobateur des nains, je me demandais quelle conduite tenir quand un vieux monsieur passa par là, tenant en laisse un chien tout aussi vieux. Il me dévisagea, puis secoua la tête.

— Il est pas là, ma jolie. Il est parti, ajouta-t-il avec un fort accent cockney.

1. Ainsi désigne-t-on les habitants de l'East End, quartiers populaires de l'Est londonien. *(N.d.T.)*

— Parti ? Où donc ? fis-je, alarmée, imaginant déjà mon grand-père à l'hôpital – ou pire encore, sa santé n'ayant pas été des meilleures ces derniers temps.

— Il est descendu du côté de Clacton.

Je n'avais pas la moindre idée de ce qu'était un « clacton » ni de comment on y descendait.

— Du côté de Clacton ? répétai-je dans l'espoir qu'il m'en dirait davantage.

Il opina du chef.

— Ouais. En balade avec le club des ouvriers. Ils ont pris le car. La voisine l'a accompagné, précisa-t-il avec un clin d'œil complice.

Je laissai échapper un soupir de soulagement. Une excursion en autocar. Sans doute au bord de la mer. Ainsi, même grand-papa avait réussi à échapper à la chaleur. Il me fallut donc reprendre le métro pour retourner en ville. Tous mes amis avaient déserté Londres et s'étaient rendus sur leurs terres, sur leurs yachts ou sur le continent, tandis que j'étais là, de plus en plus déprimée, à cuire dans un wagon bondé de corps transpirants.

Je me demandai ce que je faisais ici. Je n'avais ni compétences ni espoir de trouver un emploi, et je ne savais pas vers où me tourner. Toute personne sensée et un minimum argentée ne restait pas à Londres en plein mois d'août. Quant à celui que je croyais être mon petit ami, le fougueux Darcy… Eh bien, je n'avais plus entendu parler de lui depuis qu'il avait de nouveau décampé, soi-disant pour se rétablir chez lui, en Irlande, à la suite de sa blessure par balle. Impossible de savoir si c'était vrai. Avec Darcy, on n'était jamais sûr de rien.

Évidemment, je pouvais rentrer chez moi, en Écosse, songeai-je tandis que l'atmosphère se faisait plus étouffante encore dans le métro. Au souvenir du vent froid soufflant sur le loch et des courants d'air tout aussi froids balayant les couloirs du château de Rannoch, cette solution me parut extrêmement tentante, alors que je prenais l'escalier mécanique à la station St. James, tout en tamponnant mon visage dégoulinant de sueur – oui, je sais, une lady n'est pas censée transpirer, mais il y avait bel et bien quelque chose qui ruisselait le long de mes tempes.

J'étais quasiment prête à me précipiter jusqu'à Belgrave Square pour y faire ma valise avant d'aller prendre le prochain train pour Édimbourg, quand je me rappelai la raison première de mon départ d'Écosse : Fig, ma belle-sœur, la duchesse actuelle, donc – une personne mesquine, absolument épouvantable, toujours à porter des jugements catégoriques. Elle m'avait bien fait entendre que j'étais un fardeau pour eux, que je n'étais plus la bienvenue à Rannoch, et elle me reprochait de leur ôter le pain de la bouche. Préférais-je donc endurer Fig ou la chaleur et la solitude londoniennes ? Mon choix était vite fait.

Plus que deux semaines avant mon départ, me dis-je en traversant Hyde Park pour regagner Belgrave Square. J'avais en effet été invitée en Écosse, non pas à Rannoch mais à Balmoral, le château écossais de Leurs Majestés, situé à quelques kilomètres seulement de la demeure de mes ancêtres. Le roi et la reine s'y trouvaient déjà, car l'ouverture officielle de la chasse à la grouse avait lieu ce jour-là. Ils y séjourneraient un mois durant, passant leur temps à traquer et à abattre tout ce qui portait de la fourrure ou des plumes, et ils s'attendaient à ce que divers membres de la famille viennent les y rejoindre ne serait-ce que pour quelques jours. La plupart de leurs parents tâchaient d'éviter cette corvée, supportant à grand-peine les airs de cornemuse à l'aube, les gémissements du vent dans la cheminée, les danses des Highlands et le papier peint à motif tartan. J'y étais pour ma part accoutumée. C'était exactement pareil au château de Rannoch.

Réconfortée par la perspective de respirer le bon air pur des Highlands dans un avenir proche, j'avançai avec précaution dans Green Park. On aurait dit qu'une bataille particulièrement meurtrière s'y était déroulée, le sol étant jonché de cadavres à demi-nus. Il s'agissait en réalité des employés de bureau londoniens qui, profitant autant que possible du beau temps, avaient ôté leur chemise afin de prendre un bain de soleil. Quel spectacle effrayant que celui de ces corps rayés de rouge et de blanc, en fonction des parties qui avaient déjà été exposées ! J'étais à mi-chemin à travers le parc quand ces gens commencèrent à bouger. Je remarquai alors que le soleil avait disparu et, à l'instant même où je levai les yeux, un inquiétant grondement de tonnerre retentit.

Le ciel s'obscurcit rapidement, tandis que de gros nuages s'amoncelaient au-dessus de nous. Les personnes alentour s'empressaient de se rhabiller pour aller s'abriter. Je me hâtai à mon tour, mais ne fus pas assez rapide. Sans prévenir, le ciel se mit à déverser des trombes d'eau. En hurlant, des filles coururent se réfugier sous des arbres, ce qui n'était probablement pas très judicieux, vu les coups de tonnerre qui se rapprochaient. De la grêle commença à rebondir dans les allées. À quoi bon chercher un abri ? J'étais déjà trempée jusqu'aux os et Rannoch House n'était qu'à quelques minutes de là. Aussi m'élançai-je dans cette direction, les cheveux plaqués contre le visage, ma robe d'été adhérant de manière suggestive à mon corps ; un instant plus tard, je gravissais le perron de la maison d'un pas trébuchant.

Si un moment plus tôt je m'étais sentie déprimée, j'avais à présent un cafard terrible. Comment les choses pouvaient-elles encore empirer ? J'étais arrivée à Londres pleine d'espoir et d'enthousiasme, mais rien ne se déroulait comme je l'avais imaginé. J'aperçus alors mon reflet dans le miroir fixé au-dessus du portemanteau du hall et, horrifiée, j'eus un mouvement de recul.

— Regarde-toi ! m'exclamai-je de vive voix. Tu ressembles à un rat mouillé. Si la reine te voyait dans cet état !

Puis j'éclatai de rire. J'étais encore hilare en montant l'escalier et en entrant dans la salle de bains, où je passai un long moment dans la baignoire. Une fois séchée, j'eus l'impression d'être de nouveau moi-même. Pas question de passer une autre morne soirée à Rannoch House avec la radio pour seule compagnie. Il devait bien y avoir à Londres quelqu'un que je connaissais. Je pensai aussitôt à Belinda, naturellement. Elle faisait partie de ces gens qui ne restent jamais longtemps dans un même endroit. Lors de notre dernière rencontre, elle s'apprêtait à filer dans une villa en Italie, mais il y avait une petite chance pour que, lassée des Italiens, elle fût rentrée.

Je dénichai la moins froissée de mes robes d'été (depuis quelque temps, je n'avais plus de femme de chambre pour repasser mes vêtements et aucune idée de la façon dont on s'y prenait), dissimulai mes cheveux mouillés sous un chapeau cloche bien sage et partis en direction du quartier voisin de Knightsbridge, où Belinda habitait. Contrairement à moi, elle avait touché un héritage le jour de son vingt et unième anniversaire, ce qui lui avait permis d'engager une bonne et d'acheter une charmante petite maison aménagée dans une ancienne écurie. De surcroît, elle vivait à peu de frais, vu le temps qu'elle passait chez les autres – et souvent dans leur lit.

L'orage s'était éloigné, et l'air, quoiqu'encore lourd, s'était rafraîchi. Je me frayai un passage entre les flaques et j'évitai les taxis qui roulaient dans l'eau accumulée le long des trottoirs. J'atteignais la rue de Belinda quand j'entendis derrière moi un vrombissement sonore. J'entraperçus une masse noire, aux lignes épurées, qui se dirigeait droit sur moi, et j'eus tout juste le temps de m'écarter vivement pour laisser passer deux individus sur une motocyclette. Celle-ci traversa à vive allure la flaque énorme qui s'était formée à l'entrée de la petite rue, m'éclaboussant de la tête aux pieds d'une eau boueuse.

— Ça alors ! tâchai-je de m'écrier sans parvenir à couvrir le vacarme de l'engin qui continua sur sa lancée sans ralentir.

Je m'élançai à sa poursuite, littéralement folle de rage à présent, sans même m'arrêter pour réfléchir au fait que les deux motocyclistes étaient peut-être des braqueurs de banques ou des cambrioleurs en fuite. Un peu plus loin, la motocyclette s'immobilisa en dérapant et deux hommes portant des blousons et des gants de cuir, chaussés de lunettes de protection, se préparèrent à descendre du véhicule.

— Mais enfin, vous n'avez donc pas vu que j'étais là ? protestai-je en m'approchant d'eux.

La colère m'aveuglait encore, au point que je ne me souciais guère d'être seule dans une ruelle avec deux individus manifestement antisociaux.

— Regardez un peu ce que vous avez fait. Je suis trempée.

— C'est vrai, vous semblez un peu mouillée, en effet, constata le conducteur.

Et, à mon grand mécontentement, il s'esclaffa.

— Cela n'a rien d'amusant ! rétorquai-je sèchement. Vous avez abîmé une robe parfaitement mettable, quant à mon chapeau…

Le passager descendit alors de la motocyclette.

— Elle a raison, ce n'est pas drôle, Paolo, déclara une voix féminine.

D'un grand geste, sa propriétaire ôta ses lunettes et son casque, puis secoua sa chevelure d'un noir luisant, coupée au carré.

— Belinda ! m'exclamai-je.

2.

Maison de Belinda Warburton-Stoke
Knightsbridge
Londres
12 août 1932

Belinda, qui m'avait reconnue, écarquilla les yeux.

— Georgie ! Oh là là, ma pauvre. Dans quel état tu es ! Paolo, vous avez bien failli noyer ma meilleure amie.

Le conducteur de la motocyclette venait à son tour d'enlever son casque : c'était un homme absolument superbe, de type latin, aux yeux sombres et flamboyants et à l'abondante chevelure noire.

— Vraiment navré, dit-il. Je ne vous ai pas vue. Il faisait sombre, vous savez. Et nous roulions plutôt vite.

En dépit de son accent étranger prononcé, il s'exprimait parfaitement – il avait dû recevoir une éducation anglaise, à un moment ou un autre.

— Paolo adore les bolides, déclara mon amie en le contemplant avec adoration.

Elle-même remplissait probablement ce critère, songeai-je brièvement. Belinda, effrontée, allait toujours vite en besogne.

— Nous revenons du circuit de Brooklands, où Paolo pratique la course automobile, poursuivit-elle. Il pilote aussi un avion, et il m'a promis un baptême de l'air.

— Faites donc les présentations, Belinda, dit Paolo. Ensuite, nous inviterons votre amie à l'intérieur, lui offrirons un verre afin de calmer ses nerfs et l'aiderons à se nettoyer un peu.

— Bien sûr, chéri, répondit Belinda. Georgie, voici Paolo.

Le jeune homme posa sur moi ses yeux incroyables.

— Georgie ? Mais c'est un prénom de garçon, non ?

— C'est le diminutif de Georgiana, expliquai-je.

— Bon, mieux vaut que je fasse cela dans les règles, je suppose, reprit Belinda. Georgiana, je te présente le comte Paolo di Marola e Martini. Paolo, voici ma très chère amie lady Georgiana de Glen Garry et Rannoch.

— Vous êtes la sœur de Binky ? s'étonna-t-il.

— Oui. Comment connaissez-vous mon frère ?

— Nous avons été à l'école ensemble pendant une année atroce. Mon père voulait faire de moi un gentleman anglais civilisé. Il a échoué. J'ai détesté cette expérience. Tous ces bains froids et ces parties de rugby vigoureuses ! Par bonheur, on m'a demandé de partir parce que j'avais pris l'habitude de pincer les fesses des bonnes.

— Cela vous ressemble bien, en effet, observa Belina.

Elle ouvrit sa porte et nous fit entrer.

— Florrie ! appela-t-elle. Fais-moi immédiatement couler un bain, ordonna-t-elle avant de se tourner vers moi. Je te proposerais bien de t'asseoir, mais franchement, tu salirais mon sofa. Vous n'avez qu'à lui servir à boire, Paolo. Quelque chose de corsé.

— Hélas, il faut que je file, *cara mia*, répondit l'intéressé. Je vais vous laisser à vos potins, mesdemoiselles. Mais ce soir, nous irons danser, *sì* ? Ou bien je vous emmènerai au Crockford's et ensuite dans un night-club, si vous voulez.

— J'en serais enchantée, dit Belinda. Malheureusement, je suis déjà prise.

— C'est absurde ! protesta Paolo. Téléphonez à la personne que vous étiez censée voir et racontez-lui qu'un vieux cousin perdu de vue depuis des années vient d'arriver à Londres, ou que votre sœur a eu un bébé, ou encore que vous avez attrapé la varicelle.

— C'est fort tentant, je dois l'admettre, mais je ne peux vraiment pas revenir sur mes engagements maintenant. Le pauvre serait anéanti.

— Un autre homme ? l'interrogea Paolo, ses yeux lançant des éclairs.

— N'allez pas vous arracher les cheveux pour si peu, répliqua Belinda.

— Mes cheveux ? Quel rapport avec mes cheveux ?

— C'est une expression, chéri, pouffa-t-elle. Elle signifie que vous ne devez pas vous tourmenter pour rien.

— Les expressions dans votre langue sont parfaitement idiotes, déclara Paolo. Et pourquoi ne devrais-je pas me tourmenter en apprenant que vous avez un rendez-vous galant avec un autre homme ?

— Ne soyez pas bête. Vous vous faites des idées, évidemment. J'ai accepté de sortir avec un vieil Américain qui souhaite acheter l'un des chevaux de course de mon frère, simplement pour rendre service à ce dernier.

— Et vous ne pouvez pas vous décommander pour me faire plaisir ? s'enquit Paolo en s'approchant dangereusement d'elle.

Du bout des doigts, il effleura la joue de Belinda. Je vis qu'elle se laissait fléchir.

— Non, je ne veux pas décevoir mon frère.

— Je suis accablé de chagrin, gémit Paolo. J'ai le cœur littéralement brisé. Je crois que vous ne m'aimez pas réellement.

Pourquoi les hommes ne me disaient-ils jamais de telles choses ?

— Je viens d'avoir une idée de génie, annonça alors Belinda en pivotant vers moi. Georgie n'a qu'à y aller à ma place. Tu feras bien ça pour moi, ma chérie ?

— Oh, bien sûr, répliquai-je avec amertume. J'ai assurément la tenue parfaite pour aller dîner avec un Américain de passage.

— Ce n'est pas avant vingt heures trente, précisa mon amie. Et tu peux prendre un bain et emprunter n'importe quelle tenue dans ma garde-robe. Ma bonne t'aidera à t'habiller. N'est-ce pas, Florrie ? ajouta-t-elle en se tournant vers l'intéressée, qui se tenait, hésitante, en bas de l'escalier.

Personne n'attendit sa réponse.

— Excellent ! dit Paolo en battant des mains. Dans ce cas, *arrivederci*, mesdemoiselles. Je passerai vous chercher à vingt et une heures, *cara mia*.

— Pas en motocyclette, Paolo, prévint Belinda. Je refuse de me jucher à l'arrière de cet engin dans mes fringues de soirée.

— Des fringues ? s'étonna-t-il sans comprendre.

— Des vêtements, si vous préférez. C'est de l'argot.

— Votre langue est tellement ridicule, déclara-t-il. *Arrivederci*, répéta-t-il en s'inclinant devant moi. À la prochaine, lady Georgiana.

Sur ce, il partit.

Un large sourire aux lèvres, mon amie se tourna vers moi.

— Tu ne manques pas de toupet, Belinda, dis-je. Je suis bien incapable de divertir un Américain en visite. Je ne sais presque rien des chevaux de course. Sans compter qu'il s'attend à te rencontrer.

— Réfléchis un peu, ma chérie, répondit-elle en plaçant une main réconfortante sur mon bras afin de me guider en direction de l'escalier. Il n'est pas venu acheter un cheval. Il est dans le pétrole ou quelque chose de ce genre. J'ai fait sa connaissance hier soir au Crockford's, où j'étais allée parier de petites sommes. Si j'ai accepté de sortir avec lui, c'est parce que le pauvre chou est à Londres pour affaires et qu'il déteste dîner seul. Je ne pouvais évidemment pas l'avouer à Paolo. Il est d'une jalousie maladive.

— Me voilà donc coincée avec un inconnu, qui sera déçu de ne pas te voir et qui espère probablement davantage qu'un repas.

— Bien sûr que non, assura Belinda alors que nous atteignions la salle de bains, d'où s'échappaient des volutes de vapeur. Il vient du Midwest, et la seule chose qui risque de t'arriver, c'est de mourir d'ennui. Il sera impressionné d'apprendre que tu es la cousine du roi. Quant à toi, tu obtiendras en échange un délicieux dîner arrosé de bons vins. Je te rends service, en définitive.

Je m'esclaffai.

— Belinda, quand as-tu jamais rendu service à qui que ce soit ? Tu es l'une des plus talentueuses manipulatrices au monde.

— Tu as sans doute raison, soupira-t-elle. Mais le feras-tu quand même, pour moi ?

— Bon, c'est d'accord, consentis-je, résignée. Qu'ai-je à perdre, de tout manière ?

— Je n'en sais rien. Qu'as-tu à perdre ?

Elle me considéra d'un air interrogateur. Je rougis.

— Ne me dis pas que tu ne l'as pas encore fait ! Georgiana, je désespère de toi. La dernière fois que je vous ai vus ensemble, Darcy et toi, vous paraissiez très bons copains.

— C'est ce que je croyais moi aussi la dernière fois que je l'ai vu, répondis-je, tandis qu'un nuage de tristesse s'abattait sur moi. Mais il était à l'hôpital, rappelle-toi. Affaibli par sa blessure. Dès qu'il est sorti, il est rentré en Irlande. Je n'ai pas eu de nouvelles depuis. Pas même une carte postale.

— Je ne crois pas qu'il soit du genre à en envoyer. Ne t'inquiète pas, il reviendra. On ne se débarrasse pas de lui aussi facilement. Il est aussi opportuniste que moi, tu sais. Il a probablement trouvé quelqu'un qui a bien voulu l'accueillir sur un yacht au large de la Côte d'Azur.

Je me mordillai la lèvre – une mauvaise habitude à laquelle Mlle MacAlister, ma gouvernante, avait essayé de me faire renoncer sans complètement y parvenir.

— Le problème, c'est que je suis bientôt attendue en Écosse. Ce qui signifie que je ne vais pas le revoir de tout l'été.

— Tu aurais dû lui sauter dessus à la première occasion, répliqua Belinda. Un homme comme Darcy ne va pas attendre pendant des lustres.

— J'en suis consciente. C'est à cause de l'éducation que j'ai reçue au château de Rannoch et de tous mes ancêtres. Je ne cesse de penser à Robert Bruce Rannoch, qui a tenu bon lors de la bataille de Culloden et qui s'est défendu jusqu'à être taillé en pièces.

— J'ai du mal à comprendre le rapport entre cette histoire et ta virginité, ma chérie.

— Le sens du devoir, j'imagine. Les Rannoch ne se dérobent jamais à leur devoir.

— Et tu estimes qu'il est de ton devoir de rester vierge jusqu'au mariage ou jusqu'à la mort, c'est bien ça ?

— Pas vraiment. En fait, cette idée semble plutôt idiote quand tu la présentes ainsi. Simplement, je revois toujours ma mère passant d'un lit à un autre depuis des années, et je n'ai pas envie de l'imiter.

— Mais pense un peu à quel point elle s'amuse. Et à toutes ces belles tenues qu'elle s'est fait offrir au passage.

— Justement, je ne suis pas comme elle. Je dois tenir de mon arrière-grand-mère, la reine Victoria, j'en ai bien peur. Je veux trouver un homme à aimer, que je puisse épouser. Quant aux vêtements, je m'en moque complètement.

— En effet, cela saute aux yeux, déclara Belinda en m'examinant d'un air sévère.

Elle se tourna vers sa bonne, qui attendait patiemment avec des serviettes dans les bras.

— Aide lady Georgiana à quitter cette robe dégoûtante, Florrie, et tu la laveras. Apporte aussi un peignoir.

Je laissai la femme de chambre me déshabiller, puis je m'installai dans la baignoire, tandis que Belinda s'asseyait sur le rebord.

— Bon, que penses-tu de Paolo ? me demanda-t-elle. N'est-il pas divin ?

— Parfaitement divin. L'as-tu rencontré en Italie ?

— Oui, dans la villa où je séjournais, alors qu'il était en visite avec…

Elle marqua une pause, comme pour produire un petit effet, et ajouta :

— … sa fiancée.

— Sa fiancée ? Mais enfin, Belinda, comment as-tu pu agir ainsi ?

— Ne t'inquiète pas, chérie. Ce n'est pas pareil, là-bas. Ils sont catholiques, vois-tu. Il est fiancé à cette fille depuis au moins dix ans. Elle est très convenable et passe la moitié de son temps agenouillée à réciter son chapelet. Mais les parents de Paolo sont satisfaits, car ils savent qu'il finira par l'épouser. Entre-temps…

Elle m'adressa un grand sourire malicieux.

Cela me faisait une drôle d'impression de prendre un bain en présence de Belinda ; elle paraissait toutefois trouver la situation tout à fait banale.

— C'est comme au bon vieux temps, n'est-ce pas ? me dit-elle. Tu te souviens quand nous faisions un brin de causette dans la salle de bains, à l'école ?

— Oui, je n'ai pas oublié, répondis-je en souriant. C'était le seul endroit où personne ne pouvait surprendre nos conversations.

— Au fait, que deviens-tu, ces temps-ci ? Comment se porte ton affaire ? Tu continues de jouer les femmes de ménage ?

— Je ne suis pas femme de ménage, Belinda, je gère une agence domestique. J'ouvre les maisons londoniennes avant l'arrivée de leurs propriétaires, je ne récure pas le carrelage ni rien de tout cela.

— Et tes parents royaux n'ont toujours pas découvert le pot aux roses ?

— Non, Dieu merci. Pour répondre à ta question, mon affaire est au plus mal. Je n'ai pas eu la moindre demande ces dernières semaines.

— Ma foi, cela ne m'étonne pas, déclara Belinda en étirant ses longues jambes. Personne ne vient à Londres en été. Et tous ceux qui ont la possibilité de s'échapper ne s'en privent pas.

Je hochai la tête.

— Avant de te revoir, je commençais à croire que j'étais la dernière à être restée en ville. Même mon grand-père est parti en excursion au bord de la mer.

— Comment t'en es-tu sortie, dans ce cas ?

— Pas très bien. J'en suis quasiment réduite à avaler des toasts arrosés de thé. Il faut que je trouve une solution si je ne veux pas finir dans la queue d'une soupe populaire.

— Ne sois pas absurde, ma chérie. Si tu le voulais, tu pourrais te faire inviter dans des tas de manoirs à la campagne. En ta qualité de célibataire, tu es probablement le meilleur parti du pays, tu sais.

— Je ne suis pas aussi sociable que toi, Belinda. Je ne saurais pas comment me faire inviter chez quelqu'un.

— Je peux m'en charger, si tu veux.

Je lui souris.

— Le fait est que je n'aime pas vivre aux crochets des autres.

— Eh bien, tu pourrais toujours repartir pour le château de Rannoch.

— Je l'ai envisagé, preuve de mon profond désespoir. Mais si je devais choisir entre Fig ou la faim, je crois que la seconde l'emporterait.

Mon amie me dévisagea d'un air préoccupé.

— Pauvre, adorable petite Georgie : tu n'as ni travail, ni amis, ni amant. Rien de surprenant à ce que tu affiches une mine si sombre. Nous allons te remonter le moral. Tu vas faire un bon repas ce soir, évidemment, et demain, tu peux m'accompagner à Croydon[1].

— Croydon ? Cette proposition est censée me réconforter ?

— Il y a là-bas un aérodrome, chérie. J'ai prévu de découvrir le nouvel avion de Paolo. Il nous prendra peut-être même à son bord.

Vu la désinvolture et l'imprudence avec lesquelles l'Italien conduisait sa motocyclette, je ne tenais pas tant que cela à monter dans son aéronef ; je réussis cependant à décocher un sourire à Belinda.

— Épatant, affirmai-je.

Au moins, ce serait toujours mieux que de rester à la maison à ne rien faire.

---

1. Ville de la banlieue sud de Londres, beaucoup moins huppée que le quartier de Belgravia où vit Georgiana. *(N.d.T.)*

3.

Rannoch House
13 août 1932
Temps toujours chaud et humide.

À dix heures le lendemain matin, Belinda apparut sur le seuil de ma porte, l'air frais et dispos, splendide dans un pantalon de lin blanc et un corsage à rayures blanches et noires – un ensemble que complétait une coquette petite toque noire. À la voir, personne n'aurait pu deviner qu'elle avait sans doute passé la nuit à faire la fête.

— Prête ? me demanda-t-elle en jetant un coup d'œil critique à ma robe d'été et à mon chapeau cloche, de nouveau propres. Es-tu certaine que cette tenue convienne pour voler la tête en bas ?

— Je te laisse volontiers les acrobaties aériennes. Du reste, je ne possède qu'un pantalon, celui que je porte pour me promener sur notre domaine écossais, et il empeste le cheval.

— Il va falloir que l'on s'occupe de ta garde-robe, chérie, déclara-t-elle en essayant de lisser ma jupe de coton chiffonnée. Quel dommage que ta mère soit si menue. Autrement, tu pourrais récupérer ses vieilles nippes.

— Elle a proposé de m'acheter des vêtements neufs à maintes occasions, mais tu la connais. Elle oublie aussitôt et déguerpit de nouveau. De plus, je crois que je serais mal à l'aise à l'idée d'accepter de l'argent de la part de son petit ami allemand.

— Elle est encore avec cet industriel grassouillet ?

— D'après ce que j'ai entendu dire. Mais va savoir, c'était il y a un mois !

Belinda pouffa. Je refermai la porte d'entrée et la suivis dans la rue, où un taxi nous attendait.

— Allez, raconte, reprit mon amie alors que la voiture se mettait en route. Je meurs d'envie de savoir ce qui s'est passé hier soir. Comment s'est déroulé ton dîner avec M. Hamburger ?

— Schlossberger, rectifiai-je. Hiram Schlossberger, de Kansas City. Tout s'est passé exactement comme tu l'avais prévu. Le fait que j'appartienne à la royauté l'a terriblement impressionné, au point qu'il n'a cessé de m'appeler « Votre Altesse ». Je lui ai pourtant expliqué que j'étais seulement une « lady » et qu'il était inutile de se montrer si cérémonieux. Il était assez gentil, à vrai dire, mais plutôt assommant. J'ai eu droit aux photographies de sa femme, de ses enfants, de son chien et même des vaches de son ranch.

— Tu as tout de même fait un bon repas, n'est-ce pas ?

— Délicieux. Bien qu'il ait déplu à M. Schlossberger. Il a fait le dégoûté devant le foie gras et la bisque de homard, en déclarant qu'il avait seulement envie d'un bon steak. Puis il s'est plaint de la taille de celui-ci. Chez lui, les steaks sont apparemment si gros qu'ils débordent des bords de l'assiette.

— Grands dieux, cela revient à avaler une demi-vache. Les vins étaient tout de même à la hauteur, j'espère ?

— Il ne boit pas, répliquai-je en secouant la tête. À cause de la prohibition, vois-tu.

— C'est parfaitement ridicule. Tout le monde sait que la prohibition existe, mais tout le monde consomme quand même de l'alcool. Sauf lui, visiblement. Qu'avez-vous commandé, dans ce cas ?

— De la limonade, répondis-je en grimaçant. Il ne m'a pas laissé le choix.

Belinda posa la main sur mon bras.

— Je suis sincèrement navrée, ma chérie. La prochaine fois que je te refilerai l'une de mes conquêtes, je veillerai à ce que tu ne boives pas de limonade.

— La prochaine fois ? m'étonnai-je. Tu fais donc une habitude de ce genre de choses ?

— Oh, absolument. Sinon, comment ferais-je un repas décent de temps à autre ? Sans compter que je leur rends service, en réalité. Ces pauvres hommes qui viennent à Londres pour affaires ne connaissent personne : ils sont donc enchantés d'être vus en compagnie d'une jeune femme de la haute société qui peut leur montrer comment se comporter. Je parie que ton M. Hamburger va se vanter d'avoir dîné avec toi pendant des années.

Nous descendîmes de taxi à la gare de Victoria ; quelques instants plus tard, crachant des nuages de fumée, notre train traversait les quartiers les plus lugubres du sud de Londres en direction de Croydon. Belinda s'était lancée dans une longue description de la villa italienne où elle avait séjourné. Je l'écoutais à moitié, regardant défiler derrière la vitre de lamentables jardinets au-dessus desquels étaient suspendues des cordes à linge. Car une idée germait dans mon esprit. Je repensais à tous les hommes que mon amie avait mentionnés – en déplacement à Londres pour leur travail, contraints de dîner seuls. Et si je leur proposais d'être accompagné d'une charmante convive issue d'une lignée irréprochable – autrement dit, *moi** ? Ce serait plus plaisant que de

* En français dans le texte original.

faire le ménage et, tout au moins, cela me mettrait à l'abri du besoin. Au mieux, ce projet pourrait se révéler extrêmement fructueux, et j'aurais alors les moyens de m'offrir une garde-robe convenable et de côtoyer un peu plus souvent le beau monde.

★

C'était la première fois que je visitais l'aérodrome de Croydon. Le tourbillon d'activité qui régnait dans l'endroit me surprit, de même que les édifices flambant neufs. Tandis que notre taxi approchait en longeant un chemin bordé d'arbres, un grand biplan passa en mugissant au-dessus de nos têtes et atterrit sur la piste. Je n'avais jamais assisté de si près non plus à l'atterrissage d'un moyen-courrier, et je fus fort impressionnée de voir l'immense oiseau se poser sur le tarmac, rebondir à quelques reprises sur le sol et poursuivre sa course à la manière d'une machine terrestre. Il me parut tout à fait remarquable qu'un appareil si large, d'aspect si disgracieux, pût réellement voler.

Alors que nous gagnions à pied le bâtiment blanc, de style Art déco, qui abritait le terminal, le moyen-courrier avança vers nous dans un fracas terrible, ses hélices tournoyant. Je m'immobilisai et vis qu'on apportait un escalier roulant près de l'aéronef, dont débarquèrent un à un les passagers.

— C'est l'*Heracles* de la compagnie Imperial Airways, qui arrive tout juste de Paris, fit observer quelqu'un derrière moi.

Cela me paraissait si séduisant et invraisemblable à la fois. J'essayai de m'imaginer embarquant dans cette petite capsule avant d'être emportée tout autour du globe, au-dessus des nuages. Les seules fois où j'étais partie à l'étranger, j'avais simplement traversé la Manche en ferry-boat et pris un train très inconfortable pour gagner la Suisse.

— Le temps est plutôt instable, n'est-ce pas ? dit Belinda en chassant de la main des moucherons qui voltigeaient devant nos visages. On dirait qu'il va de nouveau tonner.

L'atmosphère était en effet extrêmement lourde et désagréable.

— Où sommes-nous censées retrouver Paolo ? demandai-je.

— Il doit être du côté des hangars, répondit mon amie en se dirigeant vers la partie plus vétuste de l'aérodrome, parsemée de baraques et de bâtiments imposants qui abritaient des avions.

Nous aperçûmes Paolo près d'un aéronef neuf et rutilant qui me sembla incroyablement fragile ; je fus par conséquent soulagée quand il nous accueillit en déclarant :

— Désolé pour le temps. Nous ne pourrons pas voler cet après-midi. Le bulletin météo annonce un autre orage.

— Oh, quel dommage, alors que nous sommes venues jusqu'ici, se lamenta Belinda. J'étais tellement impatiente de monter dans les airs.

— Vous n'apprécierez guère d'être secouée comme un cocktail, *cara mia*. Du reste, vous n'auriez rien vu à travers les nuages et la foudre aurait pu vous frapper.

— Dans ce cas, vous avez intérêt à nous offrir un bon déjeuner afin de compenser notre déception, répliqua Belinda en faisant la moue. Nous sommes affamées.

— Il y a un restaurant dans le terminal réservé aux passagers, répondit Paolo. Je ne peux me porter garant de la qualité de leur cuisine, mais vous pourrez manger tout en observant les avions arriver depuis les quatre coins du monde. C'est un spectacle captivant.

— Bon, il faudra nous en contenter, je suppose, dit Belinda en glissant un bras sous celui de Paolo et l'autre sous le mien. Viens donc, Georgie. Cet homme n'a pas pu s'arranger pour que la météo soit bonne, et nous allons le lui faire payer !

— Je n'ai aucune influence sur les intempéries en Angleterre, protesta Paolo. Si nous étions en Italie, je pourrais vous garantir un temps au beau fixe. En revanche, ici, il pleut sans arrêt.

— C'est faux, affirma Belinda. Il y a deux jours, vous vous plaigniez de ce qu'il faisait trop chaud et qu'il y avait trop de soleil.

Nous entrâmes dans le bâtiment neuf, étincelant, nos souliers claquant sur le sol de marbre. Je levai les yeux, fascinée, vers la fresque qui ornait l'un des murs. Elle représentait les fuseaux horaires de différentes régions du globe. La nuit était déjà tombée en Australie. J'éprouvai un soudain élan de mélancolie. Il existait tant d'endroits qui attendaient d'être explorés, or le pays le plus éloigné où j'avais séjourné était la Suisse, un lieu sans dangers, tout ce qu'il y avait de plus propret.

Chose étonnante, le déjeuner fut excellent – un filet de carrelet bien cuisiné, suivi de fraises à la crème. Tandis que nous nous attardions autour d'une tasse de café, je regardai par la fenêtre d'un air captivé tout en tâchant de ne pas prêter attention à Belinda et à Paolo qui mordaient tour à tour dans une même fraise d'une manière des plus érotiques. J'avais vu des nuages former peu à peu un immense amoncellement obscur, aussi ne fus-je pas surprise quand un premier coup de tonnerre résonna juste au-dessus de nous. Les gens restés sur la piste coururent s'abriter dès que la pluie se mit à tomber. Des chauffeurs s'empressèrent de recouvrir les automobiles décapotables.

— Voilà qui met un terme à toute tentative de vol pour aujourd'hui, dit Paolo. J'espère que la pluie s'arrêtera avant que je doive reprendre la route. Conduire une motocyclette en plein orage n'a rien d'amusant.

— Vous pourriez être foudroyé, fit remarquer Belinda. Je croyais que vous adoriez le danger.

— Affronter le danger, *sì*. Être trempé jusqu'aux os, non.

— Vous n'avez qu'à laisser votre engin ici et revenir à Londres en train avec nous.

— Je ne pourrai cependant pas rejoindre la maison où je loge sans ma motocyclette. Où passerai-je la nuit sinon, d'après vous ?

Il connaissait évidemment la réponse à sa question.

— Je vais y réfléchir, assura Belinda.

Je tournai la tête, regrettant de devoir encore une fois tenir la chandelle.

— Regardez ! s'écria alors quelqu'un. Un avion tente d'atterrir !

Je scrutai le ciel à travers la pluie torrentielle et crus distinguer un petit point noir se découpant sur les nuages sombres.

— Le pilote a perdu la tête, dit quelqu'un d'autre. Il n'arrivera pas à atterrir par un temps pareil. Il risque d'y laisser la vie.

Tout le monde se précipita vers les fenêtres pour assister au spectacle. Le minuscule appareil, agité dans tous les sens, disparaissait dans les nuages pour réapparaître l'instant d'après. Puis l'obscurité l'engloutit. Un éclair illumina le ciel. Le tonnerre gronda. Aucun signe de l'avion. Tout à coup, des acclamations de joie s'élevèrent : le petit aéronef émergea d'un nuage à seulement deux ou trois mètres au-dessus de la piste, où il se posa en projetant dans son sillage une grande gerbe d'eau.

La foule des convives sortit du restaurant. Nous nous joignîmes à eux, gagnés par leur enthousiasme et, à l'abri sous la marquise de l'établissement, nous vîmes l'avion rouler dans notre direction. C'était un biplan, pas plus grand qu'un jouet d'enfant.

— C'est un Gypsy Moth, expliqua Paolo. Il est muni d'un habitacle à ciel ouvert. Je ne crois pas que j'aurais le courage de faire atterrir ce genre d'appareil pendant un orage.

L'avion s'immobilisa. Le pilote se hissa hors de son siège et descendit à terre sous les applaudissements et les hourras de l'assistance. Il ôta son casque, et tout le monde en eut le souffle coupé. Le pilote en question était une femme à la chevelure d'un roux flamboyant.

— C'est Ronny ! s'exclama Paolo en se frayant un passage entre les gens.

— Ronny ? dis-je. Elle ne ressemble pourtant pas à un garçon.

— Veronica Padgett, ma chérie, précisa Belinda. Tu sais, la célèbre aviatrice. Elle a récemment établi le record d'un vol solo entre Londres et Le Cap.

L'intéressée se dirigeait à présent vers le bâtiment en acceptant de bonne grâce les compliments et les félicitations de ses admirateurs.

— Bravo, Ronny ! lui lança Paolo alors qu'elle s'approchait de nous.

Elle leva les yeux et, à la vue du jeune Italien, lui décocha un grand sourire.

— Tiens, salut, Paolo. Je parie que vous n'êtes pas capable d'atterrir comme je viens de le faire.

— Il faut avoir perdu la raison pour tenter une chose pareille, Ronny. Vous êtes complètement folle, vous savez !

Elle s'esclaffa. Son rire était grave, chaleureux.

— Possible. C'est ce que je me suis répétée des dizaines de fois pendant la dernière demi-heure.

— D'où venez-vous ? demanda Paolo.

— J'étais en France, pas très loin. Je n'aurais probablement pas dû décoller, je le reconnais, mais je ne voulais pas manquer une fête à laquelle je suis invitée ce soir. Ce vol a cependant été parfaitement atroce du début à la fin. Pas moyen de distinguer les fichues voies ferrées du côté français, la Manche était dans le brouillard et je me suis ensuite retrouvée coincée au milieu de cet orage. Il pleuvait à seaux de tous côtés. J'ai failli en vomir mon déjeuner, et ma boussole a aussi fait des siennes. Impossible de savoir où se trouvait la satanée piste d'atterrissage. Bon Dieu, qu'est-ce que je me suis amusée !

Je la dévisageais avec stupeur. Elle rayonnait littéralement d'enthousiasme.

— Allons nous mettre à l'abri, ce temps est infect, déclara-t-elle.

Elle releva le col de son blouson d'aviateur tandis qu'un autre coup de tonnerre retentissait et que des bourrasques de vent balayaient l'aérodrome. Nous lui emboîtâmes le pas, et Belinda tapota l'épaule de Paolo.

— Comptez-vous faire les présentations ou voulez-vous la garder pour vous tout seul ? demanda-t-elle.

L'intéressé rit, non sans un brin de nervosité.

— Je m'excuse. J'aurais dû le faire tout de suite. Ronny, voici mes amies Belinda Warburton-Stoke et Georgiana de Rannoch. Les filles, voici Ronny Padgett.

La pilote écarquilla les yeux.

— Vous êtes une Rannoch ? Avez-vous un lien de parenté avec les ducs du même nom ?

— Le précédent était mon père. Le dernier est mon demi-frère, répondis-je.

— Grands dieux ! Dans ce cas, nous sommes presque voisines. La maison de mes parents se trouve non loin de chez vous, le long du fleuve Dee.

— Vraiment ? Il est étonnant que nous ne nous soyons jamais croisées.

— Je m'y rends rarement. C'est beaucoup trop paisible à mon goût. Et je suis carrément plus vieille que vous. Quand on m'a expédiée au pensionnat, vous deviez encore marcher à quatre pattes et porter des couches-culottes. Du reste, j'ai pris mon indépendance à seize ans. Je ne voulais pas participer à la saison mondaine et à toutes ces âneries. Depuis, je ne suis jamais restée très longtemps dans un même lieu. Je suis née avec la bougeotte, je suppose. Et vous, passez-vous beaucoup de temps en Écosse ?

— Il faut que j'y sois dans deux semaines, expliquai-je. Mais pas au château de Rannoch, si je peux m'en dispenser. Ce n'est pas l'endroit le plus animé qui soit, en ce moment. On m'attend à Balmoral pour la chasse à la grouse.

— Pour assassiner des tas de pauvres oiseaux sans défense ? s'exclama Ronny. C'est tout bonnement barbare, quand on y pense. Mais mon Dieu, qu'est-ce que c'est divertissant, pas vrai ?

— Oui, en effet. J'adore la chasse, même si je suis toujours drôlement navrée pour les pauvres renards que l'on met en pièces. Étant donné que je ne suis pas une tireuse particulièrement douée, je n'ai pas les mêmes regrets s'agissant des grouses. Du reste, ces volatiles sont d'une bêtise absolue.

Ronny rit de nouveau.

— Vous avez entièrement raison. Nous nous recroiserons peut-être un de ces jours. Si j'y suis, vous n'aurez qu'à venir vous exercer au tir sur notre domaine.

Je m'aperçus que Belinda, habituée à être le centre de l'attention, affichait une mine boudeuse. Elle tira sur le bras de Paolo.

— Après ce que Ronny a accompli, la moindre des choses serait de la récompenser par une coupe de champagne.

— J'ai parfois l'impression que je suis seulement bon à vous procurer du champagne et du caviar, Belinda, répliqua-t-il.

— Absolument pas, vous avez d'autres usages, vous le savez bien, dit-elle en lui adressant un sourire entendu que je lui connaissais bien.

Ils échangèrent alors un regard insistant. Puis Paolo se tourna vers Ronny.

— On m'a chargé de vous offrir du champagne, si le bar de l'aérodrome a une bouteille digne de ce nom en réserve. Cela vous tente ?

L'aviatrice jeta un coup d'œil alentour et rit encore une fois.

— Pourquoi pas ? On ne vit qu'une fois, n'est-ce pas ? Et je ne dis jamais non à une bonne cuvée.

Elle prit la tête de notre petit groupe et entra dans la salle principale du bâtiment.

— Avez-vous vu ma femme de chambre dans les parages ? demanda-t-elle en fouillant la foule du regard. Une petite créature timorée. On dirait qu'elle s'attend à être mordue par tous les gens qu'elle croise. Je lui ai dit de me retrouver ici avec la robe que je compte porter ce soir. Bon sang, elle n'a pas intérêt à me faire faux bond, sinon, je suis fichue. Je ne peux pas sortir dans cette tenue.

Nous nous dirigeâmes vers le bar, sans que Ronny n'aperçoive sa bonne.

— Elle m'attend sans doute dans le hangar où j'ai garé mon automobile – Dieu merci, au moins l'intérieur sera sec.

— Vous avez une auto ? s'enquit Paolo en la dévisageant avec intérêt. Vous serait-il possible de me ramener en ville ?

— Désolé, mon vieux. Je pars pour le fin fond du Sussex. Je ne peux pas vous aider.

— C'est vraiment dommage. Je suis venu en motocyclette, et je déteste tellement prendre la pluie. Je n'ai d'autre choix que de laisser ici ce satané engin et de rentrer à Londres par le train.

— Quelle épreuve terrible, ironisa Belinda d'une voix sèche.

Il passa un bras autour de ses épaules.

— Ce n'est pas ce que je voulais dire, *mi amore*. Simplement, une fois en ville, je n'aurai aucun mode de transport hormis ces affreux taxis qui sont d'une lenteur de tortue. Je suis convaincu que Ronny roule délicieusement vite.

— C'est en effet le cas, mon vieux, assura-t-elle avec gaieté.

Nous entrions dans le bar quand une jeune femme appela :

— Mademoiselle Padgett !

Encombrée d'une grosse valise, elle s'approcha d'un pas vacillant. Elle avait le visage rouge et paraissait nettement agitée.

— Oh, mademoiselle Padgett, désolée d'être en retard, reprit-elle, haletante. Il s'est mis à tonner alors que je venais de la gare, à mi-chemin de l'aérodrome, et il a fallu que je m'abrite. J'ai une peur bleue du tonnerre, vous savez. J'espère que je ne vous ai pas causé de dérangement.

— Si, un sacré dérangement, évidemment ! rétorqua Ronny. Tu n'es apparemment jamais fichue d'être à l'heure. Mais cette fois, tu as de la chance. On m'a proposé une coupe de champagne. Va donc m'attendre dans l'auto.

— L'auto ?

— Elle est dans le hangar. Le numéro 23, tu sais ? Ce n'est pas la première fois que tu viens là. Celui où je gare aussi l'avion.

Elle se tourna vers nous.

— Nom d'un chien, autant parler à un mur. J'imagine que vos femmes de chambre sont plus efficaces, lady Georgiana ?

— Je vous en prie, appelez-moi Georgie, comme tout le monde. Je n'ai aucun domestique ces temps-ci. Je suis arrivée à Londres il y a peu et, en toute franchise, je vis encore à la dure.

— Une idée splendide, déclara Ronny. Tu vois, Mavis, lady de Rannoch est la fille d'un duc, mais elle est capable de se passer de bonne. Tu ferais donc mieux de te secouer un peu ou je risque de suivre son exemple. C'est le début d'une nouvelle ère, vois-tu.

Pendant ce temps, Paolo s'était entretenu avec le barman, et le bouchon d'une bouteille de Bollinger sauta avec un plaisant *pop*.

— Allez, file, maintenant, ordonna Ronny à Mavis.

Celle-ci, d'une patience à toute épreuve, me regardait à présent d'un air fasciné.

— Et emporte ma valise dans la voiture. Tu m'y attendras. Oh, et essaie donc de relever la capote. Il ne faudrait pas qu'on prenne la pluie.

La femme de chambre tâcha d'exécuter une révérence, puis s'en alla sans cesser de trébucher. Alors qu'elle s'éloignait, la voix limpide de Ronny résonna d'un bout à l'autre de la salle dallée de marbre.

— Je la mettrais à la porte sans hésiter mais, pour être franche, ce serait une vraie corvée de devoir laver et repasser mes affaires.

4.

Rannoch House
13, 14 et 15 août 1932
Temps pluvieux.

— Alors, qu'as-tu pensé de Ronny ? me demanda Belinda, une fois dans le train qui nous ramenait à Londres.

— Elle est intéressante. Peu commune.

— Oui, elle est assurément unique en son genre, pas vrai ? Elle a un courage de lionne, se moque de ce qu'elle dit ou de qui elle peut offenser. J'ai constaté qu'elle vous impressionnait pas mal, ajouta Belinda en se tournant vers Paolo, affalé sur le siège côté fenêtre.

— Je la trouve incroyable et divertissante, mais pour ce qui s'agit du reste, elle a presque autant de charme qu'une assiette de spaghettis à la bolognaise.

— Les spaghettis peuvent être tout à fait sexy, si on se dénude pour en manger, déclara Belinda avec un regard des plus provocants.

Paolo s'esclaffa.

— Vous êtes la fille la plus effrontée que je connaisse, Belinda. Si jamais une pensée comme celle-ci traversait l'esprit d'Angelina, elle s'empresserait de réciter une dizaine d'*Ave Maria*.

— Raison pour laquelle je suis plus amusante qu'Angelina. Allez, avouez que vous prenez plus de bon temps en ma compagnie.

— Bien sûr, je ne le nie pas. En revanche, vous ne feriez pas une épouse convenable.

Tandis que le train teuf-teufant se dirigeait vers la gare de Victoria, j'observai Belinda. Je devinai qu'elle finirait comme ma mère, passant d'un lit à un autre avec une joyeuse désinvolture. Cette idée me troublait manifestement davantage qu'elle.

Ils me déposèrent en taxi devant Rannoch House, puis disparurent, vraisemblablement pour aller passer une nuit dissolue. Je ne dormis pas beaucoup moi non plus. L'orage avait laissé une chaleur moite dans son sillage, et je ne parvenais pas à trouver le sommeil, même avec les fenêtres ouvertes. Étendue dans mon lit, à l'écoute des bruits de la ville, je me surpris à songer à Belinda et Paolo. Que ressentait-on lorsqu'on passait la nuit dans les bras d'un homme ? Évidemment, mes pensées se tournèrent alors vers un homme en particulier. Que faisait-il à cet instant ? Était-il encore en Irlande, ou déjà reparti ailleurs, avec une autre ? Avec Darcy, comment savoir ?

Quand j'avais fait sa connaissance, je l'avais pris pour un séducteur fougueux et opportuniste, qui usait de son charme et vivait d'expédients. Je le soupçonnais de ne pas m'avoir tout dit à propos de ses activités et d'être peut-être un espion. Pour le compte de qui ? Je l'ignorais. Pas des communistes, en tout cas. Il avait reçu une balle qui avait failli lui coûter la vie afin de sauver celles du roi et de la reine, précisément victimes d'un complot communiste.

J'aurais tant voulu savoir où il se trouvait. Si seulement j'avais eu le courage de me rendre chez lui à l'improviste. Mais, à dire vrai, ce que j'aurais pu y découvrir m'effrayait. En matière d'hommes, je manquais sérieusement de confiance en moi – sans doute parce que mon frère

Binky était le seul représentant de la gent masculine que j'aie connu jusqu'à mes dix-huit ans.

Je finis par m'assoupir et fus réveillée par le cheval du laitier et le cliquetis de ses bouteilles. L'atmosphère s'était rafraîchie pendant la nuit, et je sentis arriver jusqu'à moi l'agréable parfum des roses et du chèvrefeuille qui poussaient dans le jardin au centre de Belgrave Square. Je me levai avec un regain d'énergie et de vitalité, l'air nocturne ayant dissipé l'humeur noire de la veille. Je suis ainsi faite que je ne peux pas rester longtemps déprimée. Et une tâche m'attendait ce jour-là – laquelle était susceptible de me rapporter un revenu substantiel dans un avenir proche.

Je m'assis à mon secrétaire afin de rédiger une annonce à placer dans le *Times*. Une fois que j'eus terminé, très contente de moi-même, j'eus envie de la montrer à Belinda. Mais je savais qu'il valait mieux ne pas la déranger avant onze heures du matin, surtout si elle avait de la compagnie. Je l'écrivis alors proprement en capitales et allai la porter aux bureaux du *Times*. J'eus l'impression que la jeune employée qui me remit le récépissé de l'annonce me dévisageait bizarrement. Me reconnaissait-elle ? Ma photographie a parfois paru dans le *Tatler*, puisque je suis, selon les journalistes, un bon parti. (Ils n'ont aucune idée de l'état calamiteux des comptes bancaires de la famille Rannoch.)

— Êtes-vous certaine que ce soit ce que vous souhaitez publier, mademoiselle ? s'enquit l'employée.

— Oui, tout à fait certaine, merci.

— Très bien, dit-elle en prenant l'argent que je lui tendais. Cette annonce paraîtra donc dans l'édition de demain et dans les suivantes, jusqu'à ce que vous nous demandiez d'arrêter.

— C'est exact.

Lorsque je quittai leurs bureaux, elle continuait de me regarder fixement.

Je rentrai chez moi pleine d'impatience et passai ma garde-robe en revue afin de trouver des tenues appropriées. Par chance, au mois de juin dernier, j'avais eu une femme de chambre pendant une semaine entière, au cours de laquelle elle avait lavé et repassé mes meilleurs vêtements, de sorte que mes robes de soirées n'étaient pas aussi froissées que celles que je portais d'ordinaire. Assise devant le miroir, j'essayai de relever mes cheveux. (Un désastre : je ressemblais à Méduse.) Puis, au moyen de ciseaux, je taillai les pointes dans l'espoir d'obtenir une impeccable coupe au carré, comme celle de Belinda. Là encore, ce ne fut pas une réussite. Il ne me restait maintenant plus qu'à attendre.

Le lendemain matin, je courus acheter le *Times* dès que le marchand de journaux ouvrit sa boutique. Mon annonce figurait en première page, parmi les autres : *Vous êtes venu seul en ville pour affaires ? Les Hôtesses du Diadème agrémenteront votre séjour de divertissements. Ces jeunes filles du grand monde sont des compagnes idéales lors d'un dîner ou d'une soirée dansante.* Il avait fallu que je fournisse un numéro de téléphone pour mon agence, bien entendu, et je n'avais eu d'autre choix que de donner celui de Rannoch House. J'espérais simplement que personne ne le reconnaîtrait et n'irait en parler à Fig ou à Binky. Mais je me dis alors que je ne faisais rien de mal. L'autre soir, M. Hiram Schlossberger avait apprécié chaque instant passé en ma compagnie. Pourquoi d'autres messieurs ne paieraient-ils pas afin de jouir de ce privilège ?

Mon idée n'avait à l'évidence rien d'absurde, car je reçus un premier coup de téléphone l'après-midi même. Mon interlocuteur avait un accent prononcé du nord de l'Angleterre, mais je ne pouvais tout de même pas lui en tenir rigueur. Je repensai à tous les riches propriétaires d'usines de cette région qui affirmaient que l'argent n'avait pas d'odeur. Même si ses manières et sa conversation se révélaient être celles d'un rustre, il me paierait bien. Il me demanda mon prix, ce qu'aucun monsieur bien élevé n'aurait fait, et bredouilla quelque peu quand j'annonçai cinq guinées.

— C'est vraiment très cher, dit-il. Elle a intérêt à faire l'affaire.

— Vous ne trouverez pas mieux. Une jeune fille de bonne famille, qui côtoie le grand monde. Vous en serez enchanté.

— Je l'espère bien, nom d'un chien. Qu'elle me retrouve au club Rendezvous, derrière Leicester Square. Pas loin de mon hôtel.

— Très bien, acquiesçai-je. À quelle heure ?

— Vingt-deux heures ?

Je raccrochai. Si tard dans la soirée, ce ne serait sans doute pas pour dîner. Ni pour une pièce de théâtre. Un souper dans un night-club, peut-être ? Et ensuite pour danser, jouer au casino ou prendre un verre dans un cabaret ? Mon cœur battait à tout rompre tant j'étais excitée. C'était le genre de vie que j'avais rêvé de mener – passer mes nuits dehors, comme les jeunes bohèmes de la haute, et rentrer chez moi à l'aube.

Il me fallut un moment ridiculement long pour me préparer ; après un bain chaud, je me maquillai à grand-peine, car que je n'avais jamais réellement appris à le faire correctement. Cependant, en me regardant dans le miroir, je fus satisfaite de mes lèvres rouges et pulpeuses, même si le mascara noir n'allait pas vraiment avec ma chevelure blonde tirant sur le roux ni avec mon teint. Par ailleurs, ma robe de cocktail n'était pas aussi moulante que je l'aurais voulu. C'était l'une de celles que la femme du garde-chasse du château de Rannoch m'avait rapidement confectionnées sur sa machine à coudre avant ma première saison mondaine. Elle s'était inspirée d'une tenue que j'avais admirée dans un magazine ; cependant, les talents de couturière de Mme MacTavish, combinés au taffetas que je lui avais fourni, n'avaient pas donné le résultat escompté – je ne ressemblais pas tout à fait au mannequin qui, légèrement drapé dans sa robe, un fume-cigarette à la main, posait dans *Harper's Bazaar*. Mais c'était le mieux que je puisse faire, et j'avais une allure élégante et respectable.

Tout au long du trajet en taxi, mon cœur battit la chamade. Nous passâmes devant les lumières de Leicester Square avec ses théâtres et leurs marquises, et ses foules animées ; la voiture finit par s'immobiliser dans une petite rue obscure.

— Vous êtes sûre que c'est ici, mademoiselle ? me demanda le chauffeur d'une voix préoccupée.

Non, je n'en étais pas sûre. Le lieu paraissait affreusement sombre et désolé. Mais je vis alors une enseigne clignotante au-dessus d'une porte. Club Rendezvous.

— Oui, je suis au bon endroit, répondis-je. Merci beaucoup.

— Vous allez y retrouver quelqu'un, je suppose ? s'enquit le chauffeur pendant que je le payais.

— Oui, un jeune homme. Ne vous inquiétez pas, je ne crains rien, déclarai-je avec un sourire que j'espérais plein d'assurance.

Le véhicule s'éloigna à vive allure, me laissant seule dans la rue déserte. Il avait de nouveau plu et, lorsque je traversai la chaussée, je vis l'enseigne rouge du club se refléter dans les flaques. Je poussai la porte et me retrouvai face à une volée de marches menant à un sous-sol. S'en échappait de la musique – la plainte d'un saxophone et les pulsations d'une batterie. Je descendis l'escalier en me tenant à la rampe. C'était donc cela, un night-club. Je n'avais jamais été dans un endroit pareil. Les marches étaient raides, couvertes de moquette usée. Dire que, dans l'espoir de paraître pimpante, je portais ma seule paire de chaussures à hauts talons.

Je n'ai pas encore précisé que j'ai tendance à me montrer maladroite lorsque je suis anxieuse. Au milieu de l'escalier, l'un de mes talons se prit dans un morceau de moquette élimée. Je basculai en avant, m'agrippai à la rampe et terminai la descente en dérapant ; j'arrivai en bas d'une manière des plus humiliantes qui soient, percutant une plante en pot. Je me relevai à la hâte avant que quelqu'un ne remarque mon entrée peu orthodoxe. J'étais dans une sorte de vestibule plongé dans la pénombre, meublé d'un bureau et d'un fauteuil anciens, par bonheur inoccupé. L'endroit était séparé de la salle principale par une rangée de palmiers en pot et, grâce à moi, l'un d'eux avait maintenant une feuille cassée. Un homme venait d'émerger du club. Il titubait légèrement, comme s'il était ivre, et sursauta, alarmé, quand il me vit me redresser devant lui.

— J'ai un conseil pour vous, ma petite, dit-il d'une voix empâtée en agitant un doigt dans ma direction. Arrêtez donc de boire ce soir, vous ne tenez déjà plus debout. Croyez-moi, je sais de quoi je parle.

Sur ces entrefaites, il passa devant moi en chancelant et s'engagea dans l'escalier.

Je me ressaisis, lissai ma jupe et mes cheveux avant d'entrer dans la salle du club. Le lieu était mal éclairé par de petites bougies posées sur les tables, et la seule lumière venait de la scène, où dansait une fille.

— Puis-je vous aider, mademoiselle ?

Un individu au teint basané, vêtu d'un smoking, apparut près de moi. Il ignorait apparemment tout de l'usage du rasoir.

— J'ai rendez-vous avec quelqu'un, dis-je. Un certain M. Crump.

— Ah, je vois, répondit-il en affichant une expression tout à la fois réjouie et lubrique. Il vous attend. À la table du fond, sur la droite.

Lorsque j'approchai de la table en question, l'homme qui s'y trouvait se leva.

— Monsieur Crump ? fis-je en lui tendant la main. Je suis envoyée par l'agence des Hôtesses du Diadème.

Rougeaud et bouffi, il arborait une moustache qu'il trouvait sans doute pimpante, mais qui donnait plutôt l'impression qu'un hérisson s'était perché sur sa lèvre supérieure. Il portait en outre un costume parfaitement ordinaire et une cravate aux couleurs criardes. Il m'étudia de la tête aux pieds.

— Vous êtes plus jeune que je m'y attendais, dit-il. Et plus vêtue que prévu.

— Je vous assure que je suis assez mûre pour être la compagne idéale d'une soirée. Je suis cultivée et j'ai beaucoup voyagé.

— Je n'ai pas l'intention de vous interroger sur vos connaissances géographiques, répliqua-t-il avec un petit sourire narquois.

Puis, s'apercevant que nous étions encore debout, il ajouta :

— Je suppose que vous voulez boire un verre avant d'y aller ?

— Volontiers, acquiesçai-je en m'asseyant. J'aimerais du champagne, si l'on en sert dans cet établissement.

— Merde, alors, marmonna-t-il. Vous autres, Londoniennes, vous avez des goûts de luxe, dites donc.

Je remarquai une chope de bière posée devant lui. Il fit signe à un serveur, lequel apporta une bouteille de champagne.

— J'espère que vous allez vous joindre à moi, dis-je, maintenant embarrassée qu'il ait été obligé de commander une bouteille entière, alors qu'une simple coupe m'aurait suffi.

— Pourquoi pas ? Ça nous aidera à nous dégeler, pas vrai ? dit-il en m'adressant un clin d'œil.

La bouteille fut ouverte avec un petit *pop* agréable. Je pris une gorgée et levai ma coupe dans sa direction.

— À la vôtre. Et à la charmante soirée qui nous attend, vous et moi.

Sa gorge parut se serrer. J'eus même l'impression qu'il s'était mis à transpirer à grosses gouttes.

— Bon, j'imagine que vous voulez être payée d'avance, hein ?

— Oh, non, ce n'est pas nécessaire. Vous êtes seulement censé me régler comptant à la fin de la soirée.

— Qu'est-ce que vous avez prévu, au juste ? On retourne à mon hôtel ? Ou bien avez-vous un appartement où vous emmenez vos clients dans le quartier ? Je sais que j'aurais dû demander des précisions au téléphone, mais je me suis décidé à la dernière minute. En fait, je n'aurais jamais pensé à contacter qui que ce soit si je n'avais pas vu votre annonce dans le journal de ce matin. Ce n'est pas dans mes habitudes, ce genre de choses.

J'essayais encore de digérer ce qu'il venait de dire quand le tempo de la musique se fit plus vif. Des cris joyeux et des sifflets résonnèrent à l'avant de la salle. Je levai les yeux vers la scène. La fille continuait de danser, mais je pris tout à coup conscience qu'elle était presque entièrement dévêtue. Alors que je la fixais avec une fascination horrifiée, elle ouvrit un éventail de plumes d'autruche qu'elle tenait devant elle puis, dans un dernier roulement de tambour, dégrafa son soutien-gorge et le lança vers les premières rangées de l'assistance.

Soudain, tout m'apparut clairement. *Mon hôtel ou votre appartement ?*

— Attendez, dis-je. Que me voulez-vous, au juste ?

— La prestation habituelle. Ce que vous faites avec tous les autres hommes. Rien de trop pervers.

— Je crois que vous vous fourvoyez. Notre agence d'hôtesses est parfaitement respectable. Les jeunes filles que nous employons accompagnent nos clients au restaurant ou au théâtre. Ces activités n'ont rien à voir avec ce que vous avez manifestement en tête.

— Ne jouez pas à la sainte nitouche avec moi, ma petite, répliqua-t-il d'une voix assez empâtée pour que je comprenne qu'il avait déjà bu plusieurs verres.

Il tendit la main et m'attrapa par le bras.

— C'est quoi, votre but, hein ? Vous essayez de faire monter le prix ? Je ne suis pas né de la dernière pluie, vous savez. Allez, dépêchez-vous de boire votre mousseux et on ira à mon hôtel, sinon, vous exigerez que je vous paie à l'heure.

Je voulus me lever.

— Je crains qu'il ne s'agisse d'un horrible malentendu. Je ferais mieux de m'en aller.

Il serra mon bras plus fort.

— Vous avez un problème, chérie ? Je ne vous plais pas, peut-être ? Mon pognon n'est pas assez chic pour vous ?

Il ne souriait plus. Son visage s'était rapproché du mien, et son haleine empestait la bière.

— Vous allez me suivre comme une gentille petite, sinon vous savez ce qui vous attend ? Je vous ferai arrêter pour racolage.

Il se redressa et tenta de me traîner derrière lui.

— Lâchez-moi, s'il vous plaît, dis-je, consciente des regards des clients attablés alentour. Laissez-moi tranquille et oublions tout ça.

— Pas question, nom de Dieu, rétorqua-t-il. Il a fallu que je paie une bouteille de champagne. On avait un arrangement, votre agence et moi. Et Harold Crump n'apprécie pas les gens qui reviennent sur leurs engagements. Alors arrêtez de jouer à la prude et bougez-vous.

— Vous n'avez pas entendu mademoiselle ? dit une voix familière derrière moi. Elle refuse de vous suivre.

Je fis volte-face et me retrouvai devant Darcy O'Mara. Il avait vraiment fière allure dans un smoking blanc assorti d'un nœud papillon ; ses cheveux noirs, indisciplinés, avaient été domptés grâce à quelques coups de peigne, à l'exception d'une boucle récalcitrante qui retombait sur son front. J'eus le plus grand mal à ne pas me jeter dans ses bras.

— Et qui êtes-vous, pour vous mêler de ça ? demanda M. Crump en s'approchant d'un air fanfaron, avant de s'apercevoir que Darcy le dépassait de plusieurs centimètres.

— Disons simplement que je suis son manager, répondit Darcy.

— Son maquereau, vous voulez dire.

— À votre guise, rétorqua Darcy. Quoi qu'il en soit, nous avons fait erreur. Elle n'aurait pas dû être envoyée ici ce soir. Notre agence ne traite qu'avec des clients de la haute société. Notre nouvelle standardiste a omis de vous interroger de façon approfondie, comme nous le faisons en temps normal, afin de vérifier si vous répondiez à nos critères. Et vu votre comportement, je ne peux autoriser l'une de nos hôtesses à vous tenir compagnie, je le crains. Vous êtes recalé, monsieur. Je vous le dis tout net : vous êtes trop ordinaire.

— Ça alors ! s'exclama M. Crump. C'est incroyable !

— Je vous conseille pourtant de me croire, répliqua Darcy. Venez, Arabella, nous partons.

— Et qui va me rembourser ce champagne ? se plaignit M. Crump.

Darcy plongea la main dans sa poche et en retira un billet d'une livre sterling qu'il lança sur la table. Puis il me saisit par le bras et m'entraîna dans l'escalier.

— Que diable faisiez-vous dans cet endroit ? demanda-t-il alors que nous sortions du club.

Ses yeux lançaient des éclairs et, l'espace d'un instant, je crus qu'il s'apprêtait à me frapper – une pensée affreuse.

— Cet imbécile n'a rien compris, répondis-je, à présent au bord des larmes. J'ai placé une annonce dans le *Times* pour proposer mes services en tant qu'hôtesse. Cet homme a dû se méprendre sur mes intentions. Il m'a prise pour… une girl de music-hall, si vous voyez ce que je veux dire.

— Vous avez proposé des services d'hôtesse ? répéta Darcy, dont les doigts continuaient de s'enfoncer dans mon bras.

— Oui, et j'ai baptisé mon agence les Hôtesses du Diadème.

— Ma chère petite, vous êtes d'une naïveté ! bredouilla-t-il, effaré. Tout de même, n'avez-vous pas conscience qu'employer le terme d'« hôtesse » est une façon polie de promouvoir une activité un peu plus sordide ? Rien d'étonnant à ce que cet individu vous ait pris pour une femme légère.

— Cela ne m'a pas effleuré l'esprit, répliquai-je d'un ton sec. Comment l'aurais-je su ?

— Vous ne vous êtes doutée de rien en découvrant ce club ? Les jeunes filles de bonne famille ne fréquentent pas ce type d'endroits, Georgiana.

— Dans ce cas, qu'y faisiez-vous ? m'enquis-je, mon soulagement cédant la place à la colère. Vous disparaissez sans prévenir. Vous ne prenez pas la peine de m'écrire. Et je vous retrouve dans ce club miteux. Rien de surprenant à ce que je ne vous intéresse pas. Je ne suis pas du genre à danser avec un éventail en plumes d'autruche.

— Concernant ma présence au Rendezvous..., reprit-il – et je crus déceler l'ombre d'un sourire sur ses lèvres –, j'avais une petite affaire à régler qui ne regarde que moi. Mais croyez-moi, ce qui se déroulait sur la scène ne m'intéressait guère. J'ai eu l'occasion de voir beaucoup mieux et, de surcroît, gratuitement. Quant à ma disparition et au fait que je ne vous ai pas donné de nouvelles... Je m'en excuse. Il a fallu que je parte à l'étranger de façon précipitée. Je ne suis rentré qu'hier. Et vous pouvez vous estimer heureuse. Sans moi, vous seriez encore en train d'essayer de repousser cet homme des cavernes.

— Je m'en serais sortie, répondis-je avec mauvaise humeur. Rien ne vous oblige à sans cesse intervenir pour me secourir, vous savez.

— Il semble plutôt que j'y sois contraint. C'est bien simple : dès que vous êtes seule en ville, vous vous mettez en danger. Bon, venez, nous trouverons un taxi dans Leicester Square, il est temps de rentrer.

— Et si je n'en ai pas envie ?

— Vous n'avez pas d'autre choix, lady de Rannoch. Que penserait votre famille si un journaliste passant par là vous prenait en photo à la sortie d'un sordide club londonien ?

Il me fit avancer devant lui sur le trottoir. Un instant plus tard, il hélait un taxi.

— Veuillez conduire cette demoiselle à Belgrave Square, dit-il d'une voix autoritaire que je ne lui avais jamais entendue.

Il me poussa sans ménagement dans l'auto.

— Et faites cesser la parution de votre annonce dans le *Times* dès demain matin, est-ce compris ?

— C'est ma vie, et je n'ai pas d'ordres à recevoir de vous, ripostai-je sèchement – craignant de fondre en larmes d'une seconde à l'autre. Je ne vous appartiens pas, figurez-vous.

— En effet, répondit-il en m'examinant attentivement. Mais je tiens vraiment à vous, envers et contre tout. À présent, rentrez chez vous, buvez un chocolat chaud et allez vous coucher… seule.

— Vous ne m'accompagnez donc pas ? demandai-je d'une voix légèrement frémissante.

— Est-ce une invitation ?

Sa mine, jusqu'alors renfrognée, se fit plus aimable. Cela ne dura cependant pas.

— J'ai encore une affaire à régler, malheureusement, reprit-il. Mais je suppose que nous aurons l'occasion de nous revoir prochainement dans un lieu plus convenable.

Sur ce, il se pencha dans le taxi, m'attrapa le menton, m'attira à lui et déposa sur mes lèvres un violent baiser. Puis il claqua la portière de la voiture, qui m'emporta au loin dans la nuit.

5.

Rannoch House
16 août 1932
Temps plus frais, retour à la normale.
De mon côté, émois et cœur en ébullition.

Je réussis à ne pas pleurer sur le trajet du retour. Cependant, dès que j'eus refermé derrière moi l'énorme porte d'entrée de Rannoch House, les larmes commencèrent à couler sur mes joues. Ce n'était pas seulement à cause de la frayeur et de l'embarras que j'avais éprouvés à la suite de ce qui était survenu – et de ce qui aurait pu survenir –, c'était aussi le fait de savoir que j'avais maintenant perdu Darcy à jamais. Je montai me coucher et me blottis en boule sur mon lit. Si seulement j'avais été dans un endroit où j'aurais pu me sentir en sécurité, auprès de quelqu'un qui m'aime. Je pris alors conscience que je n'avais réellement personne sur qui compter, à part mon grand-père.

Je fus réveillée par des coups dans le lointain. Il me fallut un moment pour comprendre que quelqu'un cognait à la porte de la maison. Il n'était pourtant que neuf heures. J'enfilai mon peignoir et descendis prudemment au rez-de-chaussée. Qui pouvait bien me rendre visite si tôt le matin ? Certainement pas Belinda. Je nourris un instant l'espoir que ce pouvait être Darcy, venu s'excuser pour son attitude grossière de la veille au soir. J'ouvris la porte : un jeune agent de police se tenait sur le seuil.

— Je suis envoyé par Scotland Yard. Je souhaite parler à lady Georgiana de Rannoch, annonça-t-il en examinant ma tenue négligée et mes cheveux ébouriffés. Est-elle disponible, je vous prie ?

— Je suis lady Georgiana de Rannoch. Puis-je savoir qui vous a demandé de venir et de quoi il retourne exactement ?

— Sir William Rollins aimerait vous dire un mot, lady de Rannoch.

— Sir William Rollins ?

— Oui, le préfet de police adjoint.

— Et pour quelle raison veut-il s'entretenir avec moi ?

— Je l'ignore, lady de Rannoch. Il ne se confie pas aux simples agents. On m'a ordonné de passer vous prendre, voilà tout. Bon, si vous pouviez vous dépêcher de vous préparer, ça m'arrangerait. Il n'aime pas qu'on le fasse attendre.

J'essayai de trouver une repartie cinglante. Après tout, il s'adressait à la fille d'un duc – la petite-cousine du roi. Je m'apprêtai à dire que si sir William Rollins souhaitait me parler, il n'avait qu'à se présenter en personne à Rannoch House. Néanmoins, lorsque j'ouvris la bouche, aucun son n'en sortit. Les jambes quelque peu flageolantes, je remontai m'habiller dans ma chambre. Que me voulait donc Scotland Yard ? De surcroît, je n'avais pas été convoquée par n'importe qui, mais par une personne extrêmement haut placée dans la hiérarchie. Lors de mes précédents démêlés avec la police londonienne, j'avais dû affronter un inspecteur parfaitement détestable et un commissaire plutôt obséquieux. L'affaire qui me concernait à présent était manifestement beaucoup plus sérieuse, mais je n'avais pas la moindre idée de… À moins que… La police n'avait tout de même pas découvert comment j'avais occupé ma soirée ! Et si tel était le cas, je n'avais enfreint aucune loi, à ce que je sache – n'est-ce pas ?

Une fois devant mon armoire, j'attrapai la première robe qui me parut vaguement présentable ; je donnai un coup de brosse à mes cheveux, me lavai les dents et me passai de l'eau sur le visage. Puis je redescendis afin de faire face à mon sort, quel qu'il fût. J'étais fort oppressée tandis que la voiture de police m'emmenait à vive allure en direction de l'avenue de Whitehall et entrait dans l'avant-cour de Scotland Yard. On m'ouvrit la porte, et je m'efforçai d'entrer la tête haute – avant de trébucher sur le paillasson et de faire irruption dans le vestibule en titubant. (Toujours ma propension à la maladresse dans les moments d'anxiété, j'en ai bien peur.)

Plus humiliant encore, ce fut un agent au visage juvénile qui me rattrapa, m'évitant de percuter une cloison vitrée.

— Vous avez hâte d'être arrêtée, mademoiselle ? demanda-t-il avec un sourire insolent.

Je tâchai de lui décocher un regard digne de la superbe dont savait faire montre mon arrière-grand-mère, mais, sans que je puisse me l'expliquer, je n'y parvins pas.

— Par ici, m'indiqua le policier qui était venu me chercher, avant de me faire monter dans un ascenseur.

Celui-ci mit une éternité à arriver à destination. Je m'aperçus que je retenais mon souffle et, au cinquième étage, je fus contrainte d'expirer. L'ascenseur finit par s'immobiliser en vibrant. L'agent et moi franchîmes la porte en accordéon et nous retrouvâmes dans un couloir désert, au bout duquel il appuya sur un bouton. Une autre porte s'ouvrit, et nous pénétrâmes dans une pièce où deux jeunes femmes étaient occupées à taper à la machine. L'endroit était différent de ce que j'avais pu voir lors de mes visites précédentes à Scotland Yard. D'une part, le sol était moquetté, d'autre part, une odeur capiteuse de tabac à pipe planait dans l'air.

— Lady de Rannoch est attendue par sir William Rollins, annonça le policier.

— Suivez-moi, je vous prie, me dit l'une des secrétaires en se levant.

Elle semblait être l'efficacité incarnée. Je songeai qu'elle ne s'était sans doute jamais pris les pieds dans un tapis de sa vie.

Elle me conduisit dans un autre couloir, puis toqua à une porte.

— Entrez ! tonna une voix.

— Lady de Rannoch, sir William Rollins, annonça la jeune femme.

J'entrai. La porte se referma derrière moi. Je découvris que l'odeur de tabac venait d'un monsieur costaud au visage rubicond, assis derrière son bureau. Il paraissait déborder d'un large fauteuil en cuir, et une pipe d'écume de mer était coincée entre ses dents. À ma vue, il la retira de sa bouche et la garda en équilibre dans une main. Si sa secrétaire était l'efficacité même, lui incarnait la puissance. Il avait des sourcils sévères, et sa physionomie indiquait qu'il n'aimait guère être contrarié – et que cela arrivait rarement.

— Lady de Rannoch. C'est très aimable à vous d'être venue au pied levé, commença-t-il en me tendant une grosse main.

— M'avez-vous laissé le choix ?

Il rit de bon cœur, comme si j'avais voulu plaisanter.

— Je n'ai pas l'intention de vous mettre sous les verrous, vous savez. Prenez un siège, je vous prie.

Je m'exécutai.

— Dans ce cas, auriez-vous l'obligeance de me dire ce que je fais ici ?

— Vous n'en avez pas la moindre idée, vraiment ?

— Non. Le devrais-je ?

Il se cala dans son fauteuil, me scrutant derrière son grand bureau d'acajou.

— Une information troublante vient de parvenir à mes oreilles. La brigade des mœurs garde un œil sur les journaux afin de dépister d'éventuelles activités illégales ou antisociales. Quand hier, une certaine annonce a été publiée – dans le *Times*, tenez-vous bien –, nos hommes ont vérifié le numéro de téléphone qui y était associé. À leur grande surprise, ils ont découvert qu'il s'agissait de celui de votre résidence londonienne – un numéro souscrit par le duc de Glen Garry et Rannoch. Nous en avons aussitôt conclu que le journal avait fait une coquille, et nous avons contacté le *Times* pour le leur dire. On nous a informés qu'il n'y avait pas eu de faute d'impression.

Il s'interrompit. Pareils à deux crevettes, ses inquiétants sourcils se contractèrent, comme animés d'une vie propre.

— Je me suis alors dit qu'il valait mieux que nous ayons une petite discussion, vous et moi, afin de régler cette affaire avant que les choses n'aillent plus loin. Auriez-vous l'amabilité d'éclaircir la situation ?

Pour l'heure fascinée par lesdits sourcils, je souhaitais que le sol se dérobe sous mes pieds et m'engloutisse.

— C'est une affreuse erreur de ma part, dis-je. Je comptais simplement créer une petite agence d'hôtesses.

— Des hôtesses ? s'étonna-t-il, sourcils haussés.

— Non, ce n'est pas ce que vous imaginez. Des jeunes filles bien élevées qui auraient tenu compagnie à des hommes seuls pour dîner ou aller au théâtre. Rien de plus. Mais sans doute les termes de mon annonce étaient-ils déplacés.

Il secoua la tête. Il pouffait à présent.

— Ma foi ! Votre formulation n'aurait pas été moins ambiguë si vous aviez écrit : « Vous voulez prendre du bon temps ? Appelez Fifi ! » Je suis néanmoins soulagé d'apprendre que vous n'avez pas décidé d'exercer le plus vieux métier du monde, je dois le dire.

J'étais si gênée que je sentis mon visage s'empourprer.

— Ça n'a jamais été mon intention, déclarai-je. Et je peux vous assurer que j'entends retirer l'annonce dès ce matin.

— C'est déjà fait, ma chère. Toutefois, à l'avenir, je vous conseille d'être un peu circonspecte avant de monter une affaire. Consultez d'abord quelqu'un de plus mûr et de plus expérimenté afin d'éviter une autre embarrassante bévue de ce genre.

— Je n'y manquerai pas. Je suis désolée. J'ai agi en toute innocence, croyez-moi. J'essaie seulement de gagner ma vie, comme tout un chacun dans cette ville, voyez-vous. Je croyais avoir trouvé un marché qui n'avait pas encore été exploité, et je me suis empressée de proposer mes services.

— À votre place, je m'en tiendrais désormais à des métiers plus convenables. Quoi qu'il en soit, vous avez eu de la chance que l'un de nos agents ait repéré cette annonce aussi vite. La presse à scandales aurait fait ses choux gras de cette affaire. Imaginez un peu les gros titres : *La traînée au diadème ! Le bordel de Buckingham !*

Il m'observa tressaillir à chacune de ses épithètes. Il était évident qu'il trouvait la chose fort divertissante.

— Je vous ai dit que cela ne se reproduirait plus, insistai-je. Heureusement, les journaux n'en ont rien su.

— Je crois malgré tout qu'il serait plus sage de quitter Londres dès aujourd'hui, reprit-il lentement. Et si vous preniez le prochain train pour l'Écosse ? De cette façon, si un fouineur tombait par hasard sur votre annonce d'hier et appelait au numéro indiqué, il s'apercevrait que Rannoch House est vide et fermée pour l'été, et présumerait qu'il s'agissait d'une simple coquille. Nous donnerons des instructions au *Times*, afin qu'ils parlent d'une erreur de leur part au cas où on leur poserait la question.

Il me regarda d'un air interrogateur. Je fus bien obligée d'acquiescer d'un signe de tête. Il ignorait manifestement ce qu'un retour en Écosse signifiait quand on avait pour belle-sœur un dragon qui exigerait de savoir pourquoi je débarquais chez eux sans prévenir. Mais je comprenais son point de vue. Je m'apprêtais à me lever, supposant que l'entretien était terminé. Sir William porta sa pipe à ses lèvres et tira une longue bouffée.

— Une dernière petite chose, dit-il. Connaissez-vous une personne du nom de Mavis Pugh ?

— Non, je n'ai jamais entendu parler d'elle.

— Je vois. Pas plus tard qu'hier matin, une jeune femme a été retrouvée morte sur un chemin, non loin de l'aérodrome de Croydon. Elle aurait été renversée par un véhicule roulant à vive allure – une motocyclette, selon toute vraisemblance. Nous pensons qu'il s'agit tout bonnement d'un tragique accident. Le chemin était bordé d'arbres et ombragé, et l'incident s'est déroulé juste après un virage serré. Elle s'est peut-être aventurée sur la chaussée au dernier moment, et le conducteur du véhicule ne l'a pas vue. Mais il ne s'est pas arrêté non plus et n'a pas averti la police. En outre, nous n'avons trouvé aucun témoin.

Je tâchai de conserver une mine intéressée et détachée à la fois. J'essayai surtout de chasser Paolo de mes pensées.

— Même si je suis navrée pour la victime, je ne vois pas en quoi cela me concerne. Je peux vous assurer que je n'ai jamais conduit une motocyclette de ma vie et que je n'étais pas dans les parages de l'aérodrome de Croydon hier soir, ainsi que le personnel d'un sordide night-club pourra en attester.

— Personne ne suggère que vous étiez sur place. Si je vous en parle, c'est parce que le sac à main de la victime a été projeté de l'autre côté du chemin au moment du choc. Une partie de son contenu s'est déversé dans le fossé. Nous avons découvert une lettre à moitié terminée qui vous était apparemment adressée. L'encre, bon marché, avait coulé, mais nous avons pu distinguer « lady Georgiana » et les mots « … frère aîné, le duc de… »

— C'est vraiment extraordinaire.

— Par conséquent, si vous ne connaissiez pas cette femme, pourquoi avait-elle prévu de vous envoyer une lettre ?

Ses yeux ne quittaient pas les miens. En dépit de son âge – il devait en effet avoir une bonne cinquantaine d'années –, ils étaient singulièrement vifs et pénétrants.

— Nous nous sommes demandé, par exemple, si elle n'avait pas l'intention de vous faire chanter, ajouta-t-il.

— Et qu'aurait-elle obtenu ? Nous sommes quasiment sans le sou, mon frère et moi. Lui, au moins, possède le domaine. Moi, je n'ai rien.

— Les classes inférieures ne voient pas les choses ainsi. Pour elles, tous les aristocrates sont riches.

— Personne ne me fait chanter, croyez-moi. La victime était-elle connue de vos services ? Était-ce une criminelle ?

— Non, elle était femme de chambre.

Un souvenir refit surface dans mon esprit alors que j'associais le prénom de « Mavis » à son métier.

— Attendez, dis-je. À tout hasard, était-elle au service de Veronica Padgett, la fameuse aviatrice ?

— Ah ! fit-il avec un sourire suffisant. Vous la connaissiez donc ?

— Je l'ai rencontrée en une seule occasion. C'était il y a quelques jours, à l'aérodrome de Croydon justement. Elle était venue apporter des vêtements à sa maîtresse, qui devait se rendre à une soirée. Mlle Padgett s'est fâchée car Mavis était en retard. Elle m'a désignée en disant que lady Georgiana pouvait se passer de bonne et qu'elle était tentée de suivre mon exemple. Cette jeune femme savait donc qui j'étais. Mais je n'ai jamais été directement en contact avec elle.

— Mlle Padgett était en colère contre elle, dites-vous ? Mavis Pugh s'imaginait peut-être que vous l'engageriez. Voilà pourquoi elle vous écrivait.

— C'est possible. Mais j'ai eu l'impression que sa maîtresse cherchait simplement à l'agacer, sans vraiment menacer de la renvoyer. Qu'en pense-t-elle, de son côté ?

— La nouvelle l'a réellement bouleversée. Elle se trouvait chez des amis qui avaient organisé une partie de campagne dans le Sussex, et elle avait laissé sa femme de chambre à Londres. Elle ignore ce que Mavis faisait près de l'aérodrome, vu qu'elle-même ne comptait pas revenir en ville avant plusieurs jours. Elle n'avait pas non plus demandé à la domestique de quitter son appartement.

— J'aimerais pouvoir vous aider, sir William, mais, ainsi que je vous l'ai dit, je n'ai pas eu de relations avec cette personne.

— Vous êtes une amie de cette Mlle Padgett, peut-être ?

— Absolument pas. Je l'ai seulement rencontrée par hasard à l'aérodrome, alors que j'étais en visite avec des amis. Elle connaissait l'un d'eux, et nous avons bu une coupe de champagne avec elle pendant qu'elle attendait sa femme de chambre.

— Je vois, dit-il avant de marquer une longue pause. Une malheureuse coïncidence, en ce cas. Mais il est heureux que vous quittiez Londres. Cette affaire pourrait donner lieu à un autre scandale, et nous ne pouvons le permettre.

— Ce sera tout ? m'enquis-je.

Je me sentais à bout de nerfs. En toute honnêteté, je n'avais commis aucun crime ; je commençais pourtant à avoir l'impression d'être mise sur le banc des accusés, attendant que le juge se coiffe de son bonnet noir et prononce la sentence de mort.

Il opina du chef.

— Ma foi, je crois bien que oui, répondit-il en consultant sa montre. En vous pressant un peu, vous devriez pouvoir prendre le Flying Scotsman[1] dès aujourd'hui. Il part à dix heures du matin, n'est-ce pas ?

— Aujourd'hui ? répétai-je avant de le dévisager, bouche bée. Il faut d'abord que je fasse mes bagages,

1. Littéralement, « l'Écossais volant », train express circulant entre Londres et Édimbourg depuis 1862. *(N.d.T.)*

vous savez. Je ne peux pas filer en Écosse aussi abruptement.

— Votre bonne s'en chargera, avant de prendre un autre train. La plus grande partie de vos affaires doit se trouver au château de Rannoch, je suppose ?

J'étais maintenant aussi furieuse que troublée.

— Contrairement aux idées reçues, certains aristocrates ne sont pas assez fortunés pour posséder une vaste garde-robe. Les quelques vêtements que je possède sont ici, à Londres.

— Mais vous pouvez vous en passer jusqu'à ce soir. L'agent qui vous emmènera jusqu'à la gare de King's Cross fera un détour par Belgrave Square afin que vous puissiez prendre des articles de toilette et donner des instructions à votre femme de chambre.

— Je vous ai déjà dit que je n'avais pas de femme de chambre en ce moment.

— Vraiment ? Vous vivez seule à Rannoch House ?

Son ton semblait insinuer que j'avais bel et bien tenu la maison close dont il avait soupçonné l'existence un peu plus tôt.

— Je n'ai pas les moyens d'embaucher de domestique. Raison pour laquelle j'ai tenté de trouver du travail.

— Mon Dieu.

Il laissa échapper une toux quelque peu embarrassée, puis tapota sa pipe dans un cendrier.

— J'imagine que vous refuserez de prendre un train moins rapide pour Édimbourg et que le train de nuit pour Glasgow ne vous ira pas non plus ?

— Il n'y a pas de correspondance directe depuis Glasgow, et je ne peux demander à notre chauffeur de venir me chercher si loin.

— Très bien, mieux vaut reporter votre départ à demain, dans ce cas. Ma secrétaire vous réservera une place. Et entre-temps, je vous conseille vivement de ne parler à personne.

— Je présume que je peux appeler mon frère pour l'informer de mon arrivée, n'est-ce pas ? répliquai-je.

— Ne vous inquiétez pas, nous nous en sommes déjà occupés.

Je m'empourprai de nouveau, sans en croire mes oreilles. Manifestement, on me renvoyait chez moi, en pénitence, comme une vilaine petite fille. Sir William se leva.

— Bien, il est préférable que vous rentriez chez vous, maintenant. Quoi que vous fassiez, ne répondez pas au téléphone. De même, fermez les stores afin de faire croire que la maison est inoccupée, ce sera plus sage. Un agent passera vous prendre demain matin.

Ma peur cédait peu à peu la place à l'irritation. Cet homme me donnait des ordres comme s'il avait été mon supérieur militaire.

— Et si je décide de rester à Londres ?

— Je n'aurai alors d'autre choix que d'aborder le sujet avec Leurs Majestés. J'ose espérer que vous souhaitez leur épargner tout embarras de ce genre. En outre, j'ai cru comprendre que vous étiez de toute manière prochainement attendue à Balmoral. Vous ne faites qu'avancer de quelques jours votre arrivée en Écosse. C'est aussi simple que cela. Allez, filez. Profitez bien de la chasse à la grouse, espèce de chançarde. Si seulement je pouvais être là-bas, plutôt que coincé derrière ce bureau !

Il lâcha un bon rire franc – maintenant que je lui obéissais, il jouait les oncles bienveillants. Je lui adressai un signe de tête glacial avant de quitter la pièce aussi dignement que possible.

6.

Rannoch House
16 août 1932 (encore)

Alors que j'entrais dans la maison sous l'œil vigilant du jeune agent de police, je me sentis prête à exploser. En vérité, je crois que ma colère était surtout à mettre sur le compte de l'embarras et de l'humiliation que j'avais éprouvés. J'espérais avant tout que sir William n'avait pas parlé de ma bévue à Binky et Fig. Mon frère prendrait la chose avec amusement, mais j'imaginais déjà le regard profondément méprisant que ma belle-sœur me jetterait tout en se lançant dans un long monologue – comme quoi j'avais déshonoré la famille et que les origines roturières de ma mère refaisaient surface. À cette idée, je repensais naturellement à mon grand-père, la seule personne que j'aurais réellement été heureuse de voir à cet instant, car j'avais besoin que quelqu'un m'étreigne. Belinda ne m'aurait été d'aucune utilité – quand bien même elle n'aurait pas été dans les bras de Paolo. Elle aurait trouvé la situation tordante et se serait exclamée : « Te faire passer pour une fille légère, ma chérie ? Toi ? La seule vierge qui reste encore à Londres ? »

Mais mon grand-père n'avait pas le téléphone, et sir William n'aurait pas apprécié que je parte en vadrouille dans le métro. Je fourrai donc dans une valise le genre de tenues dont on a besoin en Écosse, avant d'aller boire un thé dans ma lugubre cuisine. Le téléphone se mit à sonner. Je me levai d'un bond, puis me rappelai que sir William m'avait recommandé de ne parler à personne. Il sonna de nouveau quelques instants plus tard. J'étais à présent passablement ébranlée. La presse avait-elle fini par trouver ma trace ? À moins qu'un client potentiel n'ait découvert mon annonce dans le *Times* de la veille. Je me déplaçai avec inquiétude à travers la maison, jetant parfois un coup d'œil discret par les stores fermés de la chambre qui donnait sur la rue afin de m'assurer que des reporters ne s'étaient pas postés dans Belgrave Square.

Autour de dix-sept heures, on frappa bruyamment à la porte. Je me précipitai vers la fenêtre pour essayer de voir de qui il s'agissait, mais le portique qui surmontait une partie du perron m'en empêcha. Ça aurait pu être Belinda, évidemment. Il me semblait toutefois qu'on avait toqué de manière masculine, exigeante. Le visiteur insista. Je retins mon souffle. Si c'était un agent envoyé par Scotland Yard, alors il ne pourrait s'en prendre qu'à lui-même si je n'allais pas répondre. J'obéissais aux instructions du préfet adjoint. Je patientai, continuant d'observer le perron, et finis par voir un individu s'éloigner de la maison. Un homme d'un certain âge, plutôt mal habillé. Et soudain sa démarche me parut familière. Oubliant les ordres que j'avais reçus, je me ruai dans l'escalier, ouvris la porte d'entrée à toute volée et m'élançai derrière la silhouette qui descendais la rue.

— Grand-papa !

Il se retourna et un grand sourire illumina son visage.

— Eh bien, t'es donc là, mon canard. Je me suis fait du souci, tu sais. T'étais assoupie, peut-être ? Je t'ai réveillée ?

— Non, absolument pas, répondis-je. On m'a simplement conseillé de n'ouvrir à personne. Entre, je te raconterai tout.

Je le traînai presque dans Rannoch House, sans cesser de lancer des regards alentour tant je craignais de découvrir des journalistes embusqués derrière les buissons de la place. Je sais que le jardin qui se trouve en son centre est réservé aux résidents de Belgrave Square, et qu'il faut une clé pour y pénétrer, mais les reporters sont d'une ingéniosité notoire et n'hésitent pas à sauter par-dessus les grilles si nécessaire.

— Qu'est-ce qui t'arrive, ma chérie ? demanda mon grand-père après que j'eus refermé la porte derrière nous avec un soupir de soulagement. Tu as des ennuis ? C'est ce dont je me suis douté quand un de mes voisins m'a dit que t'étais passée – le seul jour où j'étais absent, comme par hasard. Mon excursion annuelle à Clacton.

— Comment était-ce ?

— Épatant. Tout ce bon air marin a fait un bien fou à mes vieilles bronches. Le soir même, à notre retour, je me suis senti un autre homme.

Je l'observai d'un œil critique. Je savais qu'il n'était pas en très bonne santé depuis quelque temps et, ce soir-là, il ne paraissait pas en grande forme non plus. Je ressentis une pointe d'inquiétude à l'idée de perdre un jour le seul soutien que j'avais dans l'existence, et je regrettais de ne pas être en mesure de l'aider davantage. J'aurais aimé pouvoir l'envoyer au bord de la mer pendant tout l'été.

— Alors, mon canard, quoi de neuf ? Prépare-nous donc une tasse de thé, et tu pourras ensuite te confier à ton grand-papa.

Nous descendîmes dans la cuisine, où je mis la bouilloire sur le feu ; puis je lui racontai tout.

— Zut alors ! s'exclama-t-il en réprimant un sourire. Tu t'es mise dans un beau pétrin, hein ? Une agence d'hôtesses ? Des jeunes filles de la haute ?

— Comment aurais-je pu me douter que cela semblerait ambigu ? répliquai-je avec ardeur.

— C'est vrai, t'en aurais été incapable. Le problème, c'est que tu as été surprotégée. Bon, la prochaine fois que tu auras une idée lumineuse, consulte d'abord ton grand-papa, entendu ?

— D'accord, dis-je sans pouvoir m'empêcher de sourire.

— Quoi qu'il en soit, ça aurait pu être pire. T'as de la chance de t'en être tirée aussi facilement.

— Seulement parce que Darcy se trouvait dans le night-club, reconnus-je. Il est intervenu et m'a secourue. Cependant, tout n'est pas arrangé : Scotland Yard a eu vent de cette affaire et le préfet adjoint m'expédie en Écosse, au cas où des reporters entendraient parler de ma mésaventure.

— Ça va un peu trop loin, dis donc ! Et qu'est-ce qui se passerait si ça venait aux oreilles des journalistes ? Tu raconterais que ton annonce était mal formulée, voilà tout.

— Scotland Yard a demandé au *Times* de dire que le numéro de téléphone était erroné. D'après la police, cela pourrait embarrasser la famille royale.

— Parce que leur fils aîné ne leur cause pas d'embarras, peut-être ? répondit mon grand-père. Il a toujours l'Américaine et son mari à ses basques ?

— Pour autant que je sache, oui. Je dois dire que la presse se montre d'une discrétion incroyable concernant le prince de Galles. Rien n'a paru dans les journaux.

— Parce que Leurs Majestés ont demandé à ce que ça reste secret, affirma grand-papa.

Je fis du thé pendant qu'il se juchait sur une chaise bien dure.

— Et où est-ce que tu vas atterrir, en Écosse ? Chez ton frère ou à Balmoral ?

— Au château de Rannoch. Je n'ai pas été conviée à Balmoral avant la semaine suivante.

— Je pense pas que ta belle-sœur va te dérouler le tapis rouge.

— Non, moi non plus. En fait, j'ai beau adorer l'Écosse en cette saison, je redoute assez ce séjour.

— La laisse pas te malmener, d'accord ? conseilla grand-papa. C'est chez toi. C'est la maison où tu es née. Ton père était le duc, un des petits-fils de la vieille reine. Alors que le sien était un vulgaire baronnet, dont un des ancêtres a reçu ce titre pour avoir payé les dettes de jeu de Charles II. T'as qu'à le lui rappeler.

— Grand-papa, tu es affreux ! m'esclaffai-je. Et je crois que tu es un peu snob, au fond.

— Je sais rester à ma place, sans prétendre être ce que je suis pas. Et je supporte mal les gens qui se donnent de grands airs.

Je le regardai avec mélancolie.

— J'aimerais que tu puisses m'accompagner là-bas.

— Franchement, tu me vois chasser et frayer avec les aristos ?

Il se mit à glousser, et son rire se transforma en toux sifflante.

— Comme je te l'ai dit, je sais rester à ma place, ma chérie. Tu vis dans ton monde, et moi dans le mien. Rentre donc chez toi et profites-en bien. Je te verrai à ton retour.

7.

Le Flying Scotsman, en route vers le nord
17 août 1932
Retour à la maison.
À la fois excitée et pleine d'appréhension.
Belle journée, chaude et ensoleillée.

Le lendemain matin, je me retrouvai dans un compartiment de première classe du Flying Scotsman, tandis que la campagne inondée de soleil défilait à toute allure par la vitre. Un spectacle extrêmement plaisant et bucolique. J'étais pourtant agitée par des émotions contraires. Je rentrais chez moi – un lieu que j'aimais profondément. Ma nourrice habitait encore dans une maisonnette située sur le domaine, mon cheval m'attendait à l'écurie et mon frère serait content de me voir, contrairement à Fig. En pensant à elle, je sentis mon ventre se nouer. Je n'avais pas peur d'elle, mais il n'est jamais agréable de se savoir indésirable. Je me demandais ce que sir William avait bien pu lui dire. Saurait-elle qu'il m'avait expédiée en Écosse en guise de pénitence ?

Dans le couloir, une cloche sonna et une voix annonça le premier service dans le wagon-restaurant. Vu l'état de mes finances, un déjeuner en train est un luxe que je ne me serais pas autorisée en temps normal, mais, ce jour-là, j'estimais que je le méritais. Après tout, je n'aurais plus à me débrouiller seule pour joindre les deux bouts dans les semaines à venir, et Scotland Yard avait déjà payé mon billet. Je me levai, jetai un regard au miroir afin de m'assurer que j'avais l'air respectable et sortis dans le couloir, où je manquai percuter un voyageur qui venait d'émerger du compartiment voisin. C'était un joli garçon de grande taille ; il portait un blazer et un pantalon plutôt sport, et ses cheveux blonds couverts de brillantine formaient des vagues prétentieuses.

— Sincèrement navré, marmonna-t-il.

Puis il parut me remarquer pour de bon. Ses yeux se promenèrent sur moi de la même manière que les regards des hommes se promenaient d'ordinaire sur Belinda.

— Hé, bonjour, vous, dit-il d'une voix traînante que je supposai sexy. Ma parole ! Heureuse coïncidence que vous soyez dans le compartiment voisin. Je me préparais à affronter huit heures d'ennui et de mots croisés. Au lieu de quoi je tombe sur une jeune fille extrêmement mignonne. Mieux encore, celle-ci semble voyager seule.

Il observa le couloir vide.

— Écoutez, je m'apprêtais à rejoindre le bar. Que diriez-vous de m'accompagner, ma vieille ? Il est tout simplement impossible de survivre sans un gin tonic à cette heure de la journée.

Une part de moi était tentée d'accepter ; l'autre était insultée par la manière dont il m'avait déshabillée mentalement. Cela ne m'arrivait pas souvent, et je ne savais si je devais m'en réjouir. Comme toujours lorsque j'étais anxieuse, ma vraie nature reprit le dessus.

— C'est fort aimable de votre part, mais je me rendais au wagon-restaurant.

— Le premier service commence à peine. Personne ne déjeune aussi tôt, à l'exception des vieilles filles et des pasteurs. Allez, soyez chic. Venez me tenir compagnie autour d'un cocktail. Nous sommes dans un train, vous savez. On peut faire une entorse aux règles de la bonne société quand on voyage.

— Bon, d'accord, acquiesçai-je.
— Excellent. En route.
Me prenant par le coude, il me guida en direction du wagon-bar.
— Allez-vous en Écosse pour chasser la grouse ? me demanda-t-il alors que nous faisions notre possible pour avancer d'un pas mal assuré, ballottés par les mouvements du train.
— Je pars rendre visite à ma famille, répondis-je par-dessus mon épaule, mais j'envisage de chasser un peu. Et vous ?
— Moi aussi, mais modérément, car j'y vais surtout pour assister à la mise à l'eau du nouveau bateau de l'un de mes copains. Il a conçu un engin diabolique avec lequel il compte battre le record mondial de vitesse sur l'eau. Vu qu'il entend l'essayer sur un épouvantable lac écossais, moi et quelques autres avons décidé de l'accompagner pour l'encourager.
— Vraiment ? Et où avez-vous prévu de séjourner ?
— J'ai réussi à soutirer une invitation au château de Rannoch, qui n'est pas loin du lac. Le duc et moi étions au pensionnat ensemble, voyez-vous. Je dois dire que ce genre de vieilles relations d'école servent à merveille, où qu'on aille. Je ne me réjouis néanmoins guère de loger dans cette demeure. Carrément moyenâgeuse, d'après ce qu'on m'en a dit. Aucune plomberie ni chauffage dignes de ce nom, et des fantômes d'ancêtres qui rôdent sur les remparts. Les occupants encore en vie sont paraît-il tout aussi assommants. Mais ce sera fichtrement commode d'être près du théâtre des opérations, et je devrais être capable de supporter la situation pendant quelques jours. Et vous ? Où comptez-vous séjourner ?
— Au château de Rannoch, répondis-je d'un ton doucereux. Notre maison de famille.
— Oh, nom d'un chien ! s'exclama-t-il, tandis que ses joues viraient au rose vif. Ne me dites pas que vous êtes

la sœur de Binky ! J'ai carrément mis les pieds dans le plat, et en beauté, n'est-ce pas ?

— Il semblerait que oui. À présent, veuillez m'excuser. Je n'ai pas envie de manquer le premier service du déjeuner en compagnie des pasteurs et des vieilles filles.

Je tournai les talons et filai au plus vite dans la direction opposée.

Le wagon-restaurant était tout à fait plein – et pas seulement occupé par les pasteurs et les vieilles filles tant redoutés. Un serveur me trouva toutefois une table libre et me tendit le menu. Je remarquai alors un homme assis tout près, qui m'observait avec intérêt. Il avait tout du militaire d'âge moyen : mince, l'allure raide, moustache bien taillée ; avait-il pour habitude de flirter avec des jeunes femmes quand il prenait le train ? Et justement, il se levait à moitié comme pour s'approcher de moi, quand un autre individu le devança.

— Je suis terriblement navré, commença ce dernier d'une voix haletante, haut perchée, mais cet endroit affreux est apparemment bondé. Cela vous ennuierait-il de m'accueillir à votre table, mademoiselle ? Je promets de ne pas faire de bruit en mangeant mon potage ou d'attendre que mon thé refroidisse dans sa tasse plutôt que de le boire dans sa soucoupe.

Il était tout le contraire du premier homme – court sur pattes, rondouillard, avec une sémillante petite moustache et un œillet à la boutonnière. Ses cheveux bruns étaient soigneusement peignés afin de dissimuler une légère tonsure. Il paraissait complètement inoffensif et m'adressait à présent un sourire plein d'espoir. S'il avait arboré un col d'ecclésiastique, il aurait peut-être même pu compter parmi les pasteurs susmentionnés.

— Bien sûr, répondis-je. Veuillez vous asseoir.

— Formidable, formidable, dit-il, rayonnant.

Il sortit de sa poche un mouchoir blanc parfaitement repassé avec lequel il s'épongea le front.

— Il fait chaud, dans ce train, pas vrai ? Tous les voyageurs en sont pour un choc épouvantable en atteignant l'Écosse et ses habituelles bourrasques de vent mugissantes.

— Vivez-vous dans cette région ?

— Grands dieux, non. Je suis du genre cosmopolite. J'aime Londres, Paris, etc.

Puis il me tendit une main rose et potelée.

— Je devrais me présenter. Godfrey Beverley. Je suis responsable d'une modeste rubrique dans le *Morning Post*. Elle s'intitule « Cancans & potins ». J'y traite de toutes les histoires croustillantes qui circulent en ville. Vous avez sans doute entendu de parler de moi.

Une petite sonnette d'alarme se déclencha alors dans ma tête. Cet individu travaillait pour un journal. Tentait-il de s'insinuer dans mes bonnes grâces afin d'obtenir l'exclusivité de ma mésaventure et de mon départ soudain pour l'Écosse ?

— Je suis désolée, répliquai-je sèchement. Nous ne lisons que le *Times*, et je ne prête pas attention aux commérages.

— Mais enfin, chère demoiselle, je ne connais personne qui ne trouve les cancans parfaitement délicieux, affirma-t-il, levant des yeux gourmands vers les assiettes de potage qu'on nous apportait.

— Ah, une crème vichyssoise, ma préférée, dit-il, de nouveau radieux. J'ai appris que les repas étaient convenables dans ce train, ces temps-ci. C'est tellement mieux que lorsqu'il faisait halte à York et qu'on n'avait que vingt minutes pour s'empiffrer d'horribles friands à la saucisse. Tiens donc, je n'ai pas encore eu l'occasion de m'enquérir de votre nom.

Je tâchai d'en trouver un qui fût parfaitement ordinaire, et j'étais sur le point de dire que je m'appelai Maggie McGregor – empruntant celui de ma bonne restée au château –, quand le maître d'hôtel s'approcha.

— Un peu de vin, lady de Rannoch ? me proposa-t-il.

— Euh, non merci, bredouillai-je.

— Lady de Rannoch ? s'étonna mon compagnon de table en m'observant avec un vif empressement, avant de placer sa main sur sa bouche, comme un vilain garçon surpris en train de voler des biscuits. Oh, ciel, suis-je bête ! Naturellement. J'ai vu votre photographie dans le *Tatler*. Vous êtes bel et bien lady Georgiana. La cousine du roi. C'est affreusement grossier de ma part de ne pas vous avoir reconnue d'emblée. Et moi qui vous ai prise pour une jeune fille bien comme il faut et parfaitement ordinaire rentrant dans sa famille après une année au pensionnat ou à l'université. Vous avez dû me trouver terriblement présomptueux lorsque je me suis invité à votre table. Et vous vous êtes montrée si affable vis-à-vis de ma requête. Veuillez pardonner mon manque de savoir-vivre, conclut-il en faisant mine de se lever.

— Ne vous en faites pas, répondis-je afin de l'apaiser. Et restez, je vous prie. Je déteste déjeuner seule.

— Vous êtes trop aimable, vraiment, lady de Rannoch, dit-il, allant jusqu'à s'incliner bien bas.

— Du reste, je suis une jeune fille bien comme il faut et parfaitement ordinaire, et je rentre en effet chez moi afin de rendre visite à ma famille.

— Au château de Rannoch ? C'est merveilleux. Je compte séjourner non loin, dans mon auberge préférée. J'aime l'Écosse à cette saison. Toute la bonne société s'y retrouve, évidemment, et il y a toujours une chance pour que vos très estimés parents sortent de Balmoral et frayent avec de vulgaires roturiers comme moi de temps à autre.

Il s'interrompit un instant pour avaler quelques cuillerées de potage.

— Je suppose que vous avez été invitée à Balmoral ?

— Oui, les membres de la famille sont censés y faire acte de présence à un moment ou à un autre durant l'été. Mais j'ai d'abord prévu de passer quelques jours sur nos terres.

— Vous devez tellement manquer aux vôtres lorsque vous vous absentez. Avez-vous voyagé à travers l'Europe ?

— Non, je suis surtout restée à Londres, dis-je, avant de me rappeler qu'il était le roi des « Cancans & potins ». Bien sûr, je rends souvent visite à des amis dans leurs résidences à la campagne. J'aime avant tout le grand air. Il m'est difficile de rester en ville trop longtemps.

— Vous avez raison, entièrement raison. Ma foi, chez qui avez-vous séjourné ces derniers temps ? Quelque scandale alléchant s'est-il produit ?

— Aucun depuis l'affaire de la princesse bavaroise, répondis-je, sachant qu'il était déjà parfaitement au courant.

— Oh, ma chère, c'était affreux, n'est-ce pas ? Vous avez failli y laisser la vie, à ce qu'il paraît. Quelle chance vous avez eue !

Nos assiettes de potage vides furent remplacées par un plat de faisan grillé, accompagné de pommes de terre nouvelles et de petits pois. Le visage de Godfrey Beverley s'illumina de nouveau.

— J'adore le faisan, je l'avoue, précisa-t-il avant de se remettre à manger avec bon appétit.

Après avoir presque entièrement liquidé son assiette, il reprit :

— Bon, dites-moi, quelle est donc cette rumeur qui court au sujet de votre estimé cousin, le prince de Galles, et de sa nouvelle compagne ? Est-il vrai qu'elle est mariée ? Et divorcée de son premier époux, de surcroît ? Sans parler du fait qu'elle serait américaine.

— Je crains que mon cousin David ne se confie pas à moi à propos de ses maîtresses. Il me considère encore comme une écolière.

— Quel manque de perspicacité. Une belle jeune femme épanouie comme vous !

J'étais sur le point de lui faire observer qu'il m'avait d'abord prise pour une fille ordinaire revenant de pension, quand je m'aperçus qu'il avait dû lui aussi se le rappeler, car il s'agita de nouveau et se mit à triturer son morceau de pain. À cet instant, le serveur revint avec une tarte meringuée qui avait l'air succulente.

— Je me demande si cette personne sera en Écosse, reprit Godfrey Beverley avec un air de conspirateur.

— Quelle personne ?

— La mystérieuse Américaine dont tout le monde parle, chuchota-t-il. Elle ne sera certainement pas conviée à Balmoral, mais j'espère bien l'apercevoir ici ou là. Il se dit qu'elle est à la pointe de la mode – à ce propos... avez-vous vu votre chère maman ces derniers temps ? J'ai pour elle une affection hors du commun.

— Vraiment ?

Mon hostilité vis-à-vis de lui diminua quelque peu.

— Évidemment. Je l'adore. Je vénère jusqu'au sol qu'elle foule : elle m'a fourni pour ma rubrique plus de matériau qu'aucun autre être humain. Elle mène une vie si délicieusement délurée.

Paroles qui attisèrent de nouveau mon hostilité.

— Je la vois très peu ces temps-ci, rétorquai-je. Je crois qu'elle est encore en Allemagne.

— Oh, non, ma chère. Elle est arrivée en Angleterre il y a deux semaines au moins. Je l'ai aperçue au café Royal l'autre soir. Et elle a chanté avec Noel Coward au Café de Paris. Il se dit qu'il serait en train de lui écrire une pièce de théâtre. Pourriez-vous me confirmer cette information, à tout hasard ?

— Vous en savez manifestement plus que moi, répondis-je, me sentant ridiculement blessée d'apprendre que ma mère n'avait pas cherché à me contacter une seule fois alors qu'elle se trouvait à Londres.

Non qu'elle m'eût davantage contactée quand j'étais enfant ou en pension – à l'époque, son silence durait parfois des mois. On ne pouvait pas dire que l'instinct maternel était l'un de ses points forts.

Je parvins à manger ma meringue sans en mettre partout sur mes vêtements et, tandis que nous prenions un café, à répondre poliment à quelques-unes des incessantes questions de M. Beverley. Ce fut avec un grand soulagement que je terminai ma tasse et appelai le serveur afin de payer mon addition.

— Quelqu'un s'en est déjà chargé, lady de Rannoch, répondit-il.

Je regardai autour de moi, un peu troublée. Qui avait bien pu m'offrir ce repas ? Ce n'était certainement pas mon compagnon de table, occupé à compter sa monnaie sur la nappe. Je me dis alors que sir William avait peut-être arrangé la chose pour essayer d'atténuer le choc de mon départ forcé.

Je me levai et fis un signe de tête à M. Beverley, qui se redressa à son tour.

— Lady de Rannoch, je ne saurais vous dire à quel point il m'a été agréable de faire votre connaissance. J'espère sincèrement que ce fut la première de nombreuses autres rencontres à venir. Qui sait ? Peut-être serez-vous un jour disponible. Il y a un charmant petit salon de thé près de mon auberge. La Bouilloire d'argent. Le connaissez-vous ?

— Lorsque je suis au château, je prends généralement le thé avec ma famille. Mais je suis convaincue que nous nous croiserons à un moment ou à un autre, du moins en fonction de la durée de votre séjour écossais. Sans doute lors d'une partie de chasse, suggérai-je.

À ces mots, il pâlit.

— Oh, grands dieux, non ! L'idée d'occire des créatures ne me plaît guère, lady de Rannoch. C'est une coutume tellement barbare !

Je faillis lui rappeler qu'il avait pris beaucoup de plaisir à dévorer son faisan, un oiseau que quelqu'un avait bien dû tuer au préalable, mais j'étais impatiente de prendre congé de lui.

— Je vous prie de m'excuser. Il a fallu que je me lève tôt ce matin, et je crois que j'ai besoin de me reposer après ce déjeuner.

Je lui adressai un signe de tête des plus hautains avant de me retirer dans mon compartiment. Ces deux dernières journées avaient vraiment été extrêmement pénibles. Ce fut avec beaucoup d'espoir que mes pensées se reportèrent sur le château de Rannoch.

8.

Toujours dans le train
17 août 1932

Il faisait bon dans le compartiment que réchauffait le soleil de l'après-midi, et j'étais repue après cet excellent déjeuner. Je dus m'assoupir, car un petit bruit me réveilla. Un cliquetis très léger, pourtant assez sonore pour m'inciter à rouvrir les yeux. Je m'assis, alarmée. Un homme se trouvait dans mon compartiment. Pour couronner le tout, il était en train de fermer les rideaux de la vitre donnant sur le couloir. C'était l'individu à l'allure martiale qui m'avait scrutée dans le wagon-restaurant.

— Mais enfin, que faites-vous ? m'exclamai-je en me levant d'un bond. Veuillez partir sur-le-champ, je vous prie, ou je serai contrainte de tirer la sonnette d'alarme.

À ces mots, il eut un petit rire.

— J'ai toujours rêvé d'assister à ça. Combien de temps faut-il à un train express pour s'arrêter lorsqu'il roule à plus de cent-dix kilomètres à l'heure ? Une bonne minute, sans doute.

— Si vous êtes un voleur, je vous préviens : je n'ai aucun objet de valeur dans mes bagages, expliquai-je d'un ton arrogant. Et si vous essayez de m'agresser, je saurai vous allonger un bon coup de poing tout en hurlant à pleine voix, je vous le garantis.

Il s'esclaffa de nouveau.

— Oh, je n'en doute pas. Je crois que vous ferez parfaitement l'affaire.

Il s'assit sans y être invité.

— Je ne vous veux aucun mal, lady de Rannoch, assura-t-il. Et je vous demande de bien vouloir me pardonner cette intrusion peu orthodoxe. J'ai tenté de vous aborder dans le wagon-restaurant, mais un odieux petit homme m'a devancé. Permettez-moi de me présenter comme il convient, ajouta-t-il en se penchant vers moi. Je suis sir Jeremy Danville. Je travaille pour le ministère de l'Intérieur.

Oh, bon sang ! songeai-je. Encore un fonctionnaire veillant à ce que je gagne l'Écosse sans encombre et sans causer de scandale préjudiciable à la royauté. Il souhaitait probablement savoir ce que j'avais raconté à Godfrey Beverley.

— J'ai délibérément pris ce train, conscient que nous pourrions discuter sans risquer d'être entendus par des oreilles indiscrètes. Tout d'abord, je souhaite que vous me donniez votre parole : rien de ce que je vais vous dévoiler ne devra être répété, pas même à un membre de votre famille.

Je ne m'attendais pas à cela.

— Je ne vois pas comment je pourrais vous faire une telle promesse sans savoir de quoi il retourne.

— Et si je vous disais qu'il en va de la sécurité de la monarchie ?

Il me dévisagea attentivement.

— Bon, dans ce cas, je suppose que ce n'est pas pareil.

Je commençai à quelque peu ressentir ce qu'Ann Boleyn avait dû éprouver le jour où, convoquée à la tour de Londres, elle avait découvert qu'on ne l'avait finalement pas conviée à un simple dîner. L'idée que quelqu'un avait pu informer la reine de mon petit impair me traversa l'esprit ; et si elle avait décidé de m'expédier immédiatement dans les Hébrides extérieures pour faire de moi la dame d'honneur d'une vieille parente ?

Sir Jeremy s'éclaircit la gorge.

— Lady de Rannoch, le ministère de l'Intérieur sait quel rôle vous avez joué lorsque la conspiration contre Leurs Majestés a été exposée. Vous avez su faire montre d'un cran et d'une ingéniosité non négligeables. Nous nous sommes donc dit que vous étiez peut-être la personne idéale pour accomplir une petite mission en lien avec la famille royale.

Il s'interrompit. Je gardai le silence. Il semblait attendre une réponse de ma part, mais qu'aurais-je pu dire, puisque j'ignorais tout de ce qu'il comptait réellement me confier ?

— Lady de Rannoch, finit-il par reprendre. Votre cousin David, le prince de Galles, a récemment échappé à une série d'accidents fâcheux – une roue de son automobile s'est desserrée, la sangle de selle de son poney de polo s'est cassée. Par chance, il s'en est tiré indemne. On aurait pu considérer qu'il s'agissait de coïncidences malencontreuses mais, en examinant les faits de manière plus approfondie, nous avons découvert que le duc d'York[1] et ses autres frères ont également essuyé des accidents du même genre. Nous en avons conclu que quelqu'un essayait de s'en prendre à certains membres de la famille royale – plus précisément aux héritiers du trône –, voire de les assassiner.

— Mince alors ! m'exclamai-je. Pensez-vous que les communistes sont de nouveau à l'œuvre ?

— Nous avons envisagé cette possibilité, répondit sir Jeremy d'un air grave. Une puissance étrangère qui tenterait de déstabiliser le royaume. Toutefois, les circonstances et la nature de ces accidents nous amènent à une

1. Frère du prince de Galles et futur George VI, il régnera de 1936 à 1952. À sa mort, sa fille aînée deviendra Élizabeth II. (*N.d.T.*)

conclusion stupéfiante : il semblerait que nous ayons affaire à un ennemi intérieur.

Je m'apprêtai à répéter « mince alors ! », mais m'en abstins à la dernière seconde. L'expression était en effet un tantinet immature.

— Vous voulez dire que quelqu'un s'est infiltré au palais ? dis-je. Ce n'est pas tout à fait impossible, je suppose. Des communistes y sont récemment parvenus depuis la Bavière, après tout.

— Mais cette fois, comme je vous l'ai déjà dit, ils ne sont pas impliqués, répliqua sir Jeremy d'un ton abrupt. Il s'agit probablement d'un individu qui a ses entrées au palais.

— Un proche de la famille ?

— Oui, acquiesça-t-il. Ce qui ne facilite pas nos opérations de surveillance. Naturellement, nos agents des renseignements généraux font de leur mieux pour protéger le prince de Galles et ses frères, mais il y a des lieux et des moments où ils ne peuvent être présents. Voilà pourquoi vous nous seriez utile. Ils sont tous à Balmoral, ces jours-ci, occupés à chasser la grouse.

— C'est une bonne chose, n'est-ce pas ? Ils ne risquent vraiment rien, là-bas.

— Au contraire. Le prince de Galles l'a de nouveau échappé belle, pas plus tard qu'hier : la direction du break de chasse[1] qu'il conduisait s'est enrayée.

— Min… Bon sang, balbutiai-je.

— Nous avons donc été contents d'apprendre que vous partiez pour l'Écosse. Vous appartenez à leur petit cercle fermé, vous pouvez aller et venir librement parmi eux. Vous êtes la personne idéale pour cette mission.

1. Voiture (d'abord tirée par des chevaux, puis munie d'un moteur) très appréciée par l'aristocratie britannique et généralement assez spacieuse pour transporter des chasseurs, leurs armes et leurs chiens. *(N.d.T.)*

— Je n'ai cependant pas été conviée à Balmoral avant la semaine prochaine, précisai-je.

— Aucun problème. Rannoch est proche de la résidence royale, et plusieurs des chasseurs séjournent actuellement chez votre frère. Nous ferons savoir à Leurs Majestés que vous êtes arrivée plus tôt que prévu et que vous avez décidé de vous joindre à la partie de campagne organisée par le duc.

Une partie de campagne ? Cela ne ressemblait assurément pas à Fig. Je ne voyais pas qui aurait pu supporter de rester plus de quelques jours au château de Rannoch pour chasser quoi que ce soit, tout particulièrement si ma belle-sœur se montrait aussi mesquine qu'à l'accoutumée, interdisant aux invités de manger plus d'un demi-toast chacun au petit déjeuner ou de faire couler plus de cinq centimètres d'eau chaude au fond de leur baignoire. Une autre pensée me traversa soudain l'esprit.

— Le roi et la reine sont-ils au courant ?

— Non, personne ne l'est, à l'exception de quelques-uns de nos agents. Le prince de Galles et ses frères ne soupçonnent même pas que ces mésaventures puissent être autre chose que des accidents. À vrai dire, le prince a plaisanté à ce sujet en déclarant qu'il ferait mieux, dorénavant, de consulter son horoscope avant de s'aventurer dehors. Du reste, cette affaire ne doit pas être ébruitée. Il ne faut même pas y faire la plus petite allusion. Nous sommes probablement confrontés à un individu rusé et sans pitié, et je veux être certain de pouvoir le coincer avant qu'il ne réussisse à nuire à qui que ce soit.

— Et vous n'avez aucune idée de son identité éventuelle ?

— Aucune. Nous avons vérifié de manière approfondie les antécédents de tous les membres du personnel au service de la famille royale, notamment de ceux qui ont pu être en contact avec le prince et ses frères. En vain.

— Je vois. Vous n'exagériez donc pas en suggérant qu'il s'agit de l'un d'entre nous.

— Oui, tout à fait, répondit sir Jeremy en opinant gravement du chef. Il vous suffira de garder les yeux et les oreilles ouverts. L'agent qui se trouve déjà sur place se fera connaître et c'est à lui que vous pourrez confier tout ce qui vous paraîtra suspect. Bien entendu, nous n'attendons pas de votre part que vous vous mettiez en danger. Pouvons-nous compter sur vous ?

J'eus le plus grand mal à me faire obéir de ma langue.

— Oui, évidemment, acquiesçai-je d'une petite voix.

9.

Château de Rannoch
Perthshire, Écosse
17 août 1932

La nuit n'était pas tout à fait tombée quand notre vieille Bentley s'engagea dans l'allée qui menait au château. L'été, le soleil se couche tard en Écosse, et même si je distinguais, entre les pins, des lumières clignotant aux fenêtres de la bâtisse, l'horizon qui se déployait au-delà des montagnes arborait encore des teintes roses et dorées. C'était un début de soirée splendide, comme on en voit peu, et mon cœur bondit à la vue de ce décor familier. J'avais si souvent monté mon poney le long de ce sentier. Je revis aussi le rocher depuis lequel Binky m'avait défiée de plonger dans le loch, ainsi que le promontoire escarpé que j'étais la seule à avoir su escalader. Derrière la clôture, nos vaches des Highlands regardaient passer l'automobile avec curiosité, tournant leurs grosses têtes hirsutes pour nous suivre des yeux.

Sur le trajet me ramenant chez moi, j'avais repris courage ; nous avions quitté la ville d'Édimbourg pour grimper à travers la campagne boisée, avant d'émerger sur la vaste étendue des Highlands, lugubre et balayée par les vents, ses pics se dressant au-dessus de nous et ses ruisseaux dévalant joyeusement les pentes près de la route. Peu importait ce qui pouvait se produire, j'étais de retour à la maison. Quant aux éventuels événements à venir, je décidai de les chasser de mon esprit ce soir-là. Tout m'inquiétait tellement. Je commençais de surcroît à me dire qu'il y avait anguille sous roche, car j'avais la nette impression qu'on se servait de moi. La façon dont j'avais été convoquée à Scotland Yard, où sir William m'avait humiliée en m'obligeant à partir au plus vite pour l'Écosse, la rencontre avec sir Jeremy Danville dans le train – tout cela était arrivé fort à propos. La brigade des mœurs surveillait-elle effectivement au jour le jour les annonces publiées dans les pages du *Times* ? Vérifiait-elle tous les numéros de téléphone qui lui paraissaient louches ? Et gérer une agence d'hôtesses était-il réellement un crime affreux ? Puis me vint à l'esprit une pensée qui me mit dans un état d'agitation extrême : Darcy était-il mêlé à tout cela ?Ainsi que je l'ai déjà évoqué, je savais qu'il avait des activités secrètes dont il refusait de parler, et je le soupçonnais d'être une sorte d'espion. Avait-il averti le ministère de l'Intérieur de ma petite bévue, leur donnant ainsi une excuse toute trouvée pour m'envoyer en Écosse sans m'alarmer outre mesure ?

Ils auraient pu tout bonnement me convoquer au ministère de l'Intérieur et expliquer ce qu'ils attendaient de moi ; mais j'aurais pu refuser, je suppose. En revanche, leur petite combine faisait de moi une cible facile pour mettre leur plan en œuvre sans que je puisse m'y dérober. Et il me semblait de plus en plus probable, alors que je réfléchissais de nouveau à l'enchaînement des événements, que Darcy était l'instigateur de ce projet. Drôle d'ami, me dis-je. Il m'avait trahie avant de m'obliger à accepter une mission difficile et peut-être dangereuse. Dans ce cas, bon débarras !

Les pneus de la Bentley crissèrent sur le gravier et l'auto s'immobilisa devant l'entrée du château. Le chauffeur s'empressa de venir m'ouvrir. Toutefois, avant même que je sois descendue de voiture, notre majordome, Hamilton, apparut sur le seuil éclairé de la porte.

— Bienvenue chez vous, lady Georgiana, me dit-il. Je suis heureux de vous savoir de retour.

Jusqu'ici, tout allait bien. Quelqu'un était au courant de ma venue, c'était déjà ça.

— Et je suis heureuse d'être de retour, Hamilton, répondis-je.

Je gravis les marches usées et franchis l'immense porte d'entrée. Après avoir traversé un petit vestibule aux parois couvertes de têtes de cerfs, on pénètre dans la grande salle, le cœur du château de Rannoch. Haute de deux étages, elle est bordée d'une galerie sur tout son pourtour. À un bout de la pièce se dresse une gigantesque cheminée de pierre pouvant accueillir un bœuf à la broche. Les murs lambrissés sont ornés d'épées, de boucliers, de bannières en lambeaux brandies au cours de batailles d'antan et d'autres trophées de chasse. Un large escalier s'élève d'un côté, le long duquel sont accrochés des portraits d'ancêtres, chaque génération plus chevelue et barbue que la précédente à mesure que l'on remonte dans le temps. Le sol est de pierre, ce qui refroidit davantage encore la salle, et plusieurs fauteuils et canapés sont disposés autour de l'âtre, lequel n'est jamais allumé en été, quelle que soit la température extérieure.

Un étranger découvrant l'endroit pour la première fois le trouvera horriblement froid, sinistre et martial. Mais, à cet instant, je me sentais chez moi. J'embrassais la salle du regard avec satisfaction quand Fig apparut dans la galerie.

— Georgiana, vous voici. Dieu merci ! fit-elle, sa voix se répercutant depuis le haut plafond.

Elle alla même jusqu'à dévaler l'escalier pour m'accueillir.

Ce n'était pas l'accueil auquel je m'étais attendue et, interloquée, je fixai sans comprendre ma belle-sœur qui accourut vers moi, bras ouverts, avant de m'étreindre – chose incroyable. Et puisqu'elle m'avait bel et bien appelée par mon nom, elle ne m'avait pas prise pour quelqu'un d'autre. D'ordinaire, avec Fig, personne ne se sent bienvenu. Jamais.

— Comment allez-vous ? demandai-je.

— Très mal. Vous n'imaginez pas à quel point la situation est affreuse. Voilà pourquoi je suis contente que vous soyez là, Georgiana.

— Qu'est-ce qui ne va pas ?

— Oh, rien ne va ! Mais allons nous installer dans l'antre de Binky, voulez-vous ? proposa-t-elle en glissant son bras sous le mien. Nous n'y serons probablement pas dérangées. Vous souhaitez manger un peu, je suppose. Hamilton, pourriez-vous apporter à lady Georgiana un plateau avec des boissons et une assiette de sandwichs au saumon fumé ?

Bon. Ma belle-sœur avait forcément été ensorcelée, ou emportée par les fées et ces dernières avaient laissé l'une des leurs à sa place. Nous étions en Écosse, après tout. Mais vu qu'elle m'offrait de quoi manger et boire, pourquoi aurais-je refusé ? Elle me conduisit jusqu'à l'étroit passage situé sur la droite, puis nous franchîmes une porte lambrissée de chêne. La pièce sentait la fumée de pipe, le bois ciré et les vieux livres – une odeur familière, typiquement masculine. Fig m'indiqua un fauteuil de cuir et en approcha un autre pour elle.

— Dieu merci, répéta-t-elle. Je ne crois pas que j'aurais pu endurer seule la situation un jour de plus.

— Comment ça, seule ? Où est mon frère ?

— Vous n'avez donc pas été informée du terrible accident dont il a été victime ?

— Quel accident ?

— Il a marché sur un piège.

— Un piège à animaux ?

— Naturellement, un piège à animaux.

— Depuis quand MacTavish se sert-il de pièges sur le domaine ? J'ai toujours pensé qu'il avait le cœur trop tendre.

— Il jure que ce n'est pas lui qui l'a posé, mais ce ne peut être que lui. Qui d'autre aurait pu placer un fichu piège sur l'un de nos sentiers ? Et plus particulièrement un sentier que Binky emprunte tous les matins.

— Sapristi ! Comment va-t-il ?

— Mal, évidemment, rétorqua-t-elle d'une voix sèche, sa véritable nature reprenant le dessus pour la première fois depuis mon arrivée. Il est alité avec un énorme bandage autour de la cheville. À dire vrai, il a été extrêmement chanceux, car il portait les vieux brodequins ayant appartenu à votre grand-père. Je lui disais sans cesse de les jeter, mais je suis maintenant contente qu'il ne m'ait pas écoutée. Avec des chaussures moins solides, le piège lui aurait arraché le pied. Grâce à ce soulier, le mécanisme ne s'est pas refermé complètement, et Binky s'en sort avec de vilaines entailles qui ont manqué entamer l'os et un tendon sectionné.

— Pauvre vieux. C'est affreux pour lui.

— Pour lui ? Ça l'est aussi pour moi, avec tous ces gens épouvantables qui logent au château.

— Quels gens épouvantables ?

— Ma chère, la maison est pleine de ces répugnants Américains.

— Des hôtes payants ?

— Bien sûr que non. Qui diable a pu vous mettre une idée pareille en tête ? On n'a jamais vu un duc accueillir des hôtes payants ! Non, ce sont des amis du prince de Galles. Plus précisément, une certaine femme parmi eux, qui est une amie de David.

— Oh, je vois. Elle.

— Comme vous le dites, « elle ». Le prince est à Balmoral, comme il se doit, et elle n'y aurait certainement pas été la bienvenue. Il a donc demandé à Binky de lui offrir l'hospitalité afin qu'ils puissent se rendre visite aisément. Vous connaissez votre frère… il a toujours été trop bon. Incapable de dire non à qui que ce soit. Et il admire tant le prince depuis qu'ils sont enfants. Il a bien entendu consenti.

Je hochai la tête par solidarité. Et Fig de poursuivre :

— Le prince nous a alors suggéré d'organiser une partie de campagne de plusieurs jours au château afin de divertir cette femme et son mari – oh, ai-je oublié de préciser qu'elle a encore un cher et tendre dans son sillage ? Le pauvre bonhomme traînasse d'une pièce à l'autre comme un mouton perdu. Il passe son temps à jouer au billard. Il ne sait même pas tirer. Binky a donc invité quelques autres personnes – ses cousins, pour commencer, imaginez un peu !

— Quels cousins ?

— De la branche écossaise. Vous savez, ces horribles personnages, Lachan et Murdoch ?

— Oh, oui, je me souviens d'eux.

Ces deux frères m'avaient toujours plus ou moins terrifiée avec leur allure et leur comportement farouches de Highlanders. Je me rappelai Murdoch faisant une démonstration de lancer de tronc, ce jeu typiquement écossais, avec un pin qu'il avait projeté à travers une fenêtre.

— Eh bien, sachez qu'ils ne se sont pas bonifiés avec l'âge, ma chère, dit Fig. Et vous n'avez pas idée des quantités de nourriture et de boisson qu'ils ingurgitent.

J'imaginais bien, à vrai dire, à en juger par la force nécessaire pour lancer des troncs. On frappa discrètement à la porte, et Hamilton entra avec un plateau sur lequel étaient posés une pile soignée de sandwichs décorés de cresson, une carafe de scotch et deux verres.

— Merci, Hamilton, dis-je.

— Lady Georgiana, fit-il, inclinant légèrement la tête et me souriant avec un plaisir évident. Puis-je vous servir un petit remontant ?

Sans attendre ma réponse, il me versa une dose généreuse de scotch.

— Et vous, madame la duchesse ?

— Pourquoi pas ?

C'était fort inhabituel. Ma belle-sœur ne buvait d'ordinaire pas, hormis un occasionnel Pimm's lors d'une sortie estivale. Une fois n'était pas coutume, elle s'empara aussitôt de son verre et avala une bonne lampée de scotch. Je mordis dans un sandwich : du saumon pêché dans les environs, le pain frais de Mme McPherson. Je n'avais rien mangé d'aussi divin depuis bien longtemps. Hamilton sortit de la pièce.

— Mais il y a pire encore, reprit Fig en reposant bruyamment son verre vide sur le plateau.

— Vraiment ? m'étonnai-je.

— Cette femme odieuse est donc arrivée, et devinez un peu : elle a amené avec elle son propre entourage. Le château grouille littéralement d'Américains. Ils mangent tellement que nous allons finir à la rue, Georgiana ; et vous n'imaginez pas à quel point ils sont exigeants. Premièrement, ils veulent prendre des douches, pas des bains. Ils ont décrété que ce n'était pas hygiénique. Pour l'amour du ciel, comment un bain ne serait-il pas hygiénique ? La baignoire est remplie d'eau, n'est-ce pas ? Bref, ils ont fait installer par les domestiques une sorte de pommeau de douche dans la salle de bains du premier étage. Un matin, la chose est tombée sur le crâne d'une dame, qui s'est mise à hurler, affirmant avoir été ébouillantée et avoir subi une commotion cérébrale.

J'affichai un grand sourire compatissant.

— Sans compter qu'ils passent leur temps sous la douche ou dans le bain. Ils en prennent quotidiennement, voyez-vous ça ! Et à toute heure du jour ou de la nuit. Je leur ai dit qu'il était impossible de se salir à ce point en si peu de temps, mais ils continuent de se baigner chaque fois qu'ils reviennent de promenade, avant le dîner, après le dîner… C'est un miracle qu'ils ne soient pas complètement délavés. Quant aux boissons... ils ne veulent que des cocktails et sont sans cesse en train d'en inventer de nouveaux. Ils se sont servis du scotch single malt de Binky, qui a vingt ans d'âge, pour préparer une concoction avec du jus d'orange et des cerises au marasquin. Votre frère était dans son lit, souffrant le martyre, quand c'est arrivé, et je suis sincèrement heureuse qu'il ne les ait pas vu faire. Cela l'aurait achevé sur-le-champ, croyez-moi.

Pour la première fois de ma vie, j'éprouvais de la sympathie pour Fig. Elle paraissait en effet à bout de nerfs. Ses cheveux coupés à la garçonne, d'habitude parfaitement en place, étaient si ébouriffés qu'on aurait dit qu'elle venait de traverser une tempête. De plus, une tache maculait le corsage de sa robe de soirée en soie grise. De la soupe de tomate, manifestement.

— Ce doit être extrêmement éprouvant pour vous, compatis-je. Quant au pauvre Binky...

— Binky ? s'écria-t-elle d'une voix stridente. Il est tranquillement étendu à l'étage, dorloté par votre vieille nourrice et Mme MacTavish. Il a une cheville estropiée, voilà tout. Moi, j'ai des Américains.

— Courage ! Ils ne seront pas là bien longtemps. Personne ne reste en Écosse plus d'une semaine ou deux.

— D'ici une semaine ou deux, nous n'aurons plus rien, fit-elle, visiblement au bord des larmes. Ils vont nous ruiner, je vous assure. Il me faudra accueillir des hôtes payants pour joindre les deux bouts. Et Binky sera obligé de vendre les vestiges de notre argenterie.

Je tendis une main hésitante que je plaçai sur la sienne. C'était la première fois que je touchais ma belle-sœur de mon plein gré, je crois.

— Ne vous inquiétez pas, Fig. Nous allons trouver une solution.

Elle leva vers moi des yeux radieux.

— Je savais que je pouvais compter sur vous, Georgiana. Je suis tellement contente que vous soyez rentrée.

10.

Château de Rannoch
17 août 1932
Tard le soir.

En sortant de l'antre de Binky pour rejoindre le couloir donnant sur la grande salle, nous entendîmes des éclats de voix : une petite fête semblait battre son plein dans le salon, à l'autre bout du corridor qui nous faisait face.

— Et je lui ai donc dit : « Vous n'avez tout simplement pas l'équipement qu'il faut, mon chou. » Ce à quoi il a répondu : « J'en ai un, et il est bigrement gros ! Du reste, il file droit comme un piquet quand le moteur s'emballe. » Il se figurait que nous étions encore en train de parler de son bateau.

Ces paroles déclenchèrent une explosion de rires. Bien que nous soyons encore plongées dans la pénombre, à plusieurs mètres du salon, je reconnus celle qui venait de s'exprimer avant même de vraiment distinguer son visage. C'était évidemment Mme Wallis Simpson, l'Américaine tant redoutée. Alors que je la regardais approcher, dans une robe de soirée d'un gris d'étain, assortie d'une coiffe d'un gris tout aussi métallisé, elle me parut plutôt maigre, anguleuse et masculine. Et vieillie. Elle commençait à faire son âge, me dis-je avec satisfaction.

— Wallis, chérie, quelle effrontée vous faites ! déclara une dame d'une cinquantaine d'années, sobrement vêtue de noir.

D'une beauté et d'une taille sculpturales, elle dominait Mme Simpson de toute sa hauteur, et son port majestueux évoquait celui de la reine Mary.

— Je me demande bien comment vous pouvez raconter des histoires pareilles en public, continua-t-elle. Le ciel soit loué, Rudi n'est plus là pour les entendre.

— Oh, cessez de jouer les comtesses avec moi, Merion, rétorqua Wallis Simpson. Je n'ai pas oublié l'époque où vous étiez simplement Mlle Webster. Quand j'étais toute petite, vous m'achetiez des sodas à la crème glacée à la buvette de M. Hinkle à Baltimore et vous flirtiez avec le jeune serveur derrière son comptoir !

— Qui est-ce ? murmurai-je à l'oreille de Fig en indiquant la femme plus âgée.

— Elle ? La comtesse von Sauer.

— Vous m'avez pourtant dit que vos invités étaient tous américains.

— En effet. C'est l'une des amies de cette fichue Simpson. Elle portait le nom très ordinaire de Webster avant de voyager à travers l'Europe et de mettre le grappin sur un comte autrichien. Je ne crois pas que la Simpson lui a pardonné de l'avoir devancée sur l'échelle sociale.

— Elle fait désormais son possible pour y remédier, chuchotai-je à Fig.

— Assurément. Le prince de Galles vient lui rendre visite presque tous les soirs. Quand je lui ai fait part de ma désapprobation, David m'a répondu que j'étais pudibonde. Vraiment, Georgiana, ai-je jamais été pudibonde ? J'ai les idées aussi larges que tout un chacun. J'ai grandi dans une ferme, après tout.

— Fritzi chéri, j'ai laissé mon châle en haut. Va me le chercher, tu seras un ange, sinon je vais mourir de froid, dit la comtesse en se tournant vers un gros jeune homme au teint rose qui refermait la marche. L'air est franchement glacial, ici. En comparaison, on se croirait sur la Côte d'Azur dans notre château autrichien.

— Maman, vous passez votre temps à oublier vos affaires. Je vais y perdre la santé si vous continuez de me faire courir ici et là. Savez-vous à quelle distance se trouve votre chambre ? Sans parler de toutes ces affreuses marches !

— Elle est venue avec son fils Fritzi, un vrai dépravé, murmura de nouveau Fig. À l'heure du thé, il empile tous les meilleurs sandwichs sur son assiette et le reste du temps, il pince les fesses des bonnes.

— Les cours de gymnastique n'ont donc pas encore été popularisés en Autriche ? demanda un homme corpulent. Babe ne peut débuter la journée sans faire ses exercices et soulever des haltères. N'est-ce pas, ma chérie ?

— Oui, tout à fait, répondit une femme petite et maigre.

À cet instant, ils s'engouffrèrent dans la grande salle et Wallis Simpson m'aperçut.

— Tiens donc, c'est la fille de l'actrice. Quelle surprise. Quand êtes-vous arrivée ?

Encore en colère en raison de ce qu'elle infligeait à Fig et à Binky, je n'avais pas l'intention de laisser passer ses remarques désobligeantes.

— Je suis en réalité la fille du précédent duc, la sœur du duc actuel, la cousine du roi et l'arrière-petite-fille de la reine Victoria. Quant à vous, vous êtes une invitée dans la maison de mes ancêtres.

— Touché ! fit un homme qui s'était attardé à l'arrière du petit groupe. J'ai l'impression que tu as trouvé à qui parler, Wallis.

Je le reconnus : c'était M. Simpson, le mari invisible et silencieux – du moins jusqu'à maintenant.

— Sottises, rétorqua son épouse en laissant échapper un petit rire guttural. Le manque de sexe rend les gens susceptibles, voilà tout. Nous devrions faire une bonne action et lui trouver un garde-chasse pendant son séjour ici. Comme lady Chatterley.

Tous rirent de nouveau aux éclats.

— Qui est lady Chatterley ? murmura Fig à mon oreille.

— L'héroïne d'un roman de D. H. Lawrence. Le livre a été interdit en Angleterre, expliquai-je discrètement. Il l'a fait imprimer en Italie, puis en France, et il circule désormais clandestinement.

— Et que raconte-t-il de si terrible ?

— La lady en question passe son temps à batifoler avec son garde-chasse, et tous deux décrivent la chose en des termes extrêmement explicites.

— C'est répugnant, déclara ma belle-sœur. Je parie que cet écrivain n'a jamais croisé de vrais gardes-chasse, vu le peu de charme que les individus de cette espèce dégagent en général. Ils empestent en outre le lapin mort.

Elle s'interrompit alors que M. Simpson disait à sa femme d'un ton sévère :

— Un de ces jours, tu iras trop loin, Wallis.

Elle leva les yeux vers lui, posa la main sur sa joue et gloussa encore une fois.

— Je ne crois pas. Je sais exactement jusqu'où je peux aller, me semble-t-il.

L'individu corpulent s'approcha de moi, et nous échangeâmes une poignée de main.

— Vous êtes donc la jeune demoiselle de la famille, c'est bien ça ? Enchanté. Je suis Prince Sanders. Et voici ma femme, Babe.

Je serrai les mains de tout le monde. Je remarquai que Mme Simpson ne me tendit pas la sienne.

— Bon, qui veut faire une partie de whist ou de bridge ? proposa-t-elle. Sinon, soyons fous, jouons à la roulette !

— Nous ne possédons pas de roulette, j'en ai bien peur, dit Fig d'une voix glaciale. Si nous décidons de nous adonner à des jeux d'argent, nous allons à Monte-Carlo.

— Pas d'inquiétude, Prince a apporté la sienne, répondit Mme Simpson. Il ne peut passer plus d'une journée sans jouer, pas vrai, mon chou ?

— Certes, mais où allons-nous nous installer si nous ne voulons pas mourir frigorifiés ? demanda la comtesse von Sauer. Ou si nous voulons éviter de voir nos cartes être emportées par une bourrasque ? Sûrement pas dans cette pièce.

— J'ai eu la présence d'esprit d'apporter mon vison, dit Babe.

Son programme de gymnastique matinale était payant, à l'évidence. Elle n'avait plus que la peau sur les os et, à côté d'elle, l'anguleuse Wallis Simpson paraissait carrément féminine. Rien de surprenant à ce qu'elle eût froid. Elle se tourna vers son mari et lui prit la fourrure des mains avant de s'en envelopper douillettement les épaules.

— J'ai même dormi avec la nuit dernière, ajouta-t-elle. Vous n'imaginez même pas le courant d'air qui vient de ma fenêtre, mes chéris. Impossible de la fermer correctement, et il y avait un de ces ouragans au-dehors !

— Le salon de réception ne vous convient-il pas ? s'enquit Fig. Je peux dire aux domestiques de pousser les sofas contre les murs et de dresser des tables.

— Des jeunes gens fort bruyants viennent de s'y installer et nous y ont délogés, répondit Mme Simpson. Ils fument tant qu'on n'y voit plus clair, et la carafe de whisky est déjà bien entamée.

— Vous voyez, je vous l'avais dit, murmura ma belle-sœur à mon intention avant de s'adresser de nouveau à ses invités. Dans ce cas, il faudra vous contenter de la grande salle. Je vais appeler les domestiques.

— Et la charmante pièce qui donne sur le lac ? suggéra Babe. Celle où nous prenons le café le matin.

— Mais c'est le petit salon ! s'offusqua Fig. Nous ne l'occupons qu'en matinée.

— Est-ce donc un crime de l'utiliser plus tard dans la journée ? demanda Wallis Simpson avec amusement. Franchement, je trouve toutes ces règles anglaises tellement fascinantes.

— Je suppose que vous pouvez vous y installer, si vous insistez, concéda ma belle-sœur. Simplement, cela ne se fait pas. Nous n'y entrons plus après le déjeuner.

— La pièce est probablement hantée, ricana Prince Sanders. Le fantôme apparaît seulement après le dernier coup de midi. Babe jure qu'elle a aperçu une silhouette blanche qui flottait dans le couloir, à l'étage.

— Ce devait être la Dame blanche de Rannoch, expliquai-je. L'avez-vous entendue gémir ? Cela lui arrive souvent.

— Vraiment ? dit Babe, inquiète.

— Oui, une histoire atroce. Elle fut condamnée pour sorcellerie et jetée dans le loch avec une grosse pierre attachée à la cheville. Les gens du coin racontent qu'ils voient parfois des bulles se former à la surface de l'eau et que cela pourrait signaler son retour. Bien entendu, il est possible que ce ne soit que le monstre.

— Le monstre ? s'exclama la comtesse, qui paraissait alarmée à présent.

— Oh, oui. Personne ne vous a dit que nous avions une célèbre créature au fond du loch ? Elle y vit depuis plusieurs siècles.

— Seigneur ! reprit la comtesse. Je crois que je préfère me passer de bridge ce soir et aller me coucher directement. Fritzi, veux-tu bien monter avant moi afin de vérifier qu'il y a bien une bouillotte dans mon lit et que ma chemise de nuit est enveloppée autour ?

— Volontiers, maman, répondit docilement l'intéressé avant de s'éclipser.

— Pour ma part, j'ai besoin de mon jeu du soir, déclara Prince Sanders. Allez donc dans le petit salon pendant que je vais chercher ma roulette.

Tout le monde se dispersa. Fig me regarda.

— Vous voyez, je ne vous ai pas menti, Georgiana. C'est un supplice, un effroyable supplice. Avez-vous déjà vu quiconque exiger de s'installer dans le petit salon après l'heure du déjeuner ?

— Non, jamais, assurai-je.

— On pourrait penser que celle qui est devenue comtesse aurait un peu plus de savoir-vivre, n'est-ce pas ? Elle possède pourtant un château en Autriche.

— Et l'Américain est-il réellement prince ? m'étonnai-je en observant sa large silhouette s'éloigner.

Fig éclata d'un grand rire nerveux.

— Mais non, c'est juste son prénom, « Prince ». J'ai commis la même erreur en appelant sa femme « Votre Altesse », et elle a trouvé cela hilarant. Dites-moi, d'où tenez-vous cette histoire de la Dame blanche de Rannoch ? Je n'en ai jamais entendu parler.

— Je l'ai inventée. Si vous voulez que ces Américains quittent le château, donnez-leur des raisons de vouloir partir. L'apparition nocturne du fantôme d'un de nos ancêtres, par exemple. Qu'en pensez-vous ?

— Georgiana, vous êtes diabolique, déclara Fig, qui me dévisageait cependant d'un air rayonnant et admiratif.

— Nous pouvons aussi mettre en place des mesures pour les priver de leur confort. Éteignez la chaudière, par exemple. C'est ce que nous avons fait à Rannoch House en juin dernier, pour contraindre la baronne allemande à déménager. Si ces Américains ne peuvent plus prendre de douches chaudes, ils s'en iront.

— Splendide ! commenta ma belle-sœur, toujours enchantée.

— Et Fergus joue-t-il encore de la cornemuse ? demandai-je, me rappelant que l'un de nos palefreniers dirigeait l'orchestre local.

— Oui.

— Dans ce cas, qu'il en joue à l'aube, sur les remparts, comme cela se faisait dans le temps. Oh, et servez du haggis[1] à vos hôtes au petit déjeuner…

— Georgiana, je… Non, c'est impossible. Cela viendrait aux oreilles du prince de Galles, et il en voudrait beaucoup à Binky.

— Pour quel motif ? Nous nous contentons de perpétuer nos traditions familiales afin que nos invités se sentent bienvenus.

Elle me regarda, pleine d'espoir.

— Croyez-vous vraiment que nous oserons agir de la sorte ?

— Réfléchissez un peu : voulez-vous qu'ils restent chez vous encore longtemps ?

— C'est d'accord ! s'exclama-t-elle. Nous allons transformer les lieux en château des horreurs !

Un rire fusa depuis le salon de réception et se répercuta dans le couloir.

— Je vais confisquer la carafe que vos deux cousins ont entamée, déclara Fig. Dès qu'ils sont ivres, ils se mettent à casser des bibelots.

— Je devrais aller les saluer, au moins, dis-je avec hésitation.

— Oui, en effet, répliqua-t-elle en se dirigeant vers le salon d'un pas décidé.

Lorsque nous entrâmes, deux jeunes hommes assis dans des fauteuils levèrent les yeux vers nous. Il planait dans la pièce un brouillard de fumée de cigare – les cigares de Binky, supposai-je.

— Oh, salut, cousine Fig ! Venez vous joindre à nous, proposa l'un d'eux. Nous fêtons le départ de ces épouvantables Américains.

---

1. Spécialité écossaise à base de hachis d'abats de mouton, cuits dans une panse de brebis. *(N.d.T.)*

— Tout en finissant le meilleur scotch de Binky, constata ma belle-sœur en soulevant une carafe presque vide. Nous n'en avons pas d'autre en réserve, vous savez. Nous sommes dans la misère la plus noire, Murdoch.

Les yeux de ce dernier se posèrent alors sur moi, qui étais restée sur le seuil.

— Et c'est qui, cette jolie fille, hein ? demanda-t-il avec un accent typiquement écossais.

— Votre cousine Georgiana, répondit Fig. Georgiana, voici vos cousins Murdoch et Lachan. Cela fait plusieurs années que vous ne vous êtes pas vus, il me semble.

Deux géants aux cheveux blond-roux se redressèrent, tous deux portaient un kilt. Le premier avait une barbe rousse, et j'eus l'impression que l'un de nos ancêtres était revenu à la vie. J'observai le second. Rasé de près et, ma foi… plutôt beau garçon. Grand, musclé, viril. Comme un dieu grec, à dire vrai. Il me tendit la main.

— Incroyable, la petite Georgie ! s'exclama-t-il. Vous vous rappelez quand vous m'obligiez à vous porter sur mon dos d'un bout à l'autre du domaine, comme si j'étais votre cheval ?

— Oh, c'était donc vous, dis-je en souriant, tandis que je me remémorais ces bons moments. Je me souviens du tronc que Murdoch avait lancé à travers une fenêtre.

— Oh, c'est tout à fait dans son style, acquiesça Lachan qui, tout sourire, ne m'avait pas lâché la main. Buvez donc une petite goutte avec nous et racontez-nous ce que vous devenez.

— Je viens de prendre un verre en compagnie de Fig, dis-je, au cas où celle-ci s'imaginerait que j'avais pactisé avec l'ennemi. Je vis à Londres, maintenant, où je mène une vie irréprochable. Et vous ?

— Nous gérons surtout nos terres, répondit Murdoch. Vu que nous ne pouvons plus nous permettre d'embaucher de la main d'œuvre, nous sommes obligés de travailler comme des bêtes.

— Sauf quand tu t'absentes pour participer aux jeux des Highlands, fit observer Lachan.

— J'y remporte des prix. As-tu oublié le cochon que j'ai gagné l'an passé ? Et le tonneau de whisky ?

— Non, en effet. Mais tu t'es aussi rendu à l'hippodrome d'Aintree, puis à St Andrews pour jouer au golf.

— C'est les affaires, pas vrai ? riposta Murdoch. Il faut bien que j'aille voir courir nos chevaux à Aintree.

— Pendant que je reste coincé à la maison à prendre soin des moutons.

— Normal, je suis l'aîné.

— Mais je suis le plus intelligent.

— N'importe quoi. Qu'est-ce qui a pu te mettre une telle idée dans le crâne ?

Ils se dévisageaient avec hostilité. Fig me regarda d'un air nerveux, comme si elle redoutait qu'ils n'en viennent aux mains.

— Vous devriez aller saluer votre frère avant qu'il ne s'endorme, Georgiana, me conseilla-t-elle.

— Bien sûr, acquiesçai-je. Veuillez m'excuser, ajoutai-je à l'intention de mes cousins.

— Revenez nous voir quand ce sera fait, répondit Lachan.

Alors que je quittais la pièce, je l'entendis qui disait :

— Qui aurait pensé que la petite Georgie deviendrait un jour aussi jolie ?

Et, pour la première fois depuis une éternité, je souris en mon for intérieur.

11.

Château de Rannoch
17 août 1932
Plus tard encore dans la soirée.

— Vous n'avez donc aucun autre invité, hormis mes fougueux cousins ? demandai-je à Fig tandis que nous montions à l'étage. Si tel est le cas, Mme Simpson a bien fait d'amener ses propres amis à votre partie de campagne.

— Nous en avons d'autres, naturellement. Il y a aussi deux jeunes hommes. Je ne sais pas où ils sont passés ce soir.

— Pas davantage de femmes ?

— C'est la saison de la chasse. Je crois que Binky a convié deux ou trois demoiselles, mais celles-ci étaient occupées ailleurs.

Il fallait en effet être une jeune fille bien courageuse pour endurer un séjour au château de Rannoch, songeai-je, amusée.

— Rares sont celles qui s'intéressent à la chasse, je suppose, répondis-je gentiment.

— C'est incompréhensible, déclara Fig. Pour ma part, c'est un sport que j'adore au plus haut point.

— Et qui sont ces jeunes hommes ? m'enquis-je, me sentant soudain pleine d'espoir à l'idée d'être la seule célibataire du groupe. Ils m'ont déjà été présentés ?

— Ma foi, vous connaissez le prince George, votre cousin.

— Le plus jeune fils du roi ? Oh oui, bien sûr.

Je me rappelai alors une certaine fête à laquelle avaient été conviées des personnes peu recommandables, et lors de laquelle Son Altesse m'avait suppliée de ne pas dévoiler à ses parents qu'il était présent.

— Un ex-officier de marine, plutôt bel homme, reprit Fig. Un bon parti pour vous, Georgiana.

Je me gardai bien de parler du regard que j'avais surpris entre George et le dramaturge Noel Coward lors de cette même soirée, ou du fait que j'avais vu le prince se glisser dans la cuisine, où des individus prisaient de la cocaïne. Ce n'était pas un si bon parti que cela, finalement. Mais il était plutôt agréable, comme cousin.

— Je suppose que le roi et la reine souhaitent que leur fils épouse une personne de plus haut rang, répondis-je avec tact. Une alliance européenne serait utile en ces temps instables.

— À ce propos, dit Fig en s'arrêtant net dans l'escalier.

Des voix s'approchaient dans le couloir, juste au-dessus de nous. Des voix d'hommes.

— Et si nous tentions de gravir cette montagne demain ? proposa l'un d'eux avec un accent étranger prononcé.

— Oh non, pas lui, sifflai-je, pétrifiée.

J'avais reconnu cette voix. Elle appartenait à ma bête noire, le prince Siegfried de la maison Hohenzollern-Sigmaringen, celui que tout le monde espérait me voir épouser. Étant donné que je l'avais surnommé Face de Poisson et qu'il préférait les garçons, cette idée ne m'enthousiasmait guère. Une pensée affreuse me traversa l'esprit : étais-je victime d'une conspiration ? Et si j'avais été expédiée en Écosse non pas pour accomplir une mission d'espionnage mais pour être obligée de passer du temps avec l'homme que je souhaitais le plus éviter ? Si je me retrouvais soudain dans la même pièce avec Siegfried et un prêtre, il me faudrait prendre mes jambes à mon cou.

— Vous voulez parler du prince Siegfried ? demanda ma belle-sœur en me dévisageant d'un air innocent. Vous ne l'appréciez pas ? Il a d'excellentes manières et il est apparenté à toutes les grandes maisons européennes. Il pourrait même devenir roi un jour. S'il arrivait malheur à son frère.

— Si ce dernier était assassiné, voulez-vous dire ?

— Eh bien, oui, mais…

Elle s'interrompit, car les deux jeunes gens venaient d'apparaître, bavardant allègrement. À notre vue, ils se turent à leur tour, surpris.

— Grands dieux, cousine Georgie ! s'exclama le prince George. Êtes-vous là depuis longtemps ?

— Non, cela fait moins d'une heure, monsieur.

— J'ignorais que vous seriez des nôtres. J'en suis ravi, poursuivit mon cousin. Au fait, inutile de m'appeler « monsieur » quand nous sommes entre nous. Certes, mon père tient absolument au protocole, et ma mère oblige même ses petites-filles à lui faire la révérence tous les matins. Ils ne comprennent pas que ces règles guindées sont dépassées. C'est l'âge du jazz. Les gens devraient être libres, n'est-ce pas, Siegfried ?

— Pas trop libres tout de même, répondit l'intéressé. Au sein de notre classe, peut-être. En revanche, je suis opposé à ce que l'on encourage les classes inférieures à se montrer par trop familières.

Il s'inclina alors devant moi en claquant des talons.

— Lady Georgiana. Nous voilà de nouveau réunis. J'en suis enchanté.

Il semblait aussi enchanté que si l'on avait placé un bol de porridge salé devant lui.

— Votre Altesse, dis-je en hochant la tête avec un enthousiasme comparable au sien. Quelle agréable surprise de vous trouver ici.

— Vous êtes donc venue pour la chasse à la grouse, n'est-ce pas ? s'enquit George.

— En effet. Binky a-t-il organisé des battues sur le domaine ou comptez-vous vous joindre aux chasseurs de Balmoral ?

— Nous y sommes allés à deux ou trois reprises. Votre frère n'est pas vraiment en état de faire grand-chose en ce moment, ainsi qu'on a dû vous en informer. Justement, nous lui avons remonté le moral pas plus tard que tout à l'heure, n'est-ce pas, Siegfried ?

— Quoi ? Oh *ja*, absolument.

— À propos, pourquoi ne séjournez-vous pas à Balmoral ? demandai-je à George.

— L'atmosphère y est beaucoup trop étouffante, et maman ne cesse de me harceler afin que je me dépêche de me marier. Sans parler de toutes les tensions autour de David. Mes parents, qui savent évidemment que la Simpson est ici, trouvent la situation extrêmement fâcheuse – en dignes héritiers de notre arrière-grand-mère, précisa-t-il avec un grand sourire.

— Ma foi, comment réagiriez-vous, à leur place ? répondis-je. Le prince de Galles sera roi un jour. Imaginez-vous Wallis en reine, si jamais elle se défaisait de son époux actuel ?

— Je comprends, oui, dit George en riant. David ne prend guère son devoir au sérieux, voilà tout. C'est un chic type, gentil et généreux, mais les affaires d'État l'assomment, et on ne peut pas lui en vouloir.

— Vous avez de la chance, répliquai-je avec amusement. Cette responsabilité ne vous incombera jamais, à moins que ne survienne une autre importante épidémie de grippe ou un massacre.

Jusque-là, nous échangions des plaisanteries ; et pourtant, à ces mots, je sentis un frisson glacial me parcourir.

Était-il possible que quelqu'un essayât d'éliminer les héritiers du trône pour accéder au pouvoir ? Il me fallait consulter la liste des prétendants à la couronne afin de trouver un suspect éventuel. Certainement pas le prince George. Devenir roi mettrait un terme à son mode de vie actuel.

— Vous paraissez complètement absorbée dans vos pensées, remarqua-t-il. Venez donc prendre un verre avec nous avant d'aller vous coucher. Vos effrayants cousins écossais sont-ils encore installés dans le salon de réception ?

— Oui, je le crains.

— Mon Dieu, quelles brutes. Avec eux, on a l'impression d'être de retour à l'âge de pierre, pas vrai, Siegfried ?

— Oh, oui, de véritables brutes. Nous risquons notre vie chaque fois que nous les croisons.

Je réprimai un rire – il était clair que la situation semblait plutôt les enchanter.

— Je m'apprête à aller saluer Binky, expliquai-je. Mais je vous verrai sans nul doute demain matin. George, Votre Altesse, ajoutai-je, les saluant tous deux d'un signe de tête.

Siegfried claqua des talons, tandis que Fig et moi nous remettions à gravir l'escalier.

— Vous voyez, Georgiana, vous êtes en présence de deux jeunes hommes exquis et vous leur dites à peine trois mots, sans même parler de les charmer, me réprimanda ma belle-sœur. Il vous faut apprendre à flirter, ma chère, ou vous finirez vieille fille.

Je lançai un bref coup d'œil à son visage vigoureux. Je mourais d'envie de lui demander si elle avait déjà flirté avec Binky et, si tel était le cas, pourquoi il n'avait pas fui en hurlant dans la direction opposée. Son pedigree excepté, elle semblait manquer cruellement d'atouts.

Nous remontâmes le couloir balayé par des courants d'air qui agitaient les tapisseries ; je songeai alors que je pourrais aisément exploiter davantage encore l'histoire de la Dame blanche de Rannoch. Le cri d'un chat-huant retentit au dehors. L'endroit se prêtait admirablement aux fantômes, aux goules, aux bêtes à longues pattes et à toutes sortes de terrifiants bruits nocturnes. À l'autre bout du corridor, Fig ouvrit doucement une porte.

— Binky, êtes-vous réveillé ? chuchota-t-elle. Je vous ai amené une visiteuse.

Mon frère se souleva de ses oreillers et regarda dans notre direction.

— Georgie ! s'exclama-t-il, aux anges, en tendant la main vers moi. Quelle charmante surprise. C'est tellement gentil à toi d'être venue. Tu as été informée de l'accident dont ton pauvre frère a été victime et tu t'es précipitée à son chevet, hein ? C'est ce que j'appelle un dévouement sans faille à sa famille.

J'ignorais ce qu'on avait pu dire à Fig afin de lui expliquer ma venue inopinée ; en tout cas, elle avait eu la sagesse de ne rien dévoiler à Binky. Je m'approchai de lui et déposai un baiser sur son front. Il avait la mine pâle, et sa cheville gauche, emmaillotée de bandages blancs, était recouverte d'une sorte de cage censée la protéger.

— Bon, je vous laisse bavarder, dit ma belle-sœur. Je vais me coucher. Ces Américains m'ont complètement épuisée.

— Dormez bien, ma vieille, lui lança Binky alors qu'elle quittait la pièce. La situation est abominable pour elle, ajouta-t-il à mon intention. Je suis content que tu puisses lui tenir compagnie.

— Et toi, comment vas-tu ? Il paraît que tu es devenu braconnier et que tu t'amuses à poser des pièges ? dis-je, amusée.

— Ça par exemple ! J'ai failli perdre un pied, et ma sœur se moque de moi.

— Simplement parce que je suis inquiète pour toi, dis-je en m'asseyant près de lui sur le lit. C'est quand même un drôle d'accident qui t'est arrivé, Binky.

— Et comment ! Je ne comprends toujours pas ce qui a pu se passer. Si quelqu'un cherchait à braconner sur le domaine, il n'aurait pas pris la peine de s'enfoncer à plus de trois kilomètres sur nos terres, si ? Il se serait faufilé vite fait sous la clôture afin de poser ses pièges dans les bois, là où personne ne les aurait remarqués. Celui-ci se trouvait parmi la bruyère, sur le petit sentier de montagne que j'aime emprunter le matin. Il offre une belle vue sur le domaine et sur le loch, tu te souviens ?

— Oui, j'y passais parfois à cheval, acquiesçai-je. Heureusement que tu n'étais pas en selle, ou ta monture aurait eu le pied cassé.

— Ce piège a manqué casser le mien, nom d'un chien. Si je n'avais pas porté les chaussures que grand-père appelait ses « solides godillots », je l'aurais perdu pour de bon, j'en suis convaincu. Pour l'heure, il faut sans cesse que je le fasse tremper et qu'on m'applique des cataplasmes répugnants pour empêcher qu'il ne s'infecte. Par chance, aucun os n'a été fracturé.

— Qui a pu faire une chose pareille, à ton avis ? demandai-je.

— Un imbécile se figurant que le gibier qu'il cherchait à piéger passait d'ordinaire par ce sentier. Mais je ne vois pas de quel animal il pourrait s'agir. Ces temps-ci, j'ai aperçu deux cerfs majestueux sur nos terres. Malgré tout, qui serait ignorant au point d'essayer de capturer ce genre de bête avec un simple piège ?

— Quelqu'un de pauvre et d'affamé, peut-être.

— Il courrait un gros risque d'être vu en allant récupérer sa proie. D'ailleurs, comment réussirait-il à la traîner hors de la propriété ? Tout le monde ou presque pourrait le repérer depuis le château.

— Cela paraît étrange, en effet. Tu ne penses pas…

Je m'interrompis, consciente qu'il me fallait peser mes mots.

— Tu ne penses pas que le piège t'était destiné ?

— Comment cela ?

— Tout le monde sait que tu aimes emprunter cet itinéraire lors de ta promenade matinale.

— Que veux-tu dire ? Que quelqu'un me voudrait du mal ? Mais pourquoi ? Je suis parfaitement inoffensif. À ma connaissance, je n'ai aucun ennemi.

— Quelqu'un qui voudrait s'approprier le château de Rannoch, peut-être ? dis-je d'une voix hésitante. Si tu venais à mourir, qui en hériterait ?

— Podge, évidemment.

Oh, mince, j'avais oublié son fils. Était-il en danger, lui aussi ? Et comment pouvais-je mettre en garde la nourrice de l'enfant sans trop l'affoler ?

— Et après Podge ?

— Les deux frères qui sont occupés à vider mes réserves de whisky. D'abord Murdoch, qui est l'aîné, et ensuite Lachan.

Binky me regarda avant de s'esclaffer.

— Tu ne suggères tout de même pas qu'ils seraient capables d'une chose pareille ? Murdoch et Lachan ? Enfants, nous passions notre temps à jouer ensemble.

— Et si c'était une farce qui était allée trop loin ?

— Une farce ? Placer un piège susceptible d'arracher le pied du premier venu ? Ce n'est pas ce que j'appelle une farce !

— Oui, tu as raison. Mais ces deux-là ne semblent pas vraiment assagis. Sans doute n'imaginaient-ils pas que le dispositif serait aussi redoutable.

— Les pièges, ça les connaît. Ils ont eu maille à partir avec des braconniers il y a quelque temps, et ils m'ont dit qu'ils envisageaient de poser des pièges à hommes sur leurs terres. Je les en ai dissuadés.

— Ce n'était donc pas un piège à hommes.

— Oh non, à animal, c'est certain.

Il me scruta avec intérêt, puis se mit à rire.

— Qu'est-ce qui a pu te mettre une pareille idée en tête, Georgie ? L'époque des guerres entre clans est bel et bien révolue. J'ai du mal à imaginer d'effrontés membres du clan Campbell[1] s'introduire en douce sur le domaine avec l'intention de m'arracher la jambe ; je ne vois pas non plus des membres du clan Rannoch essayer de s'emparer du château. Qui en voudrait, bon sang ? Impossible d'en tirer un revenu. J'ai été contraint de vendre une bonne partie des terres afin de régler les droits de succession, et ce qui reste suffit tout juste à produire de quoi subvenir à nos besoins quotidiens. Quant à la vie dans cette demeure… Ma foi, je comprends que les Américains s'en plaignent autant. Il faudrait rénover la plomberie, évidemment, et il serait judicieux de faire installer le chauffage central, mais nous n'en avons tout bonnement pas les moyens.

— Et si quelqu'un voulait s'approprier ton titre ? C'est plutôt amusant de se faire appeler « monsieur le duc », n'est-ce pas ?

— Si tu veux tout savoir, c'est fichtrement embarrassant d'être un duc sans le sou, avoua mon frère. Je préférerais être un petit fermier, propriétaire d'une exploitation prospère, comme nos cousins.

Je pris congé quelques minutes plus tard et allai me coucher. J'avais toujours cru que ma chambre était un endroit accueillant et douillet ; cependant, allongée dans mon lit, à l'écoute des gémissements du vent autour des murs du château, je décidai que la pièce était tout simplement glaciale. J'aurais donné n'importe quoi en échange d'une bouillotte, mais il aurait été déloyal envers les miens d'aller en demander une à l'office et ainsi d'admettre que j'avais froid. Les quatre mois que j'avais passés à Londres m'avaient ramollie.

Je me pelotonnai donc comme un chat et ramenai la couette par-dessus ma tête. Je n'arrivai pourtant pas à trouver le sommeil. J'avais oublié que la campagne pouvait être aussi bruyante. Les clapotis du loch, les

1. Historiquement, l'un des plus anciens et des plus puissants clans des Highlands. *(N.d.T.)*

craquements des pins dans le vent nocturne, le cri d'un lapin qu'un renard venait sans doute d'attraper, les jappements d'un chien de chasse dans le lointain : tous ces sons m'empêchaient de dormir. De même que mon cerveau en ébullition. Quelqu'un avait cherché à tuer ou à estropier Binky, c'était évident. Et lui aussi était l'un des héritiers du trône – le trente-deuxième, certes. Ce qui écartait Murdoch et Lachan de la liste des suspects. Ils étaient issus de l'autre branche de la famille, et ils ne pouvaient hériter que du duché... à condition de se débarrasser du petit Podge d'abord. À cette idée, je frémis. S'il y avait au moins une chose que je pouvais faire, c'était protéger mon neveu.

12.

Château de Rannoch
18 août 1932

Je me réveillai aux premières lueurs du jour. L'aube se lève tôt dans les Highlands, et les rayons obliques du soleil peignaient des bandes lumineuses sur le mur de ma chambre. Dans la forêt, le chœur des oiseaux était assourdissant. Il aurait été impossible de se rendormir. Du reste, une aussi belle matinée donnait envie d'être dehors, au grand air, et j'avais envie de voir où le piège avait été posé.

Après m'être lavée, j'enfilai une culotte de cheval et une veste d'équitation. Personne ne semblait être encore debout dans la maison ; je croisai seulement une bonne qui exécuta une petite révérence et murmura avec timidité : « Bienvenue chez vous, lady Georgiana », avant de partir vaquer à ses occupations. Je me dirigeai vers l'écurie, où un grand élan de bonheur m'anima à la vue de Rob Roy, mon cheval, dont la tête apparaissait au-dessus de la porte de son box. Il hennit de surprise. Je l'avais toujours trouvé particulièrement intelligent. Toutefois, lorsque j'essayai de le seller, je compris qu'il n'avait pas été monté depuis quelque temps : il était nerveux, et je dus le calmer avant de pouvoir resserrer les sangles.

Une fois que je fus sur son dos, il s'agita tel un cheval de bataille médiéval ; je finis par lui lâcher la bride, et il s'élança en avant, pareil à une fusée. Grisée par la vitesse, je le laissai galoper un moment et traverser les espaces verts situés à l'arrière du château. Quand les pelouses bien entretenues cédèrent la place à du gazon moelleux et que nous nous retrouvâmes sur un chemin qui serpentait dans la forêt de pins, je tirai sur les rênes ; Rob Roy ralentit et se mit à avancer au pas. Je n'avais pas envie qu'il place le pied dans un autre piège ! Tandis que nous émergions des bois et que le sentier commençait à grimper parmi la bruyère et les fougères, je contemplai le château et le domaine qui se déployaient en contrebas. La brume matinale qui dissimulait le loch à mon regard s'enroulait le long du rivage, donnant l'impression que la bâtisse flottait sur un nuage. Soudain, j'entrevis un mouvement à travers le brouillard, et le martèlement sourd de sabots, accompagné du cliquetis d'un harnais, résonna sur une piste de terre. Un autre cavalier avait décidé de sortir de bon matin. Il cheminait aussi gracieusement que sa monture, comme s'il ne faisait qu'un avec elle. De qui pouvait-il s'agir ? C'était apparemment un jeune homme aux cheveux sombres, qui ne ressemblait à aucun des résidents du château. Ce qui éveilla mes soupçons. Et si le poseur de pièges était de retour, déterminé à infliger davantage de dommages ?

Je fis pivoter Rob Roy et m'élançai à travers la bruyère pour couper la voie à l'inconnu. Mais il avançait trop vite et, lorsque j'atteignis le sentier sur lequel je l'avais aperçu, il était déjà passé. J'éperonnai mon cheval, qui partit au grand galop, tout en tâchant de ne pas perdre l'autre cavalier dans la brume qui tournoyait à présent autour de nous.

— Hé, vous ! criai-je. Attendez !

Le cavalier arrêta son cheval et le fit tourner si brusquement que ce dernier se cabra.

— C'est une propriété privée ! lançai-je tout en m'approchant. Que diable faites-vous ici ?

— Il me semble vous avoir posé la même question la dernière fois que nous nous sommes vus, répliqua-t-il. N'était-ce pas dans un sordide night-club londonien ?

La brume s'effilocha, et je le reconnus.

— Darcy ! m'exclamai-je.

Il portait une chemise blanche au col ouvert et, en raison du vent, sa chevelure noire était davantage ébouriffée qu'à l'ordinaire. Sur son cheval trépignant, se découpant sur la toile de fond que formaient la bruyère et les montagnes, on aurait pu le prendre pour un héros sorti tout droit d'un roman des sœurs Brontë. Mon cœur battait à tout rompre.

— Ne me dites pas que vous séjournez au château sans que personne ne m'en ait informée, ajoutai-je.

— Non, répondit-il en approchant sa monture de la mienne. Je loge avec un groupe d'amis, à trois kilomètres environ. Ils ont loué une maison sur le domaine de lord Angus. Ils sont venus essayer un nouvel hors-bord afin de battre le record de vitesse sur l'eau. Je ne me suis pas rendu compte que j'avais quitté les terres de lord Angus et que je me trouvais sur les vôtres, et j'en suis désolé. Je savourais simplement la sensation de vitesse que procure un bon cheval après des journées passées en ville.

— Je sais, c'est merveilleux, n'est-ce pas ?

Nous échangeâmes un sourire. Je ne pus m'empêcher de remarquer à quel point ses yeux brillaient, et je sentis mon cœur palpiter légèrement.

— Et vous ? Quand êtes-vous arrivée ? s'enquit-il.

— Hier soir. J'ai décidé de venir au secours de ma belle-sœur, qui reçoit des Américains.

— Je vois. Je dois dire que c'est très généreux de votre part.

Il parut amusé, et je me rappelai tout à coup la conclusion à laquelle j'étais arrivée la veille, alors que la Bentley m'emmenait au château. Il savait pertinemment pourquoi j'étais en Écosse. À la suite de ma petite aventure dans le night-club, quelqu'un avait bel et bien averti Scotland Yard, le ministère de l'Intérieur, les renseignements généraux ou quiconque gérait ce genre d'affaires. Vu que l'agent de police venu me chercher s'était présenté tôt le matin, l'informateur avait dû appeler les autorités concernées tard la nuit, ou dès l'aube. Et qui, hormis Darcy, aurait pu passer ce coup de téléphone ? S'il œuvrait comme espion, ainsi que je le soupçonnais, il devait être très copain avec les mystérieux individus qui travaillaient pour les renseignements généraux.

— C'était vous, n'est-ce pas ? lâchai-je soudain.

— Qu'ai-je donc fait ?

— Vous avez prévenu Scotland Yard au sujet de cette embarrassante soirée dans le night-club. Vous m'avez trahie. Vous m'avez incitée à venir ici par la ruse afin que je puisse servir d'espionne à sir Jeremy Machin-Chose.

— Je ne vois absolument pas de quoi vous voulez parler, ma chère.

— Je ne suis pas votre « chère », rétorquai-je, les joues à présent brûlantes de colère. Vous vous fichez complètement de moi, c'est l'évidence même. Vous vous montrez seulement quand je peux être utile au gouvernement. J'en ai assez qu'on se serve de moi.

— Je serais partant pour me servir de vous plus souvent, mais vous ne m'en laissez jamais l'occasion, dit-il tandis que son visage s'illuminait du sourire malicieux que je lui connaissais bien et que ses yeux m'aguichaient.

— Oh, extrêmement amusant, répliquai-je d'un ton coupant.

— J'essaie juste de vous faire comprendre que vous vous mettez dans tous vos états sans raison.

— Sans raison ? Ça par exemple ! Vous prétendez vous intéresser à moi avant de disparaître des semaines entières sans jamais donner de nouvelles, puis vous me dénoncez à Scotland Yard. C'en est assez. Je ne peux pas vous faire confiance, Darcy O'Mara, et je ne veux plus vous revoir.

Je fis pivoter Rob Roy et le lançai au galop. Je savais que nous allions trop vite sur ce sentier sinueux au possible, mais je m'en moquais. Je voulais chevaucher à une allure qui me permette d'effacer complètement pensées et sentiments.

Je ne jetai aucun regard derrière moi, et je ne sais si Darcy tenta de partir à ma poursuite. Probablement pas. Que représentait une fille de plus ou de moins pour un homme comme lui ? Alors que j'approchais du château, je décidai de rendre visite à ma vieille nourrice. J'étais presque sûre qu'elle serait debout à cette heure matinale. Elle m'accueillit en effet à bras ouverts, avec un sourire radieux, et me fit entrer dans la petite maison qu'elle habitait sur le domaine.

— Personne ne m'a informée de ta venue, mon ange, me dit-elle de son doux accent écossais, en roulant les « r ». C'est une agréable surprise, en tout cas.

Elle me serra contre sa généreuse poitrine, et je me rendis compte qu'elle s'était ratatinée. Je me l'étais toujours représentée comme une femme costaude, mais elle m'arrivait maintenant à l'épaule. Elle s'affaira, me servant une tasse de thé et une bonne louche de porridge dans un bol.

— Tu es là à cause de ton frère, j'imagine. On a tous été stupéfaits en apprenant la nouvelle. Qui a pu commettre un tel méfait ?

— Justement, qui ?

— Un gars du coin qui voulait gagner un ou deux shillings de plus en attrapant quelques lapins, peut-être.

— Le piège était un peu gros pour ce genre d'animaux, fis-je observer.

— L'idée que quelqu'un puisse en vouloir à M. le duc m'est insupportable, ajouta-t-elle.

Je la dévisageai avec intérêt.

— Et sais-tu qui pourrait lui en vouloir ?

— Non, tout le monde l'aime bien, dans le coin.

— Des employés ont-ils été renvoyés ces derniers temps ?

Elle réfléchit un instant.

— Harris, le chef des guides de chasse, a en effet dû congédier un garçon qui avait fauché des plombs, répondit-elle après un instant de réflexion. Le jeune Willie McDonald. Ça a toujours été un sale type.

Willie McDonald, un sale type, songeai-je. Évidemment. Cette explication était beaucoup plus logique qu'un complot contre la famille royale. Il fallait que j'aie une petite conversation avec M. Herries, l'agent de police local ; je lui suggérerais de passer un bon savon au jeune Willie et de l'obliger à tout avouer.

— Alors, comment va ton pauvre frère ? me demanda ma nourrice, pendant que j'entamais mon porridge avec appétit.

— Il semblait plutôt de bonne humeur, hier soir. Mais je n'ai pas vu sa blessure.

— C'est la femme du garde-chasse qui l'a pansée. D'après elle, la plaie est vraiment vilaine. On espère simplement qu'elle ne va pas s'infecter. Et ton pauvre frère, couché dans son lit pendant que la maison est pleine de gens qu'il est censé divertir.

— Je crois qu'il est assez content d'en éviter certains.

À ces mots, elle eut un petit rire.

— J'ai vu la dame américaine qui s'éloignait avec le prince, l'autre matin, reprit-elle. Ma foi, qu'est-ce qu'elle minaude, celle-là !

— Quelques personnes sont inquiètes à l'idée qu'elle puisse être reine un jour.

— Elle est pourtant déjà mariée, non ? Le peuple britannique n'acceptera jamais qu'une bonne femme pareille monte sur le trône, tu peux en être sûre.

— Espérons que les choses n'en arrivent pas là. Je suis convaincue que le prince de Galles finira par faire son devoir et ne déshonorera pas la famille. Il a été élevé pour devenir roi, après tout.

Elle opina du chef et s'assit près de moi, les yeux rivés sur le feu.

— Bon, et toi, comment vas-tu ? demandai-je.

— Ça peut aller, merci. Quelques rhumatismes de temps à autre. Et je me sens parfois seule, loin du château. Ton frère me rend bien visite, mais à part lui…

— Et les voisins ?

— Partis. Les deux maisonnettes qui flanquent la mienne sont vides, maintenant. Depuis que la plupart des terres ont été vendues, le domaine emploie moins de gens. Ton frère n'a gardé que quelques guides de chasse. Les vieux prennent leur retraite et il n'y a plus de jeunes pour les remplacer. Ils ne veulent plus faire ce genre de travail désormais, c'est trop fatigant. Ils s'en vont en ville. Bon, c'est vrai qu'il ne reste plus beaucoup de jeunes gens à présent, depuis que la Grande Guerre les a emportés.

Tandis qu'elle parlait, les pensées se bousculaient dans mon esprit. Des maisonnettes vides ? Je sus soudain qui pourrait en occuper une, du moins pendant quelque temps. Et si mon grand-père venait en Écosse afin de profiter du grand air dont il avait grandement besoin ? Il pourrait également m'aider dans ma mission. Je résolus de lui écrire au plus vite.

Dès que j'eus quitté ma nourrice, j'allai visiter les maisons adjacentes ; l'une d'elles, meublée et pas trop poussiéreuse, ferait parfaitement l'affaire. Il y avait également une jolie petite cuisine avec vue sur le lac. J'imaginais déjà grand-papa assis là, buvant une tasse de thé. Je refermai soigneusement la porte derrière moi avant de remonter en selle et de rentrer au château. À l'écurie, je laissai le palefrenier s'occuper de Rob Roy et me rendis dans la salle à manger, où le petit déjeuner devait être servi. Le bon air des Highlands m'avait aiguisé l'appétit, et le porridge de ma nourrice ne m'avait pas suffi. Seul un jeune homme était assis à la longue table, en train d'avaler une pleine assiette de kedgeree[1] et d'œufs brouillés. À mon entrée, il se leva, puis ses yeux brillèrent.

— Ah, bonjour ! Je constate que nous nous retrouvons.

C'était l'individu désobligeant que j'avais croisé dans le train.

— Que faites-vous ici ? demandai-je.

— Votre frère m'a invité, il me semblait vous l'avoir dit.

— Vous avez aussi dit que le château était « carrément moyenâgeux » et ses occupants « assommants », si j'ai bonne mémoire, répliquai-je avec froideur.

— Oui, ma foi, c'était plutôt grossier de ma part, n'est-ce pas ? Je suis navré que notre première rencontre se soit aussi mal passée. L'idée que vous puissiez être la sœur de Binky ne m'avait pas traversé l'esprit, voyez-vous. Quand il parlait de vous, il décrivait toujours une petite créature maigrichonne et effacée ! Comment aurais-je pu imaginer qu'une superbe créature comme vous puisse avoir un lien avec le château de Rannoch ?

— La flatterie ne vous mènera nulle part, précisai-je.

— Vraiment ? Je trouve que cela marche plutôt bien, d'habitude. Mais je devrais me présenter. Je suis Hugo. Hugo Beastley-Bottomey.

— Mon Dieu, avec un nom pareil, je parie qu'on vous a beaucoup taquiné à l'école, non ?

— Ça oui, les autres me réduisaient constamment en bouillie. Quand je suis arrivé au pensionnat, votre frère était l'un des élèves chargés de la discipline, et il s'est montré gentil avec moi. Alors je l'ai toujours admiré, vous savez.

1. Plat anglo-indien épicé, à base de riz, d'œufs durs et de poisson, qui se consomme habituellement au petit déjeuner. *(N.d.T.)*

Il me décocha un sourire qu'il espérait, à l'évidence, charmeur.

— Mais je ne sais rien de vous, hormis que vous êtes sa sœur, ajouta-t-il.

— Je m'appelle Georgiana, me contentai-je de répondre, peu disposée à lui dévoiler mon diminutif.

— Enchanté, ma vieille, fit-il en me tendant la main. J'ai cru comprendre que le pauvre Binky était au lit avec un pied mutilé. Quelle poisse, n'est-ce pas ? En tout cas, j'ai hâte de visiter les lieux en votre compagnie.

— Ils ne vous plairaient pas, ils sont carrément moyenâgeux.

À ses mots, son visage pâle s'empourpra.

— Oh, dites donc ! Ne pourrait-on pas oublier notre première rencontre désastreuse et repartir de zéro ?

Il m'avait été antipathique d'emblée, mais ma bonne éducation l'emporta et me contraignit à concéder avec amabilité :

— Bien sûr.

— Vous êtes déjà sortie à cheval, constata-t-il.

Il m'observa de la tête aux pieds, me jaugeant franchement, et je trouvai fort perturbant qu'il me déshabillât ainsi du regard.

— Non, je dors toujours en culotte d'équitation.

— Oh, *très** drôle, s'esclaffa-t-il. J'aime les filles qui ont de l'esprit. Prenez donc votre petit déjeuner en ma compagnie. Je déteste manger seul.

Je me rappelai alors les ennuis que des paroles semblables m'avaient causés. C'était parce que Belinda m'avait dit que les hommes de passage à Londres détestaient dîner seuls que j'avais été assez bête pour monter une agence d'hôtesses. Je fus tentée de répondre que je n'avais pas faim et de le laisser là, mais l'idée d'un bon

* En français dans le texte original.

repas, après des mois d'austérité, de toasts et de thé, était trop alléchante.

— Rasseyez-vous, je vous prie, dis-je. Votre kedgeree refroidit.

J'allai au buffet pour me servir une assiette de rognons, de bacon et d'œufs au plat. Si Fig appelait cela économiser sur la nourriture, alors Binky et elle ne s'en sortaient pas trop mal.

— Où vivez-vous, monsieur Bottomey-Beastley ?

— C'est Beastley-Bottomey, corrigea-t-il. Et mes parents ont une propriété dans le comté du Surrey. De mon côté, j'ai un pied-à-terre londonien.

— Et travaillez-vous ?

— Oh, ça oui. Un emploi de bureau assommant. Je suis un gratte-papier. Étant donné que mon frère aîné héritera du domaine et que les miens sont plutôt désargentés, j'ai été chassé, contraint à vivre dans le monde cruel.

Hugo et moi avions beaucoup en commun, il fallait le reconnaître, et il était séduisant avec son allure de vedette de cinéma ; ainsi, pourquoi ne parvenais-je pas à me prendre de sympathie pour lui ? Il avait fréquenté une école tout à fait convenable, après tout. Il était l'un des nôtres, et j'avais besoin d'un mari. Mais il dégageait quelque chose qui me déplaisait – la coupe extravagante de son complet, peut-être, ses cheveux brillantinés et ses yeux aguicheurs, sans oublier qu'il m'avait qualifiée de « superbe », alors que je respirais simplement la santé et que j'étais, au mieux, « pas vilaine à regarder ».

Heureusement, je n'eus pas à faire davantage la conversation à Hugo Beastley-Bottomey, car des éclats de voix animées résonnant dans le vestibule annoncèrent l'arrivée des Américains.

— Et je venais de me savonner tout le corps quand l'eau chaude s'est éteinte, disait une femme, sans doute la dénommée Babe. Il a fallu que je me rince sous une douche glaciale. Une expérience des plus désagréables, croyez-moi, très chers.

— Le confort est absolument rudimentaire, répondit Mme Simpson. Mais une certaine personne m'a appris que c'était encore pire à Balmoral. Ils ont même droit à un joueur de cornemuse tous les matins à l'aube, vous imaginez un peu ?

— Un joueur de cornemuse à l'aube ? répétai-je d'un ton jovial, alors qu'ils entraient dans la salle à manger. Oh, mais c'est aussi une tradition au château de Rannoch, comme dans toutes les grandes maisons écossaises.

— Ah ? Je ne l'ai jamais entendu.

— Je crois qu'une bronchite a récemment obligé notre cher musicien à garder la chambre, et il n'avait pas assez de souffle pour jouer de son instrument ces derniers jours. Il nous manque vraiment.

Les présentations furent faites. Hugo exsudait un tel charme que les Américains furent rapidement conquis.

— Quelle bonne idée de vous être joint à nous, monsieur Beastley-Bottomey, déclara Babe. Vous allez littéralement égayer notre petit groupe.

Ses yeux restèrent rivés aux siens trop longuement pour que ce fût acceptable en société. Je commençai à me dire que passer d'un lit à un autre était peut-être un sport national outre-Atlantique, quand je me rappelai le très convenable Hiram Schlossberger, de Kansas City.

— Bon, qu'avons-nous de prévu aujourd'hui, Wallis chérie ? s'enquit la comtesse von Sauer.

— Je crois bien que je vais faire une petite virée en automobile, répondit l'intéressée. Il vous faudra trouver à vous divertir sans moi.

— J'ai une idée, intervint joyeusement Hugo. Pourquoi ne pas m'accompagner jusqu'au loch ? Mes amis, qui y testent un nouvel hors-bord, vont sans doute tenter de battre le record du monde de vitesse sur l'eau. Ce devrait être sensationnel !

— Cela paraît en effet très amusant, pas vrai, Prince ? demanda Babe – manifestement prête à bondir sur la moindre occasion pour passer du temps avec Beastley-Bottomey. Nous pourrions déjeuner sur place. J'adore les pique-niques ! Et la journée s'annonce belle.

— Lady Georgiana, pourquoi votre cuisinière ne nous préparerait-elle pas un repas à emporter ? suggéra la comtesse.

— Nous conseillez-vous de prendre nos costumes de bain ? ajouta Babe.

— L'eau du loch est glaciale, et vous oubliez le monstre, dis-je avec un sourire encourageant.

— Apparaît-il réellement en plein jour ? s'enquit Fritzi, le fils pervers de la comtesse. Après tout, ce phénomène a-t-il été prouvé ? Les habitants de la région lui sacrifient-ils des vierges depuis des générations ?

— Oh, absolument, assurai-je.

— Par chance, il n'y a pas de créature pareille à Baltimore, murmura Willis Simpson. Nous y aurions vite manqué de vierges.

À ces mots, ses amis rirent sottement.

— Auquel cas je vais prendre mon fusil, déclara Prince Sanders. J'ai toujours rêvé de liquider un monstre. Une fois empaillé, je l'accrocherai au mur, en bonne place à côté de mon marlin.

Je les laissai à leurs bruyants préparatifs et tombai sur Fig. Elle fut ravie d'apprendre que ses invités prévoyaient de partir en pique-nique et se réjouit à la perspective d'une journée sans eux.

— Et les sandwichs sont si peu onéreux en comparaison avec un vrai déjeuner, ajouta-t-elle. Mme McPherson peut sans doute leur confectionner de petits pâtés en croûte. Elle est si douée en pâtisserie, n'est-ce pas ?

— J'ai cru comprendre que la chaudière avait déjà été coupée, lui dis-je à voix basse. Babe Sanders a dû se rincer à l'eau froide.

Ma belle-sœur m'adressa un sourire de conspiratrice.

— Je m'apprête à rendre visite à Fergus, le joueur de cornemuse. Il sera enchanté de faire revivre cette tradition. Je ne dois pas non plus oublier de proposer à la cuisinière de préparer du haggis pour le dîner. Si du moins elle en a le temps aujourd'hui. Quels sont les ingrédients de base de ce plat, au juste ?

— C'est une panse de brebis farcie d'intestins hachés et de flocons d'avoine.

— Répugnant. Je sais qu'on en sert à l'occasion de Burns' Night[1] et de la Saint-Sylvestre, mais je n'en avale jamais plus d'une bouchée. Je ne pense pas que Mme McPherson aura une panse de brebis sous la main.

— Sans compter qu'il faut la faire bouillir pendant des heures, fis-je observer.

Fig grimaça de dégoût.

— Pourvu qu'elle puisse s'en procurer une d'ici demain. La seule description de la recette devrait inciter ces Américains à plier bagages.

Elle était sur le point de s'éloigner quand elle me lança un dernier regard.

— Il faut absolument que notre plan marche, Georgiana.

— Espérons-le, répondis-je.

1. Fête célébrée chaque 25 janvier pour commémorer l'anniversaire de la naissance du poète écossais Robert Burns (1759-1796). *(N.d.T.)*

13.

Château de Rannoch, jetée au bord du loch
18 août 1932
Temps calme et agréable, du moins au début…

Allais-je moi aussi participer au pique-nique ? Je pesai le pour et le contre. Très franchement, l'idée de passer la journée en compagnie de Prince et Babe Sanders ne me tentait guère, mais cela me donnerait une excuse pour aller bavarder avec l'agent Herries à propos de l'accident dont Binky avait été victime. Avant notre départ, il me restait deux tâches à accomplir. J'écrivis d'abord à mon grand-père pour lui proposer de venir en Écosse, puis j'allai rendre visite au petit Podge. Je le trouvai occupé à jouer dans mon ancienne nursery, entouré de petits soldats de plomb assiégeant un fort ; près de lui, sa nourrice reprisait des vêtements.

Dès qu'il me vit, il se leva d'un bond, éparpillant et piétinant ses figurines.

— Tante Georgie ! s'écria-t-il en se jetant dans mes bras. Regarde mes petits soldats. Ils étaient à mon papa. Et le fort aussi. Il me les a donnés parce que je suis assez grand maintenant. Joue avec moi !

Tandis que nous passions un agréable moment ensemble, je réfléchis : comment avertir sa nourrice d'un danger possible sans dramatiser la situation ? Je finis par lui faire remarquer que d'autres pièges avaient peut-être été posés sur le domaine, de sorte qu'il valait mieux ne pas autoriser Podge à trop s'éloigner du château ; j'espérais également qu'il échappait rarement à sa surveillance.

— Jamais, lady Georgiana ! répliqua-t-elle, offusquée. Je lui interdis de courir n'importe où, vous savez. Et lorsqu'il sort, c'est toujours dans sa voiture d'enfant.

Podge me regarda partir d'un air mélancolique. Je me rappelais la solitude que j'avais moi-même éprouvée dans cette nursery, tandis que je rêvais d'avoir un jour un petit frère ou une petite sœur. Ma mère n'était cependant pas du genre à procréer plus d'un enfant, ce dont je n'avais évidemment pas encore pris conscience à l'époque ; du reste, quand je fus assez grande pour vraiment vouloir un frère ou une sœur, elle avait déjà décampé avec un autre homme.

Je montai dans ma chambre afin de m'habiller en prévision du pique-nique. Après maints préparatifs, nombre d'allées et venues et de petits oublis de dernière minute, nous nous installâmes enfin dans les breaks de chasse, qui prirent la direction du loch. Les princes George et Siegfried ayant décidé d'aller faire de l'escalade et mes fougueux cousins n'ayant pas encore donné signe de vie ce jour-là, je me retrouvais seule avec Hugo Beastley-Bottomey et les Américains – à l'exception de Mme Simpson. La comtesse, son fils et Prince Sanders montèrent dans la première voiture, de sorte que je fus coincée entre Hugo et Babe.

— C'est bien confortable, n'est-ce pas ? dit le jeune homme.

Appuyant son genou contre le mien avec un peu trop d'insistance, il glissa un bras autour de mes épaules. Je lui jetai un regard glacial, heureuse que le trajet fût si court. Toute une foule de spectateurs s'était massée sur le rivage du loch, intriguée par le hors-bord, si bien qu'il nous fut facile de repérer celui-ci. Je pus le voir de plus près dès que nous descendîmes de voiture : le long bateau effilé, peint en bleu vif, était en train d'être remorqué vers le bord par une embarcation plus large, qu'occupaient plusieurs personnes.

— Que s'est-il passé ? cria Hugo en se dirigeant sur le débarcadère.

— Ce fichu appareil a décollé de la surface de l'eau alors qu'il atteignait près de cent quatre-vingt-dix kilomètres à l'heure, lui lança l'un des passagers. Par chance, il ne s'est pas retourné.

— Que diable faites-vous ici ? brailla quelqu'un d'autre, toujours depuis le gros bateau. Je vous croyais reparti.

— Pas moyen de rester longtemps loin d'ici, mon vieux ! répondit Hugo. Votre délicieux sens de l'humour me manquait !

Le bateau accosta, et les passagers débarquèrent. Soudain, un hurlement strident et excité retentit, et une jeune femme accourut vers moi le long du débarcadère.

— Georgie, c'est toi ! s'exclama-t-elle, les bras grands ouverts.

Belinda.

— Grands dieux, que fais-tu ici ? demandai-je, ébahie.

— Je m'apprêtais à te poser la même question.

Elle m'étreignit, m'enveloppant dans un nuage de parfum Chanel. Je ne l'avais pas reconnue d'emblée, car elle portait une tenue qui ne lui ressemblait absolument pas : un pantalon de sergé beige et une chemise au col ouvert sous un chandail marron ; mais son maquillage était impeccable, comme à l'accoutumée.

— Je suis arrivée hier soir, répondis-je. Je suis venue secourir Fig.

Cette explication était désormais devenue l'excuse toute trouvée.

— Ma chérie, jamais je n'aurais pensé que tu prononcerais ces paroles un jour. Je croyais que tu avais ta belle-sœur en horreur.

— C'est le cas, mais elle est un peu dans le pétrin en ce moment. Mon frère est alité et la maison est remplie d'Américains, dont la tant redoutée qui tu sais.

— Elle est ici ? s'étonna Belinda en jetant un coup d'œil alentour. Ça alors !

— Pour l'instant, elle est partie faire une virée en automobile avec un certain prince. Et M. Simpson est de ce côté… C'est le monsieur à la mine boudeuse, indiquai-je.

— Cela ne me surprend pas. Quel homme ne serait pas maussade dans ce genre de situation ? Sa femme le traîne partout derrière elle pour préserver sa respectabilité, puis, le soir venu, elle le flanque à la porte de sa chambre afin de batifoler avec un autre.

— Je ne suis pas certaine que mon cousin la retrouve la nuit, mais je n'aimerais pas être un objet de pitié comme ce pauvre vieux Simpson. Et toi, que fais-tu ici ?

Je vis la réponse à ma question se diriger vers nous. Paolo.

Belinda le contempla avec adoration.

— Ne sois pas bête ! me dit-elle. Je suis là pour lui. Il pilote le hors-bord et il a l'intention de battre le record de vitesse aquatique. N'est-ce pas incroyablement palpitant ?

— Cela me paraît plutôt dangereux.

— Évidemment, ça l'est. Paolo n'est heureux que lorsqu'il prend des risques.

Les autres passagers, qui avaient remonté l'embarcadère, s'approchaient à présent de nous, absorbés par leurs conversations ; des mots comme « poussée » et « vélocité » fusaient çà et là dans l'air pur des Highlands.

— Je crois que tu connais presque tout le monde, dit Belinda en agitant la main vers eux. Paolo, regarde qui est là. C'est Georgie !

— Ma foi, cela n'a rien d'extraordinaire, vu que le château de sa famille se dresse sur l'autre rive de ce loch, répondit Paolo en me faisant un baisemain. Si vous étiez arrivée un tout petit peu plus tôt, vous m'auriez vu imiter un oiseau marin. J'ai volé au-dessus des flots pendant plusieurs secondes, vous savez. Une expérience des plus grisantes.

— Le hors-bord est censé rester *dans* l'eau, ou plus précisément à sa surface, déclara derrière lui une voix à l'accent américain.

Son propriétaire semblait ridiculement jeune et sérieux, ses yeux de hibou nous scrutant derrière des lunettes rondes.

— C'est Digby Flute, le concepteur du bateau, me murmura Belinda. Son père possède des studios de cinéma à Hollywood. Sa famille roule sur l'or. Digby a déjà essayé de battre le record à deux reprises et, chaque fois, il a failli se tuer.

— Et il veut donc que Paolo meurt à sa place, maintenant ? C'est gentil de sa part.

Mon amie sourit.

— Il a amélioré sa création, qui a désormais un nouveau moteur construit en Allemagne. À ce propos, tu ne devineras jamais qui a fabriqué ledit moteur…

Elle désigna un gros individu blond, d'aspect très germanique, qui se dirigeait vers nous depuis le rivage.

— Max ! m'exclamai-je. Cela signifie-t-il que ma mère est dans les parages ?

Je n'avais pas tout à fait terminé ma phrase quand je la vis. Elle était en pleine conversation avec trois personnes, dont deux que je connaissais. La première était un jeune homme blond, bien charpenté et extrêmement riche du nom d'Augustus Gormsley, que l'on surnommait généralement Gussie. La seconde était Darcy. Et la troisième, une fille que je n'avais jamais rencontrée : une beauté ténébreuse et exotique, menue, qui en ce moment même observait Darcy avec des yeux marron enjôleurs. D'instinct, j'eus envie de me jeter derrière un pin et de disparaître sous terre ; mais il était trop tard : Gussie m'avait repérée.

— Incroyable, votre fille est là, ma vieille, annonça-t-il à ma mère avant de me faire signe d'approcher. Salut, Georgie !

Je n'eus d'autre choix que de les rejoindre.

— Bonjour, Gussie. Bonjour, maman, parvins-je à articuler d'une voix aimable et posée. Je suis surprise de te voir.

— Bonjour, ma chérie.

Comme à l'accoutumée, nous échangeâmes de faux baisers, chacune embrassant le vide près de la joue de l'autre.

— Tu m'as l'air bien pâle. Tu n'es pas malade ?

— L'été s'est avéré quelque peu éprouvant jusqu'à présent, répliquai-je. Je ne m'attendais pas à te trouver là. Où séjournes-tu ?

— À Balmoral, ma chérie. Quelle question !

Si elle m'avait dit qu'elle vivait dans la grotte d'un ermite au sommet de la montagne, je n'aurais pas été plus étonnée.

— Balmoral ? J'ignorais que tu étais dans les petits papiers de Leurs Majestés, ces temps-ci.

— Pas moi, Max. L'hiver dernier, il a invité le prince de Galles dans son pavillon de chasse en forêt de Bohême, et ton cousin l'a convié ici en retour. De plus, ils ont des liens de parenté, tu sais. Max est lui aussi issu de la Maison de Saxe-Cobourg et Gotha.

— Bonté divine, j'ignorais qu'il avait du sang royal. Aurais-je dû l'appeler Votre Altesse, la dernière fois que je l'ai croisé ?

À dire vrai, cela n'avait finalement pas beaucoup d'importance : vu que son anglais était très limité, je ne m'étais jamais adressée directement à lui.

— Non, ma chérie. Les Saxe-Cobourg et Gotha appartiennent à la branche maternelle de sa famille. C'est un simple *Herr*, ce qui est fort dommage. Cela me manque tellement, d'être une duchesse. On est si bien servi à Paris, où de tels détails importent.

— Je suis certaine qu'il y a des tas de ducs en circulation qui n'attendent que toi, répliquai-je.

— L'ennui, c'est que je me suis plutôt attachée à Max. Il a ses défauts, à l'évidence – il ne parle pas un mot d'anglais et il préfère vivre en Allemagne, où les gens ne mangent que des boulettes de farine bouillies. Mais il est mignon à croquer, n'est-ce pas ?

Cela revenait à affirmer qu'un grizzly était mignon à croquer. Je m'abstins de tout commentaire.

— Tu es donc ici pour la chasse à la grouse qu'organise Balmoral ? repris-je.

— Oui, et Max tient à voir comment fonctionne l'engin qu'il a fait fabriquer pour le hors-bord, répondit ma mère avant de glousser. En toute franchise, *son* engin à lui fonctionne remarquablement bien pour un homme de son âge, mais cela reste entre nous.

Un sourire mièvre aux lèvres, elle tendit la main vers l'intéressé, qui approchait.

— Tu te souviens de ma fille Georgiana, n'est-ce pas, Max chéri ?

Ce dernier claqua des talons et m'adressa un bref signe de tête.

— J'ai appris que vous étiez venu chasser avec le prince, dis-je en prononçant chaque mot lentement.

— *Ja*. Chasser avec prince. C'est *gut*.

— Et il a séjourné dans votre pavillon l'hiver dernier, n'est-ce pas ?

— *Ja*. Nous chasser sanklier sauvache. Grosses tents.

— Le sanglier a des défenses, Max, pas des dents, corrigea ma mère en lui tapotant la main. Il a fait de merveilleux progrès dans notre langue, tu ne trouves pas ? ajouta-t-elle à mon intention.

— Merveilleux, effectivement.

Paolo et le jeune Digby Flute se joignirent à nous et se remirent à parler de moteurs et de vélocité.

— Ces discussions sont d'un genre terriblement ennuyeux, déclara ma mère. Je crois que je vais rentrer m'allonger

– si du moins les siestes sont autorisées à Balmoral. Tous les habitants du château sont en pleine santé et aiment vivre au grand air, c'est affreux, n'est-ce pas ?

Je me sentis soudain fort déçue : ma mère, qui ne m'avait pas vue depuis des semaines, n'avait aucun désir de passer plus d'un instant avec moi. J'aurais dû y être habituée, avec le temps, mais je n'y parvenais pas.

— Tu pourrais aller remonter le moral au pauvre Binky, suggérai-je avant de relater son épique mésaventure.

— Peut-être, si je réussis à m'introduire à Rannoch sans croiser sa redoutable épouse. J'ai toujours eu un petit faible pour ton frère.

Sur ce, elle s'en alla. Binky n'était pas son fils, évidemment, mais elle avait brièvement été sa belle-mère, et je savais qu'il était attaché à elle.

Je la regardai s'éloigner avec le sentiment de vide étrange et nostalgique que j'éprouvais toujours quand il m'arrivait de la croiser. Je pris alors conscience qu'elle m'avait laissée en compagnie de trois personnes avec lesquelles je n'avais pas la moindre envie de converser : deux hommes qui s'étaient mal comportés à mon égard, et une jeune fille sensuelle beaucoup trop belle à mon goût. M'avait-elle dorénavant remplacée en tant que petite amie de Darcy ? Celui-ci avait posé les yeux sur moi, mais je me retins de le dévisager plus longuement. Je tâchais de m'éloigner en donnant l'impression d'avoir aperçu quelqu'un que je souhaitais saluer, quand Gussie me mit le grappin dessus.

— Cela faisait un bail, Georgie. Comment allez-vous ?

— Plutôt bien, merci, répliquai-je avec froideur.

Il semblait avoir oublié que, lors de notre dernière rencontre, j'avais été contrainte de le repousser tandis qu'il s'efforçait de m'arracher ma culotte.

Il se rapprocha de moi.

— J'espérais que nous pourrions peut-être reprendre là où nous nous étions arrêtés, reprit-il, prouvant qu'il avait finalement bonne mémoire.

— Vous voulez parler du moment où j'ai crié « Lâchez moi, espèce de brute ! » et que vous avez refusé de m'écouter ?

— Toutes les filles disent non, juste pour la forme, ricana-t-il. Pour se donner bonne conscience. Ensuite, elles peuvent raconter : « J'ai essayé de le repousser, mais il était beaucoup plus fort que moi ! »

— Vous vous trompez, j'étais tout à fait sérieuse, insistai-je, éprouvant à présent pour cet individu une vive antipathie.

— Oh, arrêtez un peu, Georgie, rétorqua-t-il en rougissant légèrement. Personne ne dit non à une partie de jambes en l'air de temps à autre, tout de même. C'est après tout extrêmement divertissant.

Il me dévisagea, puis parut comprendre quelque chose.

— Vous voulez dire que… vous n'avez jamais… ?

— Franchement, cela ne vous regarde pas, déclarai-je d'un ton hautain. Mais si vous voulez vraiment tout savoir, j'attends de rencontrer un homme que j'aime et que je respecte.

— Seigneur !

Il m'étudia comme si j'appartenais à une espèce animale inconnue et exotique.

— Oh, dans ce cas, tenez-moi au courant. Si vous ne trouvez pas cette personne, et si vous changez d'avis, je suis à votre entière disposition.

Décidément, quel odieux personnage, songeai-je. Après ce qui s'était produit, s'imaginait-il réellement que j'accepterais de tomber un jour dans ses bras ?

Je m'aperçus alors que Darcy et la jeune femme s'éloignaient, et je les suivis des yeux.

— En voilà une qui ne prend pas exemple sur vous, commenta Gussie.

J'aurais préféré écourter cette conversation, mais ma curiosité l'emporta.

— Qui est-ce ? demandai-je.

— Elle s'appelle Conchita. Elle est espagnole, je crois. À moins qu'elle ne soit brésilienne ? Son père possède des plantations. Elle est richissime. Paolo l'a persuadée d'investir dans sa dernière lubie. L'amerloque et elle financent le hors-bord, et Paolo le pilote.

— Et vous ?

— Oh, je suis simplement venu prendre part à toute cette agitation. Et j'ai promis à mon père d'écrire un article pour l'un de ses quotidiens. Tiens, Hugo Beastley-Bottomey est revenu, constata-t-il en apercevant l'intéressé. Je savais qu'il ne pourrait pas rester longtemps absent.

Je repérai en effet Hugo qui se frayait un passage dans la foule, comme s'il cherchait quelqu'un de précis.

— Ce n'est donc pas sa première visite dans la région, si je comprends bien, dis-je.

— Oh, non, il n'arrête pas d'apparaître et de disparaître. Il séjournait encore avec nous il y a quelques jours de cela, dans la maison que nous louons. J'ignorais qu'il était de retour.

— Il loge au château de Rannoch, maintenant.

— Ça alors ! Vraiment ? Je me demande pour quelle raison il a décidé d'élire domicile ailleurs. Je crois qu'il s'entendait avec tout le monde, et les repas sont plutôt bons et bien arrosés.

— Il prétend avoir soutiré une invitation à mon frère. En dépit de remarques sacrément déplacées à propos de notre château. « Carrément moyenâgeux », d'après lui.

— Ma foi, c'est le cas, non ?

— Oui, sans doute. Mais alors, pourquoi se donner tant de mal pour séjourner chez nous ?

Hugo continuait d'avancer entre les gens ; Gussie le suivait des yeux.

— Évidemment, tout le monde sait ce qu'il fait ici et où il aimerait loger, mais il n'a pas été invité.

— Où ça ? m'enquis-je, songeant aussitôt à Balmoral.

— Chez les Padgett, naturellement.

— Les Padgett ?

— Oui, vous savez, le major et sa femme. Ils vivent à la lisière du parc de Balmoral. Le major porte le titre de maître du domaine ou quelque chose d'officiel dans ce genre. Il est au service de la famille royale depuis des lustres. Il a été plutôt influent, à une époque. La reine Victoria, puis le roi Édouard[1] l'affectionnaient particulièrement. Il est plus ou moins retraité à présent – il ne se montre plus que lors de quelques rares cérémonies.

— Oh, je crois l'avoir déjà rencontré. Mais pourquoi Hugo aimerait-il séjourner chez lui ?

— Quelle question ! À cause de Ronny, bien sûr. Elle lui a mis « le feu aux fesses », comme disent les Américains. Bien involontairement, étant donné qu'elle ne lui manifeste aucun intérêt. Il n'a pourtant pas baissé les bras.

— Oh, bien sûr, Veronica Padgett, compris-je enfin. J'ai fait sa connaissance à l'aérodrome de Croydon. Elle m'avait dit que ses parents vivaient en Écosse, mais je n'avais pas fait le lien avec le major qui gérait le domaine de Balmoral.

— Elle s'y trouve en ce moment. Elle va et vient dans son petit aéronef. Elle atterrit sur les lochs, alors ne vous étonnez pas de la voir pendant votre pique-nique sur le rivage. Elle vole affreusement bas.

Je réprimai un rire. Au moins, avec Gussie, on savait à quoi s'en tenir. Et il lui arrivait même de se montrer amusant – bien que cela n'excuse en rien sa mentalité déplorable.

Je regardai autour de moi. Darcy et la belle ténébreuse avaient disparu. Je remarquai cependant l'agent Herries, qui observait la scène depuis la route surplombant le loch. Je m'excusai et me dirigeai vers lui.

1. Fils de la reine Victoria, il lui succède en 1901. À sa mort en 1910, son fils sera couronné et régnera jusqu'en 1936 sous le nom de George V. (*N.d.T.*)

— Comment allez-vous, monsieur l'agent ?

Il porta la main à son casque.

— Plutôt bien, lady de Rannoch. Je suis navré de ce qui est arrivé à M. le duc.

— Oui, une vilaine affaire, acquiesçai-je. Je me demandais si vous aviez ouvert une enquête.

— Une enquête, lady de Rannoch ?

— Oui, afin de découvrir qui a pu placer un tel piège sur nos terres.

Il pencha vers moi son visage rouge et moustachu.

— À mon avis, c'est juste un des employés du domaine qui a cherché à attraper un ou deux lapins. Et vu ce qui s'est passé, il n'ose pas venir me trouver pour tout avouer.

— Et si quelqu'un l'avait posé exprès ? Quelqu'un qui en voudrait à mon frère.

Herries me regarda avec stupeur.

— Mais enfin, qui aurait pu faire une chose pareille ?

— J'ai cru comprendre qu'un garçon du nom de Willie McDonald avait été renvoyé récemment. Vous êtes-vous entretenu avec lui ?

— Ça serait difficile, lady de Rannoch, vu qu'il s'est engagé dans la marine. D'après lui, quitter le domaine est la meilleure chose qui lui soit jamais arrivée, étant donné qu'il peut maintenant voir du pays.

— J'en suis heureuse pour lui, répondis-je.

Je me retrouvais à la case départ.

14.

Au bord d'un loch
18 août 1932
Temps frais et vivifiant (ce qui, en termes écossais, signifie qu'un vent mugissant souffle par rafales).

Nous nous installâmes à l'ombre d'un grand pin sylvestre. Après avoir rendu visite à mon frère à Rannoch, ma mère vint me trouver alors que nous nous apprêtions à entamer notre pique-nique. Elle avait vraisemblablement renoncé à sa sieste.

— Pauvre Binky, c'est épouvantable, dit-elle. Il m'a paru effroyablement pâle. Je lui ai suggéré d'aller se remettre sur la Côte d'Azur, où je possède un petit pied-à-terre, mais il prétend ne pas avoir les moyens de voyager.

— C'est vrai. Papa lui a laissé sur les bras des droits de succession exorbitants.

— C'est bien ton père. Un parfait bon à rien, qui n'a jamais pensé qu'à lui. S'il m'avait réellement adorée, je ne serais pas partie, mais il préférait pratiquer tous ces sports de plein air, comme la chasse et la pêche, plutôt que de rester à la maison afin de me divertir…

Elle s'interrompit et posa la main sur mon bras.

— Dis-moi, qui est ce jeune homme blond tout à fait divin ?

— Lui ? C'est Hugo Beastley-Bottomey.

Ma mère éclata de rire.

— Un nom des plus regrettables, commenta-t-elle. Parle-moi un peu de lui.

— Un pique-assiette, apparemment. Il séjournait avec le groupe venu essayer le hors-bord, et il s'est maintenant fait inviter au château de Rannoch.

— Il n'a donc pas d'argent ?

— Non, pas un sou. Ce n'est pas du tout ton genre. Et il est beaucoup trop jeune pour toi.

— Mais enfin, ma chérie, c'est en vieillissant qu'on apprécie les jeunes hommes. Cela flatte tellement l'amour-propre. Même s'il leur est impossible de se retenir bien longtemps, à cet âge.

— Que veux-tu dire ?

Elle me dévisagea d'un air intrigué.

— Ils décollent comme des fusées, ma chérie ! Décidément, n'ai-je pas réussi à t'inculquer quelques rudiments des choses de la vie ?

— Tu n'étais jamais là, répliquai-je. Mon éducation a vraiment laissé à désirer. Je ne suis même pas arrivée à me trouver un sympathique garde-chasse.

Elle s'esclaffa de nouveau.

— Tu ferais mieux de rattraper le temps perdu, dans ce cas ! N'as-tu donc pas un seul homme en vue ?

— Non, pas en ce moment, dis-je en lançant un coup d'œil alentour afin de m'assurer que Darcy et sa señorita n'étaient pas dans les parages.

— Dommage. J'espère que tu t'en dénicheras un sans tarder, reprit ma mère avec langueur tandis que son regard se reportait sur Hugo. En attendant, pourquoi ne déjeunerais-je pas avec vous ?

— Tu ne peux te permettre de rendre Max jaloux, conseillai-je. Pense à toutes les belles robes qu'il t'achète lorsque vous séjournez à Paris.

— Quand il parle de moteurs, un zeppelin pourrait lui tomber sur la tête qu'il ne s'en apercevrait même pas, déclara-t-elle avant de s'asseoir sur la couverture la plus confortable de toutes et de s'étirer d'une façon exubérante. Bien, qu'y a-t-il au menu ? Ne me dis pas que Mme McPherson a confectionné ses petits pâtés en croûte...

Les Américains la regardèrent d'un air méfiant.

— Ne vous souciez pas de ma petite personne, les rassura-t-elle avec un geste gracieux de la main. J'ai un appétit de moineau.

— Veuillez m'excuser, mais nous n'avons pas été présentées, semble-t-il, dit Babe en s'installant près d'elle.

— Voici ma mère, l'ancienne duchesse de Rannoch, m'empressai-je de dire.

Je vis l'intéressée se rembrunir. Elle n'aimait guère faire savoir qu'elle avait une fille de mon âge.

— Et auparavant, vous étiez Claire Daniels, la célèbre comédienne, n'est-ce pas ? s'exclama la comtesse von Sauer.

— Je suppose que j'ai autrefois eu quelques heures de gloire, répondit ma mère avec une humilité remarquablement feinte.

Après cet échange, comme de bien entendu, elle devint le point de mire.

Malheureusement, le vent s'était levé, charriant de la poussière et des aiguilles de pin sur la nourriture, et les occasionnels vrombissements des hors-bord, que leurs pilotes testaient sur le loch, nous mettaient les nerfs à vif et rendaient par instants toute conversation presque inaudible. Pendant ce temps, ma mère déployait tout son charme ensorcelant pour séduire Hugo, qui se transforma bientôt en véritable toutou. Je commençai même à avoir un peu de peine pour lui. Quant aux Américains, on aurait pu les croire en présence d'une déesse de passage – ce qu'elle était, j'imagine.

Assise sur les cinq centimètres carrés de couverture que ma mère ne s'était pas appropriés, je contemplais le lac, tout simplement incapable de me mêler à leur discussion animée ; tant de pensées inquiètes fourmillaient dans mon esprit – la mission que m'avait confiée sir Jeremy, la blessure de Binky, Darcy et la mystérieuse brune. Qu'étais-je censée faire, au juste ? Et pour quelle raison devrais-je intervenir afin de secourir d'autres gens alors que personne ne paraissait me porter le moindre intérêt ? J'observais la rive – dans le but plus ou moins conscient d'apercevoir Darcy et de m'assurer qu'il ne se trouvait pas en compagnie de la fameuse Conchita – quand soudain je me redressai légèrement, aux aguets. Quelqu'un se faufilait dans le bosquet de pins qui nous surplombait. La silhouette courait d'arbre en arbre, à l'évidence peu désireuse d'être vue, et se rapprochait de nous. Je repensai aussitôt au piège qui avait blessé mon frère et aux accidents dont les héritiers du trône avaient été victimes.

Tout à coup, j'en eus assez. Si cette personne était assez lâche pour combiner d'affreuses petites machinations et faire du mal à Binky, j'allais mettre un terme à ses agissements sur-le-champ. Je me relevai et entrepris de me promener sans but apparent, me baissant ici et là pour cueillir un brin de bruyère, tout en me dirigeant vers les arbres. Dès que je fus tout près, je m'élançai derrière le pin le plus proche puis me déplaçai d'un tronc à l'autre, exactement comme l'intrus que je comptais surprendre. Je l'aperçus de nouveau tandis qu'il se mouvait dans l'ombre pour rejoindre un autre arbre.

Prends garde à toi, mon garçon, songeai-je. Il n'était vraiment pas des plus discrets et aurait eu le plus grand mal à traquer un cerf. En revanche, je me déplaçais sans un bruit. Il ne se doutait pas que j'étais derrière lui quand je bondis hors de ma cachette et me précipitai en avant.

— Je vous tiens ! criai-je en l'attrapant par le col de sa veste. Allez, montrez-moi à quoi vous ressemblez, espèce de misérable ver de terre.

En vérité, j'étais plutôt soulagée de constater qu'il n'était pas plus imposant que cela. Qu'aurais-je fait face à un costaud de plus d'un mètre quatre-vingts armé d'un revolver ou d'un couteau ? Alors qu'il laissait échapper un petit glapissement et tentait de fuir, je le tirai en arrière et il manqua se retrouver assis par terre.

— Un agent de police est sur le rivage, déclarai-je. Si je l'appelle à l'aide, il nous rejoindra en quelques secondes. Vous feriez mieux de tout avouer.

— Ma chère demoiselle, je n'ai commis aucun crime ! Lâchez-moi, je vous en supplie.

Je reconnus sa voix au moment même où nous trébuchâmes tous deux dans un coin de clairière ensoleillé.

— Monsieur Beverley ! m'exclamai-je, sous le choc. Que maniganciez-vous ?

— Lady de Rannoch ! Rien, je vous assure, absolument rien, se défendit-il, fort agité à présent, cependant que j'ôtai ma main de son col. J'essayais simplement de… Bon, voyez-vous, c'est idiot, vraiment, mais j'ai toujours eu le béguin pour votre chère mère. Quand j'ai appris qu'elle était ici, je n'en ai pas cru mes oreilles. J'ai donc saisi l'occasion de la voir d'un peu plus près, voilà tout.

— Vous l'espionniez. Vous aviez l'intention d'écouter ses conversations et de les dévoiler dans le *Morning Post*. Je sais comment vous procédez, vous autres, journalistes.

— Oh non, vous vous trompez…

— Votre petite rubrique s'intitule « Cancans & potins », n'est-ce pas ?

— Oui, mais…

— Vous vous contentiez donc de faire votre travail afin d'avoir des commérages à rapporter.

Il était rouge et avait à présent l'air déconfit, pareil à un ballon dégonflé.

— Ma foi, je dois reconnaître que…

— Vous avez beaucoup de chance que je ne vous livre pas à la police locale, l'interrompis-je. Je le pourrais, vous savez. Quelqu'un s'est amusé à poser des pièges sur notre domaine. Vous pourriez parfaitement être notre principal suspect.

— Oh, non, jamais je ne ferais une chose pareille ! assura-t-il, agitant les mains avec affolement. J'abhorre la violence, croyez-moi.

— Très bien, je laisse passer, pour cette fois, mais si je vous reprends à nous espionner, je n'aurai aucun scrupule à vous dénoncer à notre agent.

— M'autoriseriez-vous malgré tout à saluer votre divine maman, à tout hasard ? Je la vénère à distance depuis si longtemps.

Il me regardait avec des yeux pleins d'espoir, comme un chien qui supplie qu'on l'emmène en promenade.

Je me tournais du côté où ma mère, sur sa couverture, était entourée de sa cour.

— Après tout, pourquoi pas ? répondis-je.

Le prenant par la main, je le conduisis jusqu'à notre petit groupe.

— Maman, j'aimerais te présenter l'un de tes plus grands admirateurs, annonçai-je, songeant qu'elle méritait une petite punition pour la façon dont elle faisait si peu de cas de sa fille unique.

Godfrey Beverley s'avança et s'inclina devant elle comme un vassal de l'époque moyenâgeuse.

— C'est un honneur, madame la duchesse... Bon, je sais que vous ne portez plus ce titre, mais à mes yeux vous appartenez toujours à la noblesse, voyez-vous.

— En effet, je vois, répliqua ma mère, dont les lèvres formaient une mince ligne sévère. Bonjour, monsieur... Beverley, c'est bien cela ?

— Vous vous souvenez de moi, j'en suis extrêmement flatté.

— Comment pourrais-je vous avoir oublié, vous et vos petites chroniques pleines d'esprit...

Je m'éloignais, préférant les laisser se débrouiller seuls. Quelques instants plus tard, ma mère apparut de nouveau près de moi, la mine absolument furieuse.

— Comment as-tu pu m'abandonner en compagnie de ce petit homme odieux ? demanda-t-elle.

— Oh, maman, il est inoffensif, j'en suis certaine. Il m'a expliqué qu'il était passionnément épris de toi. J'ai décidé de lui faire plaisir en lui proposant de te rencontrer.

— Ça pour lui faire plaisir ! Et figure-toi qu'il n'a rien d'inoffensif : c'est une vipère, l'une des plus méchantes que je connaisse. Il adore déterrer d'affreux commérages me concernant afin de les rapporter dans sa rubrique. Sais-tu ce qu'il entend raconter dans son prochain article ?

Constatant que je restai muette, elle poursuivit :

— Il a découvert, sans que je sache comment, que nous séjournions à Balmoral, Max et moi, et que l'ouverture d'esprit et la modernité du couple royal étaient stupéfiantes : sinon, comment nous permettraient-ils de vivre dans le péché sous leur toit ? Quel sale petit lèche-bottes, quel insupportable donneur de leçons ! Je pourrais l'étrangler.

Je devrais préciser que la vraie nature de ma mère reprend le dessus lorsqu'elle est particulièrement tendue – et que l'une de ses grands-mères avait été marchande de poisson.

— Il est probablement en train de t'observer derrière des buissons, dis-je en réprimant un sourire. Ne lui montre pas qu'il t'a contrariée.

— Il trouve sans doute son plaisir en jouant les voyeurs, rétorqua-t-elle d'un ton sec. Il n'a jamais approché une femme de toute sa vie, c'est flagrant – ni même un homme. Je parie qu'il fait du point de croix pendant son temps libre.

Elle était manifestement très remontée contre lui.

— Et si tu revenais au château pour y prendre le thé ? proposai-je.

— Cette rencontre m'a donné la migraine, répondit-elle en secouant la tête. J'ai vraiment besoin de m'allonger. Je n'ai pas envie de ressembler à une vieille peau à l'heure du dîner.

Elle retourna annoncer son départ aux autres ; ces derniers paraissaient de toute manière désireux de rentrer eux aussi, probablement lassés par les rafales de vent et la poussière. Les mécaniciens chargés du hors-bord étaient occupés à le couvrir d'une bâche, et Gussie remonta l'embarcadère pour venir à notre rencontre.

— Impossible de le tester davantage avec cette tempête, dit-il. Le moteur finirait par s'encrasser.

J'hésitai à lui expliquer qu'il ne s'agissait pas d'une tempête, mais d'une simple brise ; elle souffle généralement l'après-midi dans cette partie de l'Écosse, où les vents d'ouest venus des Hébrides passent entre deux pics des monts Grampians. Pourquoi avaient-ils choisi notre loch pour effectuer leurs essais de vitesse ? C'était incompréhensible. Il n'était jamais calme, même dans les plus propices des circonstances.

— J'ai une idée, annonça ma mère en embrassant du regard son club d'admirateurs. Pourquoi ne nous joindrions-nous pas à vous ce soir pour dîner à Rannoch ? Je suis certaine qu'il y aura abondance de plats. C'est toujours le cas, et voir de vieux amis remontera le moral de Binky. Les domestiques pourront peut-être le porter au rez-de-chaussée.

Tout le monde parut trouver très bonne ladite idée. J'essayai de m'imaginer la mine de Fig quand elle découvrirait qu'une demi-douzaine au moins de convives supplémentaires allaient débarquer chez nous. J'entraînai ma mère à l'écart.

— Pourquoi diable as-tu suggéré une chose pareille ? Tu connais ma belle-sœur. Elle va nous faire une crise de nerfs.

— Justement, dit-elle en souriant. Cela lui apprendra à se montrer grossière.

— Qu'est-il arrivé ?

— Aujourd'hui, quand je me suis présentée au château, je l'ai croisée en bas de l'escalier, et elle m'a demandé sur un ton des plus impolis ce que je faisais là. Je lui ai rappelé que j'avais été la belle-mère de Binky. Sais-tu ce qu'elle a répondu ? « Oui, mais ça n'a pas duré, me semble-t-il. » Décidément, cette femme a une langue venimeuse ! Elle mérite que nous nous invitions à l'improviste.

— C'est facile, pour toi, répliquai-je. C'est à moi que reviendra la tâche de le lui annoncer.

Ma mère pouffa.

— Pense à ce pauvre Binky. Il a grand besoin d'être déridé.

— Je ne suis pas persuadée que la vue de davantage de personnes engloutissant sa nourriture lui redonnera le moral…, commençai-je, quand je fus interrompue par un bruit de moteur.

— Je croyais qu'ils en avaient terminé avec ce fichu bateau, protesta ma mère avant de s'apercevoir que le son ne venait pas du loch.

Levant les yeux, nous vîmes approcher un petit avion qui volait à basse altitude entre deux montagnes. Il vrombit au-dessus de nos têtes, frôla la cime des plus hauts pins avant de descendre vers l'eau ; il rebondit à quelques reprises à sa surface avant de se poser en projetant dans son sillage une gerbe d'écume.

— Ronny est là, excellent ! s'exclama Hugo, qui avait clairement chassé ma mère de ses pensées – au moins temporairement.

À mon grand étonnement, l'appareil de l'aviatrice – si c'était bien le même – était maintenant muni de flotteurs en lieu et place de roues. Alors que nous regardions le biplan s'immobiliser, la comtesse poussa soudain un cri strident.

— Attention, le monstre !

Une vive agitation s'empara des observateurs éparpillés sur le rivage, tandis que de longues rides noires se formaient sur l'eau et s'approchaient de nous. Certaines personnes tentèrent de fuir, si apeurées qu'elles en bousculèrent d'autres. Puis la voix de l'agent Herries s'éleva, limpide et sonore :

— Ce n'est pas un monstre. C'est simplement le vent qui, en descendant du col, crée ce genre de vaguelettes. Il faut dire qu'il souffle fort, cet après-midi. Mais ce n'est ni la première ni la dernière fois que ça arrive. Que tout le monde se calme et rentre chez soi, à présent. Un monstre ? Quelle idée ! Il n'y a pas de monstre dans ce loch.

La foule se dispersa en échangeant des murmures troublés. Quelques individus étaient convaincus d'avoir aperçu une tête qui émergeait de l'eau. Avais-je moi-même vu quelque chose ? C'était possible. Tout en se dirigeant vers les voitures, la comtesse et Babe jacassèrent sans relâche.

— Et s'il s'aventure sur la rive ? Et s'il engloutit un bateau ? disait la première. Fritzi chéri, je compte sur toi pour me protéger.

Son fils ne paraissait pas enchanté à la perspective de devoir affronter une créature monstrueuse.

— Je crois que nous devrions sacrifier lady Georgiana pour l'apaiser, déclara Hugo.

Les rires fusèrent, réduisant la tension, mais je m'installai dans la voiture en rougissant de honte. Était-il donc si flagrant aux yeux de tous que j'étais encore vierge ?

15.

De retour au château de Rannoch
18 août 1932
Fin d'après-midi.

Ainsi que je l'avais prédit, Fig n'accueillit pas la nouvelle de convives supplémentaires avec un grand enthousiasme.

— Combien seront-ils, m'avez-vous dit ? demanda-t-elle d'une voix qui monta dans les aigus.

Elle n'avait visiblement pas eu de gouvernante lui ayant constamment rappelé qu'une lady ne hausse jamais le ton.

— Et c'est ce soir qu'ils comptent venir ? Pour l'amour du ciel, pourquoi ne les en avez-vous pas empêchés ?

— Comment ? On m'aurait prise pour quelqu'un de terriblement mesquin. Aurais-je dû raconter qu'il y avait une épidémie de peste noire au château ? Puisqu'ils s'entendaient tous si bien, ils ont simplement décidé de passer la soirée ensemble.

— Qu'ils aillent dîner ailleurs, dans ce cas, rétorqua-t-elle sèchement.

— Mais ils souhaitent remonter le moral de Binky, expliquai-je. Ils ont proposé qu'on le porte au rez-de-chaussée.

— Ce sont ces satanés Américains, n'est-ce pas ?

J'avais bien entendu fait preuve de tact en omettant de mentionner que l'idée venait entièrement de ma mère.

— Ils se conduisent comme s'ils étaient les propriétaires des lieux, poursuivit ma belle-sœur. Cette Babe a osé sermonner Hamilton à propos du manque d'eau chaude ce matin. Elle lui a dit que cela ne lui convenait pas. Vraiment ! Cette femme a un de ces toupets ! Elle passe beaucoup trop de temps dans la salle de bains, si vous voulez mon avis. Ce n'est pas bon pour la santé.

Fig était à présent dans tous ses états, c'était manifeste.

— Tout ira pour le mieux, assurai-je. La cuisinière réussira à préparer un potage copieux en entrée ou un plat du même genre afin de les rassasier.

— Voulez-vous bien aller le lui dire, Georgiana ? Je ne pense pas être capable de l'affronter pour l'instant.

— Si tel est votre souhait, acquiesçai-je, consciente que Mme McPherson m'avait toujours beaucoup appréciée, enfant.

— Je suis tellement contente que vous soyez là, insista Fig.

Cela tenait décidément du miracle, songeai-je.

Ainsi que je m'en étais doutée, la cuisinière accueillit la nouvelle plus calmement que Fig, quoiqu'elle ne semblât pas tout à fait ravie.

— Huit personnes de plus pour le dîner, dites-vous ? Pour qui Mme la duchesse me prend-elle ? Une magicienne ? Une prestidigitatrice censée faire surgir des lapins d'un chapeau ?

Je lui adressai un sourire compatissant.

— Elle me donne à peine assez d'argent pour nourrir la maisonnée, continua-t-elle. Et elle me demande maintenant de faire apparaître des banquets comme par magie.

— Contentez-vous de faire de votre mieux, madame McPherson, répondis-je. Les invités comprendront que vous avez été avertie à la dernière minute. Ils ne s'attendront pas à de la haute cuisine.

— Même si j'en avais les moyens, ce ne serait pas de la haute cuisine que je leur servirais, répliqua-t-elle, renfrognée. Ma spécialité, ce sont les repas simples et nourrissants. Rien à voir avec toutes ces cochonneries à la française – comme des escargots couverts d'ail, précisa-t-elle avec une grimace de dégoût. Quel mal y a-t-il à aimer la bonne viande de bœuf de notre région et le saumon écossais pêché du jour ?

— Aucun. Vous êtes une cuisinière merveilleuse, madame McPherson. Tout le monde s'accorde à le dire.

— Oh, à d'autres ! fit-elle en laissant échapper un petit rire embarrassé. Ma foi, ils auront droit à ma purée de rutabagas et de patates. C'est tout ce qui me reste dans mon garde-manger.

Elle faisait référence à un plat paysan écossais certes rassasiant mais peu raffiné.

— Vraiment ?

— Je vous l'ai dit, je ne suis pas magicienne. Bon, j'ai aussi un rôti qui devrait suffire s'ils se contentent d'une ou deux tranches chacun, mais il faut qu'on leur remplisse le ventre. Ça ne peut leur faire que du bien. Ils pourront goûter à nos spécialités écossaises traditionnelles. Et par chance, j'ai préparé un excellent bouillon avec les restes de gigot d'agneau de l'autre soir. Je n'ai plus qu'à l'épaissir pour en faire une soupe. En revanche, je n'ai pas de plat de poisson à vous proposer. À cette heure, le poissonnier ne livre plus. Je ne peux pas multiplier les pains et les poissons pour nourrir vingt personnes.

— Ils se passeront parfaitement de poisson, j'en suis certaine, madame McPherson.

— S'ils dînaient à Balmoral, ils en mangeraient, non ?

— Seuls ma mère et Herr von Strohheim sont en ce moment chez Leurs Majestés. Les autres convives logent dans une maison située sur le domaine de lord Angus. Je ne pense pas qu'ils aient à leur disposition une cuisinière digne de ce nom. Voilà pourquoi ils ont sauté sur l'occasion quand on leur a suggéré de goûter à votre cuisine.

Mme McPherson parut se radoucir.

— Bon, je vais voir s'il reste assez de truite fumée pour tout le monde. Je la conservais pour la salade du déjeuner de demain, mais je pourrai m'en procurer davantage. Et les garçons ont apporté un plein panier de myrtilles pour faire un crumble. On arrivera donc à se débrouiller, j'imagine. On en a l'habitude.

— Vous êtes une sainte, madame McPherson, dis-je. Mme la duchesse sera impressionnée par vos efforts.

— Tout ce qui l'impressionne, c'est quand je vais au plus court et que j'économise trois sous, marmonna-t-elle avec dédain. À l'époque du vieux duc, on n'aurait jamais fait des telles économies de bouts de chandelles.

— Le vieux duc a perdu sa fortune, fis-je remarquer.

— Au fait, quand Mme la duchesse est venue me trouver aujourd'hui, elle m'a aussi dit de préparer du haggis. Est-ce une autre de ses idées pour réduire les dépenses ?

— Non, dis-je en riant. Elle espère inciter les Américains à s'en aller – ils mangent tellement qu'elle a peur que nous finissions à la rue.

— Oh, c'est donc ça ! s'exclama la cuisinière en partant d'un grand rire, sa généreuse poitrine tremblotant comme de la gelée. Ma foi, vous pouvez lui dire que mon haggis est le meilleur de toute la région et que ces Américains risquent donc de l'apprécier et d'en redemander. La panse de brebis est déjà prête à être farcie pour demain.

Je pris congé d'elle et gagnai l'étage toute ragaillardie. Qu'il était bon d'être de retour chez soi ! L'heure du thé approchant, tout le monde se réunit dans la grande salle, mes cousins et les princes étant revenus de leurs diverses activités. Le vent qui s'était levé à l'heure du déjeuner n'avait été que l'avant-goût d'un temps plus mauvais encore, et il mugissait à présent dans les conduits de cheminée, tandis que la pluie battait contre les vitres. Nos invités avaient manifestement froids, car ils ne cessaient de contempler l'âtre vide d'un air plein d'espoir. Fig feignait de trouver très confortable la température ambiante et répétait qu'il était inutile d'allumer un feu – prouvant ainsi qu'elle était aussi bonne comédienne que ma mère. L'atmosphère était affreusement lugubre dans cette vaste pièce, et je mourais d'envie de monter dans ma chambre afin d'enfiler un second cardigan, mais je ne pouvais décevoir ma belle-sœur. À dire vrai, j'étais heureuse que l'un des chiens soit venu s'asseoir contre ma jambe.

Je pris plaisir à observer Fig, laquelle semblait extrêmement contrariée : elle regardait en effet Prince Sanders qui, avec une joyeuse désinvolture, étalait sur son scone une épaisse couche de la confiture qu'elle s'achetait au luxueux magasin Fortnum & Mason. Soudain, des éclats de voix se firent entendre dans le vestibule, et Mme Simpson fit son entrée dans la grande salle, affichant une mine plus revêche encore que celle de mon austère arrière-grand-mère. Sa coiffure d'habitude impeccable était tout ébouriffée et son ensemble de soie était trempé.

— Wallis chérie, vous n'êtes pas belle à voir ! constata la comtesse en se levant pour l'accueillir.

Propos qui déplurent apparemment à Mme Simpson : elle savait déjà de quoi elle avait l'air et n'avait pas besoin qu'on le lui fasse remarquer.

— Venez boire une tasse de thé pour vous réchauffer avant de monter vous changer, ajouta son amie en passant son bras sous le sien pour la conduire jusqu'à nous.

— La journée a été absolument exécrable, déclara Mme Simpson. Et pas seulement en raison de l'orage. Il nous est arrivé quelque chose de terrible, mes chéris. Nous avons de la chance d'être encore en vie.

— Que diable voulez-vous dire ? demanda Babe.

— David et moi étions sur le trajet du retour, le long du col, quand une grosse pierre a déboulé de nulle part et a heurté la voiture. Heureusement, elle est tombée sur le capot. Quelques dizaines de centimètres plus loin et nous aurions été écrasés. Croyez-moi, il y a quelques instants encore, mon cœur battait à tout rompre. David a fait preuve d'un merveilleux sang-froid. D'après lui, ce genre d'incident est courant dans les Highlands. « Dans ce cas, pourquoi venir ici ? lui ai-je dit. Cela me dépasse. C'est l'endroit le plus désolé que je connaisse. » Ces critiques ne l'ont guère enchanté, et nous nous sommes querellés. Comme vous le voyez, ma journée a été fort éprouvante.

Elle accepta la tasse qu'on lui offrait avec gratitude et but son thé à petites gorgées. Ses compatriotes furent aux petits soins avec elle. Même son époux se montra prévenant. De mon côté, j'avais de nouveau l'esprit en ébullition. Un autre accident s'était produit, qui aurait pu provoquer la mort du prince de Galles. Puis une pensée me vint en tête. Peut-être faisions-nous fausse route : et si David n'était pas la cible ? Et si c'était Mme Simpson que l'on cherchait à éliminer ? J'avais vu assez de films de gangsters américains pour savoir que certaines personnes n'hésitent pas à engager des assassins pour se débarrasser d'un ennemi. Et si quelqu'un, parmi les membres de la famille royale, souhaitait écarter définitivement cette femme de la vie du prince ? À moins que son mari soit furieux d'être trompé de la sorte, au point de vouloir la supprimer plutôt que d'avoir à payer une pension en cas de divorce.

Je décidai de me renseigner discrètement afin de découvrir si Mme Simpson avait été présente quand le prince avait été victime d'autres accidents. Alors qu'elle quittait la salle d'un pas majestueux, je remarquai que Lachan et Murdoch échangeaient un regard amusé. Ils se levèrent à leur tour et s'excusèrent. Puis tout le monde se dispersa peu à peu pour se reposer avant le dîner – ou, dans le cas de Babe, pour prendre un autre bain. Je résolus de me rendre dès que possible sur les lieux de l'accident afin de voir si la pierre avait pu être aisément poussée. Il arrivait que des rochers basculent à flanc de coteau, mais les chances pour que l'un d'eux tombe à l'instant précis où une voiture passait en contrebas étaient minces, me semblait-il.

Je montai me changer. J'étais dans la salle de bains quand j'entendis des voix – ce qui n'est pas dans mes habitudes, devrais-je préciser. En réalité, la plomberie du château de Rannoch, bien évidemment installée quelques siècles après la construction de l'édifice, est bizarrement conçue – c'est le moins qu'on puisse dire. La tuyauterie permet en tout cas de véhiculer des conversations se déroulant dans d'autres pièces de la maison. Cette fois, deux hommes parlaient doucement ; j'eus l'impression qu'ils avaient l'accent écossais.

— Bon, as-tu l'intention de le lui dire ? murmura l'un d'eux.

— Tu plaisantes ? Nous serions flanqués dehors. Elle y veillerait. Et je ne peux pas me permettre de laisser qui que ce soit contrecarrer mes projets. C'est l'endroit idéal pour les mener à bien, tu le sais.

— Et si quelqu'un nous a vus ?

— Nous plaiderons l'ignorance. Après tout, nous ne voulions faire de mal à personne, n'est-ce pas ?

Sur ces mots, un gloussement résonna dans les tuyaux.

16.

Château de Rannoch
18 août 1932
Soir.

Je restai immobile, sans prêter attention au vent et à la pluie battante. (Oh, sans doute ai-je oublié d'expliquer que, par tradition, les fenêtres des toilettes et des salles de bains sont toujours ouvertes au château de Rannoch. Les invités trouvent cela surprenant et difficilement soutenable – sachant qu'il leur faut également supporter le papier peint à motif tartan ainsi que les gémissements et autres grincements de la tuyauterie.) Il s'agissait donc d'un complot. Il ne m'était jamais venu à l'esprit que des nationalistes écossais œuvraient peut-être dans le château – des individus désireux d'obtenir l'autonomie de l'Écosse, comme en Irlande, ou de remplacer la branche d'origine allemande de la monarchie britannique par l'ancienne dynastie des Stuart. Il semblait curieux qu'on nourrît de tels sentiments à Rannoch, étant donné que notre famille était liée autant aux Stuart – par le biais de l'ancien duc – qu'à l'actuel monarque – par le biais de ma grand-mère.

Je regagnai ma chambre, absorbée dans mes pensées. Lorsque Maggie, ma bonne, vint m'aider à m'habiller, je m'aperçus qu'elle avait envie de me confier les derniers potins concernant le château, et je la laissai volontiers faire, en profitant pour l'interroger.

— De nouveaux membres du personnel ont-ils été embauchés pendant mon absence ? demandai-je.

— Mais enfin, lady Georgiana, vous n'êtes pas partie plus de quelques mois ! rit-elle. Ici, rien n'a changé, vous savez.

— Et combien d'hommes sont employés dans la demeure, au juste ? Hamilton, le valet de chambre de M. le duc, Frederick, ainsi que le valet de pied, est-ce bien cela ?

Elle me regarda d'un air intrigué.

— Oui, c'est ça. Vous avez juste oublié le fils du jardinier qui vient parfois aider à cirer les bottes et à remonter des objets lourds de la cave.

— Et sur le domaine entier, combien sont-ils, d'après toi ?

— Vous envisagez de vous trouver un mari dans les environs, lady Georgiana ? s'esclaffa Maggie.

— Non, j'essaie simplement de comprendre quelque chose. Il y a les palefreniers, les jardiniers, les guides de chasse… est-ce tout ?

— Sans compter le garde-chasse, les ouvriers agricoles, le berger et le vieux Tom.

Quantité d'hommes travaillaient donc à Rannoch. Mais seuls quatre d'entre eux vivaient au château. Et certains parmi les autres étaient autorisés à y entrer de temps en temps. Fergus, palefrenier de son état, venait jouer de la cornemuse pour les grandes occasions. Les jardiniers apportaient le bois pour les cheminées ; le garde-chasse et les guides du poisson et du gibier. Mais oseraient-ils se réunir dans l'une des salles de bains du château ? C'était très improbable.

— Sais-tu si certains membres du personnel sont en faveur de l'autonomie écossaise ?

— Que voulez-vous dire, lady Georgiana ?

— Des individus désireux de se débarrasser de Leurs Majestés et de faire de l'Écosse un État indépendant.

— Quelle drôle d'idée, répondit Maggie, perplexe. Personne ne voit les choses ainsi, dans le coin. Tout le monde adore le roi et la reine. En fait, on a tous des parents ou des connaissances employés sur le domaine de Balmoral, et ils ne tarissent pas d'éloges sur Leurs Majestés.

★

Quand je descendis dîner, je découvris que Binky avait été porté jusqu'à la grande salle et se trouvait à présent allongé dans un fauteuil d'infirme – celui-ci paraissait si ancien qu'il aurait pu jadis accueillir notre vénérable arrière-grand-mère. Entouré de sa cour, mon frère bavardait avec les invités déjà arrivés de l'extérieur. Je m'aperçus, mal à l'aise, que Darcy comptait parmi eux, de même que la ténébreuse Conchita, vêtue d'une robe moulante écarlate et d'un châle noir à franges à la mode espagnole. Veronica Padgett était là elle aussi, arborant une allure remarquablement civilisée et féminine dans une longue robe de soirée vert bouteille, assortie d'une étole de soie blanche et de longs gants blancs. Je me dirigeai aussitôt vers elle, évitant ainsi de me retrouver dans le groupe où discutait Darcy. Peu m'importait que señorita Conchita lui fasse les yeux doux, me dis-je – mais je me mentais à moi-même. J'imagine qu'il n'est pas si facile de se désintéresser si rapidement d'un homme qu'on aime.

— Je vous ai vue atterrir sur le loch, cet après-midi, dis-je à Ronny. J'ignorais que votre appareil était aussi un hydravion.

— J'ai fait fabriquer des flotteurs pour le Gypsy Moth afin de pouvoir venir jusqu'ici par la voie des airs. Dans la région, les lacs sont les seules surfaces assez planes où l'on peut se poser sans encombre.

— On doit éprouver de merveilleuses sensations, en plein ciel.

— Je peux vous prendre comme passagère un de ces jours, si vous le souhaitez, proposa-t-elle. Je compte rester ici un moment. Du moins jusqu'à ce que Paolo et ses amis aient rodé le hors-bord.

Elle se pencha plus près de moi.

— Entre nous, j'espère qu'on me donnera l'occasion de battre le record moi-même. Je suis certaine que je m'en sortirai beaucoup mieux que cet imbécile de Paolo. Mais bon, que voulez-vous, il a de l'argent, et les Padgett sont fauchés comme les blés.

— Vraiment ? fis-je, feignant la surprise.

— Oui. On a attribué à mon père un poste à vie à Balmoral, mais il était par le passé beaucoup plus actif. On lui avait promis un titre de chevalier en échange des services rendus à la reine Victoria et au roi Édouard ; puis il a eu des ennuis de santé et on l'a envoyé se rétablir en Écosse. Il y est finalement resté. Ma mère supporte plutôt mal la solitude. Nous vivons dans un coin complètement perdu, au milieu de nulle part.

— Ils ne descendent jamais à Londres ?

— Rarement. Nous n'y avons plus de résidence, et mon pied-à-terre est beaucoup trop petit pour les accueillir.

À l'évocation de son appartement londonien, un souvenir refit surface.

— À ce propos, je suis sincèrement navrée de ce qui est arrivé à votre bonne.

— Oui, une drôle d'affaire, acquiesça-t-elle. Pauvre Mavis. Dans le fond, c'était encore une fille de la campagne. Elle ne prêtait pas la moindre attention à la circulation. Elle traversait toujours sans regarder, même à Londres. Quoique je ne m'explique pas ce qu'elle faisait près de l'aérodrome de Croydon ce soir-là. Je lui avais dit de rester à l'appartement, et je n'envisageais pas de revenir avant plusieurs jours…

Elle s'interrompit et me dévisagea avec curiosité.
— Au fait, comment avez-vous entendu parler de cet incident ?
— Par la police, expliquai-je. Une lettre inachevée, à mon intention, a apparemment été découverte parmi ses affaires.
— Une lettre ? C'est incroyable… Que pouvait bien vous vouloir Mavis ?
— Aucune idée. La lettre a été retrouvée dans un fossé, et l'encre avait coulé, mais elle était indubitablement adressée à « lady Georgiana », et je crois être la seule personne à porter ce nom dans tout Londres. D'après la police, elle souhaitait peut-être me demander du travail.
— Elle… aurait voulu que vous l'engagiez ? Mais pourquoi ?
— Parce que vous aviez menacé de la renvoyer, sans doute. Vous lui aviez laissé entendre que vous pouviez vous passer d'elle.
Ronny me regarda en riant.
— Je lui parlais toujours de la sorte, et elle le savait. Je suis ainsi, voilà tout. Et j'étais plutôt attachée à elle, croyez-moi, même si elle n'était pas très dégourdie. J'aimerais sincèrement mettre la main sur le type qui l'a renversée et l'étrangler de mes propres mains.
— Si elle s'est aventurée au milieu de la chaussée sans regarder, il n'aurait probablement pas pu l'éviter.
— Mais dans ce cas, pourquoi ficher le camp et la laisser mourir au bord du chemin ? Pourquoi ne pas avertir la police et avoir le courage d'admettre ce qui s'était passé ?
— Il a pris peur, je suppose. S'il s'agit d'un conducteur imprudent, il avait peut-être déjà eu des ennuis avec les autorités et craignait de se voir confisquer son permis de conduire.
— Pauvre Mavis, répéta Ronny avant de soupirer. C'est rudement malcommode pour moi. Je me retrouve

sans femme de chambre. J'ai simplement à mon service une fille des environs, et cette idiote a essayé de repasser mon blouson de cuir.

À cet instant, Hugo s'approcha de nous.

— Je vous ai vue atterrir cet après-midi, Ronny. Vous étiez magnifique, il n'y a pas à dire. Quand pensez-vous m'emmener en baptême de l'air ?

— Si vous n'y prenez pas garde, Hugo, vous risquez de chuter dans le vide, s'esclaffa la jeune aviatrice. J'adore faire des tonneaux, vous savez. C'est une bonne méthode pour se débarrasser des soupirants indésirables.

Gussie avait raison, l'attirance n'était visiblement pas réciproque.

— Et avez-vous les moyens de posséder un avion ? lâchai-je soudain sans réfléchir, avant de me rappeler qu'une lady n'est pas censée parler ouvertement d'argent.

— J'ai des mécènes, répondit-elle en haussant les épaules. Et si je participe à tant de courses aériennes, c'est parce qu'on peut recevoir des récompenses en espèces sonnantes et trébuchantes. À l'automne, je vais faire le vol solo jusqu'en Australie. Aucune femme ne l'a jamais tenté, et le *Daily Mail* m'offre un gros chèque en cas de réussite.

— Avez-vous de bonnes chances d'y parvenir ?

— Disons qu'elles sont raisonnables. Il faut survoler de vastes étendues désertiques. Mais si je suis obligée de me poser au milieu du désert d'Arabie, tout sera assurément fichu. Mes réserves d'eau seront épuisées avant que quelqu'un puisse me secourir.

Elle embrassa la pièce du regard.

— Justement, je meurs de soif. Il n'y a rien de plus corsé que du sherry ?

Sur ce, elle s'éloigna. Je me demandai si je l'enviais ou la plaignais. Ce devait être merveilleux d'être aussi téméraire et indépendante, évidemment ; malgré tout, je n'aurais pu supporter la solitude de ce genre d'aventure ni l'éventualité de périr au milieu d'un désert. J'étais finalement contente de ne pas avoir son courage.

Hugo, qui était resté dans les parages, s'approcha plus près de moi.

— Cette vieille demeure est absolument fascinante, n'est-ce pas ? Et elle possède une riche histoire. Dites-moi, y a-t-il une alcôve secrète quelque part ? Je sais que la plupart des châteaux écossais en ont une, mais je n'en ai jamais vue.

— Oui, il y en a bien une, répondis-je.

— Et à quoi servait-elle, au juste ?

— Depuis cette petite pièce aménagée entre deux murs, le seigneur des lieux pouvait épier les conversations de ses invités grâce à des ouvertures et s'assurer que personne ne complotait contre lui.

— C'est bigrement intéressant. Accepteriez-vous de me montrer l'endroit ?

Je lui décochai un regard exaspéré.

— Je croyais que vous en pinciez pour Ronny, Hugo. Pourquoi essayez-vous de m'attirer dans un lieu à l'écart ? À votre place, je m'en tiendrais à une seule jeune fille à la fois.

— Non, je vous assure, l'histoire écossaise me passionne, se défendit-il.

— Dans ce cas, je demanderai à l'un des domestiques de vous faire visiter l'alcôve dès demain, répliquai-je, amusée, avant de tourner les talons pour me diriger vers Belinda et Paolo, qui conversaient avec Max et Digby Flute, le jeune Américain.

Avant que je les aie rejoints, Belinda vint à ma rencontre.

— Bavardons de sujets normaux, ma chérie, me dit-elle. Si j'entends encore une fois des mots comme « poussée » ou « force de torsion », je crois que je vais hurler. Chose étrange, je trouvais jusqu'alors le terme « poussée » plutôt émoustillant, mais plus du tout depuis qu'il s'applique aussi à un moteur de bateau.

— Ils sont encore obnubilés par leur hors-bord ?

— Oui, je n'ai pas eu un instant de répit, soupira-t-elle. À ce propos… que ce passe-t-il entre Darcy et toi ? Vous n'êtes plus copains, apparemment ?

— C'est exact. Il s'est comporté… d'une manière impardonnable.

— C'est à cause de la charmante señorita ? Rassure-toi, ma chérie, il ne l'a pas touchée, et ce n'est pas faute d'avoir essayé de son côté à elle.

— Non, c'est autre chose. Il…

Je m'interrompis, consciente que je ne pouvais lui raconter ce qui était survenu sans dévoiler ma mission.

— Disons simplement que je ne le porte pas dans mon cœur en ce moment, repris-je.

— Quel dommage, pour une fois que vous êtes dans un même endroit, où l'atmosphère est si propice à une idylle. Oh, justement, en parlant d'idylle, jette donc un coup d'œil à la redoutable Mme Simpson. J'ai l'impression qu'elle attend un invité… Celui-ci lui aurait-il fait faux bond ?

Je suivis son regard jusqu'au groupe qui entourait Binky. Wallis Simpson, debout près de lui, n'écoutait que d'une oreille l'histoire qu'il relatait. Elle n'arrêtait pas de lever les yeux avec nervosité – à moins que ce ne fût de l'impatience. Lachan et Murdoch nous avaient à présent rejoints, resplendissants dans leur costume des Highlands. Ils se tenaient un peu à l'écart, en grande conversation… Et je pris soudain conscience qu'ils avaient tous deux l'accent écossais, naturellement. Étaient-ce eux, dont j'avais surpris la discussion dans la salle de bains ? Mes cousins n'étaient tous de même pas des nationalistes prêts à tuer l'héritier du trône, si ? Mais le sang des Stuart coulait cependant dans leurs veines. Je me dirigeai vers eux.

— Nous ne vous avons pas vus de la journée, dis-je d'une voix joyeuse. Où étiez-vous donc passés ?

— Nous avons traqué un cerf dont votre frère nous avait parlé, répondit Lachan en souriant. Un beau spécimen. Nous avons omis de le mentionner aux autres, car ils auraient tout gâché en marchant comme une troupe d'éléphants parmi les fougères, informant de notre présence tous les animaux à des kilomètres à la ronde.

— Et l'avez-vous trouvé ?

— Oui, sur les flancs du Ben Alder, affirma Murdoch. Mais c'est une bête rusée. Elle ne nous a pas laissés nous approcher suffisamment pour que nous puissions la viser.

Les flancs du Ben Alder, songeai-je. Le lieu idéal pour surveiller la route du col et lancer un signal à un complice posté plus loin, au cas où une voiture passerait... J'observai le visage jovial, buriné de Lachan et ses yeux bleus pétillants, et j'essayai de l'imaginer assassinant froidement, un à un, les héritiers de la couronne. Cela me paraissait impossible. Mais j'avais déjà été trompée par les apparences, et je possédais désormais assez d'expérience pour savoir que les criminels n'ont jamais l'air coupable.

Hamilton s'avança avec un plateau de boissons. Mes cousins se ruèrent aussitôt vers lui. J'étais encore en train de les observer quand Darcy apparut près de moi.

— Vous allez donc bouder et m'ignorer jusqu'à la fin des temps ? s'enquit-il à voix basse. Vous ne trouvez pas votre attitude un peu puérile ?

— J'en ai simplement assez de ne jamais savoir sur quel pied danser avec vous, rétorquai-je. Vous disparaissez pendant des semaines. Vous flirtez avec d'autres femmes. En réalité, vous faites sans doute davantage que flirter.

Je vis ses lèvres se contracter, comme s'il réprimait un sourire.

— Vous devez me prendre tel que je suis.

— J'ai besoin de quelqu'un sur qui pouvoir compter.

Lachan, qui s'était servi une généreuse rasade de scotch, se tourna vers moi.

— Voulez-vous que j'aille vous chercher à boire, cousine Georgie ?

— Oui, c'est très aimable à vous, Lachan. Un verre de sherry, s'il vous plaît.

— Du sherry ? C'est pour les vieilles dames. Venez donc goûter au scotch single malt de Binky, proposa-t-il en entourant mes épaules de son bras musclé.

Je me laissai faire et m'éloignai ainsi de Darcy – même si je n'avais guère envie d'un scotch. Fort heureusement, nous fûmes interrompus par le majordome, qui annonça l'arrivée du prince de Galles. C'était donc bien pour cette raison que Mme Simpson s'était montrée si nerveuse. Elle était maintenant dans de beaux draps, me dis-je, avec son époux présent lui aussi. Pareille à un chien de berger, Fig entreprit de se déplacer entre ses invités, nous rangeant par couples afin de gagner la salle des banquets.

— Nous attendrons le joueur de cornemuse pour nous mettre en route, mais je vais vous indiquer dans quel ordre la procession avancera, précisa-t-elle. Puisque Binky ne peut y prendre part, Son Altesse Royale sera mon cavalier, le prince George celui de lady Georgiana, le prince Siegfried celui de la comtesse von Sauer, Herr von Strohheim accompagnera...

Elle se tut et dévisagea ma mère, tâchant manifestement de se souvenir de son nom actuel. Elle s'appelait encore Mme Clegg, étant donné que son dernier mari en date, un millionnaire texan, refusait de divorcer – mais comment Fig l'aurait-elle su ? Elle s'empressa de passer aux personnes suivantes. Darcy se retrouva avec Mme Simpson, qui parut très mécontente.

— Ces coutumes sont étonnamment désuètes, n'est-ce pas ? déclara-t-elle à ses amies, assez fort pour être entendue de tous. Tellement rétrogrades. Rien de surprenant à ce que la Grande-Bretagne se retrouve à la traîne du progrès sur le plan mondial.

— Ce pays règne sur la moitié du monde, ma chère Wallis, fit remarquer Babe.

— On se demande bien comment, avec toutes ces familles consanguines et leurs traditions idiotes. C'est extrêmement contrariant de voir que cette femme a été placée devant moi, ajouta-t-elle en se penchant le long de la rangée pour jeter un coup d'œil noir à ma mère. Dire qu'elle n'est même plus duchesse.

Ma mère, à qui ces paroles n'avaient évidemment pas échappé, se tourna vers elle avec un sourire mielleux.

— Ah, mais j'essaie toujours de me débarrasser du mari précédent avant de passer au suivant. Vous prévoyez de quitter celui-ci, j'espère ?

Quelques-unes des autres femmes présentes laissèrent échapper des murmures agités. Mme Simpson lança un regard meurtrier à ma mère, qui se tourna de nouveau d'un air parfaitement serein avant de glisser sa main délicate sous le bras de Max. Je croisai le regard de Darcy, qui me décocha un clin d'œil. Je lui rendis son sourire avant de me rappeler que je lui battais froid.

17.

Château de Rannoch
18 août 1932
Soir. Tempête soufflant au dehors.
Température à peine plus élevée à l'intérieur.

Soudain, une plainte épouvantable retentit à travers la demeure.

— Qu'est-ce que c'est ? s'écria la comtesse en s'agrippant au bras de Siegfried. Est-ce le fantôme ? Est-ce la Dame blanche de Rannoch ?

— Oh, ce n'est que le joueur de cornemuse, expliqua Murdoch. Sa mélodie va nous accompagner jusqu'au dîner.

Le vieux Fergus apparut en effet, l'allure majestueuse avec son kilt et son bonnet. Nous nous rangeâmes derrière lui pour gagner la salle des banquets. Cette vaste pièce, aux murs de pierre brute et aux hautes fenêtres cintrées, peut parfois paraître austère, mais elle était ce soir-là resplendissante, éclairée par des dizaines de bougies. Leurs flammes faisaient étinceler l'argenterie et rehaussaient l'éclat de la nappe blanche amidonnée recouvrant la table, laquelle s'étendait sur toute la longueur de la salle. Ma belle-sœur avait assurément remué ciel et terre pour que tout fût parfait. Je me retrouvai assise au centre, entre Lachan et Siegfried. Face à moi,

Babe semblait fort intéressée par le costume de mon cousin.

— Dites-moi, est-il vrai que les Écossais ne portent rien sous leur kilt ? demanda-t-elle.

— N'hésitez pas à passer sous la table pour venir tâter par vous-même, répliqua Lachan.

Babe se mit à glousser bruyamment.

— J'espérais vous proposer notre traditionnel haggis pour le souper, annonça Fig. Malheureusement...

— Malheureusement, nous n'avons pas réussi à en attraper un au cours de la partie de chasse d'aujourd'hui, l'interrompit Murdoch.

— Comment ça, en attraper un ? s'étonna Hugo. Je croyais que le haggis était une sorte de saucisse.

— C'est du moins ainsi qu'on le sert, dit Lachan. On hache sa viande et on en fait des saucisses. Mais encore faut-il capturer ce petit animal. Il est fort rusé. Et féroce pour sa taille.

— Seigneur ! fit la comtesse. Et à quoi ressemble-t-il ?

— Il est très poilu, avec de petites dents pointues, et il rôde dans la bruyère en s'attaquant aux mollets de proies plus grosses que lui. À dire vrai, avant de voir de mes yeux le piège dont Binky a été victime, j'ai même pensé qu'il avait été agressé par une troupe de haggis.

Ceux qui, parmi nous, connaissaient la vérité, s'efforcèrent de garder leur sérieux, tandis que Babe et la comtesse fixaient Lachan, tout à fait captivées.

— Nous pourrions vous emmener chasser le haggis dès demain, si vous le souhaitez, suggéra mon cousin. Cet après-midi, sur la lande, nous avons repéré des traces.

— Ce serait extrêmement fascinant, n'est-ce pas, Prince ? dit Babe à son mari.

Je m'attendais à ce que quelqu'un éclate de rire et leur dévoile enfin qu'il s'agissait d'une plaisanterie, mais personne n'en fit rien.

— Votre excursion s'est-elle bien passée, jeunes gens ? s'enquit alors le prince de Galles en s'adressant à son frère George et à Siegfried. Avez-vous planté un drapeau sur l'un de ces sommets et ainsi déclaré qu'il appartenait désormais à l'Angleterre ?

Je m'aperçus qu'il avait été placé assez loin de Mme Simpson et que celle-ci affichait par conséquent un air boudeur.

— Sachant que nous sommes en Écosse, cela n'aurait guère été judicieux, répondit George. Et nous n'avons hélas pas pu gravir le Ben Breoil. Nous avions bêtement laissé notre matériel d'escalade au château, pensant que nous n'en aurions pas besoin. En arrivant devant un immense surplomb, nous avons compris que nous n'étions pas préparés à poursuivre sans cordes ni pitons, et nous avons rebroussé chemin.

— Vous devriez emmener Georgiana avec vous la prochaine fois, suggéra Binky. Elle connaît ces munros mieux que quiconque.

— Des munros ? De quoi voulez-vous parler ? demanda Gussie.

— C'est ainsi que nous désignons les pics dont l'altitude est supérieure à mille mètres, expliqua mon frère. Enfant, Georgie les escaladait sans arrêt, une vraie petite chèvre de montagne, hein, ma vieille ?

Tous les regards convergèrent vers moi – j'étais soudain devenue une curiosité.

— À t'entendre, on pourrait me prendre pour la sauvageonne de la vallée, répliquai-je.

Je remarquai que Mme Simpson donnait un coup de coude à Prince Sanders et lui murmurait quelques mots à l'oreille.

— Si vous acceptez de nous accompagner demain, ce sera un honneur, lady Georgiana, affirma Siegfried. Vos compétences seront très appréciées. Cette fois, nous emporterons des cordes et, par la grâce de Dieu, nous parviendrons à conquérir l'un de ces sommets !

On aurait pu croire qu'il parlait de faire l'ascension du mont Blanc, et non d'une colline écossaise de mille mètres d'altitude – de la montagne à vaches, il fallait bien le dire.

Le dîner se déroula plutôt agréablement. Le potage fut délicieux, il y eut assez de rôti pour tout le monde et les convives trouvèrent même « savoureuse » la purée de rutabagas et de patates. La conversation se porta sur le hors-bord et le monstre du loch. De l'avis de Binky, quelqu'un avait fait renaître cette ancienne légende afin d'attirer davantage de touristes dans la région.

— Je vis ici depuis toujours, et je n'en avais jamais entendu parler jusqu'à récemment, dit-il. Et je ne l'ai jamais vu, croyez-moi.

— Pourtant, à la manière dont l'eau du lac s'est mise à onduler, nous avons vraiment eu l'impression qu'une énorme créature nageait près de la surface, répondit la comtesse. Ces vaguelettes n'ont pas pu se former toutes seules !

— Un avion venait de se poser, fis-je observer. Et c'est un endroit où le loch devient extrêmement profond, de sorte que d'étranges remous apparaissent lorsque le vent se lève.

— Je suis sûre d'avoir vu une tête, déclara la comtesse. Une grosse tête.

— Peut-être un sous-marin espionnait-il votre hors-bord, intervint le prince de Galles en se tournant vers Digby et Paolo. Un rival cherchant à battre le record ?

Le dîner s'acheva avec un crumble aux myrtilles et de la crème fraîche, suivis d'un toast au fromage[1]. Puis les dames suivirent docilement Fig jusqu'au salon de réception, où le café nous fut servi. Conchita s'approcha de moi.

1. En Grande-Bretagne, dans les milieux aisés, il était traditionnellement courant de servir un léger plat salé après le dessert. *(N.d.T.)*

— Nous n'avons pas encore été présentées, dit-elle, avec des yeux noirs brillants. Vous êtes la fille de la maison ?

— Je suis la sœur du duc, répondis-je. Georgiana de Rannoch.

— Et moi, Conchita da Gama. Je viens du Brésil.

— Que faites-vous en Écosse ?

— J'ai rencontré Paolo en Italie. Il avait besoin d'argent pour son bateau, et j'en ai beaucoup, précisa-t-elle. Au Brésil, mon père possède des plantations de caoutchouc, et il a maintenant découvert du pétrole sur ses terres. Il a de la chance, pas vrai ?

Rien d'étonnant à ce que Darcy fût intéressé, songeai-je. Comme moi, il était sans le sou. Conchita ferait un excellent parti. J'eus alors l'impression qu'elle lisait dans mes pensées, car elle poursuivit :

— Ce M. Darcy O'Mara… il est beau, vous ne trouvez pas ? C'est le fils d'un lord, et il est catholique.

Je commençai à voir où elle voulait en venir.

— Il est pauvre, je le crains, ajoutai-je.

— Aucun problème, dit-elle en agitant la main. J'ai assez d'argent pour faire ce que je veux. Mais je ne comprends pas : il affirme qu'il y a déjà une femme qu'il admire.

De manière irrationnelle, ces paroles suscitèrent en moi un grand élan d'espoir. Puis, comme de bien entendu, je me demandai si j'étais la femme en question. Visiblement pas, à en juger par la façon dont Darcy m'avait traitée.

Les messieurs se joignirent bientôt à nous – du moins certains d'entre eux, car M. Simpson s'était volatilisé. Mon cousin David se dirigea droit vers Wallis Simpson dès qu'elle eut tapoté l'accoudoir de son fauteuil, ainsi qu'on fait venir un chien à soi. Quelqu'un lança l'idée de danser. Les domestiques roulèrent les tapis dans la grande salle, on mit le gramophone en marche et nous commençâmes, comme il se devait, par le « Gay

Gordons », une danse typiquement de chez nous. Je crois que la personne qui avait proposé ce divertissement ne se doutait pas de ce qui l'attendait. Lachan vint m'inviter et, pour une fois, je fus ravie de briller par mes talents – les danses écossaises étant plutôt mon fort.

Ensuite, Lachan entraîna Ronny avec nous dans un Dashing White Sergeant, un quadrille qui requiert deux cavalières pour chaque danseur. Murdoch parvint à convaincre Belinda et Fig de l'accompagner sur la piste, tandis que la plupart des autres, peu familiers des danses des Highlands, se contentèrent de nous regarder. Darcy m'observait dans l'ombre, j'en étais consciente. Étais-je la femme à laquelle il avait fait référence ? Ou bien avait-il dit cela simplement pour détourner de lui la très affectueuse Conchita ? D'après ce que j'avais pu constater, il aurait pu fournir davantage d'efforts pour la repousser. Avais-je envie de me faire aimer de lui ? Je n'en étais pas certaine. Il était le plus mauvais parti qui soit, et on ne me permettrait probablement pas de l'épouser puisqu'il était catholique – or les héritiers de la couronne sont contraints d'être anglicans.

Quelqu'un suggéra ensuite un Paul Jones, et tout le monde prit place sur la piste, les dames se déplaçant dans le sens des aiguilles d'une montre, pendant que les messieurs nous tournaient autour dans le sens inverse. La musique s'arrêta, et je me retrouvai encore une fois avec Lachan pour la danse suivante, une valse. Darcy passa près de nous, tenant dans ses bras une Conchita qui flirtait sans vergogne. Je levai les yeux vers Lachan et lui adressai un sourire encourageant. Il me serra plus fort contre lui, me broyant presque les os.

— Vous êtes devenue une très jolie jeune femme, cousine Georgie. Vous avez une petite taille mince, des bras bien musclés et une silhouette tout à fait acceptable. Et vous n'êtes pas ma cousine germaine, n'est-ce pas ?

— Nos grands-pères étaient frères, je crois. Ce qui signifie que nous sommes issus de germains.

— Tiens donc. C'est bon à savoir, répondit-il en me faisant tournoyer si vite que j'en eus le tournis.

— J'ai l'impression que vous jaugez les femmes comme si nous étions des génisses, dis-je.

Il éclata d'un rire sonore, alors que la musique changeait de nouveau et que le Paul Jones reprenait. Les messieurs et les dames se tournèrent autour, et je finis par me retrouver face à Prince Sanders. Il s'apprêtait à passer son bras autour de ma taille quand Darcy s'interposa rapidement.

— C'est mon tour, me semble-t-il, affirma-t-il avant de m'arracher à l'Américain, qui nous dévisagea avec stupéfaction.

— Ce n'est pas tout à fait fair-play, remarquai-je, plutôt troublée par la façon dont il me tenait.

— C'est assommant de jouer franc-jeu, vous ne trouvez pas ? chuchota-t-il, ses lèvres à quelques centimètres des miennes. Dans le domaine sportif, je préfère de loin suivre mes propres règles.

Il m'entraîna dans un fox-trot langoureux.

— Vous m'adressez de nouveau la parole, si je comprends bien ? reprit-il.

Je détournai la tête. Il me serrait fort contre lui à présent. Je sentais son cœur battre contre le mien, et la chaleur de sa joue contre la mienne.

— Avez-vous l'intention de rester fâchée encore longtemps ?

— Je l'ignore. Avez-vous raconté à Conchita que j'étais votre petite amie ?

— Ma foi, il fallait bien que je lui dise quelque chose. Elle était collée à moi.

— Je vous ai donc simplement servi d'excuse ? Selon toute vraisemblance, je fais partie de votre vie seulement quand cela vous arrange.

J'essayai de m'écarter de lui, mais il refusa d'ôter sa main, fermement posée au creux de mes reins. Il s'esclaffa.

— Vous avez donc décidé que votre cousin poilu était un meilleur parti ?

— Pourquoi pas ?

— Ne soyez pas ridicule. Vous êtes beaucoup trop sensible, bon sang de bois.

— Sensible ? Vous avez du toupet. Vous allez et venez comme bon vous semble. Vous prétendez...

Je m'interrompis. M'avait-il déjà dit qu'il m'aimait ? Je n'en étais pas certaine.

— Je ne peux pas toujours être là, Georgie, vous devriez le comprendre, murmura-t-il à mon oreille.

Ses lèvres frôlèrent ma joue, et je m'aperçus qu'il me conduisait peu à peu à l'écart de la piste de danse. Puis il fox-trotta jusqu'au couloir le plus proche, lequel était plongé dans la pénombre à cause des mesures d'économie de Fig.

— Voilà, c'est tout de même plus tranquille, non ? me dit-il en m'attirant contre lui tandis que ses lèvres cherchaient les miennes.

J'avais envie de l'embrasser, mais je ne cessais de me rappeler les raisons pour lesquelles je lui en voulais.

— D'abord, admettez que vous avez téléphoné à Scotland Yard et raconté mon embarrassante soirée dans le night-club à cet horrible petit donneur de leçons, parvins-je à énoncer, tournant la tête pour éviter un baiser.

— Oh, bon Dieu, Georgie, ce n'est pas le moment. Vous n'avez pas envie de m'embrasser ?

— Pas avant..., commençai-je, sentant ma détermination faiblir et ses lèvres effleurer mon oreille pour bientôt descendre dans mon cou.

— Pas avant... maintenant ? susurra-t-il, lesdites lèvres frôlant à présent mon menton avant de se poser, légères comme des plumes, sur les miennes.

— Vous en profitez...

— En amour comme à la guerre, tous les coups sont permis, vous devriez le savoir, chuchota-t-il, articulant lentement chaque mot l'un après l'autre, sans cesser de retenir mes lèvres prisonnières des siennes.

J'étais consciente de la chaleur de son corps vigoureux contre le mien. Oh, mon Dieu, j'avais tellement envie de lui.

— Voulez-vous de moi, oui ou non ?

— Taisez-vous et embrassez-moi, répliquai-je.

Je perdis bientôt toute notion du temps et de l'espace. Lorsque nous nous écartâmes l'un de l'autre, nous étions tous deux à bout de souffle.

— Georgie, murmura-t-il. Y a-t-il un endroit plus confortable que ce couloir glacial et plein de courants d'air ?

— Aucune pièce n'est vraiment confortable à Rannoch. Et le placard à linge est le seul lieu où la température peut être qualifiée d'agréable. Enfant, j'avais l'habitude d'aller m'y blottir avec un livre et une torche électrique.

— Le placard à linge. Voilà qui est fascinant, commenta-t-il avec un grand sourire provocateur. Pensez-vous qu'il puisse accueillir deux personnes ?

— Darcy ! fis-je, aussi offusquée qu'émoustillée.

— Vous pourriez m'y emmener, suggéra-t-il à voix basse, m'attirant de nouveau contre lui et frottant ses lèvres dans mon cou. Sinon, je suis sûr qu'il y a au château de Rannoch une célèbre chambre à coucher dans laquelle est née Marie Stuart, reine d'Écosse, ou dans laquelle sainte Marguerite[1] a rendu l'âme.

Je laissai échapper un rire gêné, mon sens des convenances luttant contre la passion qui montait en moi.

— Ni l'un ni l'autre. Si vous voulez tout savoir, ce château possède les lits les plus inconfortables de toute l'Écosse – voire du monde civilisé, probablement.

1. Marguerite d'Écosse (1045-1093), princesse anglo-saxonne à laquelle on a attribué plusieurs miracles, devint reine en 1070 à la suite de son mariage avec le roi Malcolm III. *(N.d.T.)*

— Il est inouï que des enfants aient été conçus ici.

— J'ai été conçue à Monte-Carlo. J'ignore ce qu'il en est de Binky. Je crois que les Rannoch ne font jamais ce genre de chose chez eux.

— Il vous faut donc me montrer où se trouve le placard à linge, répondit-il en glissant un bras autour de ma taille.

Tout en m'étreignant ainsi, il me guida jusqu'à l'escalier de service. Nous gravîmes une volée de marches avant de marquer une pause pour échanger quelques baisers. Mon cœur battait maintenant la chamade. Nous étions enfin seuls, Darcy et moi, exactement comme je me l'étais représenté. Cette fois, pas question de reculer !

Nous avions repris notre ascension quand un hurlement perçant résonna à travers le château. Puis un autre. Les cris venaient de l'étage du dessus, vers lequel nous nous précipitâmes, Darcy en tête, montant les marches quatre à quatre.

Nous étions à mi-chemin quand nous rencontrâmes la comtesse, qui avançait en trébuchant ; son visage n'était plus qu'un masque de terreur à l'état pur.

— Je l'ai vue, bredouilla-t-elle d'une voix étranglée. La Dame blanche de Rannoch ! Elle flottait dans le couloir !

Nous la suivîmes jusque dans le corridor qu'elle indiquait, lequel était évidemment désert. Les fantômes n'attendent généralement pas d'être découverts. Fig et d'autres invités apparurent à leur tour. Les hommes ouvrirent une à une les portes des pièces sans rien trouver.

Alors que nous nous apprêtions à redescendre, Fig me tira à l'écart.

— Bravo, Georgiana. Quelle idée vraiment brillante !

— Elle l'est sans doute, chuchotai-je. Mais je n'y suis pour rien.

18.

Château de Rannoch
18 août 1932, tard le soir ; puis 19 août 1932, tôt le matin.

Nous nous réunîmes dans le salon. Tout le monde était d'humeur sombre. Tout en sirotant un verre de brandy, la comtesse relatait son horrible mésaventure à qui voulait bien l'écouter.

— Le fantôme est venu à ma rencontre dans le couloir… un visage blanc, désincarné, des cheveux clairs et des mains pâles… Je n'ai rien vu d'autre. Et cette chose semblait glisser au-dessus du sol. Ensuite, je crois que j'ai hurlé et elle s'est simplement… évaporée. Oui, elle a disparu. Je ne peux plus dormir ici en toute tranquillité, c'est évident. Il va nous falloir trouver un hôtel, Fritzi.

— À une heure pareille, au milieu de nulle part, maman ? répondit son fils avec inquiétude. J'ai une idée : cette nuit, je dormirai dans votre chambre, sur un matelas à même le plancher. Et demain matin, j'irai en quête d'un hôtel.

— Je suis certain que vous êtes en sécurité, comtesse, assura Binky. Georgie et moi avons vécu ici toute notre vie sans jamais croiser le moindre fantôme.

— Mais c'est parce que vous faites partie de la famille, objecta l'intéressée. Tout le monde sait que les spectres ne montrent de l'hostilité qu'envers les inconnus.

— Si vous voulez mon avis, je pense que quelqu'un a voulu vous jouer un tour, déclara le prince de Galles en embrassant l'assemblée du regard. Et si cet individu est parmi nous, il devrait avoir l'honnêteté d'avouer sur-le-champ.

Tout le monde échangea des coups d'œil, mais personne ne pipa mot.

— Dans ce cas, voyons qui s'était absenté de la grande salle quand la comtesse a hurlé, proposa David.

— M. Simpson, répondit aussitôt ma mère – je devinai qu'elle n'avait pu s'en empêcher.

— Il avait mal à la tête et il est allé se coucher, ma chère, expliqua Wallis Simpson avec un sourire serein. Et je ne pense pas qu'on puisse le prendre pour une Dame blanche, même dans la pénombre. Il est brun et plutôt grand.

Son regard se porta alors sur moi.

— J'ai toutefois vu lady Georgiana quitter la pièce… en compagnie de M. O'Mara, ajouta-t-elle.

— Nous n'avons pas joué les fantômes, précisa Darcy. Je peux vous assurer que nous avions autre chose en tête.

Je me sentis rougir comme une écolière.

— Où est donc Hugo ? dis-je en parcourant l'assistance du regard.

— Tiens, c'est vrai, où est-il ? s'étonna quelqu'un d'autre. Il dansait le Paul Jones il y a quelques instants.

Un bruit de pas se fit entendre dans l'escalier, et tout le monde se tourna vers la porte à l'instant où Hugo entrait.

— Où étiez-vous passé ? s'enquit Prince Sanders.

— Il est donc interdit d'aller tranquillement se soulager ? répliqua-t-il, déconcerté.

— Quel cabinet avez-vous utilisé ? demanda Fig.

— Pourquoi cet intérêt soudain pour mes besoins naturels ? répondit Hugo, tout sourire. Pour répondre à votre question, j'ai utilisé les toilettes les plus proches, à gauche dans le couloir.

— C'était un vrai fantôme, insistait de son côté la comtesse. Les gens de chair et d'os ne peuvent se volatiliser ainsi.

J'observai Hugo tandis qu'il se remettait à bavarder avec les autres, comme si de rien n'était. Il avait les cheveux très clairs, qu'il portait plutôt longs, et il n'était pas très grand. Avait-il décidé de faire une farce, ou quelque chose de plus sérieux était-il en jeu ? Je résolus de le garder à l'œil. Tout le monde s'en alla peu de temps après. L'incident avait troublé l'atmosphère, et plus personne n'avait envie de danser. Les Américains et Hugo montèrent se coucher, Fritzi promettant de monter fidèlement la garde toute la nuit au chevet de sa mère. Ne restèrent bientôt plus que le prince de Galles, qui ne semblait pas désireux de partir, mes cousins écossais, Fig, Binky et moi.

— Une drôle d'affaire, n'est-ce pas ? fit remarquer David. Sans parler de la satanée pierre qui est tombée sur ma voiture aujourd'hui.

— N'oubliez pas non plus qu'un piège a blessé Binky, ajouta Fig en regardant son époux d'un air soucieux. On pourrait presque croire que quelqu'un nous veut du mal.

Voilà, elle avait exprimé cette pensée à haute voix. J'observai le prince de Galles, puis Lachan et Murdoch. David se mit à rire.

— Un anarchiste ou un communiste ne prendrait pas la peine de poser des pièges ou de faire rouler des pierres dans une pente, déclara-t-il. Une balle tirée au moment opportun serait beaucoup plus efficace.

Il avait raison, évidemment. Si quelqu'un cherchait réellement à les éliminer, lui et les autres héritiers du trône, ces accidents hasardeux avaient peu de chances de réussir, contrairement à une bombe ou une balle. Cela

arrivait avec une fréquence monotone à certaines familles royales européennes.

— Quelqu'un cherche peut-être à nous jouer des tours, suggéra Binky.

— Dans ce cas, cette personne a un sens de l'humour vraiment tordu, répliqua Fig avec amertume.

À cet instant, je vis mes cousins écossais échanger un léger sourire narquois. Était-il possible qu'ils soient coupables ? J'y réfléchis de nouveau plus tard, étendue dans mon lit. De leur propre aveu, Murdoch et Lachan étaient pauvres ; je pouvais donc comprendre pour quelle raison ils auraient voulu se débarrasser de Binky afin de mettre la main sur son domaine. En revanche, ils n'avaient aucun lien avec le prince de Galles. Et qui aurait pu vouloir effrayer la comtesse ? Ce qui lui était arrivé pouvait s'expliquer plus facilement. Elle était d'un tempérament extrêmement nerveux. C'était elle qui avait affirmé voir le monstre dans le loch. Peut-être avait-elle pris Hugo pour un spectre en l'apercevant dans le couloir.

Mes pensées se portèrent naturellement sur lui. Pourquoi avait-il décidé de se faire inviter au château alors que la maison que ses amis louaient était sans aucun doute plus agréable à vivre et plus animée ? S'était-il à ce point entiché de Veronica Padgett qu'il lui fallait la suivre partout où elle allait ? Et si c'était lui qui avait de la rancune contre notre famille, pour un motif qui m'échappait ? Toute cette affaire était parfaitement ridicule. Puis je me rappelai la sensation que j'avais éprouvée quand Darcy m'avait embrassée, et la délicieuse perspective du placard à linge. Je m'endormis promptement, un sourire aux lèvres.

Je fus réveillée par un bruit infernal – entre un hurlement à demi étranglé et une plainte lugubre. Je me levai d'un bond et courut vers la fenêtre, car le son semblait venir de dehors. Le jour n'était pas encore tout à fait levé. Le gémissement se rapprocha, et je compris de quoi il retournait : Fergus jouait de la cornemuse autour du château, selon une coutume vieille de six cents ans. J'enfilai ma robe de chambre et sortis dans le couloir. Des voix venaient de l'autre côté de la cage d'escalier, où étaient situées les chambres des Américains – des voix excitées, apparemment bouleversées.

— Vous l'avez entendue, vous aussi ? C'était surnaturel, vraiment. Une âme tourmentée. J'ai su que cet endroit était hanté dès l'instant où nous sommes arrivés.

Je traversai le palier et découvris Babe, Prince, Fritzi et sa mère en vêtements de nuit, blottis les uns contre les autres. La comtesse leva les yeux et, à ma vue, poussa un cri.

— La Dame blanche ! s'exclama-t-elle en s'agrippant à Prince Sanders.

— Ce n'est que moi, comtesse, la rassurai-je.

— Oui, c'est la jeune lady Georgiana, ajouta Sanders. Avez-vous entendu cette plainte ? Ce bruit du diable m'a réveillé. Était-ce un animal en détresse ?

— Non, seulement notre joueur de cornemuse, qui a repris son activité matinale autour du château. Il était jusqu'à présent souffrant, mais il semble de nouveau au meilleur de sa forme.

— C'était donc une cornemuse ?

— Bien sûr. Nous sommes en Écosse, vous savez.

— Pourtant, le jour n'est pas encore levé.

— Précisément. La cornemuse se joue à l'aube. C'est la tradition.

— Vous voulez dire que ce sera ainsi tous les matins, dorénavant ? demanda Babe, abasourdie.

— Oui, tous les matins. Et il nous jouera aussi des airs aux dîners, je suppose, maintenant qu'il est rétabli.

— Oh, mon Dieu ! gémit Babe en portant une main à son front. Où sont mes poudres contre la migraine, Prince ? J'ai aussi besoin d'une poche de glace.

— De la glace ? Nous sommes en été, vous n'en trouverez pas, répliquai-je.

— Nulle part dans toute l'Écosse ? s'étonna Sanders.
— C'est exact.
— Je ne crois pas que je pourrai tenir encore bien longtemps dans cet endroit, déclara Babe. Wallis sait que je ferais n'importe quoi pour elle, mais c'est au-delà du supportable.
— Je suis d'accord, acquiesça la comtesse. Pourquoi ne m'accompagneriez-vous pas jusqu'à mon château autrichien d'Adlerstein ? Il se trouve au bord d'un lac. Il est beaucoup plus agréable.
— Oui, c'est une excellente idée, approuva Babe. Qu'en penses-tu, mon chou ?
Je m'éloignai sur la pointe des pieds et retournai me coucher. Notre plan avait apparemment fonctionné à merveille !

19.

Château de Rannoch, puis sur le Ben Breoil
19 août 1932
Matin.

Lorsque je me réveillai de nouveau, Maggie entrait dans ma chambre pour m'apporter une tasse de thé.

— C'est une matinée splendide, lady Georgiana. J'espère que vous allez en profiter.

Oh, flûte alors ! Je m'étais engagée, plus ou moins contre mon gré, à emmener les deux princes en excursion. Une pensée malicieuse germa dans mon esprit. Le Ben Breoil – le munro auquel ils souhaitaient s'attaquer – était aisément accessible : cela revenait à faire une randonnée pédestre d'un bon pas. En revanche, si l'on choisissait l'itinéraire qui partait juste au-dessus du lac, l'ascension était un peu plus délicate car il fallait alors escalader le rocher à pic. Et si je les faisais passer de ce côté ? Ils seraient extrêmement impressionnés. J'espérais simplement en être encore capable et ne pas avoir oublié le chemin.

Lorsque je descendis pour le petit déjeuner, vêtue d'un pantalon écossais étroit, d'une chemise et d'un anorak léger, je tombai sur Siegfried, qui donnait l'impression d'être prêt à gravir l'Everest.

— C'est bien aujourd'hui que nous affrontons ce fameux sommet, lady Georgiana ? s'enquit-il non sans nervosité.

— Tout à fait, Votre Altesse.

— J'ai préparé les cordes et les pitons.

— Et les piolets pour avancer sur la glace ? demandai-je avec un grand sourire.

Il secoua la tête d'un air sérieux.

— Je ne pense pas que ce soit nécessaire en été. Je n'ai pas vu de glace, hier.

Cet homme n'avait décidément aucun sens de l'humour. Je fus tentée de lui dire que nous pouvions aisément nous en sortir sans équipement, mais je trouvais amusant d'imaginer Siegfried et George encordés pour faire l'ascension de notre petit rocher.

— Nous nous mettrons en route après le petit déjeuner, dans ce cas ? suggérai-je.

— Malheureusement, Son Altesse le prince George ne pourra être des nôtres, précisa Siegfried. Il a été convoqué à Balmoral.

— Tout va bien, j'espère ?

— Son père souhaite s'entretenir avec lui. Une histoire de dettes de jeu, me semble-t-il.

Selon toute apparence, les turpitudes du prince George apparaissaient peu à peu au grand jour. Tenais-je vraiment à me retrouver seule en montagne avec Face de Poisson ?

— Ne devrions-nous pas reporter notre excursion jusqu'au retour de George ?

— Il craint d'être envoyé à Londres, répondit Siegfried. Et s'il est plus tard en mesure de se joindre à nous, je saurai quel itinéraire suivre et pourrai ainsi le guider. J'ai beaucoup d'expérience, voyez-vous. J'ai fait de l'escalade dans les Alpes et les Dolomites. Je ne connais pas la peur.

— Excellente nouvelle. Dans ce cas, nous essaierons peut-être de passer par le surplomb.

À ces mots, le prince blêmit, ce qui accentua l'extrême pâleur de son visage.

— Mais cela semble impossible.

— Pas avec une bonne corde et des pitons, affirmai-je. Si on est bien attaché, pourquoi craindre de se balancer à trois cents mètres au-dessus du vide ? Bon, c'est décidé, nous partirons après le petit déjeuner.

Il était un tantinet livide, et je commençai à trouver la situation fort divertissante.

Les Américains n'avaient pas non plus l'air en grande forme. Babe avait la mine particulièrement défaite. De même que Mme Simpson.

— Comment suis-je censée être fraîche et dispose si je suis réveillée en pleine nuit ? se plaignit-elle.

— Je suis navrée, répondis-je. J'ai bien conscience qu'à votre âge il vous faut davantage de sommeil.

Je vis M. Simpson afficher un sourire narquois. J'avais de la peine pour lui. Au moins, il avait le sens de l'humour, lui.

Lachan et Murdoch entrèrent alors que nous avions bien entamé notre repas. Je mangeais avec appétit du bacon, des œufs et du haddock – le menu habituel –, tout en regardant Babe et Wallis Simpson se contenter chacune d'un demi-pamplemousse et d'une tranche de pain grillé.

— Bon, tout le monde est prêt pour la chasse au haggis ? demanda Lachan en se servant copieusement.

— Non, merci bien, s'empressa de dire la comtesse. Je ne supporte pas la violence.

— Ma foi, ça pourrait être amusant, répondit Babe en reluquant les larges épaules de Lachan. Allons-y, chéri, d'accord ?

— Comme tu voudras, ma poupée, approuva Sanders.

— Où est passé Hugo ? Ce charmant jeune homme aura peut-être envie de se joindre à nous.

— Je l'ai croisé un peu plus tôt, dit Mme Simpson. Je suppose qu'il est parti retrouver ses amis qui testent le hors-bord. Oh, et j'ai appris de source sûre qu'une partie de chasse aura lieu à Balmoral demain, pour ceux qui apprécient ce genre d'activité. De mon côté, j'irai sans doute faire des emplettes dans la ville la plus proche – si du moins il en existe une. Ma réserve de vernis à ongles est au plus bas.

— Il faut vraiment que nous restions, Babe, dit alors Prince Sanders. Tu sais que j'adore le tir. J'attendais cette occasion avec impatience. Wallis nous avait promis des parties de chasse quotidiennes et, jusqu'à présent, nous en avons été privés.

— Mon frère n'avait pas prévu d'être pris dans un piège et de manquer perdre un pied, rétorquai-je avec froideur.

J'étais quelque peu froissée de les entendre parler de ma famille et de ma demeure ancestrale avec tant d'indifférence.

— Bien sûr que non, reprit Prince. Le pauvre ! Dois-je emporter mon fusil pour notre petite expédition du jour, jeune homme ? demanda-t-il à Lachan.

— Non, mieux vaut ne pas le prendre. Vous pourriez manquer votre cible et ça ne ferait qu'enrager les haggis.

Je m'attendais à ce que mon cousin éclate de rire, ou à ce que quelqu'un dévoile enfin de quoi il retournait, mais personne n'en fit rien, et je n'avais pas non plus l'intention de dire quoi que ce fût à ces Américains. C'était après tout assez drôle, et ils se montraient très agaçants. Je les laissai se préparer et me mis en route en compagnie de Siegfried. Il nous fallut un certain temps pour traverser le domaine et gagner le Ben Breoil, en raison de la quantité d'affaires que portait le prince – sans compter que ses chaussures de montagne neuves lui pinçaient les orteils.

Tout en marchant, je regardai derrière moi la route qui serpentait au-dessus du col et essayai d'imaginer depuis quel lieu il était possible de faire chuter une grosse pierre sur une voiture avec plus ou moins de succès. Cette tâche paraissait extrêmement compliquée. À proximité du domaine, là où, d'après le prince de Galles, l'incident s'était produit, le terrain surplombant la route était assez plat et bordé d'arbres. Un rocher aurait certainement percuté un tronc plutôt que de rouler dans la pente. Plus haut, le col se rétrécissait, et les chances de succès auraient été davantage en faveur du conspirateur, mais ce n'était apparemment pas là que les choses s'étaient déroulées. Intéressant.

Nous arrivâmes enfin au pied du Ben Breoil. Je dois admettre que, vu d'en bas, ces quelque soixante mètres de granite à pic paraissaient assez redoutables.

— Parfait, allons-y. Voulez-vous que j'avance en tête ?

— Les dames d'abord, dit Siegfried, déjà tout transpirant sous le poids de son attirail.

J'entamai l'ascension de la paroi, mes doigts et mes orteils se rappelant d'eux-mêmes le vieil itinéraire emprunté tant de fois. Quand on savait où se trouvaient les prises, l'exercice n'avait rien d'alarmant. Lorsque j'atteignis un endroit où Siegfried parviendrait à me dépasser sans problème, je plantai un piton et lui fis signe de me rejoindre. Il s'exécuta, avec force halètements, le front en sueur. De cette manière, nous gagnâmes le surplomb, et je lui montrai comment le contourner. Nous nous hissâmes enfin au sommet et nous reposâmes sur un gros rocher depuis lequel nous pûmes admirer la vue. Un vent frais soufflait sur nos visages, et les montagnes se reflétaient dans l'eau du loch en contrebas. J'inspirai profondément, savourant ce beau panorama – même si je me serais bien passée de la présence de l'homme assis près de moi.

— Nous y sommes donc arrivés sans encombre, déclara-t-il, l'air très content de lui.

Il était clair que son récit serait embelli et relaté à maintes reprises dans toutes les cours d'Europe.

— Bravo, Votre Altesse.

— Appelez-moi Siegfried, je vous prie, et je vous appellerai Georgiana chaque fois que nous serons seuls.

Pourvu que cela ne se produise pas trop souvent.

— Vous savez, Georgiana, j'ai longuement réfléchi. Nous devrions nous marier, ce ne serait pas une si mauvaise idée.

J'étais heureuse d'être bien calée sur ce rocher, sinon la surprise m'aurait fait basculer dans le vide.

— Mais Votre Al... Siegfried, voulais-je dire. Je crois que je ne vous attire pas plus que vous ne m'attirez, expliquai-je avec délicatesse.

Ce qui signifiait en réalité : « Je sais que vous préférez la gent masculine ! » Et cela valait mieux que de hurler sur tous les toits d'Écosse : « Même si vous étiez le dernier homme au monde, je ne voudrais pas de vous ! »

— C'est hors de propos, affirma-t-il. Nous autres aristocrates ne nous marions pas par amour, mais pour cimenter des alliances entre les grandes maisons européennes. Il est important que je choisisse l'épouse qui convienne le mieux. Je serai peut-être roi un jour.

— Si votre père et votre frère sont assassinés, voulez-vous dire ?

— En effet.

— Et comment savoir si ce n'est pas non plus le sort qui vous attend ?

— Je serai un roi juste et populaire, contrairement à mes prédécesseurs. Et vous ferez une reine consort parfaite. Je sais que votre famille approuvera cette union, et vous ne trouverez pas mieux, à mon avis.

Le garde-chasse du coin ferait davantage l'affaire, mourais-je d'envie de répliquer.

— J'aurai peu d'exigences envers vous, poursuivit-il avec un geste magnanime de la main. Une fois que vous aurez produit un héritier, vous serez libre d'avoir des amants, tant que vous vous montrerez discrète en toutes circonstances.

— Et me serez-vous infidèle à votre tour et tout aussi discret ?

— Naturellement. Les choses fonctionnent ainsi.

— Pas pour moi, Siegfried, répondis-je. J'ai l'intention de faire un mariage d'amour. Même si je suis sans doute naïve, je crois que je trouverai le bonheur un de ces jours, avec l'homme qui me conviendra.

Il parut extrêmement décontenancé.

— Mais votre famille désire cette alliance.

— Je suis navrée. Les miens ne me donnent pas un sou et ne subviennent pas à mes besoins. Ils n'ont pas voix au chapitre s'agissant de mon bonheur. Je vous souhaite de trouver la princesse adéquate.

— Très bien, répliqua-t-il en se levant. Rentrons, à présent. Après vous, lady Georgiana.

— Nous pouvons passer le surplomb en rappel, proposai-je. Voulez-vous que j'y aille la première, pendant que vous m'assurerez avec la corde ?

— Comme vous voudrez.

Il se montrait glacial, distant et poli ; il n'avait manifestement pas l'habitude d'être éconduit. Je rajustai mon harnais et marchai à reculons jusqu'au bord du surplomb, puis commençai la descente. Au bout de deux ou trois mètres, alors que j'avais parcouru la partie la plus délicate, j'entendis un son que j'associai aussitôt avec celui d'un voilier en pleine mer : le grincement d'une corde sous tension. Mon cerveau était encore en train de s'habituer à l'idée qu'elle était sur le point de rompre… quand elle se rompit en effet ! Je chutai dans le vide.

Tout en dégringolant, je tentai de m'agripper à la paroi, mais mes doigts lâchèrent prise. Je vis la roche défiler devant moi à toute allure, et des mots se formèrent dans mon esprit : « Je vais mourir. La barbe ! » Et, pour une raison mystérieuse, j'étais fort agacée à l'idée d'être encore vierge.

J'avais presque l'impression de descendre au ralenti. Je me préparais au choc inévitable, au moment où je m'écraserais sur la pierraille au pied de la paroi rocheuse, quand je me sentis brutalement tirée vers le haut. Je me retrouvai à l'envers, me balançant tant et si bien dans mon harnais que j'en eus le vertige ; j'avais le ciel sous les pieds, et le sol tournoyait au-dessus de moi. Comment avais-je pu échapper à une mort certaine ? Peut-être la corde s'était-elle accrochée à un affleurement. Ce qui signifiait qu'elle pouvait de nouveau lâcher d'une seconde à l'autre. Tout en continuant de tourbillonner tête en bas, j'essayai de me redresser, mais sans forcer, craignant d'exercer une pression trop soudaine sur la corde.

Ballottée par la brise, je priai pour que Siegfried ait la jugeote de trouver l'itinéraire le plus facile afin de redescendre et de me porter secours. Je ne savais pas si j'arriverais à tenir bien longtemps. Je sentais déjà le sang me monter à la tête et battre à mes tempes. Si je gardais cette position trop longtemps, je risquais de perdre connaissance. Des rafales de vent passaient près de moi en sifflant. Les nuages filaient dans le ciel, dissimulant les pics les plus élevés. Je serais bientôt invisible depuis le pied de la montagne.

— À l'aide ! hurlai-je dans le néant. Au secours !

Le fredonnement qui résonnait sous mon crâne était maintenant devenu un mugissement. Des petits points lumineux dansaient devant mes yeux. Peu à peu, tout se dissipa autour de moi.

20.

Sur le Ben Breoil, non loin du château de Rannoch
19 août 1932

Lorsque je rouvris les yeux, deux êtres pâles flottaient au-dessus de moi en me regardant avec inquiétude. L'espace d'un instant, je me demandai si j'étais au ciel et si les anges étaient censés être blonds. Puis je remarquai que l'un d'eux avait des lèvres de poisson et j'entendis l'autre dire :

— Dieu merci, elle revient à elle.

Je compris que le premier était le prince Siegfried et le second Hugo Beastley-Bottomey.

— Où suis-je ? Suis-je tombée ?

— Sachez que vous êtes la fille la plus veinarde d'Écosse, ma vieille, répondit Hugo. J'ai entendu des cris et je suis venu voir ce qui se passait. J'ai trouvé le prince qui agitait frénétiquement les bras vers la falaise, où vous vous balanciez dans le vide. La fichue corde s'était accrochée à un petit arbre qui saillait de la paroi rocheuse. Il était impossible de vous atteindre, vous savez.

— Dans ce cas, comment m'avez-vous secourue ?

Je voulus m'asseoir, mais la tête me tourna tant que je préférai me rallonger.

— Votre cousin Lachan est arrivé. Il a gravi la paroi, vous a attachée à une autre corde qu'il a fixée à un piton. Ensuite, il s'est arc-bouté et, ensemble, nous avons réussi à casser la branche qui retenait votre corde et à vous faire descendre vers le sol. Une manœuvre bigrement délicate, vous pouvez me croire.

— Merci, merci beaucoup. Je ne sais pas où vous avez trouvé cette corde, Siegfried, mais elle devait être en mauvais état. Nous aurions dû tester sa résistance avant de l'utiliser.

— Votre cousin George l'avait apportée de Balmoral, répondit le prince. Quand nous l'avons examinée pour la mesurer, elle était en parfait état.

— Elle avait sûrement déjà servi, vu ce qui s'est produit, répliquai-je.

Je m'aperçus alors que Hugo affichait un air curieux, méfiant. À ce propos, que faisait-il là ? Et pourquoi Lachan était-il lui aussi dans les parages ? Il était censé chasser le haggis avec les Américains, tandis que je croyais Beastley-Bottomey sur le loch avec ses amis.

— Oh, la voilà bien réveillée, dit alors Lachan en s'approchant. Bonne nouvelle. Nous allons vous mener au château, petite Georgie. Un verre de brandy devrait vous aider à vous remettre de ce choc. Partez donc devant, Votre Altesse, et demandez à ce qu'on glisse une bouillotte dans son lit.

— Très bien, acquiesça Siegfried. Êtes-vous certains que vous arriverez à la porter, à vous deux ?

Lachan s'esclaffa.

— Elle est légère comme une plume ! Je m'en chargerai seul, ajouta-t-il en me soulevant dans ses bras.

— Je m'occupe de votre équipement, dit Hugo.

Lachan s'engagea à grandes enjambées sur le sentier escarpé.

— Et votre chasse au haggis ? m'enquis-je. Vous n'avez tout de même pas conduit les Américains jusque dans cette pierraille ?

— La partie de chasse a été annulée, répondit-il avec un large sourire. Ils ont fait l'erreur d'en parler à l'un des employés du domaine, et celui-ci a pris le fou rire. Ils sont maintenant fort contrariés par notre petite farce.

— Je l'ai trouvée excellente, pour ma part.

— Moi aussi, mais Binky nous a sévèrement mis en garde, Murdoch et moi. Si nous jouons d'autres tours idiots à ses invités, il nous renverra chez nous.

— En avez-vous joué de nombreux, votre frère et vous ? demandai-je.

— Hein ? Oh, non, seulement cette histoire de haggis.

Il suffisait de le regarder pour comprendre qu'il mentait. Avait-il avoué à Binky que c'étaient eux qui avaient posé le piège ? Ni lui ni Murdoch n'avait tout de même pu endosser le rôle de la Dame blanche. Personne n'aurait pris un individu roux, aussi costaud et appartenant à l'évidence au genre masculin pour un spectre de femme.

Alors que nous approchions du château, des domestiques accoururent. Siegfried avait dû enjoliver le récit de ma mésaventure ou en exagérer les conséquences, parce qu'ils semblaient affolés.

— Oh, lady Georgiana, vous êtes saine et sauve, Dieu merci ! s'écria Hamilton. Merci, monsieur Lachan, de l'avoir secourue. Votre chambre est prête, lady Georgiana. Je me suis permis de vous faire monter du thé et du brandy.

— Merci, dis-je avec un sourire, me sentant en sécurité, ainsi dorlotée.

Lachan me porta à l'étage et me déposa sur mon lit.

— Bon, vous allez vite vous rétablir, à présent.

À cet instant apparut Fig, dans un état d'agitation extrême.

— Il paraît que vous avez manqué mourir, Georgiana ! Pratiquer l'escalade est trop risqué, je le savais bien.

— Ce n'est pas l'ascension qui a posé problème, expliquai-je. La corde a lâché alors que je descendais en rappel.

— Quel est l'employé chargé des cordes ? Je vais veiller à ce qu'il soit congédié sur-le-champ.

— Le prince George avait apporté cette corde de Balmoral, Fig. Et d'après Siegfried, elle était en bon état avant que nous nous en servions.

— Je suppose qu'un rocher tranchant a dû l'endommager, dans ce cas.

Elle obligea Maggie à s'écarter et tint à placer la bouillotte contre moi. J'en fus reconnaissante, car je commençais à me sentir frissonnante. Fig versa une généreuse rasade de brandy dans ma tasse de thé. Je bus, le souffle coupé par le mélange chaud et alcoolisé, puis je m'étendis de nouveau.

— Reposez-vous bien, maintenant, conseilla ma belle-sœur. Je vous ferai monter votre déjeuner. Au fait, connaissez-vous la nouvelle ? Les Américains sont d'une humeur massacrante. C'est à cause de vos horribles cousins, qui leur ont proposé d'aller chasser le haggis. Ces garçons sont vraiment intenables.

— C'est un peu fort, venant de quelqu'un qui a demandé à Fergus de jouer de la cornemuse à l'aube, répondis-je avec un sourire. Vous êtes aussi terrible qu'eux.

— Ma foi, je suppose que si cela incite nos invités à s'en aller, je ne devrais pas me plaindre, reconnut Fig.

— J'ai trouvé cela rudement amusant, pour ma part. Surtout quand Lachan a expliqué que le haggis était un animal féroce qui s'attaquait aux mollets.

— Oui, sans doute était-ce plutôt cocasse, concéda-t-elle, son visage s'illuminant d'un rare sourire. Que diront-ils quand ils découvriront du haggis au menu du dîner ? Mme McPherson a tout préparé, vous savez.

— Parfait.

Sur ce, je fermai les yeux. Fig sortit en compagnie de Maggie, et je restai seule. Quelle matinée invraisemblable, songeai-je, entre la demande en mariage de Siegfried et ma chute. Ces deux événements pouvaient-ils être liés ? Cette idée me traversa l'esprit. Piqué au vif par mon refus, le prince avait-il tranché la corde ? Les étrangers étaient réputés pour leur tempérament passionné, et il était originaire d'un pays où certains assouvissaient aisément leur vengeance.

Je dus m'assoupir, car je fus réveillée par un grincement – dans cette demeure, toutes les portes grincent sur leurs gonds et tous les planchers craquent. Aucun château n'échappe à cette règle, c'est ainsi. À l'instant où j'ouvris les yeux, je vis Beastley-Bottomey se faufiler dans ma chambre.

— Hugo ! m'exclamai-je. Que faites-vous ici ?

Il sursauta, comme s'il s'était attendu à me trouver endormie.

— Désolé. J'ai seulement pensé… Eh bien, je me suis dit que nous pourrions faire un brin de conversation, vous et moi.

— Je ne suis pas d'humeur causante, répondis-je avec méfiance. Je suis encore ensommeillée.

— Je souhaite vous parler en tête à tête, et le moment semble idéal, précisa-t-il. D'habitude, pas moyen d'être seuls dans cette maison.

Il s'approcha de mon lit. Je m'assis en toute hâte en tirant les couvertures à moi, offrant l'image parfaite de la jeune vierge offusquée.

— Monsieur Beastley-Bottomey, vous êtes dans ma chambre, et je ne vous ai certainement pas invité à y entrer.

À ces mots, un sourire radieux apparut sur ses traits.

— Dans la vie, il faut bien sauter sur l'occasion dès qu'elle se présente. C'est ce qu'on nous a appris à l'école, le saviez-vous ?

— Je vous prie de sortir, ordonnai-je.

— Attendez une minute, ma vieille. Je veux juste bavarder un peu. Je n'ai pas l'intention de vous prendre de force, quoique l'idée soit tentante, je dois l'avouer…

Il s'interrompit.

— Je ne sais pas vraiment par où commencer, mais vous serez sûrement intéressée d'apprendre que…

Soudain, la porte s'ouvrit à toute volée. Lachan se tenait sur le seuil, imitant à merveille un parent vengeur.

— Que faites-vous là ? Vous ne voyez donc pas que cette petite a besoin de repos et de tranquillité ?

— Je voulais juste lui toucher deux mots, se défendit Hugo.

— Souhaitez-vous qu'il reste, Georgie ? s'enquit mon cousin en s'avançant dans la pièce.

— Non, absolument pas.

— Dans ce cas, dehors ! déclara Lachan en faisant mine d'attraper Hugo.

Ce dernier sortit sans demander son reste.

— Pour éviter toute autre irruption intempestive, je pourrai monter la garde devant votre chambre la nuit prochaine, proposa mon cousin.

— Il est tout à fait inutile de veiller sur mon honneur, Lachan, répondis-je sans savoir s'il me fallait rire de la situation.

Il alla fermer la porte avant de reprendre :

— Là n'est pas la question. J'ai examiné la corde. Elle ne s'est pas cassée à cause de l'usure. On dirait plutôt que quelqu'un l'a tailladée afin qu'elle rompe à la moindre tension.

— Je vois, dis-je avant de prendre une profonde inspiration. Et peut-être avez-vous agi de la sorte afin de me jouer l'une de vos fameuses farces. Comment m'assurer que vous n'êtes pas impliqué ?

— Une farce, petite Georgie ? Si je n'étais pas intervenu à temps, vous vous seriez brisé le cou, et nous serions en train d'organiser votre veillée funèbre. Voilà pourquoi j'ai décidé de l'avoir à l'œil, ce Hugo, ajouta-t-il en se penchant vers moi. Comment a-t-il pu être si vite sur les lieux ? J'aimerais bien le savoir. Il n'était pas parti en excursion avec vous, n'est-ce pas ?

— Non. Avant l'accident, je ne l'avais pas vu de la matinée.

— Dans ce cas, que faisait-il là, comme par hasard, à offrir son aide ? Était-il au courant de ce qui risquait de survenir ?

— Oh là là… J'espère bien que non. J'étais fort mal à l'aise en le voyant s'introduire discrètement dans ma chambre il y a quelques minutes. Je suis contente que vous soyez arrivé à point nommé.

Il me tapota la jambe sur la couverture.

— Ne vous inquiétez plus. Je vais rester devant votre porte. Seul un solide gaillard réussirait à me passer sur le corps.

— Merci, Lachan.

Il s'apprêtait à sortir quand il revint sur ses pas.

— Au fait, Georgie… vous savez, à propos de mes petites farces… et de la pierre qui a atterri sur la voiture du prince de Galles et de Mme Simpson ?

— C'était donc vous ?

— Non, mon frère Murdoch. Un simple accident, je vous assure. Il avait décidé de s'entraîner au lancer de marteau pour le rassemblement de Braemar, le village où se déroulent les Jeux des Highlands. Comme il n'avait pas de marteau sous la main, pour ainsi dire, il a improvisé en attachant une corde autour d'une grosse pierre. Et alors qu'il la faisait tournoyer au-dessus de lui, elle s'est détachée avant d'être projetée dans la mauvaise direction. Nous avons entendu un terrible fracas et des cris. Et quand nous avons compris qu'il s'agissait de cette Wallis Simpson, nous nous sommes éclipsés.

— Tiens donc. C'est en tout cas une bonne nouvelle, dis-je en réprimant un sourire. Au moins, ce n'était pas intentionnel. Et, à tout hasard, vous n'avez pas posé le piège qui a blessé Binky ?

— Grands dieux, non ! Jamais nous ne ferions de mal à un membre de la famille. Bon, s'il s'agissait d'un individu appartenant au clan Campbell, peut-être. Mais qui chercherait à s'en prendre à Binky ? Il ne doit pas avoir un ennemi au monde. Il est un peu sentimental, certes, et on ne peut pas dire qu'il brille par son intelligence, mais il n'y a pas une once de méchanceté en lui.

— C'est vrai, acquiesçai-je.

Il se pencha et déposa un baiser sur mon front, puis me tapota l'épaule.

— Je vous ai trouvée bien courageuse, aujourd'hui. Vous ne nous avez pas fait de ridicule crise de nerfs. C'est exactement ce qu'on attend d'une Rannoch. Allez, faites de beaux rêves, jeune fille.

Sur ces entrefaites, il quitta la pièce, me laissant seule avec quantité de pensées en tête. Envisageait-il sérieusement de me demander en mariage ? C'était du moins mon impression. Murdoch et lui avaient affirmé qu'ils étaient sans le sou, mais Binky avait qualifié leur exploitation agricole de prospère. Lachan était toutefois le frère cadet, et il n'aurait droit à rien.

— C'est absurde ! dis-je de vive voix.

Je n'avais évidemment pas l'intention de l'épouser. J'aurais pu me marier avec un prince, un futur souverain, peut-être. Ou bien avec un garçon comme Gussie, si j'en avais eu envie – ce qui n'était évidemment pas le cas. Je savais qui je voulais, et il n'avait rien à m'offrir sur le plan financier.

Ma foi : deux hommes s'étaient intéressés à moi aujourd'hui. Ce n'était pas si mal ! Les choses s'amélioraient, sous certains aspects.

En revanche, sous d'autres, elles se détérioraient, car il était flagrant que quelqu'un avait tenté de me tuer. Ou plutôt de tuer l'un de nous. Les violents compatriotes de

Siegfried s'y seraient probablement pris plus franchement en lançant une bombe par une fenêtre, par exemple. Je pris alors conscience d'un élément qui aurait dû me sauter aux yeux dès le début : la corde venait de Balmoral. C'était par conséquent le prince George qui avait été visé. Encore une fois, un héritier de la couronne – le sixième dans la ligne de succession – était la cible d'un assassin. Il était grand temps que je me bouge un peu et que je me mette au travail, avant qu'il ne soit trop tard et que l'un de ces accidents fasse une victime.

21.

Château de Rannoch
19 août 1932

Je dus m'endormir un long moment car, à mon réveil, un crépuscule rose baignait ma chambre, et un tumulte de voix résonnait dans le corridor. Un homme hurlait. Je me levai et allai prudemment ouvrir ma porte. Prince Sanders se tenait en haut de l'escalier en compagnie de Fig.

— Elle est introuvable, je vous assure ! ne cessait-il de brailler.

— Que se passe-t-il ? demandai-je en m'avançant sur le palier.

— C'est Babe, elle a disparu. Je l'ai cherchée partout !

— Elle est peut-être partie en promenade avant le dîner, suggéra Fig.

— Nous avons déjà fait un tour un peu plus tôt, répondit-il. À notre retour, elle a décidé de prendre un bain. Jamais elle ne serait ressortie après s'être lavée. Bref, pendant ce temps, je me suis occupé de mon côté. J'ai écrit une lettre, essayé de téléphoner à Londres – sans succès, devrais-je préciser. Quand je suis retourné dans notre chambre, elle n'était pas là. Je ne m'explique tout simplement pas ce qui a pu lui arriver.

Nous gagnâmes le deuxième étage afin d'aller explorer ladite chambre.

— Vous voyez, dit-il en désignant la robe de soirée étalée sur le lit. Elle était en peignoir quand elle m'a laissé. Et elle a seulement emporté sa trousse de toilette.

— Avez-vous vérifié la salle de bains ? m'enquis-je. Elle a pu s'endormir dans la baignoire, voire tourner de l'œil.

— Bien sûr, mais la pièce est vide, affirma Prince.

Nous nous rendîmes jusqu'à la salle de bains la plus proche ; elle était en effet inoccupée, et rien ne laissait deviner que Babe y avait passé du temps – je ne vis en tout cas aucune trace de vapeur sur le miroir. (Bon, il est vrai que la vapeur a tendance à se dissiper rapidement au château de Rannoch, en raison du vent qui entre par les fenêtres ouvertes.)

— Est-il possible qu'elle ait utilisé une autre pièce ? suggéra Fig. Si celle-ci était occupée, elle est peut-être allée ailleurs.

Nous traversâmes le palier pour rejoindre le couloir où les chambres des Simpson et des von Sauer étaient situées. Je frappai à la porte de la salle de bains, et la voix irritée de Wallis Simpson ordonna qu'on la laissât tranquille en des termes on ne peut plus clairs.

— Bon, votre femme se trouve sans doute au premier étage, supposai-je.

— J'ai du mal à imaginer Babe emprunter l'escalier en peignoir, répondit Prince Sanders. Elle aurait trop peur d'être vue. Mais allons vérifier malgré tout. Au point où nous en sommes, je suis prêt à tout tenter.

Nous allâmes d'abord examiner ma salle de bains. Vide. Nous passâmes dans le couloir le plus majestueux de tous, où se trouvaient les chambres de mon frère et de Fig, et celles des princes Siegfried et George. La salle de bains était fermée à clé. Je frappai à la porte. Aucune réponse. Prince cogna plus fort contre le battant.

— Babe, es-tu là ?

Toujours rien.

— Oh, bon sang ! s'exclama-t-il. Et si elle s'était noyée dans la baignoire ? Il faut enfoncer cette porte !

— C'est hors de question, déclara ma belle-sœur. Nous allons trouver une clé.

On m'envoya chercher Hamilton, qui m'accompagna jusqu'au premier étage avec ses passe-partout. Il en essaya plusieurs avant de pouvoir ouvrir. La fenêtre de la salle de bains donnait sur l'arrière du château, et ce côté de la demeure était déjà plongé dans l'obscurité. Je distinguais toutefois une forme blanche allongée par terre.

— Oh, mon Dieu ! s'écria Prince en s'élançant dans la pièce, tandis que Fig allumait la lumière.

Dans l'éclat aveuglant de l'ampoule, nous découvrîmes Babe allongée dans une mare d'eau et de sang, près de la cuvette des toilettes ; autour d'elle, le sol était jonché de bris de faïence – ce qui restait à l'évidence du réservoir de la chasse d'eau. Habituellement placé en hauteur, il s'était apparemment détaché du mur, où était visible un pan de papier peint à motif tartan moins décoloré. Chose extrêmement embarrassante, elle avait dû être assise sur le trône quand le réservoir lui était tombé dessus. Elle ne portait rien, à l'exception d'un déshabillé d'où sortaient pitoyablement ses petites fesses blanches.

S'ensuivit un véritable tohu-bohu. Hamilton partit appeler notre médecin et une ambulance. Prince tomba à genoux près de sa femme, la suppliant de ne pas mourir – il avait au préalable couvert son postérieur avec sa veste afin d'éviter toute gêne supplémentaire. La comtesse apparut à cet instant et commença à piquer une crise de nerfs.

— Une maison des horreurs, je le savais, gémit-elle tandis que son fils la conduisait hors de la pièce. Que t'avais-je dit ? Qu'on m'emmène loin d'ici avant que nous courions tous à notre perte !

À peine eut-elle disparu que le prince Siegfried arriva à son tour. Vêtu d'une robe de chambre, un masque de nuit noir remonté sur le front, il voulait savoir d'où provenait ce terrible vacarme, alors qu'il cherchait à faire un petit somme. Fig et moi étions les seules personnes à garder notre calme et à nous montrer raisonnables. Ma belle-sœur s'était toujours vantée de ses années passées chez les girl-scouts, et je dois dire que son expérience en premiers secours nous fut fort utile. Agenouillée sur le sol dégoûtant, elle prit le pouls de Babe. Elle finit par relever la tête.

— Elle est encore en vie. Allez chercher des serviettes pour éponger le sol et des couvertures dans lesquelles l'envelopper. Nous ne devrions pas la déplacer avant que le médecin l'ait examinée. Son crâne est peut-être fracturé.

Je tâchais de repousser des bris de faïence vers le mur.

— Le réservoir a dû basculer quand elle a tiré sur la chaîne, dis-je.

— C'est inouï, répondit Fig. Jamais je n'ai entendu parler d'une chose pareille. Elle a dû tirer rudement fort.

— Vous ne devriez pas recevoir quiconque dans une demeure qui tombe en ruine, déclara Prince Sanders, furieux. Cet endroit est trop dangereux. Je le disais encore à Babe ce matin même.

— Quelle journée incroyable, Georgiana, murmura Fig alors que nous nous écartions pour laisser la place aux bonnes, qui arrivaient avec des piles de serviettes et de couvertures dans les bras. Vous avez fait une chute en montagne et avez failli mourir. Et maintenant, cet accident. On pourrait presque penser que le château est maudit. Savez-vous si des malédictions pèsent sur les Rannoch, par hasard ?

— Il y a bien la sorcière qui a été jetée dans le loch, suggérai-je. Mais cela s'est passé il y a six cents ans et, depuis le temps, les malédictions qu'elle a pu proférer ne doivent plus avoir d'effets.

— Je crains que les embêtements ne fassent que commencer, soupira ma belle-sœur. Ce Sanders risque de nous intenter un procès. C'est bien ainsi qu'ils procèdent, aux États-Unis, n'est-ce pas ? Nous serons ruinés. Nous deviendrons des va-nu-pieds. Nous serons contraints d'aller vivre dans l'une des maisonnettes situées sur le domaine…

— N'allez pas nous faire une crise de nerfs, l'interrompis-je en posant sur son épaule une main rassurante. N'oubliez pas que les Rannoch ne perdent jamais leur sang-froid.

— Qu'ils aillent au diable, ces imbéciles de Rannoch ! Ce château ne m'a apporté que des ennuis. J'aurais dû épouser le jeune pasteur de l'église St Stephen, dans notre village, un homme si gentil. Mais je voulais être duchesse.

Jamais je ne l'avais vue dans un état pareil. Par chance, le médecin arriva en même temps que l'ambulance, obligeant Fig à faire bonne figure et à endosser de nouveau son rôle de châtelaine.

— Un cas délicat, déclara le docteur, la mine grave, en examinant Babe Sanders. Je ne vois aucun signe de fracture crânienne, mais elle souffre tout au moins d'une commotion cérébrale. Sinon, elle ne serait pas restée aussi longtemps sans connaissance. Il nous faut la transporter jusqu'à l'hôpital le plus proche en évitant de la perturber. Soulevez-la avec la plus grande prudence, ajouta-t-il à l'intention des ambulanciers. Je vais vous accompagner.

Ils placèrent Babe sur une civière, puis s'en allèrent avec elle. Le médecin et Prince Sanders les accompagnèrent, de même que la comtesse et son fils. L'hôpital le plus proche se trouvait à Perth, et tous annoncèrent qu'ils descendraient dans un hôtel de la ville. Seuls les Simpson décidèrent de rester à Rannoch.

— Je tiens bien entendu à soutenir cette pauvre Babe, dit Wallis. Mais à quoi bon perdre son temps dans des salles d'attente lugubres alors que son état ne lui permettra sans doute pas de recevoir de visites ? Par ailleurs, il serait imprudent de me montrer dans un hôtel écossais : cela pourrait provoquer des commérages, vous savez.

Le prince de Galles l'emporta donc sur la très chère amie de Mme Simpson. Le mari de cette dernière paraissait en avoir assez. Combien de temps comptait-elle encore le retenir ici par souci de respectabilité ? Ils dînèrent toutefois dehors ce soir-là, de même que Beastley-Bottomey, de sorte que nous nous retrouvâmes en famille avec seulement Siegfried comme invité, pour un repas au cours duquel le haggis fut apporté au son de la cornemuse. Nous fûmes évidemment obligés de feindre l'appétit. Le plat n'était pas affreux en soi : ce n'était tout bonnement pas notre tasse de thé, ainsi que le déclara Fig. Cependant, après tout le travail que sa préparation avait demandé à Mme McPherson, nous ne pouvions nous permettre de ne pas en manger. Nous nous y attelâmes vaillamment, à l'exception de Siegfried ; il refusa d'y goûter, affirmant qu'il n'avalait jamais de viande s'il n'était pas en mesure de reconnaître la partie de l'animal placée sur son assiette.

Seuls Murdoch et Lachan firent un joyeux sort au haggis, avec force bruits de mastication et claquements de lèvres. Je jetai un coup d'œil de biais au plus jeune de mes cousins. Oh, mon Dieu, songeai-je, jamais je ne pourrais épouser un homme qui mange du haggis en claquant des lèvres !

Personne ne proposa de divertissement ce soir-là. Je montai dans ma chambre presque aussitôt après le café. Je me sentais complètement épuisée ; sans doute le contrecoup de deux événements alarmants en une journée. Étendue dans mon lit, j'écoutai les soupirs du vent tout en essayant de chasser certaines images de mon esprit – le monde qui tournoyait autour de moi, tandis que j'étais suspendue tête en bas ; Babe gisant dans une flaque d'eau et de sang, entourée de bris de faïence et son petit derrière à la vue de tous. Il y avait parmi nous un individu malveillant – voire un assassin. On m'avait confié la mission de découvrir son identité, et je n'avais encore rien mis en œuvre. Mieux valait que je commence sérieusement à enquêter. Il fallait que tout cela s'arrête.

22.

Château de Rannoch
20 août 1932
Beau temps en perspective.

Je fus réveillée par un coup toqué à ma porte. Le jour, brumeux, était déjà levé. Je n'avais apparemment pas entendu le son de la cornemuse – si du moins Fergus en avait joué ce matin-là. Maggie entra avec une tasse de thé. La suivait notre majordome, qui affichait un air perplexe.

— Je suis désolé de vous déranger, lady Georgiana, mais…

— Qu'y a-t-il, Hamilton ?

— Il y a dans le vestibule une personne qui souhaite vous parler, lady Georgiana.

— Quel genre de personne ?

— Un homme qui appartient aux classes inférieures, lady Georgiana.

— Et que me veut-il ?

— Il dit qu'il est arrivé aussi vite que possible « en deux coups de cuiller à pot », ce qui m'a semblé inintelligible, lady Georgiana.

Je m'assis dans mon lit en riant.

— C'est une expression populaire, Hamilton. Et ce visiteur est mon grand-père.

— Votre… grand-père, lady Georgiana ? s'étonna le majordome, retenant une exclamation.

— Le père de ma mère, Hamilton.

— Dois-je comprendre que cette personne compte séjourner au château ?

Il devait être particulièrement ébranlé, car il en oublia d'ajouter « lady Georgiana ».

— Oh non, absolument pas. Je pensais lui proposer de loger dans l'une des maisonnettes voisines de celle de ma nourrice. Je les ai trouvées très plaisantes.

— Oui, tout à fait, lady Georgiana, acquiesça le majordome sans cacher son soulagement. Et que dois-je faire de lui pendant que vous vous préparez ?

— Installez-le dans le petit salon avec une tasse de thé et le journal. Il est bien dressé, vous savez.

— Oh, lady Georgiana, je n'ai pas insinué que…, bredouilla-t-il.

— Dites-lui que je le rejoindrai dans un instant, répliquai-je avant de me lever d'un bond.

Hamilton sortit, et j'ordonnai à Maggie de me passer les premiers vêtements qui lui tomberaient sous la main. J'étais si enthousiaste que je me tortillai d'impatience tandis qu'elle boutonnait ma robe. Maintenant que grand-papa était là, tout allait s'arranger. Je pourrais cesser de m'inquiéter, car il saurait quoi faire. Alors que je sortais de ma chambre, un problème épineux surgit. S'il avait pris le train de nuit, il voudrait petit-déjeuner. Comment le présenter aux autres convives dans la salle à manger ? Fig et lui se croiseraient forcément, et je ne pouvais prendre un tel risque. Il ne se laisserait pas marcher sur les pieds, j'en étais certaine, mais ma belle-sœur était capable de se montrer affreusement snob, et il ne méritait pas cela.

Je dévalais littéralement l'escalier. Grand-papa m'attendait dans le petit salon, juché au bord d'un fauteuil doré tapissé de brocart, une tasse de thé à la main ;

il semblait fort mal à l'aise. Dès qu'il m'entendit approcher, il se leva, et un large sourire illumina son visage.

— Eh bien, te voilà !

Il reposa sa tasse et ouvrit grand les bras.

— Qu'est-ce que t'es jolie ! Mais nom d'un chien, cette immense baraque est sinistre, pas vrai ?

— Tu n'étais jamais venu au château de Rannoch ?

— On m'a jamais invité, ma chérie. Et j'ai jamais eu envie de voyager si loin dans le nord du pays, si tu veux tout savoir. Nous autres, Londoniens, on est d'avis que le monde civilisé s'arrête au sud de Birmingham. Si je suis là, c'est parce que j'ai cru comprendre que t'avais besoin de moi.

— En effet, dis-je en le serrant très fort contre moi.

Fig n'aurait pas approuvé des démonstrations d'affection aussi indécentes. Ses parents et elle se bornaient à échanger des poignées de main. C'était à se demander comment le petit Podge avait été conçu – je me figurais qu'elle s'était contentée de fermer les yeux et de penser à l'Angleterre, ainsi qu'on le lui avait conseillé.

— Je suis contente que tu sois venu si vite, repris-je. Je ne m'attendais pas à te voir avant plusieurs jours.

— Ça te dérange tout de même pas, que je débarque maintenant ? Il y a de la place pour moi ?

— Naturellement. La maisonnette dont je t'ai parlé est inoccupée.

— Allons donc y jeter un coup d'œil, dans ce cas, d'accord ? Cet endroit me file les chocottes.

Nous traversions la grande salle quand Fig apparut, l'air soucieux.

— Ils sont tous partis pour Balmoral. Enfin une journée sans eux, Dieu merci ! s'exclama-t-elle avant de remarquer mon compagnon. Oh, je ne m'étais pas rendu compte que…

— Je vous présente mon grand-père, Fig, l'interrompis-je. Il est venu me rendre visite en Écosse.

— Votre grand-père ? Le père de votre mère, voulez-vous dire ?

— Parce que vous pensiez qu'il s'agissait du fantôme du vieux duc ? répondis-je, amusée. Celui qui joue de la cornemuse à minuit sur les remparts ? C'est le père de ma mère, évidemment.

— Enchantée, déclara Fig sur le ton glacial qu'elle employait avec tous ceux qui n'appartenaient pas à sa classe sociale.

Grand-papa prit la main qu'elle lui tendait et la serra chaleureusement.

— Content d'faire votre connaissance.

— Êtes-vous simplement de passage dans la région ? s'enquit ma belle-sœur de son accent le plus snob.

— Non, il va rester quelque temps, précisai-je à Fig, tout en étudiant son visage. Si cela ne vous dérange pas, ajoutai-je.

Elle était forcément en train d'imaginer mon grand-père cockney attablé en compagnie des princes George et Siegfried. Elle ouvrit la bouche à plusieurs reprises pour aussitôt la refermer.

— Il va s'installer dans l'une des maisonnettes vides, dis-je alors. Il pourra tenir compagnie à ma vieille nourrice.

Le soulagement de ma belle-sœur était manifeste.

— L'une des maisonnettes. Naturellement, naturellement, répéta-t-elle avant de partir d'un rire quasiment hystérique.

— Justement, je comptais l'y conduire maintenant, dis-je. Veuillez nous excuser.

Une fois dehors, sur le perron, mon grand-père demanda :

— Merde alors, c'est elle, ta belle-sœur ?

Je hochai la tête.

— On dirait qu'elle a une mauvaise odeur sous le nez, tu trouves pas ?

— Oui, tu as raison.

— Pas étonnant que tu sois partie vivre à Londres.

Tandis que nous traversions la cour de devant, je remarquai des domestiques occupés à charger des munitions et des besaces dans l'un des breaks, en prévision de la partie de chasse à Balmoral. Pauvre Prince Sanders – dire qu'il avait eu tellement hâte d'y participer. À présent, seuls s'y rendraient Siegfried, les cousins écossais et Hugo Beastley-Bottomey. Les Simpson avaient-il été conviés, eux aussi ? Je l'ignorais.

— Alors, qu'a pensé ton amie, Mme Huggins, de ton voyage écossais ?

— Ça s'est plutôt bien arrangé, vu que sa fille a loué un bungalow à Littlestone, sur la côte du comté du Kent, et qu'elle a demandé à Hettie de l'accompagner. « Va donc prendre un peu de bon temps, Albert, qu'elle m'a dit. Ça te fera un bien fou. » Et me voilà.

— Et j'en suis très heureuse.

Des corbeaux croassaient avec frénésie dans les grands ormes. Les maisonnettes apparurent devant nous, des formes indistinctes dans la brume matinale. J'ouvris celle que je lui avais réservée et j'entrepris d'ôter les housses de protection des meubles, puis de donner un bon coup de balai.

— Ça alors, tu manies ce machin à merveille ! s'esclaffa grand-papa. Si les aristos du château voyaient ça, ils piqueraient une crise !

— C'est ce que j'ai fait pour gagner ma vie ces derniers temps, tu sais. Je suis plutôt douée, tu ne trouves pas ?

— Oh, ça oui, t'es épatante, dit-il en toussant à cause de la poussière.

— À présent, allons faire ton lit…

Après avoir déniché un placard à linge, nous nous mîmes à la tâche.

— Je te ferai livrer des provisions, précisai-je ensuite. Je t'inviterais bien à manger au château, mais hélas…

— Te fais pas de mouron, mon canard. Je me sentirais pas à mon aise avec tous ces gens qui pètent plus haut que leurs fesses. Je serai très bien installé dans cette petite maison douillette, si ça t'embête pas de me rendre visite de temps à autre.

— Bien sûr que non, assurai-je. Justement, je vais avoir besoin de ton aide.

— Qu'est-ce qui se passe ? demanda-t-il en m'observant d'un air préoccupé. Je vois bien que t'as des soucis.

J'avais certes promis de garder le secret, mais j'avais l'impression de pouvoir confier n'importe quoi à mon grand-père. Ce que je fis. Je lui relatai tout, depuis ma rencontre avec sir Jeremy Danville dans le train jusqu'aux accidents survenus en Écosse, dont ceux de la veille.

— Je peux simplement en conclure que la corde était destinée au prince George, ainsi que le réservoir de chasse d'eau qui est tombé sur cette pauvre femme, quoique Binky et Fig utilisent eux aussi cette salle de bains.

— T'es certaine de pas attacher trop d'importance à ces accidents ? Ce genre de choses arrive, tu sais. Quand j'étais encore policier, on disait toujours : « Jamais deux sans trois. »

— La corde avait été tranchée au préalable, grand-papa. Et que penser du fantôme aperçu par la comtesse ? Et du piège dans lequel Binky s'est pris le pied ? Cela fait trop de coïncidences en même temps, surtout après ce que sir Jeremy Danville m'a expliqué : toute une série d'accidents, visant chaque fois un membre de la famille royale.

Il opina du chef.

— Supposons que t'aies raison, est-ce que t'as des pistes ?

— Non, aucune, reconnus-je.

— À l'époque où j'étais agent, mon vieil inspecteur commençait toujours pas se demander à qui profitait le crime.

— Je n'en ai pas la moindre idée. L'un des héritiers du trône ? Parmi ceux qui sont présents dans la région en ce moment, je ne vois pas qui pourrait agir ainsi.

— Vraiment ? Et ce Siegfried, ce type que t'as emmené en montagne ?

Je pouffai.

— Il espère hériter d'une couronne, mais dans son propre pays, s'il n'est pas lui-même assassiné dans un avenir proche. Et je ne crois pas qu'il nous soit apparenté. Du reste, pourquoi aurait-il pris la peine de m'attirer jusqu'à ce sommet pour se débarrasser de moi ? Il y a, au château, des tas d'autres moyens d'éliminer quelqu'un.

— Si ça se trouve, le coupable cherche à prendre ta place dans la ligne de succession.

— Je suis la trente-quatrième prétendante au trône, précisai-je avec un rire nerveux. Crois-tu sincèrement qu'il cherche également à supprimer les trente-trois personnes qui me précèdent ? Ce serait absurde.

— Dans ce cas, il a une dent contre la famille royale en général.

— Un communiste, peut-être ? Sir Jeremy affirme pourtant avoir éliminé cette hypothèse. D'après lui, il s'agit d'un ennemi intérieur.

— Il y a donc dans les parages quelqu'un qui prétend être ce qu'il n'est pas. T'as tout de même pas oublié ce qui est arrivé avec cette affreuse princesse étrangère ? Les communistes ont réussi à tous vous duper, hein ? Ils ont bien failli liquider le roi et la reine.

Je pensai aussitôt à Hugo. Je me rappelai comment, la veille, il était miraculeusement apparu pour me secourir, avant d'essayer de s'introduire en douce dans ma chambre alors que je me reposais. Avait-il eu l'intention de me tuer ?

— Je crois que je vais étudier de plus près la ligne de succession, décidai-je. Et avoir une petite conversation avec Binky à propos de l'un de nos invités, un certain Hugo Beastley-Bottomey.

— Merde alors, quel drôle de nom ! fit observer grand-papa. Tu crois qu'il est pas net ?

— Ma foi, il était comme par hasard déjà sur place quand j'ai basculé dans le vide. Que faisait-il en montagne ? Sans compter que je ne sais rien de lui. Il est sorti de nulle part et s'est fait inviter au château.

— Comment ?

— Il était dans le même pensionnat que Binky. Voilà pourquoi je dois parler à mon frère.

— Je vois. Bon, tâche aussi de découvrir qui aurait pu trancher la corde, conseilla mon grand-père.

— C'est le prince George qui l'avait apportée de Balmoral. Du moins d'après Siegfried.

— C'est lequel, le prince George ?

— Le plus jeune fils de Leurs Majestés. Le sixième dans la ligne de succession.

— Dans ce cas, quelqu'un cherche peut-être à se débarrasser de lui, ou bien…

Il s'interrompit brièvement, levant vers moi ses yeux bleus et pétillants de vieux Cockney.

— Ou bien il a organisé ces accidents pour faire croire qu'il était visé, ajouta mon grand-père.

— Pourquoi ferait-il une chose pareille ?

— J'en sais rien. Mais si c'est lui qui a apporté la corde, pourquoi est-ce qu'il était pas en montagne avec vous ?

— Il a été convoqué à Balmoral, expliquai-je d'une voix pensive.

— C'est pour ça qu'il s'est pas non plus servi de ses toilettes, j'imagine.

Je hochai la tête, avant de la secouer vigoureusement.

— C'est idiot. Pour quel motif ferait-il des choses pareilles ? D'une part, de tous les héritiers de la couronne qui le précèdent, aucun ne se trouve à Rannoch en ce moment. D'autre part, d'après ce que j'ai pu comprendre, il n'envie guère son frère aîné et ne tient pas à devenir roi un jour.

— Malgré tout, vérifie cette histoire de corde. De mon côté, qu'est-ce que je peux faire pour t'aider ?

— Rien pour l'instant. Contente-toi de t'installer, et je te présenterai à ma nourrice. Ses scones sont délicieux, tu verras. Tu auras ensuite sans doute envie de faire un tour afin de découvrir le domaine.

Il posa la main sur mon épaule.

— Écoute, ma chérie, fais bien attention à toi. J'ai pas envie que tu te mettes en danger. Et si tu veux mon avis, c'est fichtrement culotté de la part de ce Jeremy Machin-Chose de te mêler à tout ça.

— Mais j'y suis mêlée, grand-papa, que cela me plaise ou non. C'est moi qui étais suspendue à cette corde hier matin, et c'est mon frère dont la cheville a manqué être broyée. Il faut arrêter le responsable de ces méfaits avant qu'il ne tue l'un d'entre nous.

Il claqua la langue d'un air réprobateur.

— Si c'est comme ça, laisse les types des renseignements généraux s'en occuper. C'est des professionnels, ils sont entraînés. Pourquoi ils sont pas là, à faire leur boulot ?

— Je suppose qu'ils sont dans les parages. Ou du moins l'un d'entre eux. Sir Jeremy m'a dit qu'un agent se trouvait déjà sur place et qu'il se ferait connaître.

Alors même que je prononçai ces paroles, une idée germa soudain dans mon esprit. Était-il possible que cet agent fût Darcy ? Pour quelle autre raison séjournerait-il en Écosse ?

— Bon, plus vite tu pourras faire un saut là-bas pour rencontrer ce bonhomme, mieux ce sera. Je veux pas que tu te mouilles encore une fois. À mon avis, ce criminel est quelqu'un de tordu, du genre à se réjouir de la souffrance des autres. Vois ce qui est arrivé à ton frère, par exemple, c'était carrément malveillant.

— Ne t'inquiète pas pour moi, je serai extrêmement prudente, assurai-je d'une voix aussi enjouée que possible.

Cependant, tandis que je repartais vers le château après avoir veillé à ce que mon grand-père fût confortablement installé, je commençai à m'interroger : comment faire preuve de prudence alors que le danger rôdait sans doute tout autour de moi et que je ne savais pas à qui me fier ?

23.

Château de Rannoch
20 août 1932

À mon retour, je remarquai que le break était déjà parti pour la chasse à la grouse organisée à Balmoral ce jour-là. Je me rappelai alors que je n'avais pas encore pris mon petit déjeuner. La salle à manger était vide, et j'en profitai pour engloutir du bacon, des rognons et du pain frit, ainsi que deux ou trois toasts tartinés de confiture d'orange Cooper's Oxford. Décidément, l'air de la campagne m'ouvrait l'appétit !

J'allais ensuite m'installer dans la bibliothèque. J'établis d'abord la liste de tous ceux qui séjournaient au château ou dans les environs, puis vérifiai grâce à quelques ouvrages tous les liens qu'ils pouvaient avoir avec la couronne britannique. Je m'attendais presque à découvrir que Babe Sanders était une parente très éloignée, mais ce n'était pas le cas. Gussie était vaguement lié à la famille royale, de même que Darcy, par sa mère. Je ne trouvai néanmoins personne qui fût même dans les cent premiers héritiers au trône.

Nous avions peut-être fait erreur depuis le début, songeai-je. Et s'il s'agissait d'une vengeance personnelle ? Je savais par exemple que le prince George fréquentait une clique turbulente. Et s'il était mêlé à une affaire de drogue ou à quelque activité en lien avec la pègre ? Les deux accidents de la veille le ciblaient, en toute vraisemblance. Il y en avait cependant eu d'autres, évoqués par sir Jeremy, qui avaient visé mon cousin David…

Je secouai la tête. Si une seule personne était réellement responsable de tous ces événements, elle ne reculait apparemment devant aucun risque. Comment quelqu'un d'extérieur à la maisonnée de Balmoral aurait-il pu délibérément endommager la sangle de selle du poney du prince de Galles ou une roue de sa voiture ? Il fallait se rendre à l'évidence : ainsi que sir Jeremy le soupçonnait, le coupable était l'un des nôtres. Aussi improbable que cela puisse paraître, c'était bien l'un des résidents du château de Rannoch qui avait saboté le réservoir de chasse d'eau. Je montai à l'étage afin de l'examiner. Malheureusement, tout indice avait disparu. Les bonnes avaient parfaitement nettoyé la pièce, qui était des plus ordinaires, si ce n'était l'absence du fameux réservoir. Quoi qu'il en soit, il n'avait pas dû être compliqué de le rendre suffisamment instable pour qu'il se détache du mur à la moindre impulsion sur la chaîne.

Je gagnai la chambre de Binky. Fig lui tenait compagnie, le regardant manger un œuf dur.

— Quelle drôle d'affaire, Georgie, me dit-il. C'est bien la première fois que j'entends parler d'un réservoir qui s'écroule sur quelqu'un.

— Moi aussi, répondis-je. Je ne crois cependant pas que ce soit un accident. À mon avis, quelqu'un l'a saboté.

— Pour quelle raison ?

— Je n'en ai pas la moindre idée. Mais pourquoi as-tu mis le pied dans un piège ? Pourquoi la corde à laquelle j'étais attachée s'est-elle cassée ?

— Insinuez-vous que ces accidents étaient intentionnels ? s'enquit Fig. Ce serait tout simplement abominable ! Qui pourrait bien agir de la sorte ?

— Je l'ignore. Je n'en sais pas davantage que vous. Tout cela est parfaitement absurde.

— Vous ne pensez tout de même pas que vos cousins trouvent ce genre de choses amusantes, j'espère ? demanda-t-elle. Souvenez-vous de la fois où ils ont habillé un cochon en bébé et l'ont emmené à l'église pour le faire baptiser.

— Entre l'humour et la malveillance, il y a un monde, déclara Binky. Chacun de ces accidents aurait pu être mortel. Comment va l'Américaine, ce matin ?

— Son état s'est amélioré, Dieu soit loué, répondit son épouse. Elle a repris connaissance avant l'arrivée de l'ambulance à l'hôpital, mais ils la gardent en observation.

— C'est une bonne nouvelle, n'est-ce pas ? Elle et ses amis comptent-ils revenir ici ensuite ?

— Je crois qu'ils préfèrent séjourner à l'hôtel, ils s'y sentent plus en sécurité, expliqua Fig d'un air on ne peut plus triomphal.

Elle avait été si impatiente de se débarrasser d'invités indésirables que l'idée qu'elle ait pu saboter le réservoir de chasse d'eau me traversa l'esprit.

— Nos effectifs se réduisent, constata Binky. La Simpson a-t-elle l'intention de rester ?

— Je suppose, tant que le prince de Galles est à quelques kilomètres de là, dis-je.

Mon frère afficha un grand sourire.

— Et toi, ma vieille ? J'ai cru comprendre que tu avais subi une terrible épreuve hier matin. Tu es parfaitement remise ?

— Oh, oui, merci. Sur le moment, ça été terrifiant. J'ai cru que c'en était fini de moi.

— Je devrais dire à Harris, le chef des guides de chasse, de vérifier les cordes à l'avenir. C'est de son ressort, après tout.

— Mais celle que j'ai utilisée venait de Balmoral, précisai-je. Je compte m'y rendre aujourd'hui, si vous pouvez me prêter une voiture.

— Cela ne pose aucun problème, qu'en dites-vous, Fig ?

Elle ne répondit pas tout de suite, tâchant sans doute de trouver une raison valable de refuser – tant elle était désireuse d'économiser son essence –, puis finit par hocher la tête.

— Oui, naturellement, acquiesça-t-elle. Allez vous joindre aux chasseurs, cela vous fera du bien. J'irais moi aussi, si je n'étais coincée ici avec nos invités.

— Au fait, Binky, une dernière chose, ajoutai-je. Que sais-tu de cet Hugo Beastley-Bottomey ?

— Il n'y a pas grand-chose à en dire. J'étais l'un des élèves chargés de la discipline quand il est arrivé au pensionnat. Un avorton tout maigrichon, à l'époque. Les autres le malmenaient tant que j'ai dû intervenir. Il m'en a toujours été très reconnaissant. Je ne l'avais pas revu depuis la fin de mes études, et quand il m'a écrit pour me demander s'il pouvait séjourner au château, j'en ai été surpris. Mais on ne peut rien refuser à un ancien camarade.

Je retournai dans ma chambre afin d'enfiler une tenue convenable pour Balmoral – une jupe de tartan aux couleurs de la maison de Rannoch (une hideuse combinaison de rouge, jaune et marron) et un chemisier blanc. En chemin vers le garage, j'allais trouver Harris. C'était un vieil homme à la tignasse blanche et à la peau aussi tannée que du cuir brun. Il était occupé à trier du matériel de pêche.

— Regardez-moi ça, lady Georgiana, dit-il en me montrant une bobine de fil tout entortillée. Ils bousillent tout ce qu'ils touchent. C'est à croire qu'ils avaient jamais pêché de leur vie, ces Américains.

— C'est probablement le cas. J'avais une question à propos de la corde qui s'est cassée alors que j'étais en montagne hier.

— Oh, oui, on m'a raconté ça, lady Georgiana, répondit-il en opinant du chef d'un air grave. Une sale affaire, vraiment.

— En effet. La corde dont je me suis servie était-elle rangée ici ?

— Pas une corde ne manque dans mes placards. Je sais pas qui a préparé votre équipement d'escalade, mais c'était pas moi.

Je le remerciai et allai chercher une voiture. Notre chauffeur étant parti avec le plus grand break de chasse, j'optai pour l'autre plutôt que pour la Bentley. Je n'avais pas conduit depuis des mois, et je goûtai au sentiment de liberté que me procurait le simple fait d'être assise au volant et de rouler le long de chemins familiers, vitres baissées, une agréable brise sur mon visage. Aucun signe d'activité sur l'embarcadère, ce jour-là. Des pans de brume ne s'étaient pas encore dissipés, et je supposai que Paolo, Belinda et leurs amis, dont Max et ma mère, avaient été conviés à Balmoral pour la partie de chasse. En atteignant, à l'autre extrémité du loch, un tronçon de route moins sinueux, j'appuyai sur l'accélérateur, et je me sentis grisée par la vitesse.

J'allais à l'évidence un peu trop vite. Cependant, alors que je prenais un tournant abrupt, je vis devant moi une auto plus rapide encore. Je distinguais une forme allongée, aux lignes épurées, qui se précipitait vers moi. Je donnai un coup de volant. Mon break grimpa sur le talus, vacilla et manqua basculer sur le côté avant de se redresser. Le cœur battant, j'arrêtai le moteur, tandis que la voiture de sport que j'avais croisée s'éloignait à toute allure dans mon rétroviseur.

— Sale con ! hurlai-je derrière lui, pendant que l'auto disparaissait dans la brume.

Bon, je sais qu'une vraie lady n'emploie pas ce genre de terme, mais j'étais extrêmement secouée. De surcroît, jamais les vaches des Highlands qui se trouvaient à portée de voix ne le répéteraient. Puis le brouillard se leva et, au loin, je reconnus le conducteur. C'était Paolo, et il était seul.

Les pensées se bousculaient maintenant dans mon esprit. Avait-il foncé sur moi délibérément, ou conduisait-il simplement trop vite, avec son imprudence habituelle ? Du reste, pourquoi aurait-il voulu ma mort ? Je me rappelai soudain la femme de chambre de Veronica Padgett, renversée par un véhicule non loin de l'aérodrome de Croydon. Paolo était-il le chauffard qui l'avait tuée sans prendre la peine de s'arrêter ? Il me vint alors en tête que cet homme était exactement le genre de casse-cou capable de provoquer les accidents de ces derniers jours. Mais pourquoi un comte italien s'en serait-il pris à la famille royale d'Angleterre ?

Je me demandai s'il fallait en parler à Belinda. Elle était ma meilleure amie après tout, et Paolo – un conducteur irresponsable, obsédé par la vitesse, en outre fiancé à une autre – ne lui convenait absolument pas, me semblait-il. Je n'avais pas envie de la blesser, mais une femme amoureuse n'aime généralement pas que l'on dénigre l'objet de son affection, n'est-ce pas ? Si je lui dévoilais quoi que ce fût, je devrais me montrer circonspecte.

Je me remis en route, beaucoup plus prudemment qu'auparavant, et j'arrivai bientôt devant les grilles de Balmoral. Le gardien sortit de sa petite loge octogonale, me reconnut et vint m'ouvrir en me saluant. Je lui adressai un signe de tête affable. L'allée me conduisit à travers un paysage boisé, luxuriant, qui contrastait absolument avec la lande austère et lugubre qui entourait le château de Rannoch. Puis les arbres se clairsemèrent, et la demeure royale se profila sur une vaste étendue de gazon. Avec ses tours spectaculaires et ses murs couverts de lierre, elle ressemblait à n'importe quel château écossais ancien et distingué – mais tout cela était naturellement artificiel, puisqu'elle avait été construite dans les années 1850 pour la reine Victoria. Si j'avais eu les moyens de faire bâtir une maison, j'aurais plutôt opté pour davantage de confort et d'élégance, sans me soucier de lui donner un faux cachet d'authenticité.

Je rejoignis l'arrière du château et passai sous l'arche qui menait aux écuries et à diverses dépendances. Après m'être garée dans un endroit discret, je partis en quête d'un des guides de chasse. Au même instant, je pris évidemment conscience que tous les hommes disponibles avaient été réquisitionnés comme rabatteurs ; je profitai alors de l'occasion pour fureter ici et là. Je découvris les pièces où l'on remisait la sellerie et aperçus plusieurs rouleaux de cordes suspendus. Vu la facilité avec laquelle j'avais pu pénétrer dans les lieux, il était clair que presque n'importe qui aurait pu s'y introduire à l'insu de tous – après avoir été autorisé à entrer sur le domaine, bien entendu. À moins que cette personne ne fût arrivée à pied par les collines, auquel cas elle aurait sans doute pu s'introduire sur les terres royales sans se faire repérer.

J'examinai plusieurs cordes, qui toutes me semblèrent en parfait état, puis je me rappelai une chose que Siegfried avait expliquée : quand George et lui avaient mesuré celle dont je m'étais servie, ils n'avaient détecté aucun défaut. Si elle avait été tranchée au préalable, ils s'en seraient tout de même aperçus. Cela signifiait-il qu'elle avait été sabotée au château de Rannoch, la nuit précédant notre excursion en montagne ?

C'était possible, mais je n'avais aucun moyen de le découvrir. Je renonçai et décidai d'aller saluer Leurs Majestés, le roi George et la reine Mary. En sortant de l'écurie, j'entendis des voix enfantines et me retrouvai face aux deux princesses qui donnaient la main à une dame – leur gouvernante, supposai-je. Les petites levèrent vers moi des yeux surpris, puis un sourire ravissant illumina le visage de la plus âgée.

— Je me souviens de vous, me dit-elle. Vous êtes notre cousine Georgiana, n'est-ce pas ?

— Oui, répondis-je en lui rendant son sourire. Et vous êtes Lilibet. Et voici votre sœur Margaret.

— C'est princesse Margaret, répliqua l'enfant, âgée de deux ans, en fronçant le nez. Parce que je suis une princesse.

— Auquel cas vous devez m'appeler lady Georgiana, rétorquai-je en réprimant mon amusement.

Elle parut perplexe.

— C'est mieux une lady ou une princesse ? demanda-t-elle à sa gouvernante.

— Il est à espérer qu'une princesse deviendra une lady en grandissant, expliqua la dame d'un ton solennel.

— Oh, se contenta de dire Margaret.

— Nous sommes allées rendre visite à nos poneys et nous leur avons apporté des friandises, précisa Élizabeth. J'ai une idée ! s'exclama-t-elle, soudain radieuse. Et si nous allions faire une promenade ensemble ? Quand je suis avec le palefrenier, il refuse de lâcher la bride de ma monture et nous sommes obligés d'avancer au trot. Mais maintenant que vous êtes là, vous pouvez m'accompagner et me laisser galoper.

— Si vous le souhaitez. Du moment que vos parents sont d'accord.

— J'en suis certaine. Vous êtes notre cousine. Alors, quand pouvons-nous y aller ?

— Pas aujourd'hui. Je dois aller saluer votre royale grand-maman.

— Tous les autres sont partis chasser, mais je ne pense pas qu'elle les ait accompagnés. Elle n'aime pas tout ce bruit. J'ai de la peine pour les chiens, pas vous ? Je parie qu'ils détestent le son des fusils. Ils ont l'ouïe très sensible, vous savez.

— Je suis sûre qu'ils y sont habitués.

— Vous viendrez voir notre nouveau chiot ? C'est un corgi. Il est splendide, ajouta la princesse, les yeux brillants.

— Je vous le promets.

— À présent, allons nous laver les mains avant le déjeuner, intervint la gouvernante en m'adressant un signe de tête. Nous ne pouvons retenir lady Georgiana plus longtemps.

Les fillettes s'éloignèrent en me lançant des regards mélancoliques. Je les observai en me demandant si elles étaient en danger et si quelqu'un veillait sur leur sécurité. À qui pouvais-je en parler ? Et comment trouverais-je l'agent de sir Jeremy ?

Lorsque je pénétrai dans le vestibule au sol moquetté d'un motif tartan, le silence somnolent qui enveloppait le château ne fut perturbé que par le carillon d'une horloge dans une pièce éloignée. Où aller ? Croyant alors entendre un murmure de voix venir d'un couloir situé à ma gauche, je partis dans cette direction et passai sous le regard vigilant de sculptures de marbre noir – la décoration de Balmoral étant beaucoup plus ornée que celle de Rannoch. À la vue d'une porte entrebâillée, je toquai avant d'entrer. Assise à une table placée devant un large bow-window, Sa Majesté la reine était occupée à écrire une lettre. Plusieurs femmes d'un certain âge bavardaient autour d'une cheminée éteinte. Elles se turent dès qu'elles me virent.

— Georgiana ! s'exclama la reine, surprise. Je ne savais pas que vous étiez arrivée. Nous ne vous attendions pas avant la semaine prochaine.

N'aimant guère être prise au dépourvu, elle paraissait quelque peu vexée.

— Je suis venue à Rannoch en raison de l'accident de mon frère, madame, répondis-je. Je ne pouvais laisser ma belle-sœur s'occuper seule de tous ses invités.

Je m'approchai d'elle et tâchai d'exécuter au mieux le baiser et la révérence de rigueur, m'y prenant comme d'habitude avec maladresse et me cognant le nez sur la royale joue.

— Et j'ai tenu à venir vous saluer dès que possible, précisai-je.

— Vous m'en voyez heureuse, ma chère, dit-elle en me tapotant la main. Vous resterez déjeuner, je l'espère.

Ce ne sera pas l'assemblée la plus stimulante qui soit, je le crains, puisque tout le monde est parti chasser – sauf nous autres, les vieilles dames.

— Merci, madame. Je déjeunerai volontiers en votre compagnie.

La reine se tourna alors vers les dames en question.

— Vous connaissez la jeune Georgiana, je suppose ? La fille de Henry de Rannoch ? Georgiana, je vous présente lady Peebles, lady Marchmont, lady Ainslie et lady Verian.

Quatre visages sereins et ridés me décochèrent un sourire.

Sa Majesté m'indiqua le siège voisin du sien.

— Comment se porte votre pauvre frère ? Quel accident effroyable ! Mon fils George nous a tout raconté.

— Il semble se remettre, madame.

— C'est une bonne nouvelle. Un été si curieux, n'est-ce pas ? Heureusement le roi, qui n'allait pas bien du tout, est beaucoup plus en forme depuis qu'il profite de l'air pur des Highlands. Espérons que la partie de chasse ne le fatiguera pas trop.

Un gong annonça que le repas était servi. Je suivis la reine et ses compagnes dans la salle à manger. Comment découvrir avec exactitude qui résidait actuellement à Balmoral ? me demandai-je tandis que nous remontions le couloir. Les domestiques devaient le savoir. J'essaierais de m'éclipser afin d'aller bavarder avec certains d'entre eux, songeai-je.

Le déjeuner fut plutôt lourd, comme toujours dans la maisonnée royale. Le roi appréciait la bonne et consistante nourriture anglaise, et nous eûmes donc droit à une soupe au curry, à un pudding au bœuf et aux rognons, puis à une version plutôt réussie d'un pudding à la crème. Bien rassasiée, je retournai dans le salon avec les dames.

— Et si nous prenions une automobile pour aller voir comment se déroule la chasse ? proposa la reine. Je veux m'assurer que le roi ne se surmène pas.

On fit préparer un break, qui nous emmena, cahotant, à travers des bois touffus avant de gravir une colline escarpée. Quand le véhicule ne put aller plus loin parmi les rochers et les bruyères, nous continuâmes à pied le long d'un étroit sentier bordé de fougères. La brise ne cessait d'écarter des lambeaux de brume, et je distinguais par intermittence le terrain de chasse qui se déployait devant nous, telle une étendue fantomatique.

— La chasse ne doit pas être très fructueuse, devina Sa Majesté, qui marchait en tête avec lady Ainslie. Comment apercevoir des oiseaux par un temps pareil ? Je n'entends aucun tir. Pourvu que personne n'ait eu d'ennuis.

Lady Marchmont s'approcha de lady Peebles.

— Il est touchant de la voir s'inquiéter à ce point pour le roi, n'est-ce pas ? murmura la première. J'ai rarement connu un couple aussi uni.

— Surtout quand on sait qu'elle a été fiancée au frère aîné de Sa Majesté, répondit la seconde. Je dois dire qu'elle n'a pas hésité à changer de bord.

— Ma foi, n'auriez-vous pas agi de la sorte si vous aviez eu le choix ? répliqua lady Marchmont.

Étant donné que j'étais assez proche d'elles pour écouter leur petit échange, je me retournai.

— Je me souviens d'en avoir entendu parler. Le frère du roi était bien le duc de Clarence, n'est-ce pas ? Il est décédé, je crois ?

— Peu de temps avant leur mariage.

— Quelle tragédie !

— Oh non, ma chère, répondit lady Peebles. Ce fut une vraie bénédiction pour tout le monde et pour l'Angleterre. Il aurait fait un souverain affreux – il manquait de force morale. Un individu débauché à l'extrême, une source d'embarras pour sa famille.

— Il y a bien eu un scandale dans un club d'homosexuels, me semble-t-il ? ajouta lady Marchmont.

Lady Peebles lui décocha un regard perçant, comme pour l'avertir que pareils sujets n'étaient probablement pas faits pour mes délicates oreilles.

— Elle ignore peut-être tout de ces choses, déclara lady Marchmont en me désignant d'un geste dédaigneux. À son âge, je ne savais rien. On ne se doutait pas que ce genre de créatures existaient. Je me souviens d'avoir entendu dire que l'un de mes soupirants était une « tapette », et j'ai cru que cela signifiait qu'il était aussi bavard qu'une pipelette.

Je ris de concert avec elles.

— Le duc de Clarence était donc réellement homosexuel ? demandai-je.

— Je pense qu'il marchait à voile et à vapeur, assura lady Marchmont. Il paraît qu'il passait son temps à poursuivre les bonnes de ses assiduités, sans oublier les rumeurs qui circulaient à propos de ses relations avec des prostituées.

— D'aucuns allèguent même qu'il aurait été Jack l'Éventreur, reprit lady Peebles avec une moue de mépris. C'est proprement impossible.

— Je crois toutefois qu'il fréquentait les maisons closes. Sans parler de tout ce qui se racontait sur sa consommation de drogue et d'alcool. Pour ma part, je suis convaincue que Sa Majesté la reine l'a échappé belle. Il lui aurait donné du fil à retordre. Le roi George est peut-être atrocement rasoir, mais au moins on peut compter sur lui, et il adore son épouse, c'est incontestable. Avec lui, l'Angleterre est entre de bonnes mains.

— Comment est mort le duc de Clarence ? m'enquis-je.

— La grippe, répliqua lady Peebles d'un ton sec. Lors d'une épidémie presque aussi meurtrière que celle de 1918. Je me le rappelle clairement car j'étais à l'époque une jeune fille. C'était l'année de ma présentation à la cour, mais mes parents l'ont reportée d'une année car ils ne voulaient pas prendre le risque de quitter la campagne pour séjourner à Londres. J'ai été fort déçue. Je ne comprenais pas pourquoi une simple grippe provoquait tant d'affolement. Évidemment, nous savons aujourd'hui que cette maladie n'est pas sans gravité.

— J'ai entendu dire qu'il ne serait pas mort, reprit lady Marchmont à voix basse. Selon certains, il serait enfermé dans un asile psychiatrique.

— Balivernes ! déclara lady Peebles avec fougue. Mon père a assisté aux funérailles. Évitez de répéter ce genre de commérages de bas étage en présence de Sa Majesté…

Elle fut interrompue par des aboiements qui résonnèrent devant nous.

— Ah, les voilà, annonça la reine, qui se tourna vers nous en hochant la tête d'un air satisfait.

Elle pressa le pas. Pour une femme de son âge, elle marchait encore merveilleusement bien et à grandes enjambées.

— Je crois qu'ils nous ont vues, précisa-t-elle, car un homme venait à notre rencontre.

Il courait à vive allure et manqua nous percuter – signifiant clairement qu'il ne nous avait pas aperçues ou ne s'attendait pas à croiser qui que ce fût sur le sentier.

— Oh, Votre Majesté, commença-t-il, pantelant, le visage rougi par l'effort et l'embarras. Je n'avais pas la moindre idée que…

— Ne vous inquiétez pas, Jack, ce n'est rien, dit-elle. Pourquoi une telle hâte ?

— On m'a envoyé chercher un docteur et la police, répondit-il d'une voix toujours haletante. Il s'est produit un terrible accident. Quelqu'un a été touché.

24.

Domaine de Balmoral
20 août 1932

Lady Peebles prit aussitôt les choses en main.

— Nous devons immédiatement reconduire Sa Majesté la reine au château, décida-t-elle.

— Je ne vais pas m'évanouir à la vue d'un peu de sang, Blanche, répliqua l'intéressée. Mais que s'est-il passé, Jack ? Qui a été touché ?

— Je l'ignore, madame. Je sais seulement que c'est un des jeunes messieurs.

— Est-il grièvement blessé ?

— Plutôt, d'après ce que j'ai pu voir, madame.

— Et si nous le transportions jusqu'au château dans notre automobile ? proposa-t-elle. Elle est garée non loin.

— Je ne pense pas qu'il puisse être déplacé, madame, répondit le domestique. Sinon, ils l'auraient mis dans un des breaks de chasse. Ils m'ont juste dit d'aller chercher le docteur et la police.

— Dans ce cas, vous allez monter avec nous en voiture, déclara la reine. Si nous restions, nous gênerions tout le monde, et il ne faudrait pas que notre auto bloque l'arrivée de l'ambulance, n'est-ce pas ? ajouta-t-elle, adressant un signe de tête à ses amies.

Lady Peebles s'approcha pour la prendre par le bras, puis parut se raviser.

J'en profitai pour leur fausser compagnie et pour continuer sur le sentier. Une sorte de panique absurde s'était emparée de moi. Un jeune monsieur avait été touché. J'ignorais si Darcy était venu chasser ce jour-là, mais je me surpris à prier – « pourvu que ce ne soit pas lui, pourvu que ce ne soit pas lui » –, avant de me mettre à courir, trébuchant sur des touffes de bruyère, des cailloux et des terriers de lapin. Je distinguai bientôt des silhouettes à travers le voile brumeux. Un silence étrange planait sur le paysage. J'entendis une alouette chanter quelque part au-dessus de moi, dans le demi-jour. Puis la brume s'écarta et je tombai sur les chasseurs, tous immobiles, comme s'ils posaient pour un tableau vivant : le roi, son fusil à la main, au milieu de la scène ; autour de lui, comme pour le protéger, se tenaient trois de ses fils, le prince de Galles, le duc d'York et le prince George, ainsi que sa belle-fille, la duchesse d'York. Les personnages secondaires étaient un peu à l'écart et, plus loin encore, se trouvaient les domestiques avec les gibecières, les fusils et les chiens ; à ma vue, ces derniers tirèrent sur leurs laisses et recommencèrent à japper. Une expression de stupéfaction choquée se lisait sur tous les visages. Au-delà de ce tableau, je remarquai alors quelqu'un sur le sol, entouré de deux personnes agenouillées.

— Qui va là ? lança le roi d'une voix forte dans l'air pur.

— On dirait la jeune Georgie, répondit le prince de Galles – du moins je crus reconnaître sa voix.

— Georgie ?

— La sœur de Binky, du château de Rannoch.

Je les rejoignis, un peu hors d'haleine à cause de ma course à flanc de colline.

— Bonjour, monsieur, dis-je en saluant le roi d'un signe de tête. Sa Majesté la reine venait voir comment se passait la chasse, quand nous avons croisé l'un de vos domestiques. Elle est repartie avec lui en automobile afin qu'il puisse revenir au plus vite avec un docteur.

— C'est hélas un peu trop tard pour un médecin, répondit le roi d'une voix sèche, s'efforçant de ne pas montrer son émotion. Le pauvre garçon est mort.

— Qui est-ce ? demandai-je, mon cœur cognant si fort que je pouvais à peine respirer.

— Un jeune homme qui séjournait chez vous, me semble-t-il, m'apprit mon cousin David. Beastley quelque chose. Si j'étais vous, je m'abstiendrais de regarder le corps. Il n'est pas beau à voir.

Mes yeux se portèrent sur la personne allongée à même le sol. Alors que je me dirigeais de ce côté, je remarquai ma mère, cramponnée au bras de Max. Elle s'écarta soudain de lui et courut à ma rencontre.

— N'est-ce pas affreux ? s'exclama-t-elle. Pauvre garçon. Et si beau, avec ça ! Quelle affaire épouvantable. Je me sens très faible, mais personne n'a pensé à apporter une flasque de brandy. J'espère simplement qu'on nous ramènera au plus vite au château. Je vais défaillir d'une seconde à l'autre.

— Tu es forte comme un bœuf, maman. Tu vas tenir bon, et ce, magnifiquement, j'en suis convaincue.

— Qu'ai-je donc fait pour avoir une fille aussi insensible ? soupira-t-elle exagérément. Max, tu me rattraperas dans tes bras si je perds connaissance, n'est-ce pas ? ajouta-t-elle, tandis que l'intéressé s'avançait vers nous.

— Que dois-che faire, *Liebchen* ? demanda-t-il, ignorant sans doute la signification de la plupart des mots qu'elle avait employés.

Je les laissai pour m'approcher de Hugo Beastley-Bottomey ; il gisait sur le dos, les yeux rivés au ciel, une expression de surprise sur le visage, des éclaboussures de sang tout autour de lui. Darcy et un homme pourvu d'une petite moustache grise soigneusement taillée étaient à genoux près de lui.

— Que faites-vous ici ? s'enquit le premier, se redressant à ma vue.

— J'étais venue rendre visite à la reine, expliquai-je. Que s'est-il passé ?

L'inconnu se leva avec une certaine raideur, comme s'il était resté agenouillé trop longtemps. Grand, il avait une allure martiale.

— Je savais bien que nous n'aurions pas dû chasser par ce temps, déclara-t-il. C'était trop risqué, avec ces bancs de brume. Ce jeune imbécile a dû s'égarer à l'avant et se retrouver dans la ligne de tir. Voilà ce qui survient quand on invite des amateurs qui ignorent tout des fichues règles. Était-ce l'un de vos amis ? me demanda-t-il.

— Il séjournait chez nous, au château de Rannoch, dis-je en observant Hugo avec pitié et répugnance à la fois. Mais je ne l'avais jamais rencontré auparavant.

— Moi non plus, je ne le connaissais que depuis quelques semaines. Il nous a rendu visite deux ou trois fois. Je crois qu'il s'était entiché de ma fille. Je suis le major Padgett, à ce propos. Vous êtes lady Georgiana de Rannoch, n'est-ce pas ? Nous nous sommes déjà croisés. Nous sommes voisins, et cela fait longtemps que je côtoie votre famille.

— Oui, bien sûr. Enchantée de vous revoir.

— Et vous connaissez le jeune M. O'Mara ? ajouta-t-il.

— Oui, bonjour, Darcy, dis-je, tandis que ses yeux se posaient sur moi.

— Son père et moi avons été amis, à une époque, précisa le major Padgett. Il possédait une belle écurie de chevaux de course.

— Ce n'est plus le cas, répondit Darcy. Mon père a hélas rejoint les rangs des indigents.

— N'est-ce pas notre situation à tous ? fit remarquer Padgett d'une voix amère. Désormais, il faut gagner sa croûte, comme on dit. Les temps sont durs, ma foi.

— Écoutez, je ne crois pas que Georgiana devrait être là. Ce n'est pas un endroit qui convient à une femme. Pourquoi ne la ramènerais-je pas au château ?

J'étais sur le point de protester, d'affirmer que j'étais comme tout un chacun capable de supporter la vue d'un cadavre ; je devinai alors, au coup d'œil que me lança Darcy, qu'il essayait de me faire comprendre quelque chose.

— Bonne idée, acquiesça le major Padgett. Ramenez toutes les dames dans l'une des autos. Nous autres devrions attendre l'arrivée de l'agent de police du coin. Je ne sais pas ce qu'il pourra faire – c'est un type honnête, mais pas des plus futés. Il faut cependant agir dans les règles, et le décès de ce garçon doit être officiellement déclaré comme accidentel.

Je commençai tout juste à saisir que quelqu'un avait vraiment fini par perdre la vie. Après plusieurs tentatives ratées de justesse au cours des dernières journées, quelqu'un était bel et bien mort. Ce pouvait être un accident, naturellement. Vu les conditions météorologiques, Hugo avait en effet pu être touché par un tir après s'être égaré dans la brume. Mais c'était un accident de trop. Enfin, pourquoi Beastley-Bottomey aurait-il été tué ? Cela dépassait l'entendement. Il n'appartenait pas à notre cercle familial, et je l'avais à peine connu.

— Très bien, dis-je. Ma présence ici est superflue, de toute manière. Je veillerai à ce que le thé soit servi à votre retour, ce vous sera plus utile.

Darcy m'entraîna en direction des voitures.

— Il se passe quelque chose de louche, ici, murmura-t-il. Hugo Beastley-Bottomey n'était pas à l'avant du groupe quand c'est arrivé. Je l'ai vu sur le côté, près du prince de Galles.

Je dus blêmir et rester un bref instant bouche bée.

— Eh bien, voilà qui explique tout, n'est-ce pas ? chuchotai-je. La personne qui visait le prince a raté sa cible et tué Hugo par erreur. À moins qu'elle ne l'ait pris pour David. Le premier était aussi blond que le second, et ils étaient vêtus de la même manière.

Darcy me dévisagea avec curiosité.

— Vous ne semblez pas surprise outre mesure.

— Cela devait bien finir par se produire. (Je m'immobilisai pour le regarder.) Je suppose que vous êtes l'agent avec lequel je suis censée être en contact.

— L'agent ? Vous savez combien je suis désireux d'être en contact avec vous à tout moment, mon ange, mais sachez que je ne comprends pas un traître mot de ce que vous racontez.

— Dans ce cas, qui cela peut-il bien être ?

Je faisais décidément une très mauvaise espionne, songeai-je, susceptible de toujours dévoiler ce qu'il ne fallait pas.

— Cela vous ennuierait-il d'éclaircir les choses, histoire d'éviter de passer pour une toquée ?

— Voulez-vous dire que sir Jeremy Danville ne vous a pas envoyé en Écosse ?

Il me scruta d'un air méfiant.

— Je suis venu ici en espérant que vous y seriez vous aussi, si vous voulez vraiment savoir. Et on m'a offert le gîte et le couvert dans la maison que louent Paolo et ses amis. Je ne refuse jamais un repas gratuit, vous le savez. Un lit non plus, ajouta-t-il avec un sourire malicieux. Du reste, le seul sir Jeremy Danville de ma connaissance est à la tête d'un assommant service du ministère de l'Intérieur.

Il m'observa attentivement, avant de reprendre :

— C'est donc lui ? Et vous pensez que je suis un gratte-papier aux ordres d'un fonctionnaire ?

Il posa la main sur mon bras. Un geste qui me troubla, en dépit des circonstances.

— Enfin, Georgie, qu'est-ce que c'est que toute cette histoire ? Saviez-vous que quelqu'un cherchait à assassiner le prince de Galles ?

— Je suis navrée, je ne peux rien vous dire. J'ai juré de garder le secret.

— Vous ne me faites pas confiance ? s'offusqua-t-il en ôtant la main de mon bras. J'ai pris une balle pour le roi et la reine, et vous ne vous fiez toujours pas à moi ?

— Mais si, bien sûr. Sir Jeremy m'a cependant dit que personne ne devait être au courant et que je rencontrerais l'un de ses agents secrets à Balmoral.

— Et vous avez donc cru que j'étais cet agent ?

J'opinai du chef.

— Désolé de vous décevoir. Sir Jeremy vous a confié la tâche de protéger le prince de Galles contre un assassin forcené, vous dites ? Avez-vous été réellement formée pour ce genre de mission ?

— Non, il m'a demandé d'ouvrir les yeux et les oreilles. Et cela ne concerne pas seulement mon cousin David, Darcy. Sir Jeremy pense que quelqu'un essaie d'éliminer les héritiers du trône. Maintenant que j'ai pu voir ce qui se passait, je suis obligée de me ranger à son avis.

— Mais pourquoi vous ?

— Toujours d'après sir Jeremy, mieux vaut que ce soit l'un d'entre nous, et non quelqu'un d'extérieur à la famille. Je peux ainsi observer les événements de près, si l'on veut.

— Intéressant. Et qu'avez-vous pu observer, jusqu'à présent ?

— Tout ce qui s'est produit n'a rien d'intentionnel à première vue. Le pied de Binky dans un piège, le réservoir qui s'est écroulé sur Babe Sanders…

— Oui, son mari m'a tout raconté. Il était diablement fâché.

— Ma foi, ne le seriez-vous pas si un réservoir de chasse d'eau manquait tuer votre femme ?

— Il existe en effet des manières de mourir plus élégantes. Mais j'ai cru comprendre qu'elle avait survécu et qu'elle aura d'autres occasions de tirer des chasses d'eau…

— Ce n'est pas amusant, Darcy, répliquai-je, me retenant de lui donner une bonne claque sur la main. Ce qui lui est arrivé suit le scénario des autres accidents.

— Lesquels, exactement ?

— Ma chute alors que j'étais en montagne avec le prince Siegfried…

— Quoi ? s'exclama-t-il.

Je lui relatai ma mésaventure en détail.

— Et vous pensez que la corde a été sabotée ? s'enquit Darcy.

Sa désinvolture s'était envolée, et il affichait à présent un air sombre.

— Quand bien même j'aurais eu l'occasion de l'examiner, je ne sais pas si j'aurais été capable de m'en apercevoir. Siegfried affirme en tout cas qu'elle venait de Balmoral et qu'elle était en parfait état avant notre excursion.

— Qui était donc la cible de l'assassin éventuel ? Vous ou le prince ? Si cela ne tenait qu'à moi, le choix serait vite fait, ajouta-t-il, m'arrachant un sourire.

— J'ai songé que mon cousin George était peut-être visé. Après tout, c'est lui qui a apporté la corde à Rannoch, et le réservoir de chasse d'eau se trouvait dans la salle de bains qu'il utilise au château.

— Je vois, murmura-t-il.

Pendant un moment, nous continuâmes d'avancer côte à côte en silence.

— Je me demande bien qui peut être l'agent censé vous contacter, finit-il par reprendre. Manifestement, sir Jeremy n'est pas aussi rasoir que je le pensais.

— Au fait, dites-moi un peu qui participait à la partie de chasse de ce jour.

— Le roi et trois de ses fils. La duchesse d'York. Votre mère et son ami, le gros Allemand. Le major Padgett et deux hommes âgés qui sont, je crois, des écuyers au service de Sa Majesté. Il y avait également Gussie, Hugo, vos deux cousins hirsutes, moi-même... Oh, et j'allais oublier : l'Américain, Prince Sanders, a débarqué en compagnie d'un comte autrichien.

— Fritzi von Sauer, sans aucun doute. Il est surprenant que Prince soit venu. J'aurais pensé qu'il serait resté au chevet de son épouse.

— Il ne voulait pas manquer l'occasion de chasser avec le roi, a-t-il expliqué. Une fois rentré aux États-Unis, il s'en vantera lors de tous les dîners auxquels il sera invité.

— Oui, cela ne m'étonnerait pas de lui.

J'avais déjà l'esprit en effervescence. Babe était à l'hôpital, et Sanders n'avait pu résister à l'envie de chasser. Était-ce ce que l'on attendait d'un époux attentionné ? Peut-être fallait-il envisager une autre hypothèse : et s'il avait trafiqué le réservoir afin qu'il tombât sur le crâne de sa femme et qu'Hugo l'avait vu faire ? Ce dernier n'aurait probablement pas répugné à exercer un peu de chantage. Et sa mort n'avait alors rien à voir avec la ligne de succession au trône.

Une rangée de breaks de chasse apparut en contrebas, à la lisière de la lande. Darcy posa la main sur mon bras et me força à me tourner vers lui.

— Écoutez, Georgie. Cette affaire ne me plaît pas du tout. Je refuse que vous y soyez mêlée d'une quelconque façon. J'espère que vous n'étiez pas la cible du criminel hier matin, mais nous ne pouvons écarter cette éventualité. Vous êtes l'une des héritières de la couronne, vous aussi.

— La trente-quatrième, Darcy. Si quelqu'un souhaitait accéder au trône, il lui faudrait tuer quantité d'autres prétendants avant moi. Il se ferait attraper bien avant d'arriver au prince de Galles.

Darcy garda sa mine soucieuse.

— Je me demande quel peut être le mobile de l'assassin. Qui se mettrait en tête de liquider tous ceux qui se dressent entre lui et la couronne ? C'est ridicule ! Et si quelqu'un en voulait personnellement aux Windsor ou à la royauté en général ? Quelqu'un que le roi aurait refusé de gracier, par exemple ?

— C'est une théorie intéressante. Mais elle ne tient pas compte d'un élément : il s'agit forcément de quelqu'un appartenant à notre cercle. Quelqu'un de l'extérieur rôdant au château de Rannoch aurait été repéré. Et comment cet individu aurait-il pris part à la chasse à la grouse d'aujourd'hui ? Le domaine est entouré d'un haut mur, n'est-ce pas ? Il aurait été vu.

— Pas nécessairement. Il n'est pas compliqué de s'introduire à Balmoral, sachez-le. Les bois sont touffus au-delà du terrain de chasse et, avec cette brume, je crois que n'importe qui aurait pu s'approcher suffisamment près pour abattre Hugo.

— Savez-vous où il a été atteint ?

— Dans le dos et au niveau du cou. Je n'ai pas vu les blessures, mais c'est en tout cas ce que Padgett affirme.

— Est-il possible de tuer quelqu'un avec un fusil de chasse… ? Les plombs dont on se sert pour les grouses ne peuvent tout de même pas grièvement blesser un être humain.

— Il suffit que l'un d'eux pénètre dans une artère, par exemple. La victime avait perdu beaucoup de sang.

— Avez-vous pu voir s'il s'agissait de plomb ou de balles ?

Darcy secoua la tête.

— Quand nous avons constaté qu'il était déjà mort, nous avons évité de l'examiner davantage afin de ne pas toucher à des indices éventuels avant l'arrivée de la police.

— Nous devrions donc bientôt savoir s'il a été abattu avec un fusil de chasse appartenant à l'un des nôtres, ou avec une autre arme apportée par quelqu'un d'extérieur.

— Envisagez-vous de vous engager dans les forces de police ? demanda-t-il, amusé. Une gentille fille comme vous, si bien élevée, n'est pas censée aborder ce genre de sujet sans défaillir.

— Ce sont des inepties, et vous le savez, rétorquai-je. Pensez à toutes les gentilles filles bien élevées qui se sont engagées comme infirmières volontaires pendant la Grande Guerre et qui ont été témoins d'horreurs indescriptibles sans jamais s'évanouir.

— Vous n'avez pas tort, je le reconnais. Mais je serais beaucoup plus rassuré si vous cessiez de fourrer votre nez dans cette affaire et si vous restiez chez vous, en sécurité. Au moins, il y aura une enquête policière, maintenant. Il en sortira peut-être une hypothèse que nous n'avons pas évoquée. Et si l'un des rabatteurs avait un mobile ?

— Auquel cas il aurait tiré dans la poitrine de Hugo, pas dans son dos, fis-je remarquer.

— Vous savez où je veux en venir… Ce pourrait être quelqu'un qui s'est fait embaucher au service de la famille royale afin de s'en prendre à ses membres.

— Sir Jeremy affirme que les antécédents du personnel ont été vérifiés de manière approfondie. Sans succès. C'est l'un des nôtres, je vous le dis.

— Nous avions formé des petits groupes, se remémora Darcy. Mais nous étions plus ou moins alignés. Une rangée de rabatteurs nous précédait et des guides de chasse nous suivaient avec les chiens. Du reste, en y réfléchissant bien, qui diable parmi nous aurait pu vouloir tuer qui que ce soit ? Les seules personnes dont je ne sais rien sont l'Américain et le comte autrichien.

— Si quelqu'un s'était laissé distancer, l'auriez-vous vu ?

— Je l'ignore. Quand on est à l'affût d'une grouse, on ne regarde pas autour de soi.

Nous avions atteint les voitures. Il serra mes doigts entre les siens.

— Retournez au château. Sachant tout cela, mieux vaut que je reste avec les autres chasseurs jusqu'à l'arrivée de la police, finalement. Et n'allez pas vous aventurer seule où que ce soit, d'accord, Georgie ? Restez auprès de la reine et de ses amies, est-ce compris ? Les forces de l'ordre seront bientôt là. Il faut s'en remettre à elles, désormais.

Nous nous regardâmes un instant, mains enlacées.

— Je vous dois une excuse, dis-je. J'étais convaincue que vous aviez raconté ma stupide bévue à sir William Rollins.

À ma grande surprise, il rougit.

— Euh… eh bien, j'ai peur que vous n'ayez eu raison.

— Je le savais !

J'essayai d'ôter ma main de la sienne, mais il la retint fermement.

— Écoutez-moi, Georgie. Si je l'ai appelé, c'est uniquement pour lui dire qu'il y avait eu un affreux malentendu et que si cela venait aux oreilles de journalistes, il devait leur demander de ne pas l'ébruiter. J'ai voulu vous protéger, voilà tout.

— Je vois. Vous n'avez donc pas pris part aux viles manigances visant à m'expédier en Écosse afin de m'obliger à effectuer les basses besognes du ministère de l'Intérieur ?

— Non, je vous le promets.

Je le fixai droit dans les yeux.

— Par ailleurs, êtes-vous venu jusqu'ici simplement pour être près de moi ?

Il afficha un grand sourire.

— Je vous savais attendue à Balmoral, j'ai donc décidé de tenter ma chance.

Qu'il était donc superbe, debout devant moi, la brise ébouriffant ses boucles sombres, indisciplinées ! Je mourais d'envie d'y enfouir mes doigts. Je mourais d'envie de… Je tâchai de détacher mon esprit de ces pensées et de me concentrer sur le problème qui nous occupait.

— Vous feriez mieux d'y aller, conseilla-t-il. Je ne devrais pas laisser les autres seuls là-haut. Ils risquent de mettre la pagaille. Prenez garde à vous, d'accord ?

Il se pencha pour m'embrasser.

— Ah, très bien, les voici ! lança une voix de femme.

Levant les yeux, nous vîmes la duchesse d'York qui descendait la colline en toute hâte, ma mère sur les talons.

— Ne partez pas sans nous ! ajouta-t-elle.

Nous attendîmes patiemment qu'elles nous aient rejoints.

— Vous vous apprêtiez à rentrer au château, n'est-pas ? reprit la duchesse en s'adressant à moi. Parfait ! Votre pauvre maman se sent tout à fait mal, et je crois que je devrais retourner auprès de mes filles. C'est le genre d'événement que je préfère leur annoncer de vive voix, plutôt que de les laisser écouter les potins du palais. Élizabeth est très sensible, voyez-vous. Je ne voudrais pas la perturber.

— Je les ai croisées en fin de matinée, madame, répondis-je. D'ailleurs, Élizabeth aimerait que j'aille faire du poney avec elle.

— Oh, elle en serait ravie, si vous en aviez le temps. Elle est tellement contrariée quand il lui faut trotter lentement près de Margaret et du palefrenier. Et elle progresse tant qu'elle sera bientôt excellente cavalière.

— Je reviendrai demain, si cela vous convient. Mieux vaut sans doute tenir vos filles à l'écart du château si des agents de police sont encore présents.

— Des agents de police ? répéta la duchesse, surprise. Que feraient-ils à Balmoral ?

— Un homme est mort aujourd'hui.

— Oui, je sais, mais il s'agit d'un accident de chasse. C'est certes malheureux pour le pauvre garçon qui a perdu la vie. Cela ne regarde toutefois pas les forces de l'ordre.

J'étais sur le point de rétorquer qu'on visait les grouses en plein vol, aussi Hugo n'avait-il pu se trouver dans la ligne de tir des autres chasseurs – à moins qu'il n'eût possédé des pouvoirs de lévitation –, puis je vis

Darcy me lancer un coup d'œil me signifiant la prudence. Je gardai donc le silence. Le chauffeur vint aider la duchesse à s'installer à l'arrière d'un des breaks, et ma mère s'assit près d'elle. Je grimpai à mon tour en jetant un dernier regard à Darcy.

— Faites attention à vous, me répéta-t-il.

25.

Balmoral, puis le loch près du château de Rannoch
20 août 1932

Plus tard cet après-midi-là, le petit groupe de personnes qui prirent le thé dans le salon de Balmoral avait perdu tout entrain. Les messieurs étaient revenus en maugréant contre une journée gâchée ; qui avait pu inviter à se joindre à eux un garçon ignorant tout des règles élémentaires de la chasse à la grouse ? Darcy n'était pas parmi eux. Le major Padgett, Prince Sanders et Fritzi von Sauer non plus. J'embrassai du regard l'assemblée : le roi et la reine, les amies de celle-ci, leurs fils, Murdoch et Lachan, Siegfried, Gussie, ma mère et Max. Personne parmi eux n'avait tout de même pu tuer Hugo. Et aucun d'eux ne pouvait non plus être l'agent des renseignements généraux avec lequel j'étais censée coopérer.

Je remarquai cependant que le tragique événement ne leur avait pas coupé l'appétit. Les domestiques avaient déposé sur des tables basses l'assortiment habituel des mets préférés de tous – crumpets grillés et beurrés, scones bien chauds avec de la crème et de la confiture, sablés sortant du four, tranches de cake aux fruits confits et gâteau de Savoie. Les bonnes se déplaçaient entre nous pour remplir nos tasses, et les hommes mangeaient avec plaisir. J'avais beau adorer ces douceurs, dont j'avais été privée ces derniers temps, je ne pus avaler plus de deux ou trois bouchées.

J'attendis un moment afin de voir si Darcy nous rejoindrait. J'espérais qu'il parviendrait à convaincre l'agent de police local : il s'agissait d'un meurtre, non d'un accident de chasse, et il fallait absolument renforcer les mesures de sécurité autour de la famille royale. Mais il était à craindre que le policier serait si intimidé par les protagonistes de ce drame qu'il s'empresserait de conclure à une mort accidentelle. Pourvu que Darcy lui suggère au moins de faire venir un inspecteur d'Aberdeen, la ville la plus proche. J'eus soudain envie de fuir l'atmosphère étouffante de ce salon. Je pris congé et remontai en voiture pour rentrer à Rannoch – plus lentement, cette fois. Je ne voulais pas courir le risque de croiser de nouveau ce chauffard de Paolo. En bifurquant pour prendre la route longeant le loch, je vis qu'il y avait de l'animation sur le débarcadère, et je m'arrêtai par curiosité. Le bateau de course bleu était dans l'eau, à quelques mètres du rivage, tandis que plusieurs personnes s'affairaient à son bord. Belinda était assise sur le quai en compagnie de Conchita – laquelle arborait un dos nu et un short plutôt osés. Mon amie portait également un short, et leurs orteils à chacune se balançaient au-dessus de l'eau. Une scène empreinte d'une innocence charmante. Je sortis de voiture et allai les rejoindre.

— Vous vous amusez bien ? demandai-je.

— Oh, si tu savais, comme des folles, répliqua Belinda en levant les yeux au ciel. Justement, Conchita et moi étions en train de dire que nous n'avions pas passé une journée aussi palpitante depuis des lustres.

— Quoi de plus rasoir que des hommes parlant constamment de machines ? ajouta Conchita. Darcy et Augustus sont partis tirer sur de pauvres petits oiseaux. Quant à Paolo et à l'Américain, ils ne font que discuter de moteurs, d'hélices et d'autres choses tout aussi ennuyeuses.

Nous étions si contentes de voir que le temps s'était amélioré. On s'était dit qu'on pourrait prendre le soleil… avant de découvrir que les garçons avaient oublié d'apporter des chaises longues.

— Bref, une journée barbante, conclut Belinda. As-tu participé à la chasse à Balmoral, Georgie ?

— J'y suis allée afin de saluer la reine, mais je n'ai pas chassé. Et je suis assez heureuse de m'en être abstenue, car il s'est produit une affreuse tragédie. Tu te rappelles Hugo Beastley-Bottomey ? Eh bien, il a été abattu. Il est mort.

— *Madre de Dios* ! s'exclama Conchita en se signant.

— C'est épouvantable, commenta Belinda. En toute franchise, je le trouvais extrêmement assommant et un peu trop obséquieux, mais il ne méritait pas de mourir. Qui l'a tué ?

— Nous l'ignorons. Certains disent qu'il se serait égaré dans la brume, à l'avant du groupe et dans la ligne de tir.

— C'est horrible, murmura mon amie en frissonnant. Quelle andouille, cet Hugo. Il suffit d'un peu de bon sens pour comprendre qu'il vaut mieux rester près des autres chasseurs, fit-elle observer avant de se tourner vers Conchita. Ronny n'est sans doute pas encore au courant.

— Elle en sera soulagée, j'imagine, répliqua la señorita, non sans cynisme. Elle n'appréciait guère qu'il passe son temps à lui faire les yeux doux. Et puis, il était trop jeune pour elle. Ronny ne voulait pas qu'on l'accuse d'avoir pris Hugo au berceau.

— Où est-elle, à ce propos ? m'enquis-je.

— Où veux-tu qu'elle soit ? Sur le bateau, évidemment, répondit Belinda. Il faut dire qu'elle aime bricoler les moteurs autant qu'un homme. Et elle essaie de persuader Paolo de la laisser piloter ce fichu hors-bord.

— Elle s'en sortirait probablement à merveille, dis-je. Te souviens-tu de la façon dont elle a posé son avion à Croydon ?

— Elle serait fabuleuse, j'en suis certaine, mais tu connais Paolo. Il n'est pas près de partager son nouveau jouet, même s'il ne l'a pas payé de sa poche.

Conchita se releva en s'étirant avec la volupté d'un chat.

— J'en ai assez. Je rentre faire la sieste. Je croyais qu'assister à des courses de hors-bord serait palpitant. C'est tout le contraire. De plus, il n'y pas un seul homme séduisant dans les parages.

— Et le petit Américain, Digby Flute ? la taquina Belinda.

— Lui ? Il ne saurait pas quoi faire d'une vraie femme s'il la trouvait dans son lit. Darcy, en revanche… Mais je ne l'intéresse apparemment pas.

— Vous oubliez Gussie, ajoutai-je, encouragée d'apprendre que Darcy n'avait pas profité du fait que Conchita était consentante, très expérimentée et prête à tout. Il est riche et disponible.

— Dans ce cas, je vous le laisse, rétorqua-t-elle d'un ton coupant. Les Anglais sont des amants épouvantables. Ils font l'amour comme s'ils jouaient au rugby, en poussant des grognements répugnants. Et ils ne prennent absolument pas en compte le plaisir qu'une femme aime avoir, elle aussi.

Elle passa ses mains sur son costume de bain de manière très suggestive avant de tourner les talons et de s'éloigner le long du rivage.

— Elle boude parce que Darcy l'a éconduite, expliqua Belinda. J'espère que tu ne vas pas le laisser te filer entre les doigts, cette fois, Georgie. Il tient vraiment à toi, tu sais. Cela saute aux yeux. Peu d'hommes auraient repoussé les avances aussi directes d'une fille comme Conchita – de surcroît pleine aux as.

— Je n'ai pas envie de le laisser filer, crois-moi, assurai-je en prenant la place de Conchita sur le quai. Et toi, toujours aussi follement amoureuse de Paolo ?

Elle haussa les épaules et remua ses pieds d'avant en arrière dans l'eau.

— Je ne l'ai jamais été, il me semble. Follement attirée, peut-être. Je dois reconnaître que c'est divin sur le plan sexuel, et j'adore les sensations que procure la vitesse.

J'hésitai. Devais-je lui faire part de mes soupçons ?

— Montre-toi un peu plus prudente, conseillai-je finalement. Son auto a failli percuter la mienne ce matin.

— Il a l'impression que la route n'appartient qu'à lui. Il est complètement égoïste, comme la plupart des hommes. Et, par moments, sa culpabilité de bon catholique reprend bizarrement le dessus – il marmonne qu'il a besoin d'aller à confesse et s'inquiète à la perspective de devoir passer des siècles au purgatoire. Ces gens sont drôles, tout de même.

— La nouveauté a donc perdu de son attrait, constatai-je en souriant.

— Si tu veux tout savoir, je n'apprécie guère de jouer les seconds rôles à côté d'un hors-bord. Imagine un peu, ma chérie : depuis notre arrivée en Écosse, c'est à peine s'il remarque ma présence. Sauf la nuit, naturellement. Mais comme il a travaillé toute la journée sur son bateau, il n'a pas l'énergie de faire l'amour plus d'une fois. Et il envisage de rentrer en Italie pour l'anniversaire de sa fiancée.

— Je suis contente.

— Contente qu'il reparte voir cette fille ?

— Non, que tu ne sois pas passionnément amoureuse de lui. Je ne voudrais pas que tu sois malheureuse ensuite.

— Ne t'en fais pas pour moi, assura-t-elle en me tapotant le genou. Je survis à tout, Georgie. Je retombe toujours sur mes pattes, comme un chat. Et comme ta mère.

— Je n'ai pas envie que tu finisses comme elle.

— Elle n'a pas une vie si affreuse que cela, répondit-elle avec un haussement d'épaules. Au moins, elle ne s'ennuie jamais. Et c'est l'ennui que je crains le plus au monde. Je suis terrifiée à l'idée de me retrouver mariée, coincée sur un lugubre domaine à la campagne, où le clou de ma journée consistera à cueillir des roses ou à entendre les enfants réciter des poèmes à l'heure du thé.

— Tu as manifestement besoin d'épouser un homme riche. Tu pourras alors avoir des maisons à travers tout le pays et séjourner où cela te chante.

— Avec un amant différent dans chaque endroit, précisa-t-elle, les yeux littéralement pétillants, avant de se rembrunir et de scruter la route. J'ignorais que l'agent de police des environs avait une voiture. Je croyais qu'on leur fournissait seulement une bicyclette.

— Il n'est pas censé avoir d'auto, en effet, répondis-je en me retournant pour suivre son regard. Je suppose qu'il s'agit d'inspecteurs en civil venus d'Aberdeen pour examiner les lieux du crime à Balmoral.

— Dans ce cas, pourquoi viennent-ils *de* Balmoral ?

— Tu as raison, c'est bizarre. Peut-être se dirigent-ils vers Rannoch pour m'interroger. Je devrais leur faire savoir que je suis là.

Je me relevai, mais le véhicule de police avait déjà quitté la route goudronnée pour prendre le chemin de gravier menant au quai. Deux individus (chacun portant, comme il se devait, un imperméable et un chapeau mou) descendirent de voiture. Je ne les reconnus pas – non que j'aie souvent été en contact avec la police locale. Je m'apprêtais à leur demander si je pouvais leur être utile, quand l'un d'eux lança :

— Nous cherchons le comte Paolo di Martini. L'avez-vous vu dans les parages, les filles ?

Je me hérissai quelque peu en l'entendant s'adresser à nous de la sorte.

— Il est à bord du bateau bleu, répondis-je d'une voix glaciale.

— Que lui voulez-vous ? s'enquit Belinda.

Mais ils passèrent devant elle comme si elle avait été invisible. Une fois arrivés au bout du quai, les deux hommes crièrent le nom de Paolo et lui firent signe de débarquer.

— Allez-vous-en ! répliqua l'intéressé. Vous ne voyez pas que je suis occupé ?

— Je suis l'inspecteur principal Manson, de la police de Londres ! lança l'un d'eux en brandissant sa carte. Nous souhaitons vous parler sans attendre, si cela ne vous dérange pas, monsieur.

— Cela me dérange, dit Paolo.

— Dans ce cas, permettez-moi de reformuler ma requête : *signor* di Martini, nous aimerions que vous nous aidiez dans notre enquête.

— Allez au diable.

— Vous ne me laissez donc pas d'autre choix : Paolo di Martini, vous êtes en état d'arrestation.

— Hein ? Quoi ? Qu'est-ce que vous racontez ?

J'ignore combien de temps cet échange bruyant aurait pu durer si Veronica Padgett n'avait pas fait démarrer le moteur du hors-bord afin de le ramener à quai.

— Qu'est-ce que c'est que cette histoire absurde ? demanda Paolo en débarquant.

— Paolo di Martini, au nom de la loi, je vous arrête pour l'homicide involontaire de Mavis Pugh.

L'Italien parut presque amusé.

— Pour l'amour du ciel, qui est cette Mavis Pugh ? Je n'ai jamais entendu parler d'elle.

Ronny laissa échapper une petite exclamation avant de le rejoindre sur le quai.

— C'était donc vous, Paolo ! Vous l'avez renversée. Espèce de brute odieuse et sans cœur. Comment avez-vous pu faire une chose pareille ?

Elle se jeta sur lui, comme prête à le frapper, et Paolo leva les bras pour se protéger.

— Je ne connais pas cette personne, se défendit-il, l'air maintenant apeuré et décontenancé. Je suis innocent. Belinda, dites-leur que je n'ai rien fait. Vous affirmez que j'ai tué quelqu'un ? C'est impossible.

— Vous possédez une motocyclette, n'est-ce pas ? reprit l'inspecteur. Une motocyclette garée dans votre hangar de l'aérodrome de Croydon ?

— Oui, mais…

— En examinant cet engin, nous avons découvert des preuves accablantes qui vous lient à la mort d'une jeune femme du nom de Mavis Pugh. Un accident avec délit de fuite. Des brins de ses cheveux et des fibres de sa veste sont restés accrochés à vos pneus et au châssis. Je tiens à vous avertir : vous avez le droit de garder le silence, et tout ce que vous direz pourra être utilisé contre vous. Je vous invite à nous accompagner sans faire d'histoires, conseilla-t-il en posant une grosse main sur le bras de Paolo.

— Non, vous faites erreur ! Je n'ai jamais renversé personne de ma vie.

— Si, comme vous l'affirmez, vous êtes innocent, je suis certain que les choses s'arrangeront très facilement, monsieur, répondit l'inspecteur en l'escortant jusqu'à la voiture.

— Belinda, empêchez-les de m'emmener ! cria Paolo, lançant un regard affolé à mon amie tandis que la portière de l'auto se refermait derrière lui.

— Oh, mon Dieu, Georgie ! s'exclama Belinda, complètement abasourdie. C'est affreux. Je devrais faire quelque chose, mais quoi ? Tu sais comment on s'y prend, dans ce genre de situation ?

— Belinda, tu as vu de quelle manière il conduit ! Tu ne crois pas qu'il pourrait être coupable ? Il a failli me renverser avec sa motocyclette quand je suis venue te voir, l'as-tu oublié ?

— Justement, il ne l'a pas fait. Il conduit vite, mais il a les réflexes d'un pilote de course. Et il n'est pas homme à percuter quelqu'un sans s'arrêter ensuite, j'en suis sûre. Paolo est un gentleman.

Il était clair qu'elle se retenait de pleurer ; c'était bien la première fois que je voyais Belinda perdre ainsi son calme et ne plus être maîtresse d'elle-même.

— Viens donc prendre un thé au château, proposai-je avec douceur.

— Non, répondit-elle en secouant la tête. Je préfère rentrer au cas où il essaierait de me téléphoner.

— Allez, je vais vous ramener, déclara Ronny. Mon automobile est garée tout près. Je suis certaine que Digby peut se charger de bâcher le bateau, hein, mon vieux ?

Elle sourit au jeune Américain qui se tenait à côté d'elle, encore bouche bée sous le coup de la surprise.

— Veux-tu que je t'accompagne, Belinda ? demandai-je.

Avant qu'elle ait le temps de répondre, j'entendis un bruit de pas rapides : une silhouette courait sur la route, dans notre direction. Alors que l'individu approchait, je devinai que ce type d'activité ne convenait pas à son physique rondouillard, à sa petite taille et à ses courtes jambes.

— Quel émoi, très chères ! s'exclama Godfrey Beverley – car c'était bien lui. Est-ce réellement une voiture de police que je viens de voir ? Je suis capable de repérer un agent à un kilomètre. Ils se disent en civil, mais ils portent tous les mêmes imperméables, pas vrai ? Et la personne qu'ils ont emmenée n'était pas le beau comte italien, tout de même ? Je suppose que c'est en lien avec l'accident de chasse.

— Un accident ? Quel accident ? demanda Ronny avec brusquerie.

— Mes chères, vous n'avez donc pas appris la nouvelle ? On a tiré sur quelqu'un à Balmoral, aujourd'hui. J'étais là-bas, à faire une promenade solitaire. L'endroit grouille maintenant d'agents de police.

— Et qui est la victime ?

— Un jeune homme, d'après ce que j'ai compris. Je n'avais jamais entendu parler de lui. Hugo quelque chose.

— Oh, non, gémit Ronny en plaquant la main sur sa bouche. Pas Hugo. C'est atroce. J'ai vraiment été odieuse avec lui, et il était si toqué de moi. J'ai à présent l'impression d'être une ordure.

— Et ils viennent d'arrêter le comte pour ce crime, n'est-ce pas ? reprit Godfrey Beverley, dont les yeux semblaient littéralement saillir de leurs orbites. J'étais sur les lieux, mes chères. C'est tout simplement incroyable.

— Le comte n'a pas été arrêté, affirmai-je avec froideur. La police a besoin de lui dans le cadre d'une enquête qui n'a aucun rapport avec la mort de Hugo. Ces hommes venaient justement de Londres.

— Oh, je vois. Bon, peu importe.

Ronny entoura Belinda de son bras.

— Allons-y, d'accord ? Je ne pourrai pas supporter de rester ici une seconde de plus.

— Et je suis attendue au château, ajoutai-je.

Tandis que Veronica et Belinda se dirigeaient vers la vieille Morris cabossée de l'aviatrice, Godfrey Beverley contempla la route qui partait vers Balmoral.

— C'est tout à fait étrange, murmura-t-il.

— Quoi donc ? demandai-je.

— Deux armes…, répondit-il en haussant le ton. Pourquoi quelqu'un aurait-il besoin de deux armes ?

26.

Une maisonnette, puis le bord du loch
20 août 1932

Dès mon arrivée au château de Rannoch, je garai mon break. En gravissant les marches du perron, je décidai soudain d'aller plutôt rendre visite à grand-papa. J'avais pour l'heure besoin de quelqu'un d'imperturbable, qui ait la tête solide. Les derniers jours avaient été beaucoup trop agités à mon goût. Sans doute mon grand-père et moi pourrions-nous même dîner simplement ensemble, loin de l'effervescence qui entourait les Simpson, mes cousins et Fig. À la vue des maisonnettes, à l'autre bout du potager emmuré, je faillis me mettre à courir.

Grand-papa était assis devant chez lui, en train de boire un thé.

— C'est la belle vie, hein ? dit-il en se levant pour m'accueillir. Le bon air pur, une bonne tasse de thé. Je sens déjà que mes vieux poumons reprennent du poil de la bête.

— Je suis heureuse de l'entendre.

— La théière a pas encore refroidi. T'en veux un peu, ma chérie ?

— Oui, volontiers.

Il me dévisagea d'un œil critique.

— Décidément, t'as mauvaise mine. Me dis pas qu'il est encore arrivé quelque chose aujourd'hui !

— Si, un drame affreux.

Je lui racontai tout.

— Voilà pourquoi j'ai l'impression que le prince de Galles était la véritable cible, conclus-je. Hugo et lui se tenaient proches l'un de l'autre et, de dos, il devait être difficile de les différencier. Franchement, qui aurait voulu du mal à Hugo ? Il n'avait aucun lien avec la famille royale.

— Et tu es vraiment sûre que c'était pas juste un accident ?

Occupé à verser du thé dans une tasse de terre cuite décorée de bandes bleues et blanches, il leva les yeux vers moi.

— Comment aurait-on pu prendre Hugo pour une grouse ? Même dans la brume, il n'est pas compliqué de distinguer les contours d'une silhouette. Et après tout ce qui s'est produit, je ne peux qu'en conclure qu'il a été délibérément abattu. Darcy est du même avis.

— Oh, il est donc là, lui aussi ? fit grand-papa en me décochant son sourire effronté de Cockney. Ma foi, ça devrait te ragaillardir un peu.

— Ce serait le cas si je n'étais pas aussi terrifiée. J'étais censée ouvrir les yeux et les oreilles. Jusqu'à présent, je n'ai rien fait, à part manquer être tuée. Et si les renseignements généraux ont envoyé l'un de leurs agents pour me seconder, celui-ci fait décidément son possible pour rester des plus discrets.

Je bus une longue gorgée de thé. Il était plus sucré, plus fort et plus saturé de lait que celui que je consommais d'ordinaire, mais son goût avait un côté extrêmement réconfortant.

— C'est peut-être un domestique, et il a pas encore trouvé un moyen de te parler, suggéra mon grand-père. De toute manière, je suppose qu'ils ont appelé la police, hein ?

Je hochai la tête.

— Eh bien, à moins qu'on ait affaire à des idiots finis, ces flics sauront dire s'il y a eu meurtre. C'est pas de notre ressort, tout ça, Dieu merci. Et puisque ça s'est passé à Balmoral, tu peux être sûre qu'ils enverront une grosse légume. T'auras qu'à lui toucher deux mots – histoire de lui faire savoir ce qui se trame, s'il ne le sait pas déjà. Ensuite, plus question de te mêler de leur enquête.

— Oui, acquiesçai-je. Ce serait merveilleux.

— Que dis-tu d'un scone bien frais, mon canard ?

— Volontiers. La cuisinière du château t'en a-t-elle fait livrer ?

— Non. Elle m'a fourni de quoi nourrir un régiment, mais c'est ma voisine, ta vieille nourrice, qui m'a offert les scones.

— Vraiment ? C'est gentil de sa part.

— Elle cuisine apparemment très bien, sans compter qu'elle adore ça. Justement, elle m'a préparé une tourte à la viande pour ce soir. Si je fais pas quelques balades, je risque de devenir plus gros qu'un cochon, ajouta-t-il avant de grimacer. Tu m'as invité ici pour t'aider, et je te sers franchement à rien, c'est ce que tu es en train de te dire, hein ?

— Tu pourrais bavarder avec les domestiques, te lier d'amitié avec les rabatteurs ou les guides de chasse.

Il eut un petit rire triste.

— Je fais tache ici, ma chérie. Aucun rabatteur écossais accepterait de devenir copain avec un type de Londres.

C'était probablement vrai. Cependant, il ajouta :

— De plus, comme je te l'ai dit, t'as plus à t'occuper de tout ça. C'est à la police de faire son travail, maintenant – il est grand temps. J'ai une idée, poursuivit-il tandis que son visage s'illuminait. Pourquoi tu mangerais pas un bout avec nous, ce soir ?

— Je n'ai pas été invitée.

— Plus on est de fous, plus on rit.

— Ma nourrice a peut-être jeté son dévolu sur toi, et elle sera déçue si je suis là.

— Écoute, mon canard, répondit-il avec un grand sourire. Ça fait un bail que ma voisine de Londres, Hettie Huggins, a jeté son dévolu sur moi, et j'ai pas encore été pris au piège. Allez, joins-toi donc à nous. Ta vieille nourrice sera aux anges, j'en suis certain.

Il avait bien évidemment raison. Elle fut en effet radieuse durant tout le repas. J'étais brièvement retournée au château pour faire savoir que je n'y dînerais pas, puis pour ôter mon pantalon et enfiler une robe de soie toute simple. Je crus du moins qu'elle l'était jusqu'au moment où grand-papa et ma nourrice, à ma vue, affichèrent une mine stupéfaite.

— Mince alors, on se croirait à Buckingham ! fit observer le premier avant de regarder ma nourrice en riant.

— Dans nos maisonnettes, on ne se change pas pour le dîner, tu sais, me dit la seconde. Mais nous sommes très flattés que tu aies pris cette peine. Au moins, je t'ai inculqué de bonnes manières.

— J'ai seulement enlevé mon pantalon sale, répondis-je. En tout cas, ce que tu as cuisiné sent très bon.

Je rentrai au château, rassasiée et satisfaite, alors que les dernières lueurs du jour s'éteignaient. Je crois que jamais auparavant je ne m'étais retrouvée dans une pièce en compagnie de deux personnes qui m'aimaient sincèrement. À peine étais-je entrée dans le vestibule que le majordome apparut.

— Oh, lady Georgiana, vous avez eu un visiteur. L'honorable Darcy O'Mara.

— Où est-il, Hamilton ?

Je regardai autour de moi, m'attendant à le voir émerger de l'ombre.

— Il est reparti, lady Georgiana. Nous lui avons dit que vous ne dîniez pas au château, et il a répondu qu'il ne pouvait pas rester.

— Quand est-il passé ?

— Il y a une demi-heure environ, lady Georgiana.

Je le remerciai aussi patiemment que je le pus, m'en voulant de ne pas avoir précisé que j'étais chez ma nourrice. Je ressortis aussitôt dans l'obscurité. J'avais bien conscience que j'avais peu de chances de le rattraper ; j'allai cependant trouver le chauffeur, lui demandai d'aller me chercher le break et m'éloignai dans la nuit.

— C'est ridicule, murmurai-je. Je ne devrais pas partir ainsi à la poursuite d'un homme. Et vu l'heure, il doit être déjà rentré.

À l'instant où j'atteignis le loch, je repérai quelqu'un sur la jetée. Je garai l'automobile et en sortis d'un bond.

— Darcy ? appelai-je.

Les collines renvoyèrent l'écho de ma voix, soudain anormalement forte et rompant le calme de la soirée. En entendant son nom, il sursauta, puis se dirigea vers moi, un large sourire aux lèvres.

— On m'avait dit que vous étiez sortie. Votre majordome m'a-t-il fait barrage parce qu'il ne m'a pas trouvé convenable ? Il m'a fallu mentionner que j'étais le fils d'un pair du royaume pour qu'il cesse de me considérer avec dédain.

— Oui, Hamilton peut se montrer terriblement snob, par moments, dis-je en riant. J'étais allée dîner avec ma vieille nourrice et mon grand-père maternel dans l'une des maisonnettes du domaine.

Nous nous regardions, immobiles.

— Que faites-vous sur ce quai ? demandai-je.

— Je n'ai pas d'auto, et je n'ai pas réussi à en emprunter une ce soir. J'ai donc traversé le loch en barque et rejoint Rannoch à pied.

— C'est une longue promenade.

— Je voulais juste m'assurer que vous alliez bien.

— Oui, très bien, merci.

— Parfait. Écoutez, Georgie, j'espère que vous serez prudente, car je dois m'absenter pendant quelque temps.

— Oh, fis-je d'une voix qui trahissait à l'évidence ma déception.

— Je ne pense pas que la police locale envisage d'enquêter sur la mort de Hugo. Le major Padgett les a convaincus de n'y voir là qu'un accident de chasse afin de ne pas perturber davantage la famille royale et leurs invités. Il estime qu'on ne peut risquer de les embarrasser, au cas où le roi ou l'un de ses fils serait responsable du décès. La police est d'accord : il ne servirait à rien d'essayer de découvrir qui a appuyé sur la gâchette.

— Je vois. Nous nous retrouvons donc à la case départ.

— J'ai par conséquent décidé d'aller en discuter avec certaines personnes susceptibles de pousser l'affaire plus loin, dont votre fameux sir Jeremy Danville. Oh, ne vous inquiétez pas, je me garderai bien de lui dire que vous avez vendu la mèche, précisa-t-il, devinant que je m'apprêtais à protester.

— Je suis heureuse que vous vous en chargiez. Et qu'ont-ils fait du corps de Hugo ? Est-il prévu qu'un médecin l'examine afin de déterminer les causes du décès ?

— Oui, bien sûr. Mais même si celui-ci conclut qu'un plomb égaré a touché une artère, la police se contentera de déclarer que ça n'a été qu'un accident affreux, n'est-ce pas ?

— Vous avez sans doute raison.

— Quoi qu'il en soit, espérons que quelqu'un finisse par jouer les empêcheurs de penser en rond et entame une véritable enquête. Entre-temps, continua-t-il en portant la main à mon visage, ne faites rien qui vous mette en danger, je vous en prie. Ni escalade, ni chasse à la grouse, ni investigation risquée, c'est entendu ?

— À vos ordres, monsieur.

Il s'esclaffa et me caressa la joue.

— Il faut que j'y aille. Un taxi m'attend pour m'emmener à la gare. Je reviendrai dès que possible.

J'opinai du chef. Le contact de ses doigts sur ma peau m'avait donné envie de pleurer. Il m'attira contre lui et m'embrassa à pleine bouche.

— C'est un premier acompte, dit-il en s'écartant rapidement de moi. Les autres suivront.

Puis il courut le long du quai et monta dans une barque. Alors qu'il s'éloignait, j'entendis ses rames clapoter dans l'eau.

27.

Château de Rannoch
21 août 1932

Le joueur de cornemuse avait dû recevoir l'ordre de ne plus jouer de son instrument à l'aube, car le jour était déjà levé quand je fus réveillée par un coup frappé à la porte de ma chambre. Je m'attendais à ce que Maggie entre avec mon thé et je levai les yeux, encore à moitié endormie. Au lieu de la silhouette robuste de ma bonne dans son tablier blanc, ce fut une redingote que je distinguai. Je m'assis dans mon lit.

— Je suis navré de vous réveiller, lady Georgiana, mais un monsieur souhaite vous parler, annonça Hamilton.

— Un *monsieur* ?

Je me rappelai qu'il avait parlé d'une « personne » quand mon grand-père était venu. Le visiteur appartenait donc à la haute société.

— Oui, lady Georgiana. Il m'a remis sa carte. Il s'agit de sir Jeremy Danville. Il vient de Londres et dit que c'est urgent.

— Merci, Hamilton. Veuillez le faire attendre dans le petit salon, je l'y rejoindrai dès que possible.

— Très bien, lady Georgiana, répondit-il en s'inclinant légèrement devant moi.

Il s'apprêtait à sortir de la pièce quand il se tourna de nouveau.

— Je constate que des inconnus ne cessent de se présenter au château aux premières lueurs du jour. Cela va-t-il se produire fréquemment ?

— Espérons que non ! répliquai-je en riant.

Je me lavai, m'habillai et me rendis au rez-de-chaussée. Sir Jeremy donnait l'impression de subir le contrecoup du train de nuit : il avait des poches sous les yeux, et il n'était pas aussi bien coiffé que lors de notre première rencontre.

— Lady de Rannoch, dit-il, se levant vivement quand j'entrai dans le petit salon. Désolé de vous déranger de si bon matin. J'ai pris le train dès que j'ai appris la nouvelle.

— Je suis si contente de vous voir. Souhaitez-vous prendre un petit déjeuner, ou préférez-vous que nous allions nous entretenir dans un endroit plus discret ?

— Une tasse de café ne serait pas de refus, mais je crois que notre entretien ne peut attendre. Le temps est compté.

Je demandai à ce que l'on apportât du café et des toasts dans l'antre de Binky, où nous allâmes nous installer.

— Vous avez donc été informé du malheureux accident de chasse qui s'est produit hier, si je comprends bien, dis-je. Vos soupçons étaient fondés, et nous en avons maintenant une preuve concluante, n'est-ce pas ? Quelqu'un, en tentant de tuer le prince de Galles, a abattu Hugo Beastley-Bottomey par erreur.

— Est-ce ainsi que vous voyez les choses ? s'enquit sir Jeremy en m'observant d'un air intrigué.

— Oui, cela semble évident.

— BB a-t-il eu l'occasion de s'entretenir avec vous ? Vous a-t-il fait part de ses soupçons ? J'ai en effet le sentiment que quelqu'un l'a assassiné parce qu'il avait fait une découverte de taille.

— Hugo ? Vraiment ?

— Il ne vous a donc rien dit ? Je pensais que ce serait plus commode s'il séjournait au château de Rannoch.

— Oh, non, murmurai-je, entrevoyant enfin de quoi il retournait. Voulez-vous dire que Hugo était l'agent que vous aviez envoyé en Écosse ?

— Naturellement. Je croyais que vous aviez eu le temps de faire connaissance.

— Mon Dieu ! Il a cherché à me parler à plusieurs reprises, mais je me figurais simplement qu'il se montrait impertinent, voyez-vous. Ce jeune homme donnait l'impression d'être un coureur de jupons. Je croyais qu'il essayait de se retrouver seul avec moi pour… pour des raisons fort différentes, bredouillai-je, rougissante.

— Comme vous dites : « Mon Dieu ! », soupira sir Jeremy. Il avait tendance à forcer le trait en jouant les mauvais types, pas vrai ? Il s'imaginait que c'était la meilleure couverture qui soit pour un agent secret. « Tout le monde me prend pour un imbécile inoffensif et privilégié », disait-il souvent.

— Et vous croyez qu'il a fait une découverte si importante que cela aura incité quelqu'un à le supprimer ? demandai-je, frémissante d'effroi.

L'assassin n'aurait aucun scrupule à m'éliminer à mon tour s'il pensait que Hugo m'avait révélé certains renseignements. Je pris alors conscience que la corde tranchée dont je m'étais servie en montagne n'avait sans doute pas été destinée à mon cousin George ni à une autre cible, mais bien à moi. Et si elle ne s'était pas accrochée à un arbre lors de ma chute, je serais morte à présent.

On frappa, et l'une des bonnes entra avec un plateau sur lequel étaient posés du café et des petits pains au lait.

— Mme McPherson vous fait savoir qu'ils sortent tout juste du four et elle s'est dit que vous les préféreriez à des toasts, annonça-t-elle en posant le plateau sur une desserte. Elle s'est souvenue que vous les aimiez beaucoup par le passé.

— Merci, répondis-je, alors que des larmes menaçaient de me monter aux yeux.

Mon habituel sentiment de normalité contrastait avec l'absurde situation présente – j'aurais en effet dû me sentir en sécurité chez moi, or je savais pourtant que je ne l'étais plus nulle part.

Je servis sir Jeremy, qui poussa un soupir de plaisir en mordant dans un petit pain.

— Voilà ce qui me manque, depuis que je vis à Londres dans un appartement avec service hôtelier. Mon valet se débrouille dans la cuisine, mais si je veux autre chose qu'un œuf dur, je suis obligé d'aller dîner à mon club.

— Revenons-en à Hugo. Avez-vous la moindre idée de ce qu'il a pu découvrir ? m'enquis-je. Vous avait-il fait part de ses soupçons ?

— Non, répondit-il en secouant la tête. Il a effectué de nombreux allers-retours entre Londres et l'Écosse durant l'été, sans jamais laisser entendre qu'il avait une piste.

— C'est vraiment dommage. Je suis arrivée sur le terrain de chasse peu de temps après qu'il a été abattu et j'ai pu voir les participants. Aucun d'eux n'aurait été capable de tuer Hugo. Je les connais tous, à part un Américain et un comte autrichien.

Sir Jeremy s'essuya méticuleusement la bouche.

— Au cours de ma longue carrière, j'ai appris une chose au moins : les meurtriers sont éminemment doués pour dissimuler leur véritable personnalité. Je pourrais vous parler de plusieurs assassins ayant commis des crimes violents et que tout le monde, même leur épouse, qualifiait de bons pères de famille. On m'a cependant fourni la liste des chasseurs présents hier sur le terrain, et nous allons tenter d'associer leurs empreintes digitales et les différentes armes employées. Une tâche des plus ingrates, hélas.

— Pouvez-vous également associer des plombs à un fusil en particulier ? Cela semble compliqué.

— Vous avez raison. Mais BB n'a pas été tué par des plombs.

— Vraiment ?

— Son meurtrier s'est montré rusé. Il a tiré un premier coup, probablement au moyen d'une carabine, pour abattre sa cible, avant de l'achever en tirant avec son fusil de chasse ; et ainsi faire croire à un banal accident de chasse.

— Grands dieux ! C'est donc ce que Godfrey Beverley a voulu dire.

— Godfrey Beverley, le cancanier du *Morning Post* ?

— Oui, il séjourne dans la région. Il a fait une remarque à propos de quelqu'un qui aurait possédé deux armes. À votre avis, est-il au courant d'un élément important ?

— J'irai lui poser la question. Savez-vous où il est descendu ?

— Dans une auberge des environs, je n'en sais pas davantage. Il ne devrait toutefois pas être difficile à trouver, il y a peu d'établissements de ce genre alentour.

— Je vais transmettre ces informations à mes hommes, dans ce cas.

— Tout ce que vous avez à faire, c'est chercher une carabine ayant servi récemment.

— Comme vous le dites, c'est « tout » ce que nous avons à faire, répéta-t-il d'un ton pince-sans-rire. Je doute que l'assassin ait laissé son arme traîner afin que nous puissions l'examiner, et il ne sera pas facile d'obtenir l'autorisation de fouiller les chambres de certains personnages royaux.

Je le fixai soudain, et ma main, qui s'apprêtait à porter ma tasse de café à mes lèvres, s'immobilisa.

— Vous ne pouvez tout de même pas soupçonner un membre de la royauté ?

— Je suis obligé de considérer comme suspecte chacune des personnes présentes sur les lieux du crime. Sans distinction de rang.

— Mince alors ! m'exclamai-je avant de me rappeler que cela me faisait passer pour une écolière.

(Note à moi-même : Georgie, tâche de développer des façons plus sophistiquées d'exprimer ta stupeur.)

Sir Jeremy posa sa tasse et se leva.

— J'aimerais maintenant jeter un coup d'œil à la chambre de BB, si cela ne vous dérange pas, lady de Rannoch.

— Absolument pas. Veuillez me suivre.

Nous gravîmes ensemble le grand escalier. À la vue des épées, des boucliers, des étendards et des têtes de cerfs accrochées aux murs, il hocha la tête d'un air satisfait.

— Ça ne plaisante décidément pas, ici, commenta-t-il.

— En effet. Nous autres Rannoch trucidons nos ennemis avec succès depuis des générations.

Il m'adressa un léger sourire interrogateur.

— En ce cas, dois-je aussi considérer que l'un de vos parents ferait un suspect idéal ?

— Vous n'auriez rien à y gagner, répondis-je. Mon frère Binky est le trente-deuxième dans la ligne de succession, et je ne pense pas qu'il ait l'intention de se débarrasser des trente et un prétendants au trône qui le précèdent. En outre, il est alité, depuis un accident qui a failli lui coûter son pied.

Je relatai alors les détails de cette mésaventure.

— Et, selon vous, cela pourrait-il avoir un lien avec notre enquête ? demanda sir Jeremy, les sourcils froncés.

— J'en suis pratiquement convaincue. Je ne sais pas si vous avez déjà rencontré mon frère, un garçon inoffensif et sympathique. Il n'a pas d'ennemis, j'en suis sûre. Rien ne le distingue de M. Tout-le-monde, hormis le fait qu'il a un titre de duc et que le roi est son cousin.

— Mais il n'est pas assez proche du trône pour que sa mort modifie quoi que ce soit, comprit sir Jeremy. Nous devrions donc rechercher quelqu'un qui en veut à tous ceux qui sont de sang royal, peu importe leur rang, est-ce bien ça ?

— Oui, c'est possible.

Je le conduisis au bout d'un long couloir et ouvris une porte. Comme dans la plupart des pièces du château de Rannoch, des bourrasques de vent entraient par la fenêtre ouverte. C'était une belle matinée vivifiante, et des nuages filaient à toute allure dans le ciel. Soit Hugo avait été très ordonné, soit une bonne avait rangé la chambre. Son peignoir était replié sur son édredon, ses pantoufles placées au pied du lit, ses brosses au dos argenté et son matériel à raser posés sur la commode. Mais aucun indice ne dévoilait la personnalité de l'homme qui avait occupé les lieux. Sir Jeremy ouvrit et referma des tiroirs.

— Rien, constata-t-il avant de se pencher pour regarder sous le lit. Ah !

Il en ressortit un porte-documents dont il vida le contenu sur le lit : un exemplaire du magazine équestre *Chevaux et chiens de chasse*, des billets de train et un petit calepin. Sir Jeremy commença à le consulter d'un air impatient avant de laisser échapper un gémissement.

— Regardez, me dit-il.

Il manquait plusieurs pages, visiblement arrachées. Toutes les autres étaient vierges.

— Quelqu'un nous a devancés, déclara-t-il.

— Vous pensez réellement qu'on s'est introduit ici dans ce seul dessein ? m'étonnai-je en le scrutant.

— C'est exactement ce que je pense.

— Mais c'est impossible. Il n'y a personne au château en ce moment, à part les Simpson, le prince Siegfried et mes deux cousins. Aucun d'eux n'aurait pu agir ainsi.

— Le prince Siegfried de Roumanie ?

J'opinai de la tête.

— Un ami de la famille ?

— Je crois plutôt que la reine cherche à jouer les marieuses. Elle aimerait que je l'épouse.

— Et cela ne vous tente pas ?

— Absolument pas.

— Et pourquoi ce prince ne serait-il pas sur la liste des suspects ?

— Parce que c'est une chiffe molle.

Pourtant, à l'instant même où je prononçai ces paroles, je me rappelai mon accident en montagne. Siegfried était présent. Mais à quoi bon saboter une corde qu'il aurait lui aussi pu utiliser ?

Sir Jeremy se dirigea vers la fenêtre et regarda au-dehors.

— En dépit de la hauteur, quelqu'un serait sans doute capable de passer par l'extérieur pour atteindre cette chambre, constata-t-il. En grimpant le long du lierre, il y aurait peu de chances d'être vu.

— Une ascension longue et risquée, remarquai-je en regardant à mon tour vers le bas.

— Notre meurtrier a déjà bravé le danger, répliqua-t-il. Il lui a fallu énormément d'audace pour attendre le moment idéal et tirer sur Hugo, deux fois par-dessus le marché.

— Oui, en effet, dis-je en frémissant à nouveau.

Nous continuâmes de fouiller la pièce sans rien trouver de plus, à l'exception d'une carte postale que Hugo avait adressée à sa mère : *Je passe de bons moments en Écosse. À bientôt, je l'espère.*

Je la reposai sur la coiffeuse.

28.

L'alcôve secrète du château de Rannoch, puis Balmoral
21 août 1932

Sir Jeremy s'en alla peu après en m'expliquant qu'il avait rendez-vous avec la police du comté de l'Aberdeenshire à Balmoral. Il avait pris une chambre à l'auberge de Braemar afin de pouvoir être aisément contacté, et je pouvais lui y laisser un message si besoin était.

— Mais tout est désormais du ressort de la police, ajouta-t-il alors que je l'escortai jusqu'à la porte d'entrée. Ils relèveront des empreintes digitales et, avec un peu de chance, trouveront les armes en question. Nous avons aussi posté des hommes supplémentaires pour veiller sur la famille royale.

Je regardai sa voiture s'éloigner. Je me sentais vidée, effrayée. Je regrettais que Darcy fût parti – pour rien d'ailleurs, puisque Sir Jeremy l'avait devancé. Et même si mon grand-père n'était pas loin, il n'était pas de taille à se charger de cette affaire. Il ne pouvait pas brusquement débarquer à Balmoral et trouver qui, parmi mes connaissances, s'en prenait aux membres de la famille royale.

Je réfléchis à cette hypothèse. Avais-je été réellement témoin d'un accident dont la victime aurait pu être l'un d'eux ? Le réservoir de chasse d'eau et la corde n'avaient pas nécessairement été destinés au prince George. Hugo avait probablement été tué parce qu'il en savait trop. Qui donc avait commis un acte qu'il valait mieux dissimuler ? Je pensai aussitôt à Paolo, évidemment. Il adorait prendre des risques. Il venait d'être arrêté pour avoir renversé une jeune domestique sans défense. Je n'avais pas oublié la vitesse à laquelle il roulait la veille, sur la route de Balmoral. Avait-il abattu Hugo et s'était-il ensuite rendu au château de Rannoch afin de détruire les notes de sa victime, avant de regagner le quai pour s'occuper de son hors-bord avec un calme olympien ?

Je sortis du château et déambulai dans le parc. Je vis un troupeau de daims dans l'ombre mouchetée de lumière. Au son de mes pas, ils levèrent les yeux et filèrent comme des flèches. Tout en les observant s'éloigner par petits bonds, je m'interrogeai : comment vivait-on en étant toujours à l'affût du moindre prédateur ? L'espace d'un instant, je m'identifiai à ces animaux. Mes pensées vagabondèrent et se tournèrent vers tout ce qui était survenu depuis mon arrivée en Écosse. En me remémorant les tentatives de Hugo pour me parler, j'eus envie de rentrer sous terre. Il avait essayé de m'attirer dans l'alcôve secrète du château – le seul endroit où personne n'aurait pu surprendre notre conversation.

Je me figeai sur place. L'alcôve secrète ! Était-il possible qu'il m'eût laissé un message dans cet endroit ? Je retournai au château en courant, traversai la grande salle, puis écartai une tapisserie dans le couloir sombre qui se trouvait au-delà. Une petite porte s'ouvrit et, à tâtons, je montai les marches qui menaient à la pièce arrondie. Lorsque la porte se referma derrière moi, me plongeant dans le noir le plus total, je me rendis subitement compte qu'il n'y avait pas de source de lumière. Je fus saisie d'une peur soudaine, irrationnelle, à l'idée que le meurtrier puisse m'attendre dans l'obscurité ; je redescendis aussitôt l'escalier, trébuchant et glissant à moitié. Un bref instant, je ne pus trouver la poignée de la porte, et j'étais sur le point de cogner contre le battant quand mes doigts se refermèrent sur elle. Je repoussai la tapisserie, manquant donner une crise cardiaque à l'une des bonnes qui passait par là.

— Oh, lady Georgiana ! s'exclama-t-elle, le souffle coupé. Vous m'avez fait une de ces peurs. Je n'avais pas la moindre idée qu'il y avait une porte à cet endroit. Oh, Dieu du ciel !

Elle dut s'appuyer contre le mur, la main plaquée sur le cœur.

— Va donc boire une tasse de thé, Jinty, suggérai-je. Je suis navrée. Je n'avais pas l'intention de t'alarmer.

Dès qu'elle se fut éloignée, j'allai chercher une bougie et des allumettes – heureusement, ce genre d'objets est facile à trouver dans une demeure où les coupures de courant sont la norme pendant les intempéries. Je dénichai également un butoir que je calai contre la porte afin qu'elle restât ouverte. Quand j'entrai dans la petite pièce, la flamme tremblotante de ma bougie éclaira les parois de pierre. L'alcôve était complètement vide, bien entendu. Elle ressemblait surtout à une cellule de prison, avec son banc de pierre sur tout son pourtour et son plafond qui formait une voûte effilée juste au-dessus de ma tête. Encastrées dans la paroi, des fentes étroites avaient permis aux seigneurs d'antan d'écouter des conversations se déroulant dans les pièces adjacentes – vraisemblablement pour veiller à ce que l'on ne fomentât pas de complots contre eux.

Je me sentais bête d'avoir paniqué un peu plus tôt. Je m'apprêtais à repartir quand je remarquai un document posé sur le banc, à l'autre bout de la pièce. Je le pris afin de l'examiner. C'était une carte routière du centre de l'Écosse publiée par le Royal Automobile Club. Un cercle d'un rayon d'une trentaine de kilomètres avait été tracé autour de Balmoral et des mots suivis de points d'interrogation avaient été inscrits : *Château de Craig ? Gleneagles ? Ddec ?* – ce dernier terme paraissait inachevé.

Je continuai d'examiner la carte à la lueur de ma bougie. Avait-elle été abandonnée dans cette pièce depuis des lustres par quelqu'un qui envisageait de faire des excursions dans les vallons alentours ? Ou bien Hugo l'avait-il laissée exprès, à mon intention ? Cette hypothèse me sembla d'abord un peu tirée par les cheveux, jusqu'au moment où j'observai le sol : il n'avait pas été balayé depuis un bon bout de temps, mais des traces de pas un peu plus grandes que les miennes étaient visibles dans la poussière. Un homme était venu là récemment.

En sortant, je refermai la porte derrière moi et replaçai la tapisserie en la lissant le long du mur. Je croisai alors Hamilton qui sortait de l'office, et je l'interrogeai sur les noms inscrits sur la carte.

— Château Craig ? Gleneagles ? Ddec quelque chose ? Non, je n'ai jamais entendu parler de ces endroits.

— Vous ne pensez donc pas qu'ils se trouvent dans les environs ? insistai-je.

— Il n'y a pas un lieu que je ne connaisse parfaitement dans la région, lady Georgiana, affirma le majordome.

Que faire, à présent ? Informer sir Jeremy de ma découverte, supposai-je. Mais que dirait Fig si je demandais de nouveau d'emprunter une voiture ? Les frais d'essence pour aller et venir de Rannoch à Balmoral allaient finir par s'accumuler. Comme je franchissais le seuil de la grande salle, j'entendis des voix fuser dans la pièce où l'on servait le petit déjeuner.

— Et je crois qu'ils sont sortis à cheval, disait Fig d'un ton agacé.

Ses paroles me rappelèrent que j'avais promis à la princesse Élizabeth de l'emmener faire du poney. L'excuse toute trouvée pour retourner à Balmoral et laisser au passage un message à sir Jeremy. Je montai enfiler un pantalon et une veste d'équitation, puis j'allai chercher le dernier petit pain au lait resté dans l'antre de Binky avant de me mettre en quête d'une auto.

— Je vous conduirai où vous le souhaitez avec plaisir, lady Georgiana, répondit notre chauffeur d'une voix irritée quand je lui demandai de me remettre les clés.

— Je crois que vous devriez rester disponible au cas où M. le duc et Mme la duchesse auraient besoin de vos services, expliquai-je avec tact. De plus, prendre le volant est un plaisir qui m'est rarement permis.

— Je comprends, lady Georgiana.

Il me tendit les clés. Dès que je quittai la cour du garage, je me souvins que je n'avais pas encore rendu visite à mon grand-père ce jour-là. Je pouvais au moins faire un saut chez lui, il serait content d'apprendre que j'allais monter à cheval avec une princesse – une activité des plus innocentes. Je garai l'automobile le long de l'allée, à l'ombre d'un marronnier, puis traversai le potager pour gagner les maisonnettes.

Je passais devant les haricots verts quand j'eus une idée de génie. Je me mis alors à courir et j'arrivai à destination hors d'haleine.

— Il y a le feu quelque part ? s'exclama grand-papa.

— Un feu, où ça ?

— T'entres ici en trombe comme si tous les démons de l'enfer te poursuivaient ! Me dis pas qu'il s'est passé autre chose.

— Non, j'ai tout bonnement eu une idée merveilleuse. Je m'apprête à me rendre à Balmoral en voiture, et je me suis dit que tu pourrais m'y accompagner en te faisant passer pour mon chauffeur.

Il me regarda et éclata de rire.

— Un chauffeur ? Tu serais rudement embêtée, mon canard. Je sais pas conduire. J'ai jamais appris. J'en ai jamais eu besoin, il faut dire, vu que je vis à la grande ville.

— Viens malgré tout. Je prendrai le volant. Des tas de nobles conduisent eux-mêmes, tout en emmenant leur chauffeur afin que celui-ci surveille leur véhicule quand ils se garent quelque part. Je vais te trouver une casquette à visière en deux coups de cuiller à pot, comme tu le dis si bien.

Il me scruta en inclinant la tête sur le côté, pareil à un moineau cockney, puis s'esclaffa de nouveau.

— T'es un sacré numéro, tu sais ! Franchement, t'imagines un type comme moi à Balmoral, frayant avec les aristos et la famille royale ?

— Tu ne frayeras qu'avec le personnel de maison, ce qui me sera peut-être extrêmement utile. Tu arriveras sans doute à leur soutirer des informations à propos de l'accident d'hier. Les domestiques adorent les commérages. Du reste, tu n'auras probablement pas d'autre occasion de visiter une résidence royale.

Son sourire s'était dissipé.

— Tu tiens vraiment à ce que je vienne, hein ?

— Oui, cela me fera plaisir. Je me sentirai plus en sécurité en te sachant non loin.

Il fronça les sourcils.

— Tu penses pas que quelqu'un prépare un autre sale coup, j'espère ? Parce que sinon, je t'interdis de retourner dans cet endroit.

— Je compte faire un tour de poney avec la princesse Élizabeth, expliquai-je. Je suis certaine que cela ne craint rien.

— Bon, d'accord. Alors, qu'est-ce que t'attends ? Il est où, mon galurin ?

— Ton quoi ?

— C'est de l'argot. Ça veut dire « chapeau ». Je t'ai donc rien appris ?

Cinq minutes plus tard, nous longions le loch à vive allure. Il n'y avait aucun signe d'activité sur le quai. Le temps était manifestement trop venteux ce jour-là pour tester le hors-bord ; de surcroît, son pilote avait été arrêté, emmené à Londres, et il avait dû être inculpé à l'heure qu'il était. Pauvre Belinda. Mais, à en juger par notre dernière conversation, elle m'avait plutôt donné l'impression de se lasser de lui. De plus, mon amie n'était pas du genre à se laisser abattre. Elle partirait bientôt vers de nouveaux horizons sans éprouver le moindre regret.

Nous laissâmes le loch derrière nous, et je concentrai mon attention sur la route de montagne sinueuse. Le gardien de Balmoral qui m'ouvrit les grilles du parc paraissait fatigué.

— Il y a tant d'allées et venues, lady de Rannoch. On se croirait à la gare d'Édimbourg-Waverley à l'heure de pointe. La police est de nouveau là. Le parc grouille d'agents.

Je remarquai en effet un homme qui, posté non loin de l'allée, nous observait. Les efforts combinés de sir Jeremy et de Darcy avaient déjà eu des effets bénéfiques, pensai-je avec un soupir soulagé. Au moins, une enquête était en cours.

Au château, je laissai mon grand-père veiller sur le break dans la cour des écuries, puis un domestique me conduisit jusqu'à la nursery, où les princesses jouaient avec de petits chevaux de bois. Élizabeth bondit de joie.

— Vous êtes là ! s'exclama-t-elle, les yeux brillants. J'espérais tant que vous viendriez ! Puis-je aller faire du poney, maintenant, Crawfie ? demanda-t-elle à sa gouvernante.

On consulta la duchesse d'York, qui consentit à ce que j'accompagnasse sa fille, à condition de ne pas nous aventurer trop loin. Élizabeth passa sa tenue d'équitation et nous quittâmes la nursery au son des plaintes et des protestations de la petite Margaret, clamant qu'elle était bonne cavalière, elle aussi. Le palefrenier sella deux poneys, et la princesse et moi partîmes au grand trot. C'était une belle journée pour une promenade.

— Pourrions-nous accélérer un peu ? fit la fillette au bout d'un moment. Le trot est si ennuyeux.

— Très bien, répondis-je. Mais ne tombez pas, ou j'aurai des ennuis.

— Je ne tombe jamais, affirma-t-elle avec dédain.

Elle lança son poney au petit galop, et je la laissai avancer en tête. Elle faisait en effet une excellente cavalière. Nous gravîmes un large chemin et traversâmes les bois pour gagner la lande.

— Hé, Lilibet, ralentissez ! appelai-je. Nous ne devons pas trop nous éloigner de la maison.

Elle arrêta son poney et m'attendit.

— N'est-ce pas un endroit merveilleux ? dit-elle en contemplant la vaste étendue de collines et de vallons. Quand je suis à Balmoral, j'adore me sentir libre, comme une personne ordinaire, pas vous ?

— Je suis déjà quelqu'un d'ordinaire, répondis-je. Mais je comprends.

Nous reprîmes notre route.

— Maman m'emmène même au magasin du village, où je peux dépenser mon argent de poche. J'aimerais vivre ici toute l'année.

— Votre papa est au service du royaume, il a beaucoup de travail à Londres.

— C'est mon oncle David qui deviendra roi, et j'en suis contente. Mon papa détesterait ça. Et moi aussi. Quand je serai grande, j'épouserai un fermier et j'aurai des tas d'animaux – des chevaux, des chiens, des vaches et des poules, précisa-t-elle avant de me regarder. Et vous, qui avez-vous envie d'épouser ?

— Oh, je n'en sais rien.

— Vous rougissez. Je parie que vous savez déjà qui vous voulez épouser. Est-il beau ?

— Très beau.

— Comment s'appelle-t-il ? Je vous promets de garder le secret. Je vous confierai ensuite le nom d'un beau garçon que je connais et…

Elle s'interrompit. Un bruit étrange, comme un bourdonnement, se fit entendre, et quelque chose passa près de nous en sifflant. Je crus d'abord qu'il s'agissait d'une abeille. Mais quand un autre sifflement se produisit, suivi d'un cliquetis métallique tandis qu'un objet percutait un affleurement rocheux, je compris de quoi il retournait.

— Quelqu'un nous tire dessus ! m'écriai-je. Filez aussi vite que possible.

— Personne..., commença la princesse.

— Allez, en avant !

Je claquai vivement l'arrière-train de son poney, qui s'élança comme une fusée. Je la laissai prendre de l'avance et partis derrière elle. Sa monture galopait aussi vite que possible, mais c'était un petit animal, et notre progression me paraissait péniblement lente. À chaque seconde, je m'attendais à sentir une balle me toucher dans le dos. Puis le sentier plongea dans un bosquet et bifurqua derrière des rochers. Je pris alors conscience que nous étions probablement hors de portée, et je fis ralentir nos poneys, qui passèrent au trot.

— Vous êtes sûre qu'on nous a tiré dessus ? demanda Élizabeth, les yeux écarquillés.

— Oui, je crois. Vu la vitesse des projectiles, c'étaient forcément des balles. Et j'ai entendu un son métallique quand l'une d'elles a heurté un rocher.

— Qui ferait une chose pareille ?

— Je n'en ai aucune idée. Mais un homme a été abattu hier.

— Je sais. Maman me l'a expliqué. Elle a dit qu'il avait été bête de s'éloigner du groupe, parce que les autres chasseurs ne pouvaient pas le voir dans la brume. Mais il n'y en a pas aujourd'hui, et nous sommes loin du terrain de chasse à la grouse, n'est-ce pas ?

— Des policiers censés nous protéger ont été postés sur tout le domaine, repris-je. Espérons que nous en croiserons un bientôt, car nous ne pouvons risquer d'emprunter le même itinéraire pour rentrer au château.

— Il y a une maison de ce côté, indiqua la fillette en pointant le doigt sur une grande bâtisse de pierre grise qui, nichée dans un vallon, était à demi dissimulée par des grands pins.

— Peut-être y trouverons-nous un téléphone, répondis-je. Allons-y.

Nous arrivâmes devant un portail blanc ouvert, devant lequel nous mîmes pied à terre.

— Savez-vous qui habite là ? demandai-je.

— Non. Quelqu'un qui travaille pour mon grand-père, je suppose.

Nous attachâmes les poneys à la barrière qui entourait la propriété.

— Et si nous desserrerions les sangles de leurs selles ? suggéra Élizabeth. Il ne faut pas qu'ils soient mal à l'aise.

— Non, laissez, je suis certaine que tout ira bien. Et nous ne devrions pas rester longtemps.

Nous remontâmes une courte allée de gravier pour gagner la porte d'entrée. J'étais sur le point de frapper, quand je vis le nom de la maison inscrit sur le battant. Gleneagles.

29.

Gleneagles
21 août 1932

La porte fut ouverte par une femme grande et maigre, vêtue d'une robe de soie verte plutôt informe. Ses cheveux gris acier étaient tirés vers l'arrière et coiffés en chignon, ce qui accentuait la minceur de son visage. Elle me regarda avec méfiance.

— Oui ? Puis-je vous être utile ?

Elle aperçut alors la princesse derrière moi.

— Votre Altesse Royale ! s'exclama-t-elle en exécutant une révérence.

Elle me scruta, les sourcils froncés, puis sembla me reconnaître et sourit.

— Vous êtes lady Georgiana de Rannoch, n'est-ce pas ? Je ne vous avais pas vue depuis longtemps. C'est très aimable à vous de nous rendre visite.

— Il ne s'agit pas d'une simple visite de courtoisie, je le crains, répondis-je. Nous nous promenions à cheval quand on nous a tiré dessus. Nous avons aperçu la maison et nous sommes venues nous abriter.

— On vous a tiré dessus, vraiment ? Avec un fusil, voulez-vous dire ? En êtes-vous certaine ? Vous ne vous êtes pas risquées dans la ligne de tir des chasseurs, comme le pauvre garçon qui est mort hier ?

— Non, nous étions loin du terrain de chasse. Voilà pourquoi je dois en conclure que nous étions réellement visées.

— Bonté divine ! dit-elle avec un hoquet de stupeur. Entrez, je vous prie.

Elle jeta un coup d'œil dehors, comme si elle s'attendait à voir surgir une silhouette armée et encapuchonnée, et s'empressa de refermer la porte derrière nous.

— Veuillez me suivre jusqu'au salon, proposa-t-elle.

— Je devrais d'abord appeler le château, répliquai-je. Vous avez le téléphone, j'imagine ?

— En temps habituel, oui, répondit-elle en se rembrunissant. La ligne est cependant coupée depuis qu'un chêne est tombé dessus pendant un orage récent, et personne n'est encore venu la réparer. Et mon mari et ma fille ont tous deux pris nos véhicules. Mais vous êtes en sécurité, ici. Mon mari devrait bientôt rentrer. Il vous reconduira au château.

Elle nous fit entrer dans un salon spacieux, quoique sombre. Le mobilier, de bonne qualité, était toutefois défraîchi.

— Asseyez-vous, je vous prie. Je vais demander à la bonne de faire du thé. Mais vous préférez sans doute du lait, Votre Altesse Royale ?

— Merci infiniment, répondit l'enfant qui, malgré son anxiété, n'en oubliait pas ses bonnes manières. Je prendrai volontiers un verre de lait.

Notre hôtesse ressortit de la pièce en appelant une domestique. Je me penchai vers la princesse.

— Connaissez-vous cette dame ?

— Oui, je crois que son mari s'occupe du domaine pour mon grand-père.

— Le major Padgett, voulez-vous dire ?

— C'est ça. Il est gentil, n'est-ce pas ? Il m'a aidée à faire de l'équitation l'été dernier.

Mme Padgett revint, et nous nous tûmes.

— Le thé sera prêt dans un instant, annonça-t-elle. Quelle épreuve terrible. Aucune de vous n'a été blessée, je suppose ?

— Non, assurai-je. Heureusement, la princesse Élizabeth est bonne cavalière. Nous nous sommes rapidement éloignées hors de portée.

— C'est inouï, tout à fait inouï, fit-elle en secouant la tête. Dire que l'incident s'est produit sur les terres royales ! Qui a pu pénétrer sur le domaine à l'insu de tous ?

— J'imagine que ce ne doit pas être compliqué, avec un peu de détermination.

— Pensez-vous que ce pourrait être des anarchistes étrangers ? me demanda-t-elle. On lit tant de choses sur ce qui se produit dans les autres pays, tandis qu'on croit tout de même être en sécurité en Grande-Bretagne.

Elle me regardait fixement. Je m'aperçus qu'elle avait des yeux marron mélancoliques, pareils à ceux d'un cocker, sans être aussi brillants.

— Oui, c'est à espérer.

On apporta le thé, ainsi qu'un verre de lait pour la princesse. Mme Padgett fit le service et nous tendit une assiette de biscuits.

— Notre cuisinière est douée avec les produits locaux. Ses biscuits d'avoine sont célèbres alentour.

J'essayai d'en avaler un, mais j'étais en vérité encore bouleversée. Je ne cessai d'entendre à nouveau l'étrange bourdonnement de la première balle filant près de moi, de l'imaginer touchant Élizabeth dans le dos. À cette pensée, la nausée s'empara de moi.

J'observai la pièce tout en tâchant de faire la conversation, et mes yeux se portèrent sur un ensemble de photographies dans des cadres argentés, disposées sur le secrétaire dans un coin du salon. Je reconnus un major Padgett beaucoup plus jeune, arborant une moustache splendide et une poitrine couverte de médailles, debout près de la reine Victoria. Une autre en compagnie du roi Édouard VII. Une troisième le montrant sur un poney de polo. Il avait eu fière allure, en son temps. Je vis aussi des clichés représentant Ronny : campée devant son aéronef, ou brandissant un trophée, ou plus jeune, en costume de bain, riant parmi les vagues.

— Veronica est-elle votre seul enfant ?

— Oui, me répondit Mme Padgett. Nous l'avons eue sur le tard. Nous ne pouvions pas en avoir, voyez-vous. Et puis, quand elle nous a été offerte, cela nous a paru miraculeux.

Voulait-elle dire que Ronny était leur fille adoptive ? Sans doute.

— Elle a certes accompli de merveilleux exploits, fis-je observer.

Un sourire fugace illumina son visage triste et fatigué.

— N'est-ce pas ? Et nous sommes tellement heureux de la voir si souvent cet été. D'habitude, elle trouve l'Écosse extrêmement ennuyeuse. Mais cette année, elle n'a pas cessé d'aller et venir. Et même si j'ai conscience que c'est le hors-bord qui l'attire ici, pas ses parents, c'est fort agréable. Nous sommes plutôt isolés, le reste de l'année, ajouta-t-elle en affichant de nouveau un air chagriné.

— Hester ? tonna soudain une voix dans le vestibule. Alors, on peut avoir une tasse de thé, dans cette maison ?

Le major Padgett entra dans le salon. À notre vue, il sursauta.

— Juste ciel ! Votre Altesse Royale. Lady Georgiana. Que diable faites-vous là ?

— Quelqu'un leur a tiré dessus, répondit son épouse. Elles se sont réfugiées chez nous. Et comme nous n'avons toujours pas de téléphone, je n'ai pas pu informer le château de leur présence.

— On vous a tiré dessus ? s'étonna le major. En êtes-vous certaine, lady Georgiana ? Aucune partie de chasse n'est prévue aujourd'hui. L'endroit grouille de fichus policiers qui se baladent en posant des questions idiotes. Bon, j'espère au moins que mon épouse a pu vous divertir.

Ils échangèrent un regard que je ne sus interpréter.

— Oui, parfaitement, merci.

— Dans ce cas, je ferais mieux de vous ramener au château. Vos parents vont commencer à s'inquiéter si vous ne rentrez pas bientôt, Votre Altesse Royale.

— Nous avons nos poneys, répondit l'enfant d'un ton ferme. Nous ne pouvons repartir sans eux.

— La princesse Élizabeth peut monter avec vous en voiture, et je vous suivrai avec les chevaux, proposai-je au major.

— Excellent, approuva-t-il, radieux.

Il était encore bel homme quand il souriait.

Nous arrivâmes sans incident au château. Sir Jeremy n'était pas là, mais le major me conduisit jusqu'au commissaire Campbell, qui m'écouta relater ce qui était survenu d'un air incrédule et maussade.

— Êtes-vous certaine que votre imagination n'est pas un peu trop fertile ? En raison du petit incident d'hier, par exemple ?

— Sûre et certaine, rétorquai-je avec froideur. Si vous prenez la peine d'envoyer des hommes sur place, je les accompagnerai pour leur montrer où la balle a percuté la roche. Vous saurez alors que mon inquiétude n'est pas à mettre sur le compte d'un délire de jeune fille. Vous pourrez également retrouver le projectile et vérifier s'il a pu provenir de la carabine responsable du meurtre d'hier.

— Grands dieux, dit le commissaire en me dévisageant comme s'il m'avait pris pour un gentil chiot qui s'était soudain transformé en loup féroce. Très bien, allons-y en automobile avec quelques-uns de mes hommes.

Une fois sur place, je fus enchantée de retrouver l'affleurement rocheux et d'indiquer la marque où la balle avait ricoché. Les agents de police la dénichèrent tout près. Sur le trajet du retour, ils se montrèrent d'humeur sombre, comme il se devait. De même que le commissaire, qui fut presque révérencieux, allant jusqu'à me donner du « lady de Rannoch », cette fois.

Il est parfois plaisant d'avoir raison, même dans les pires circonstances.

Personne ne parut capable de me dire où se trouvait sir Jeremy, ce qui m'agaça. Je décidai donc de me rendre à l'auberge de Braemar afin de lui laisser un message. Alors que je traversai le vestibule, le gong retentit, annonçant le déjeuner. J'avais assurément faim, mais l'idée de devoir faire la causette avec la reine et ses amies m'était intolérable, aussi m'éclipsai-je. Je n'étais plus d'aucune utilité à Balmoral pour le moment. Je me dirigeais vers les garages afin de rejoindre mon grand-père quand je croisai lady Peebles, un panier sous le bras.

— Bonjour, ma chère. Est-ce le gong du déjeuner que je viens d'entendre ?

— C'est exact.

— Mon Dieu, comme le temps file, dit-elle en rejetant en arrière une mèche rebelle de cheveux gris. Le drame d'hier nous a tous bouleversés, n'est-ce pas ? ajouta-t-elle. Vous êtes remise, j'espère.

— Oui, merci, je vais très bien.

— Pauvre garçon. Ce n'était pas l'un des nôtres, évidemment. Que faisait-il là, de toute manière ? Savez-vous qui l'avait convié ?

— Il comptait parmi les invités qui séjournent en ce moment au château de Rannoch, expliquai-je. Mais je ne l'avais jamais rencontré auparavant. C'était un ancien camarade d'école de Binky, il me semble.

— Ce n'est donc pas si tragique, n'est-ce pas ? répliqua-t-elle avec un sourire décontracté. Il est plus facile d'accepter ce genre de choses s'il s'agit de quelqu'un qu'on connaissait à peine.

— Naturellement, acquiesçai-je avant de baisser les yeux vers son panier. Je vois que vous avez cueilli des fleurs.

— Oui, ces roses sont belles, n'est-ce pas ? La reine adore tant les blanches que j'aime à lui en apporter quand elles sont tout juste écloses. Mais vous repartez déjà ?

— J'étais venue faire du poney avec la princesse Élizabeth, et je dois maintenant rentrer chez moi.

— Elle a en effet besoin d'être en compagnie de jeunes personnes comme vous, dit-elle en souriant. Il n'est pas très agréable d'être en permanence coincé avec de vieux dinosaures. Elle mérite une enfance normale.

Nous étions sur le point de nous dire au revoir quand une idée me traversa l'esprit.

— Lady Peebles, parlez-moi un peu du major Padgett.

— Le major Padgett ? Que voulez-vous savoir ?

— Pourquoi il occupe son poste actuel, je suppose.

— Que pourrais-je bien vous dire ? Il a été au service du royaume toute sa vie, ou presque. Il était dans l'armée, évidemment. Il a fait une carrière militaire brillante avant d'appartenir à la maisonnée de la vieille reine. C'était un ami proche du roi Édouard quand celui-ci était encore prince de Galles.

— Et ensuite, qu'est-il arrivé ?

— Je l'ignore. Je n'étais pas à la cour à l'époque. En fait, je m'apprêtais à faire mon entrée dans le monde. Mais je crois qu'il y a eu un scandale. Tout a été étouffé. On m'a raconté qu'il aurait eu une dépression nerveuse. Quoi qu'il en soit, il a été envoyé en Écosse pour se rétablir, et il y est resté. Je dois dire qu'il gère le domaine avec efficacité, même s'il a sans doute les nerfs fragiles.

Je pris congé et allai retrouver mon grand-père. Il était à l'ombre, assis sur un muret, et se leva dès qu'il me vit, coiffant à la hâte son crâne chauve de sa casquette.

— Ah, te voilà, ma chérie… lady d'Rannoch, je veux dire. T'as donc fini ?

— Oui, nous pouvons rentrer.
— Épatant. Cet endroit me file les chocottes.
— Je croyais que le château de Rannoch te filait déjà les chocottes.
— Ben oui. Je suis pas habitué à ce genre de vie. Même les domestiques sont aussi coincés que des aristos. L'un d'eux m'a demandé pourquoi ma maîtresse avait fait venir un chauffeur de Londres alors qu'il y avait des tas de gens bien qui cherchaient du travail dans le coin.
— Il n'avait pas tort, je suppose. Et que lui as-tu répondu ?
— Que ma maîtresse était très attentionnée et qu'elle m'avait proposé de venir prendre le bon air, vu que j'ai des problèmes de bronches. C'est la vérité, après tout.
— As-tu appris quoi que ce soit ?
— Tout le monde arrête pas de parler de ce qui s'est passé hier. Des tas de folles rumeurs circulent dans la sellerie, où on a bu une tasse de thé. La plupart des palefreniers pensent que c'est un accident, même si un type a affirmé que la victime était un espion russe ou allemand, et que quelqu'un qui travaille pour le compte de notre gouvernement l'aurait liquidé. Mais personne a mentionné le nom d'un suspect éventuel. En tout cas, une chose est claire : ce garçon s'était pas détaché du groupe. La plupart des rabatteurs se trouvaient à l'avant, et ils jurent qu'ils ont gardé l'œil sur les chasseurs, au cas où l'un d'eux se serait égaré et se serait mis en danger.

Nous quittâmes le domaine et longeâmes le fleuve Dee en direction de Braemar. Je décidai de taire ce qui était survenu dans la matinée. À quoi bon inquiéter mon grand-père outre mesure ? Mais je m'aperçus que je ne pouvais chasser cet incident de mon esprit. Je continuais d'entendre le sifflement des balles passant près de moi. Qui aurait pu vouloir nous abattre ?

Je me remémorai la scène qui s'était déroulée dans le lugubre salon des Padgett, et d'étranges pensées commencèrent à bourdonner dans ma tête. Qui pouvait être le coupable ? Quelqu'un qui nourrissait de la rancune envers la famille royale ? Un déséquilibré, peut-être ? Quelqu'un susceptible d'avoir ses entrées à Balmoral, où il pouvait aller et venir à sa guise ? Cette description ne correspondait-elle pas à une seule personne, le major Padgett, dont la carrière prometteuse et l'approbation royale avaient cédé la place à une vie diminuée, dans une morne demeure perdue au milieu de nulle part ?

30.

Château de Craig, Braemar
21 août 1932

Tout en conduisant, je réfléchis au message que je laisserais à sir Jeremy. J'avais conscience que mon hypothèse était un peu tirée par les cheveux et ne voulais pas porter de vaines accusations. Mais c'était jusqu'ici la seule piste concrète que j'avais. Je me rappelai le visage angoissé, circonspect de Mme Padgett. Lui avait-il fallu, des années durant, protéger un époux souffrant de troubles mentaux ? Le soupçonnait-elle d'avoir un lien avec l'incident dont la princesse et moi avions été victimes ? Si tel était le cas, elle jouait bien la comédie. Elle avait semblé sincèrement choquée. Le major aussi. Mieux valait avancer avec précaution, me dis-je.

La route longeant le cours d'eau traversait une vallée spectaculaire flanquée de collines qui s'élevaient vers le ciel. Ici et là, elle se rétrécissait et le Dee coulait alors plus librement, vagabondant joyeusement sur les pierres en direction de la côte lointaine. À d'autres endroits, le paysage était plus serein, et des prairies encadraient la vallée. Dans les hauts-fonds, des pêcheurs à la mouche équipés de cuissardes lançaient leurs lignes dans l'eau. Après cet agréable trajet, Braemar et son église avec son vieux clocher de granit apparurent entre les arbres, et nous entrâmes bientôt dans le village. Il n'y avait personne à l'auberge, à l'exception d'une jeune fille manifestement un peu toquée qui se mit à nous parler, tout en gloussant, avec un accent écossais si prononcé que j'eus le plus grand mal à la comprendre – quelque chose du genre : « Elêpala, échaipa oueskèlai. » Impossible en revanche de savoir à qui elle faisait référence. Je supposai que cette créature n'était pas l'hôtesse habituelle, sinon l'établissement n'aurait pas été très florissant.

Vu les circonstances, j'écrivis un message très simple à l'attention de sir Jeremy : *Je dois vous parler de toute urgence. Georgiana de Rannoch.*

Je sortais de l'auberge quand une femme corpulente entra, pantelante.

— Oh, désolée, ma mignonne, me dit-elle. J'suis allée livrer son repas au vieux Jamie. Y peut plus faire sa cuisine, et c'te fille est trop bouchée : j'peux pas lui faire confiance, elle renverserait tout, pas vrai, espèce d'idiote ? Bon, qu'est-ce que j'peux faire pour vous ?

Je lui expliquai que j'avais laissé un mot pour sir Jeremy Danville et lui demandai de le lui remettre dès son retour. En m'entendant parler, elle pâlit et me fit une révérence.

— Oh, j'vous avais pas reconnue, lady d'Rannoch. Comment va votre cher frère le duc ? Il s'porte bien, j'espère ?

— Oui, merci, me bornai-je à répondre, n'ayant pas envie de relater l'affaire du piège en détail.

Je pris congé et me dirigeai vers l'automobile, mais ses paroles ne cessaient de résonner dans mon esprit : « votre cher frère le duc ».

Je me surpris alors à repenser à des termes presque semblables, récemment employés dans la lettre que Mavis Pugh m'avait adressée. « … frère aîné, le duc de… » Pourquoi avoir mentionné Binky ? Qu'avait-elle voulu me dire ou me demander ? Un doute tenace s'insinua évidemment dans mon esprit : avait-elle découvert quelque chose d'important qui lui avait valu d'être tuée ?

Puis je me souvins que, la veille, lors de notre promenade en direction du terrain de chasse, lady Peebles avait elle aussi prononcé une expression identique concernant la reine Mary : « Elle a été fiancée au frère aîné de Sa Majesté. » Lequel s'était appelé… le duc de Clarence. Le prince peu recommandable et à la moralité douteuse, qui était mort de façon si commode, laissant le trône à son jeune frère, plus fiable. Or lady Peebles avait vertement réprimandé lady Marchmont quand celle-ci avait dévoilé la rumeur selon laquelle le duc serait encore en vie et qu'il aurait été enfermé quelque part. C'était absurde, bien entendu. Quelques personnes auraient forcément été au courant, et des éléments auraient déjà été divulgués, depuis le temps. Le duc de Clarence avait disparu quarante ans plus tôt, après tout. S'il était encore en vie, il devait avoir près de soixante-dix ans.

— Parfait, dis-je à mon grand-père. Je ne vois pas ce que nous pouvons faire d'autre. Rentrons à la maison.

J'entamai le long trajet sinueux qui nous conduirait jusqu'au col, puis au château de Rannoch en contrebas. À moins de deux kilomètres de Braemar, nous passâmes, sur notre gauche, devant une haute grille de fer forgé. Je l'avais vaguement remarquée auparavant, sans jamais m'interroger davantage sur ce lieu. Cette fois, je ralentis et aperçus une plaque sur le mur de brique, près du portail. *Château de Craig, Sanatorium.*

Je freinai et descendis vivement de voiture.

— Je reviens dans un instant ! lançai-je à mon grand-père.

Au-delà de la grille, un chemin disparaissait entre les arbres. Je distinguai un bâtiment dans le lointain. J'essayai d'ouvrir le portail, mais il était verrouillé.

— Vous arriverez pas à entrer là-dedans, dit une voix derrière moi.

Je me retournai et découvris un vieil homme accompagné d'un chien de berger qui montrait les dents.

— L'endroit est-il en quarantaine à cause de patients atteints de la tuberculose ? m'enquis-je.

Il secoua la tête, et un sourire se forma lentement sur ses lèvres.

— C'est c'qu'ils veulent faire croire mais, en fait, c'est pour les gens qu'ont le cerveau dérangé.

— Un asile psychiatrique, voulez-vous dire ?

— Ils aiment pas l'appeler comme ça. Ils parlent de dépression des nerfs ou quelque chose de ce genre, maint'nant. C'est là que les aristos laissent leurs parents qu'ont un p'tit grain. Ceux qui s'prennent pour Napoléon, vous savez, gloussa-t-il. En quoi ça vous intéresse, de toute manière ?

— Simple curiosité de ma part, répondis-je.

— Y faut avoir rendez-vous pour entrer, précisa le vieil homme. Leurs mesures de sécurité sont rudement strictes depuis qu'un des patients s'est échappé et a tué sa mère à coups de hache. Vous avez dû lire ça dans l'journal.

— Oh, je vois. Merci à vous.

Il hocha la tête et s'éloigna. Je regagnai lentement l'automobile en pensant aux trois noms inscrits sur la carte routière. J'avais maintenant découvert à quoi correspondaient les deux premiers – Gleneagles et château de Craig. Mais que signifiait le troisième ? Ddec…

— Oh, non ! m'exclamai-je de vive voix.

Ces lettres pouvaient-elles être les initiales de « duc de Clarence » ? Je songeai de nouveau à la rumeur évoquée par lady Marchmont et à la façon dont lady Peebles l'avait tancée. Cette dernière savait-elle quelque chose ? Était-il possible que le duc soit enfermé dans cet asile et que quelqu'un tente de se débarrasser des prétendants au trône pour lui ? Cette théorie semblait ridicule à l'extrême…

— Bon, qu'est-ce qui se passe, maintenant ? demanda mon grand-père.

— Sais-tu jouer la comédie, grand-papa ? m'enquis-je avec circonspection.

— La comédie ? C'est le rayon de ta mère, ça. Une petite poseuse depuis le début, celle-là.

— Accepterais-tu d'endosser le rôle de mon grand-oncle un peu timbré pendant quelques minutes ? Tu n'aurais pas à faire grand-chose ou à dire quoi que ce soit – je ne veux pas qu'on détecte ton accent londonien. Mais pourrais-tu au moins prendre un air ahuri et souriant ?

— Et pourquoi faire, hein ?

— Cet endroit est un asile psychiatrique pour les gens de la haute, expliquai-je. J'ai besoin d'un motif pour y entrer et y faire quelques recherches, et tu ferais parfaitement l'affaire.

— Attends un peu… Tu comptes quand même pas me laisser là-dedans, j'espère ?

— Bien sûr que non, assurai-je en lui tapotant le genou. Mais je dois découvrir si un certain individu y est enfermé.

— J'y arriverai, j'imagine, répondit-il. Ta grand-maman disait toujours que je devais avoir un jumeau caché, car la jugeote et moi, ça faisait deux, précisa-t-il avec un sourire nostalgique.

— Épatant. Retournons à Braemar afin de trouver une cabine téléphonique.

Quelques instants plus tard, j'étais devant le Cock o' the North, le pub du village, en train de demander à l'opératrice de me mettre en relation avec le sanatorium.

— Château de Craig, dit une voix raffinée, qui aurait pu appartenir à une bourgeoise de Princes Street, la rue la plus huppée d'Édimbourg. Que puis-je pour vous ?

Il me suffisait à présent d'en imposer.

— Bonjour, lady Georgiana de Rannoch à l'appareil, répondis-je en adoptant mon ton le plus régalien.

J'aimerais venir discuter de mon grand-oncle avec votre direction. Il se comporte… comment dire ? Ma foi, il est un peu bizarre depuis quelque temps, et nous pensons le confier à un établissement où l'on prendrait soin de lui.

— Je comprends parfaitement, lady de Rannoch. Le château de Craig est exactement l'endroit qu'il lui faut. Quand souhaiteriez-vous nous rendre visite ?

— À dire vrai, mon grand-oncle et moi sommes en voiture, non loin du sanatorium, et je me demandais s'il était possible de venir dès maintenant afin de vous le présenter ? Il est censé rentrer chez lui demain, dans le nord de l'Écosse, mais je ne crois pas qu'il en sera capable, vu son état.

— C'est tout à fait contraire à nos règles, répliqua mon interlocutrice, qui parut troublée. Mme la directrice n'autorise aucune visite sans rendez-vous pris à l'avance.

— J'espérais que vous feriez une exception, étant donné que nous sommes des voisins de longue date, et que votre propriété se trouve sur des terres qui appartenaient autrefois au domaine de Rannoch.

C'était absolument faux – jamais notre domaine ne s'était étendu aussi loin à l'est –, mais elle ne devait sans doute pas le savoir.

— Un instant, je vous prie. Je vais m'entretenir avec Mme la directrice. Veuillez patienter.

Suivit un long silence, interrompu par un bruit de pas et une voix m'annonçant, un tantinet hors d'haleine :

— Mme la directrice accepte de faire une exception dans votre cas.

— C'est merveilleux. Nous serons là d'ici quelques minutes.

Une fois que nous fûmes en route pour le sanatorium, mon grand-père me demanda :

— Ça t'ennuie de m'expliquer de quoi il retourne, au juste ? Pourquoi est-ce qu'on doit aller dans une maison de fous ?

— Parce que le nom de cet établissement était écrit sur une carte laissée à mon intention, par quelqu'un qui a ensuite été assassiné.

— Tu crois qu'un malade mal intentionné a causé tous ces accidents ?

Je réfléchis à cette hypothèse. Si par le plus grand des hasards le duc de Clarence était effectivement retenu contre son gré dans cet asile, alors il était peu probable qu'il fût capable d'influer sur des événements se déroulant dans le monde extérieur. Ses geôliers veilleraient à ce qu'il n'eût aucun contact avec qui que ce fût.

Je secouai la tête. Non, c'était grotesque.

— Je ne suis pas certaine de savoir pourquoi nous devons nous y rendre. Je me fie simplement à mon intuition. Nous garderons les yeux ouverts – je suis tout particulièrement en quête d'un vieil homme de ton âge environ.

— Quel genre de vieil homme ?

— Aucune idée, mais il ressemble peut-être au roi George.

Lorsque nous atteignîmes le portail, celui-ci était ouvert, gardé par un individu en uniforme sombre orné de boutons de cuivre. Il me salua, et je franchis la grille. Je remarquai dans mon rétroviseur qu'il la refermait derrière nous. Un frisson d'appréhension me parcourut. Ne me précipitais-je pas imprudemment dans la gueule du loup ? L'allée traversait un parc avant de mener à une élégante demeure de brique rouge en forme de E. Une femme vêtue d'un uniforme blanc immaculé, sans un pli, attendait sur le perron du bâtiment central.

— Quelle agréable surprise, lady de Rannoch, me dit-elle de sa voix cultivée. Veuillez entrer. Et voici probablement votre cher grand-oncle.

— C'est exact. M. Angus MacTavish Hume. Oncle Angus, nous allons faire une courte visite dans cet endroit charmant.

— Un hôpital ? chuchota-t-il en aparté.

Je ris gaiement.

— Mais non, c'est plutôt un hôtel. Tu verras.

Notre hôtesse nous fit entrer dans un vestibule carrelé de dalles blanches et noires et nous proposa de prendre place sur un canapé de cuir.

— Si vous voulez bien patienter un instant, je vais informer Mme la directrice de votre arrivée.

Ses talons s'éloignèrent en claquant sur le sol. Dès qu'elle eut bifurqué dans un couloir, je me levai d'un bond.

— Monte la garde, grand-papa, murmurai-je.

J'allai ouvrir les portes placées de part et d'autre du hall. La première donnait sur un placard. La seconde sur un bureau. Des meubles-classeurs étaient alignés le long des murs. Je n'aurais semble-t-il pas le temps d'en explorer le contenu, vu que j'ignorais ce que je cherchais. Je me doutais bien que je ne risquais pas de tomber sur un dossier intitulé « Duc de Clarence, top secret ». S'il était enfermé là, c'était sous un nom d'emprunt.

Sur la table, je vis toutefois un imposant registre des visites ouvert à la date du jour. Personne n'était encore venu. Je jetai un coup d'œil aux jours précédents. Rares étaient ceux qui rendaient visite à leurs parents aliénés, constatai-je. Puis je reconnus un nom : V. Padgett. Au-dessous, je lus celui de la patiente qu'elle était venue voir : Maisie McPhee.

— Quelqu'un se ramène, siffla mon grand-père par la porte entrouverte.

Je me ruai vers le canapé et me rassis à l'instant même où apparaissait une dame d'un certain âge en uniforme bleu, au visage en lame de couteau.

— J'ai pu comprendre que vous aviez amené votre grand-oncle afin de visiter notre établissement, commença-t-elle sur un ton désapprobateur. C'est tout à fait contraire à notre règlement. Nous préférons que cela se fasse sur rendez-vous.

— J'en ai conscience, mais comme nous étions tout près, cela m'a paru opportun. Naturellement, il doit se sentir rassuré s'agissant de tous les arrangements que nous ferons pour lui.

Je lui lançai un regard, et il afficha le rictus le plus inepte qui fût. Je l'aidai à se lever de son siège.

— Comment avez-vous entendu parler de nous ? s'enquit alors la directrice.

— Nous sommes presque voisins, répliquai-je en lui adressant un sourire plutôt condescendant. Je suis née et j'ai grandi à Rannoch. Je suis naturellement au courant de ce qui se passe sur les domaines qui entourent le nôtre.

— Je vois.

Je crus détecter que son expression s'était un peu durcie.

— Nos frais sont élevés, sachez-le, poursuivit-elle. Mais cela ne devrait assurément poser aucun problème à quelqu'un de votre rang.

— Mon grand-oncle a les fonds nécessaires, assurai-je en prenant sa main dans la mienne. Je dois cependant être certaine que cet endroit lui conviendra.

Grand-papa sourit de nouveau bêtement, ainsi que je lui avais recommandé.

— Il a des exigences précises, continuai-je. Il aime profiter du soleil le matin, comprenez-vous, et il souhaite une belle vue, des pelouses pour ses promenades et de plaisantes conversations avec les autres résidents. Serait-il possible de faire un tour de l'établissement et de quelques-unes des chambres ?

— Nous ignorions tout de votre venue, répondit-elle, un peu troublée. Nous n'avons pas prévu…

— Oh, allons donc, l'interrompis-je, me lançant dans une bonne imitation de mon austère arrière-grand-mère, la reine Victoria. Si votre établissement est médiocre au point qu'il faille vous organiser quand on souhaite le visiter au pied levé, alors il ne conviendra probablement pas à oncle Angus.

— Nous proposons des services de haute qualité, lady de Rannoch, rétorqua-t-elle avec froideur. Cependant, certains de nos patients sont facilement perturbés par des visiteurs. Quelques-uns peuvent même se montrer violents, et je ne voudrais pas que vous soyez témoins d'une scène déplaisante.

— J'estime important de voir cet endroit tel qu'il est vraiment. Si je vous confie mon cher oncle Angus, je veux savoir au préalable s'il sera bien ici.

— Je vois, dit-elle, tandis que l'ombre d'un sourire flottait sur ses lèvres – mais ses yeux gardèrent leur sévérité. Ma foi, je peux vous montrer ce que nous avons à offrir, je suppose. Il se trouve que nous avons deux chambres de libres en ce moment. Si vous voulez bien me suivre.

Profitant du fait qu'elle marchait en tête, je m'emparai du bras de mon grand-père.

— Essaie de trouver une certaine Maisie McPhee, chuchotai-je.

Il me lança un coup d'œil interrogateur.

— Par ici, je vous prie, indiqua alors la directrice d'un ton vif en se tournant brièvement vers nous.

Elle nous conduisit dans un long couloir bien éclairé. Chacune des portes qui le longeaient de part et d'autre avait un petit hublot sous lequel était fixée une plaque portant un nom. Au passage, je tâchai vainement de lancer un regard dans chaque pièce.

— Accueillez-vous des messieurs de l'âge de mon grand-oncle ? demandai-je. Il est très sociable. Il serait ravi de pouvoir jouer aux échecs et de bavarder avec d'autres pensionnaires.

La directrice me jeta un coup d'œil, comme pour me mettre en garde, puis dévisagea grand-papa, qui restait délibérément à la traîne.

— La plupart d'entre eux ne sont plus en mesure de disputer une partie d'échecs ou de tenir une conversation, expliqua-t-elle. Êtes-vous certaine que votre grand-oncle ne serait pas plus heureux dans une résidence pour personnes âgées ?

— Mais il s'égare et ne cesse de s'enfuir, murmurai-je. Récemment, ses domestiques l'ont retrouvé au bord de la route, en sous-vêtements. Il essayait de faire de l'auto-stop.

— Ah, je vois.

Nous entrâmes dans une vaste pièce lumineuse, meublée de fauteuils et de tables basses. Il y avait un piano dans un coin et un poste de radio sur une desserte.

— Nos pensionnaires les plus... sociables, disons, se retrouvent d'ordinaire dans la salle commune.

Quelques sièges seulement étaient occupés. L'un d'eux par un vieil homme qui portait une sorte de bonnet de nuit ; sur la table près de lui était posé un verre – du whisky, apparemment.

— C'est l'heure du déjeuner ? s'enquit-il.

— Vous venez de prendre votre repas, monsieur Soames. Vous avez mangé du carrelet grillé, vous vous rappelez ?

Une femme aux yeux caves nous regarda.

— Moi aussi, je veux déjeuner, dit-elle. Ils nous font mourir de faim, ici. Nous n'avons rien à manger pendant des semaines.

— Balivernes, lady Wharton, la réprimanda la directrice en lâchant un petit rire. Vous racontez des histoires vraiment affreuses.

— Pourrions-nous voir la cuisine et la salle à manger ? lui demandai-je. Oncle Angus est très difficile pour la nourriture.

— Nos plats sont de qualité supérieure, lady de Rannoch. Et le personnel est en train de faire la vaisselle du déjeuner, mais je peux vous montrer la salle à manger.

Elle nous mena dans une pièce agréable où étaient installées de petites tables. Les fenêtres donnaient sur les collines, et le plafond avait des poutres apparentes.

— Vous voyez, reprit la directrice. La vue est plaisante, n'est-ce pas ? Juste ce qu'il faut à votre grand-oncle, ajouta-t-elle en lui souriant.

— Et combien de messieurs de son âge accueillez-vous en ce moment ? m'enquis-je.

Je crus déceler une légère hésitation de sa part.

— Voyons voir… le colonel Farquar, M. Soames… Une dizaine, me semble-t-il. Et quinze dames. Pour une raison qui m'échappe, elles vivent toujours plus longtemps, fit-elle observer avant d'esquisser un autre sourire contraint.

— J'aimerais simplement avoir un aperçu de la cuisine, déclarai-je. Est-elle de ce côté ?

Sans attendre sa réponse, je passai une porte. Des domestiques levèrent les yeux vers moi, surpris. L'endroit était parfaitement tenu – immaculé, à dire vrai – et les odeurs qui s'en dégageaient n'avaient rien de déplaisant. En réalité, si j'avais eu un grand-oncle sénile, l'établissement aurait certainement convenu.

— Lady de Rannoch, je ne crois pas que…, commença la directrice en s'emparant de mon bras. Nous ne devrions pas les déranger pour l'instant. Reprenez votre travail, ajouta-t-elle à l'intention du personnel.

Sur ce, elle me tira presque de force hors de la cuisine, puis regarda alentour.

— Où est votre grand-oncle ?

Grand-papa avait décampé. Bravo !

— Oh, non, me lamentai-je. Vous comprenez, à présent ? Il nous fausse sans cesse compagnie. Mais il n'a pas pu aller bien loin.

La directrice partait déjà en courant dans un couloir, ses talons martelant le sol nu.

— James, Frederick ! appela-t-elle. Un vieil homme s'est échappé.

Deux jeunes hommes partirent à la poursuite du fuyard.

— Ne le laissez surtout pas sortir de la maison ! leur conseillai-je. Nous ne le retrouverons jamais s'il s'égare dans le parc.

L'un d'eux changea de direction et se précipita vers la porte d'entrée. Je suivis l'autre dans l'escalier, puis dans un couloir qui bifurquait dans une aile du bâtiment. Je ralentis et tâchai de lire les noms inscrits sur chaque porte, tout en jetant un coup d'œil à l'intérieur. J'entendis soudain des cris et un bruit de bagarre. Je m'élançai dans cette direction et tombai sur deux jeunes hommes en uniforme blanc, qui retenaient mon grand-père, lequel se débattait. Ils usaient me sembla-t-il d'une force considérable.

— Laissez-le tranquille ! m'écriai-je.

— Ce n'est pas encore l'un de nos pensionnaires, Sims ! s'exclama la directrice depuis l'autre bout du corridor.

Les jeunes gens lâchèrent les bras de grand-papa, qui imita avec succès un vieillard terrifié. Je m'approchai de lui.

— Tu es vilain, oncle Angus, dis-je en lui prenant la main. Tu avais pourtant promis de bien te tenir, as-tu oublié ?

La directrice nous rejoignit, haletante.

— C'était idiot, monsieur Hume. Il est inutile de s'enfuir. Nous sommes entre amis. Nous prendrons bien soin de vous, ici.

Elle m'attira à l'écart.

— Je constate qu'il vous donne du fil à retordre, chuchota-t-elle. Peut-être souhaitez-vous nous le confier dès à présent.

— Non, je crois qu'il préférerait d'abord rentrer chez lui afin de mettre ses affaires en ordre et de dire au revoir au personnel, m'empressai-je de dire en me rapprochant de nouveau de mon grand-père. Et nous n'avons pas encore eu l'occasion de visiter l'une de vos chambres.

— Oh, c'est vrai. Mais nous avons été interrompus, n'est-ce pas ? Je pense que celle qui se trouve dans l'aile baptisée « Rayon de soleil » est la plus proche. Et vous m'avez dit que votre grand-oncle appréciait la luminosité matinale. James, pourriez-vous aller vérifier si la pièce est prête à accueillir des visiteurs ?

Le jeune homme s'éloigna en courant, tandis que nous nous remettions à avancer lentement dans la partie centrale de la bâtisse avant de tourner dans une autre aile. Je repérai soudain le nom « M. McPhee » sur une plaque. Je coulai un œil par le petit hublot, mais n'entrevis qu'une silhouette dans un lit.

— Ah, nous voilà arrivés, annonça la directrice.

La chambre dans laquelle nous entrâmes était vide. Le décor était pour le moins spartiate.

— Nous encourageons nos résidents à apporter leur propre mobilier afin de faciliter leur adaptation.

— Charmante idée. Cela devrait tout à fait convenir, en définitive. Je crois que mon grand-oncle offrira d'abord quelque résistance, mais il finira vraiment par se plaire ici.

Je me tournai vers l'intéressé en souriant. La directrice se tenait derrière lui, cette fois, lui bloquant le passage.

— Je compte en discuter avec mon frère, le duc, et nous reprendrons contact dès que possible pour vous faire part de notre décision.

— Nous avons hâte d'accueillir votre grand-oncle parmi nous, lady de Rannoch, répondit la directrice avec un sourire servile.

Alors que nous faisions le trajet inverse dans les couloirs, je feignis de remarquer soudain la plaque que j'avais déjà repérée.

— Bonté divine ! Ça ne serait pas Maisie McPhee, par hasard ?

— Oui, en effet.

— S'il s'agit bien de la même personne, elle a été à notre service il y a des années, quand j'étais enfant.

— Ce ne peut être elle, affirma la directrice.

— Je la reconnaîtrais aussitôt, repris-je. Et peut-être se souviendrait-elle de moi. Elle était si gentille, si bienveillante.

Mes doigts s'étaient refermés sur la poignée de la porte, que j'essayai d'ouvrir.

— Je ne pense pas qu'elle vous reconnaîtrait, lady de Rannoch. Elle ne reconnaît plus personne.

Elle ôta à la hâte ma main de la poignée. Le bruit de nos voix avait néanmoins dû réveiller la patiente, car celle-ci se redressa dans son lit et regarda de notre côté, la mine angoissée. Par le hublot, je fus surprise de découvrir un visage encore jeune, sans rides, aux yeux bleu clair ; sa chevelure autrefois rousse était à présent comme ternie, striée de mèches blanches.

— Tout va bien, ma chère, dit la directrice derrière la porte fermée. Vous n'avez rien à craindre. Rendormez-vous.

— Elle est si jeune pour être ici, dis-je. Quel malheur.

La directrice opina du chef.

— Elle est atteinte de la syphilis, murmura-t-elle. À un stade avancé, hélas. Il n'existe aucun traitement.

Elle me prit par le bras et nous escorta jusqu'au vestibule.

31.

Sur le trajet du retour
21 août 1932

Lorsque notre automobile franchit de nouveau la grille du château de Craig et se retrouva sur la route, je poussai un profond soupir de soulagement. Assis à côté de moi, mon grand-père m'imita.

— Merde alors ! J'en fais, des choses pour toi, mon canard ! J'ai vraiment cru que j'étais fichu, qu'ils allaient m'entraîner dans une chambre et m'enfermer sur-le-champ. Et moi qui trouvais que ton château d'Rannoch me filait les chocottes… cet endroit est bien pire.

— Oui, assurément. Même si tout m'a paru propre, soigné et lumineux. Et tu as joué ton rôle à la perfection. Tu es extrêmement doué. Je comprends maintenant d'où viennent les talents de maman.

— Oh, arrête un peu, protesta-t-il en rougissant à moitié. Je t'ai juste suivie en prenant l'air idiot.

— Mais tu t'es enfui, ce qui nous as donné l'occasion d'explorer plus avant le bâtiment. Cette femme ne nous aurait sans doute pas permis d'aller à l'étage. Et je n'aurais jamais vu Maisie McPhee.

— C'est qui, au fait ?

— Je l'ignore. Une ancienne domestique, probablement. Veronica Padgett lui rend visite régulièrement, alors qu'elle n'est manifestement pas du genre philanthrope.

— Qu'est-ce qui te fait croire qu'elle était domestique ? Je pensais qu'il y avait que des aristos, dans cet asile.

— McPhee est un nom typique dans la région. Mais pourquoi les Padgett auraient-ils placé une servante dans un établissement aussi onéreux ?

Soudain, la vérité m'apparut.

— Supposons que… ce soit la vraie mère de Ronny. Mme Padgett a laissé entendre que son mari et elle avaient adopté leur fille. L'une des servantes s'est peut-être retrouvée enceinte, et les Padgett auraient recueilli l'enfant.

Maisie McPhee était rousse, après tout, comme Ronny. Mais pourquoi avoir continué de l'entretenir toutes ces années ? À moins que le major Padgett ne fût le père, évidemment.

Les éléments s'imbriquaient peu à peu, dont le scandale auquel le major avait été mêlé – ou la dépression nerveuse qu'il avait faite – avant d'être expédié en Écosse. Il avait peut-être contracté la syphilis, cela s'était ébruité, et il avait ensuite mis une bonne enceinte. La reine Victoria ne pouvait tolérer la moindre immoralité. L'avait-elle gardé à son service tout en le bannissant dans cette région, pensant ainsi agir avec bienveillance ? De surcroît, la syphilis provoquait souvent des troubles mentaux. Le major Padgett avait-il réellement perdu la raison ?

— T'es drôlement silencieuse, constata mon grand-père.

— Je réfléchis à cette affaire, et tout commence à faire sens. J'espère que sir Jeremy réapparaîtra bientôt. S'il n'est pas revenu d'ici ce soir, je coucherai tout sur le papier et lui laisserai mes notes à l'auberge de Braemar, cela vaudra mieux.

Tandis que nous roulions, des nuages s'étaient amoncelés, dissimulant les montagnes et couvrant la route d'une brume humide. J'agrippai plus fermement le volant afin d'affronter la série de lacets en épingle à cheveux qui descendaient vers la vallée.

— Je meurs de faim, dis-je au bout d'un moment. J'ai manqué le déjeuner.

— Parle pas de nourriture pour le moment, s'il te plaît, répondit mon grand-père.

Je lui lançai un coup d'œil. Il avait blêmi.

— Je suis navrée. J'ignorais que tu avais mal au cœur en auto.

— Je le savais pas non plus jusqu'à maintenant, répliqua-t-il. Je suis pas souvent monté en voiture, vois-tu. Et c'était pas sur des routes pareilles, avec une conductrice comme toi.

— Je conduis rudement bien.

— Je te critique pas, mon canard, mais tu vas drôlement vite, surtout dans ces virages.

— Désolée, dis-je en souriant, avant de ralentir exagérément pour aborder le lacet suivant. Nous serons bientôt rendus, je te le promets. Regarde, on aperçoit déjà le loch en contrebas.

Sombre et lugubre, il apparut entièrement devant nous un instant plus tard. Les nuages s'étaient encore obscurcis, et la pluie menaçait.

— Qu'est-ce qui se passe, là-bas ? demanda mon grand-père tandis que nous approchions du quai.

Une petite foule s'était rassemblée. Le hors-bord était dans l'eau, mais on s'apprêtait à l'amarrer au débarcadère. Je me garai le long de la route, laissai grand-papa dans l'automobile et me frayai un chemin entre les gens.

— Qu'est-il arrivé ? m'enquis-je. Êtes-vous venus admirer le hors-bord ?

— Non, lady de Rannoch, me répondit un jeune garçon – le fils de l'un de nos employés sur le domaine. Quelqu'un vient de voir le monstre.

— Le monstre ? Ce sont des sornettes. Qui l'a vu ?

— Ellie Cameron, précisa-t-il en pointant le doigt sur une fillette un peu plus âgée que lui, à présent cramponnée au bras d'une camarade.

— Qu'est-ce que c'est que cette histoire de monstre, Ellie ? demandai-je en m'approchant d'elle.

Elle me fit une révérence hâtive.

— Je l'ai vu, vraiment, lady de Rannoch. Je regardai le bateau, et puis des vagues bizarres sont apparues. J'ai d'abord cru que c'étaient juste le vent et le sillage du bateau, vous savez, mais une tête monstrueuse est sortie de l'eau et j'ai crié.

— Une tête monstrueuse ? Tu as beaucoup d'imagination, Ellie, conclus-je en souriant.

— Oh non, lady de Rannoch, j'ai rien imaginé. J'ai bien vu une grosse créature blanchâtre au milieu du loch.

— Ma foi, il n'y a plus rien, maintenant, raisonnai-je. Regarde, l'eau est plutôt calme.

L'équipage du hors-bord débarquait à présent, quand soudain un homme hurla :

— Qu'est-ce que c'est ? Attention !

Des bulles jaillirent de l'eau noire, puis quelque chose apparut à sa surface – une créature corpulente, blanche. Une fille poussa un cri.

— C'est un corps ! lança une autre.

Les passagers remontèrent aussitôt dans le bateau. Un membre de l'équipage s'apprêtait à faire redémarrer le moteur quand quelqu'un lança :

— Ne vous inquiétez pas, je vais le récupérer. Restez où vous êtes.

Je connaissais cette voix. C'était Darcy, la dernière personne que je m'attendais à trouver là. Je le repérai alors qu'il enlevait sa veste et plongeait depuis le quai. Il atteignit le corps en quelques mouvements impeccables. Il s'empara d'une jambe et ramena le cadavre jusqu'au rivage. Une fois dans les hauts-fonds, il se redressa.

— Reculez, s'il vous plaît, dit-il à bout de souffle. Et que quelqu'un aille chercher la police.

Plusieurs garçons partirent en courant ; le reste de la foule, fascinée et silencieuse, attendait de voir ce qui allait maintenant se passer. Debout dans l'eau, dégoulinant, sa chemise et son pantalon collés à son corps comme une seconde peau, Darcy respirait la vie, tandis que, derrière lui, le cadavre boursouflé de Godfrey Beverley, en sous-vêtements, était ballotté par les vagues.

À cet instant, Darcy m'aperçut et, à ma grande satisfaction, ses yeux brillèrent.

— Georgie ! m'appela-t-il. Êtes-vous venue en automobile ? Pourriez-vous téléphoner à la police depuis le château ?

— Vous en faites pas, m'sieur, dit alors l'un des garçons. Freddie MacLain a déjà pris sa bicyclette pour aller à la cabine téléphonique.

— Avez-vous besoin d'aide avec…, commençai-je, incapable de terminer ma phrase, les yeux rivés sur la forme bouffie qui flottait à la surface du lac.

— Contentez-vous d'empêcher ces gens d'approcher, répondit Darcy. Je vais le traîner sur la rive, et ensuite, nous tâcherons de ne plus toucher à rien jusqu'à l'arrivée des forces de l'ordre.

— Vous croyez qu'il s'agit d'un meurtre ?

— Avez-vous une autre théorie ? marmonna-t-il.

Avec un grognement d'épuisement, il commença à tirer le cadavre vers le bord.

— Il passait son temps à rôder sur le rivage en essayant d'écouter les conversations des uns et des autres, dis-je. Il a pu glisser, tomber à l'eau et se cogner la tête contre un rocher.

— C'est possible, mais dans ce cas pourquoi ne porte-t-il que ses sous-vêtements ? Et pourquoi épiait-il ainsi tout le monde ?

— C'est Godfrey Beverley, l'échotier du *Morning Post*. Il était en quête du dernier scandale.

— À mon avis, il l'a trouvé, et il l'a payé de sa vie, répliqua Darcy d'un air sombre. Si c'était la première mort qui survenait alentour, je serais tout disposé à croire à un accident, mais après ce que nous avons appris…

Il s'interrompit à la vue des passagers du bateau qui remontaient le quai pour venir à notre rencontre.

— Oh, non ! s'exclama une voix limpide. Je suis tout simplement incapable de passer devant cette chose ! Je ne peux même pas la regarder. Que quelqu'un me porte secours !

C'était ma mère, naturellement, dans un costume marin blanc et bleu avec un calot assorti qui lui donnait une fausse allure nautique absolument ridicule. Plusieurs mains d'hommes se tendirent vers elle pour l'aider à descendre de la jetée. Elle avança, chancelante, sur la plage de galets, dans des chaussures à semelles compensées. Puis elle m'aperçut.

— Chérie ! lança-t-elle en se précipitant dans mes bras. C'est vraiment effroyable, n'est-ce pas ? C'est bien Godfrey Beverley ? Pauvre petit homme. Je n'arrive toujours pas à y croire.

— Tu le détestais, lui rappelai-je.

— Oui, mais je ne l'ai assurément pas poussé dans l'eau pour le noyer, même si l'envie ne m'en manquait pas. Il est plus dégoûtant mort que vivant, tu ne trouves pas ? Comme un ballon difforme. Penses-tu qu'il exploserait si je lui plantais une aiguille dans la peau ?

— Maman, tu es atroce.

— Je m'efforce de traiter cette horrible situation avec un peu de légèreté, se défendit-elle. Mon Dieu, je me sens près de défaillir… J'ai besoin d'un brandy. Si seulement Max pouvait s'éloigner de ce fichu bateau et se dépêcher de me rejoindre !

— Viens donc de ce côté, ma petite, lui dit alors mon grand-père, qui était soudain descendu de voiture. Viens t'asseoir dans l'auto.

— Bonté divine, père ! Que diable fais-tu ici ?

— Qu'est-ce que c'est cette histoire de « père » ? Tu m'as toujours appelé papa, tout simplement, et ça me suffit. T'as jamais pu t'empêcher de minauder, hein ?

— N'oublie pas que j'ai été duchesse, père, rétorqua-t-elle en regardant alentour, comme si elle craignait qu'on puisse surprendre cette conversation. Et tu n'as pas répondu à ma question.

— Je veille sur ta fille, ce que t'as jamais fait.

— Je t'en prie, ne recommence pas. Certaines femmes ne sont pas taillées pour être mères, c'est ainsi. J'ai fait mon possible, et elle s'en est bien tirée.

— Oui, elle est épatante, mais c'est pas ça, le problème. Bref, c'est pas le moment de se chamailler. Viens dans l'auto. T'as reçu un sacré choc, visiblement.

— Oui, je ferais mieux de m'asseoir un moment en attendant Max.

Elle laissa mon grand-père l'escorter jusqu'à mon break, puis s'effondra sur le siège avant dans une pose théâtrale. Je reportai mon attention sur le quai et cherchai Max des yeux. À ma grande stupéfaction, je vis Paolo venir à ma rencontre, Belinda pendue à son bras.

— Oh, Georgie ! s'écria celle-ci, lâchant l'Italien pour s'élancer vers moi. Quel drame abominable. Je regardai à l'arrière du bateau, et ce corps est soudain apparu à la surface de l'eau. Au début, je n'ai pas vu ce que c'était.

— C'est affreux, n'est-ce pas ? dis-je en posant une main compatissante sur son épaule.

— Par chance, Paolo n'a pas percuté le cadavre lorsqu'il a pris de la vitesse. Il se serait tué, j'en suis certaine.

— Il est donc de retour ? m'étonnai-je. La dernière fois que je l'ai vu, la police l'embarquait.

— Ils ont été obligés de le relâcher, répondit-elle en rejetant la tête en arrière d'un air triomphant. Il leur a prouvé qu'il était en train de dîner avec des amis à l'autre bout de Londres quand cette pauvre fille a été renversée. Bien entendu, je savais qu'il n'avait pas pu commettre un tel crime.

Paolo vint la prendre par le bras.

— Venez, *cara*. Je préfère partir avant l'arrivée de la police. J'en ai assez de ces inspecteurs anglais.

— Ceux que nous avons appelés sont écossais, fis-je remarquer.

— Anglais, écossais, c'est du pareil au même, rétorqua-t-il avec un haussement d'épaules. Ils sont tous parfaitement stupides, incapables de voir plus loin que le bout de leur nez. Je n'ai pas arrêté de leur expliquer qu'ils avaient fait erreur, que quelqu'un avait volé ma motocyclette, mais ils ont d'abord refusé de m'écouter.

— À plus tard, Georgie, reprit Belinda, tandis que son amant l'entraînait vers la route.

Max arriva avec Digby Flute, et ma mère sortit de l'automobile pour voler à sa rencontre.

— Max, chéri, quel choc épouvantable ! Emmène-moi loin d'ici, ajouta-t-elle, interprétant avec brio une héroïne tragique sur le point de rendre l'âme.

— Pas t'inquiéter, *Liebchen*. Nous partir.

La foule s'était dispersée. Seuls quelques garçons s'attardaient encore sur le quai, observant la scène avec de grands yeux. Darcy se pencha au-dessus du corps pour le couvrir de sa veste.

— Il a reçu un vilain coup à l'arrière du crâne, constata-t-il en se redressant. Nous avons laissé tous les témoins qui étaient sur le bateau s'en aller, mais cela ne devrait pas poser de problème. Nous savons où ils séjournent si la police cherche à les contacter.

Je hochai la tête. J'étais affamée, et j'avais envie de rentrer chez moi. Je ne voulais toutefois pas abandonner Darcy à cette tâche déplaisante. À dire vrai, je ne voulais pas abandonner Darcy tout court.

— Vous m'aviez dit que vous deviez vous absenter, dis-je.

— J'ai changé d'avis.

— J'en suis heureuse.

— Y a-t-il eu d'autres incidents dont je devrais être informé ?

— Non, hormis le fait qu'on m'a tiré dessus ce matin, pendant une promenade à cheval.

— Georgie… Je croyais vous avoir conseillé la prudence.

— J'étais avec la princesse Élizabeth sur le domaine de Balmoral, et il y avait des policiers sur la propriété.

— Le meurtrier, quel qu'il soit, est maintenant prêt à tout, semble-t-il.

— Pour tout dire, je crois savoir de qui il s'agit. J'ai tenté de prévenir sir Jeremy, qui reste introuvable.

— Vous pensez vraiment connaître son identité ?

— Ce n'est qu'une hypothèse, mais ce pourrait être le major Padgett.

— Padgett, l'homme qui gère le domaine royal ? Le père de Ronny ?

— Oui, acquiesçai-je. L'idée paraît étrange, n'est-ce pas ? Pourtant, tout semble pointer vers lui, et qui plus est, en tant que gérant du domaine de Balmoral, il aura eu facilement accès aux diverses personnes impliquées dans ces affreux accidents.

— Il est au service de la famille royale depuis des années, fit observer Darcy. Pourquoi leur voudrait-il du mal aujourd'hui ?

— Peut-être a-t-il perdu la raison. Il a été à l'origine d'un scandale, et il s'est dit qu'il avait fait une dépression nerveuse. Ce qui expliquerait pourquoi il aurait été envoyé en Écosse. Lorsque Hugo a été tué, il était présent, et c'est lui qui a persuadé la police locale de ne pas enquêter davantage.

— Oui, mais…, commença à objecter Darcy avant de se taire. Bon, très bien. Je tâcherai de transmettre ces informations.

— Au fait, pourriez-vous vous renseigner sur une femme du nom de Maisie McPhee ?

— Qui est-ce ? Une complice ?

— Non, elle est enfermée dans un asile psychiatrique et elle a un lien avec cette affaire, j'en suis convaincue. Elle n'a pas encore cinquante ans, je pense. Il faudrait savoir si elle a donné naissance à un enfant il y a une trentaine d'années de cela, ou si elle est mariée.

— C'est beaucoup demander, mais je vais voir s'il est possible de consulter les registres de l'état civil à Édimbourg.

— Vous devriez rentrer. Vous grelottez.

— Il faut que j'attende la police.

— On dirait qu'un flic se ramène à bicyclette ! me lança mon grand-père depuis l'automobile.

C'était l'agent Herries, le visage rouge, qui nous rejoignit en pédalant à folle allure. Il nous apprit qu'il avait déjà fait appeler une ambulance et qu'il allait surveiller le corps jusqu'à son arrivée.

— Avez-vous averti vos supérieurs ? s'enquit Darcy.

— Non, monsieur. En général, on ne les dérange par pour une simple noyade. Au téléphone, le gosse m'a dit que le corps avait fait surface au milieu du loch.

Darcy fronça les sourcils.

— En effet, nous étions là, répondis-je. M. O'Mara a plongé pour le ramener sur le rivage.

— Pauvre type, soupira l'agent. Je me demande combien de temps il est resté dans l'eau.

— Il était encore en vie hier, précisai-je.

— C'est tout à fait inhabituel, dit Herries en se rembrunissant. D'ordinaire, les corps restent au fond jusqu'à ce que le contenu de leur estomac se mette à fermenter, et ça peut prendre des jours.

— Je ne crois pas qu'il se soit noyé, répliqua Darcy. Il n'y avait apparemment pas d'eau dans ses poumons.

— Que voulez-vous dire, monsieur ?

— Je pense qu'il a été tué et que son corps a ensuite été jeté dans le loch.

— Ce serait un meurtre ?

— Oui, c'est mon avis.

— Mon Dieu !

L'agent Herries repoussa son casque vers l'arrière de son crâne et se gratta le front.

— Il faudrait prévenir quelqu'un, ajouta-t-il.

— Ne vous inquiétez pas, nous appellerons vos supérieurs depuis le château, proposai-je pour le rassurer.

— Ça ne vous dérange pas, lady de Rannoch ?

— Nullement.

Sur ce, après avoir pris congé, l'agent Herries s'éloigna pour aller examiner le cadavre.

Je me tournai vers Darcy. Ses boucles sombres étaient plaquées contre son visage, et il était encore tout dégoulinant.

— Je devrais sans doute vous ramener à Rannoch afin que vous ôtiez ces vêtements trempés. Nous vous fournirons des couvertures pendant qu'un domestique séchera vos habits, lui proposai-je.

— Merci pour votre offre, répondit-il. C'est bien la première fois que vous m'invitez à me déshabiller. Mieux vaut cependant que je rentre directement chez moi afin d'effectuer quelques recherches. J'irai aussi trouver certaines personnes pour leur faire part de vos soupçons.

— De mon côté, je vais attendre des nouvelles de sir Jeremy. En tout cas, merci, je vous suis très reconnaissante de tout ce que vous faites.

— Je me contente d'obéir aux ordres, m'dame ! dit-il, feignant de me saluer en portant la main à son front.

— Montez donc en voiture, je vais vous déposer.

— Vos sièges seront mouillés.

— Je suis prête à prendre ce risque. Sinon, comment comptez-vous rejoindre votre maison de l'autre côté du loch ?

— C'est vrai, avec ce vent, je n'ai pas tellement envie de rentrer en barque, avoua-t-il avant de se diriger vers l'auto, laissant une traînée de gouttelettes dans son sillage.

Après avoir ouvert la portière à Darcy, qui s'installa sur la banquette arrière, Grand-papa alla s'asseoir à l'avant à côté de moi.

— Votre chauffeur vous accompagne, et c'est vous qui conduisez ? s'étonna Darcy, amusé.

— Ce n'est pas mon chauffeur, mais mon grand-père, répondis-je en riant. Navrée, j'avais oublié que vous ne vous étiez jamais rencontrés, tous les deux.

— Sainte mère de Dieu ! Vous ne cessez de me surprendre, ajouta-t-il en tendant la main à grand-papa. Enchanté, monsieur, je suis Darcy O'Mara. Ravi de faire votre connaissance.

— Pareillement, je crois bien. Je suppose que c'est lui, ton amoureux ? demanda-t-il en se tournant vers moi.

— Grand-papa..., commençai-je, les joues tout à coup écarlates.

Mais Darcy me devança et lui répondit :

— Vous supposez bien, monsieur.

32.

Château de Rannoch
21 et 22 août 1932

Je ne me souvins pas du trajet retour. Je ne descendis de mon petit nuage que lorsque j'entrai au château et me retrouvai face à une Fig courroucée.

— Où diable étiez-vous passée ? Vous disparaissez pendant une éternité, vous ne vous montrez pas aux repas, et je suis obligée de divertir nos invités et de leur faire la conversation toute seule.

— Je m'excuse, dis-je. Je suis retournée à Balmoral. La princesse Élizabeth souhaitait que je fasse du poney avec elle.

— Bon, dans ce cas, j'imagine que vous ne pouviez refuser, marmonna-t-elle, agacée.

Le fait que j'avais des liens de parenté directs avec le roi et sa famille la mettait toujours en rogne, étant donné qu'elle n'était associée à eux que par alliance.

— Suis-je en retard pour le thé ? Je meurs de faim.

— J'ai pris le thé avec Podge dans la nursery, aujourd'hui. Avec tous ces invités, je l'ai terriblement négligé, ces derniers temps. Et personne n'était là, sauf Binky. Le prince Siegfried est sorti je ne sais où. Au fait, les Simpson nous ont quittés, en définitive.

— Vraiment ? Hourra !

— Comme vous le dites, hourra. J'ai bien cru que je n'arriverais jamais à me débarrasser d'eux, surtout après qu'ils avaient choisi de rester à la suite du départ des autres Américains. Mais je pense que vos cousins se sont finalement avérés intolérables. Ils sont un tantinet primitifs, n'est-ce pas ?

— Que s'est-il passé ?

— Hier soir, au beau milieu du dîner, nous étions en train de manger de la viande quand Murdoch a entrepris de décrire de quelle manière il avait démembré un chevreuil qu'il avait abattu. Cela leur a complètement coupé l'appétit, je l'ai bien vu.

J'affichai un grand sourire.

— Vous êtes donc parvenue à vos fins. Tout le monde est parti.

— Excepté vos affreux cousins. Ils mangent et boivent tant ! J'ai demandé à Binky de les mettre à la porte, mais vous connaissez son indulgence. Nous devrons nous contenter de toasts et de thé jusqu'à la fin de l'année.

Elle m'examina d'un œil critique.

— Avez-vous un problème, Georgiana ?

— Non. Pourquoi ?

— Vous n'avez cessé de sourire bêtement depuis votre retour, répliqua Fig.

★

Après avoir téléphoné aux supérieurs de Herries pour les prévenir, le reste de la journée se déroula sans incidents. Pendant le dîner, je me sentis cependant tendue et mal à l'aise. Fig, Murdoch, Lachan et moi étions installés sur toute la longueur de l'immense table de banquet, ce qui rendait toute conversation presque impossible – à moins de crier. Je m'attendais d'un instant à l'autre à ce que sir Jeremy m'appelât ou vînt en personne. Lorsqu'approcha l'heure du coucher, je n'avais toutefois eu aucune nouvelle. Cela signifiait probablement qu'il n'était pas encore rentré à l'auberge, ou que la demeurée qui y travaillait avait oublié de lui remettre mon message. Il était également possible qu'il n'eût pas compris un traître mot de ce qu'elle lui disait. Je ne savais que penser. Et si je téléphonais à l'auberge afin de voir s'il était de retour ? C'était le seul moyen que j'avais de le contacter. Mais j'étais également inquiète à l'idée qu'un autre incident survînt à Balmoral tant que personne n'aurait arrêté le major Padgett. J'espérais simplement que Darcy avait réussi à joindre les personnes qu'il avait prévu d'avertir et que tout allait s'arranger. Je ne pouvais de toute manière rien faire de plus. Il aurait été absurde de retourner à Balmoral le lendemain. J'essaierais plutôt de prendre un peu de bon temps, en emmenant par exemple grand-papa en promenade le long de mes sentiers préférés. Je pourrais même lui apprendre à pêcher.

Le lendemain matin, je dormis tard. Au réveil, un soleil radieux entrait à flots par ma fenêtre ouverte. Après un bon petit déjeuner, je partis retrouver mon grand-père. Soudain, j'entendis une voix résonner dans le parc.

— Hector ! Revenez sans attendre, où que vous soyez ! Ce n'est plus amusant du tout.

La nourrice de Podge apparut, lançant des regards anxieux autour d'elle.

— Que se passe-t-il ? lui demandai-je.

— Ce vilain garçon se cache, me dit-elle. Je l'ai laissé descendre de sa voiture d'enfant, vu qu'il aime tant courir dans l'herbe. Mais je ne le retrouve plus.

— Ne vous inquiétez pas, il n'a pas pu aller bien loin, la rassurai-je, tandis que des nœuds se formaient au creux de mon ventre.

Ce n'était que la fugue passagère d'un diablotin de trois ans, ne cessais-je de me répéter. Mon esprit me soufflait pourtant des éventualités plus sombres.

— Allez dire à Graham de rassembler les jardiniers et les guides de chasse afin qu'ils nous aident à fouiller le parc, ordonnai-je à la nourrice en désignant l'un des employés, occupé dans le potager.

— Oui, lady Georgiana.

— Et je vais me mettre à la recherche de Podge, moi aussi. Où l'avez-vous perdu de vue, au juste ?

— Pas loin d'ici. Il courait joyeusement après sa balle sur cette pelouse. Je suis allée m'asseoir sur le banc et, quand je me suis retournée, il avait disparu. J'ai évidemment pensé qu'il me jouait un tour, et je l'ai appelé, mais il n'a pas répondu. Oh, j'espère qu'il ne lui est rien arrivé, lady Georgiana !

— Ne vous en faites pas, nous le retrouverons. Vous n'avez pas entendu un bruit de moteur, par hasard ?

— Que voulez-vous dire, lady Georgiana ?

À quoi bon l'alarmer davantage ?

— C'est sans importance. Allez donc voir Graham, ajoutai-je en la poussant en direction du potager.

Je me précipitai vers la pelouse qu'elle m'avait indiquée. Si mon neveu s'était enfui ou caché, il était encore dans les environs. Il n'avait pas pu aller loin, sur ses petites jambes. Et si sa nourrice n'avait pas remarqué d'automobile, alors il était peu probable que quelqu'un l'eût emmené.

Je m'avançais parmi les arbustes en criant son nom, en lui disant que tata Georgiana voulait jouer avec lui, puis que son papa voulait le voir – Binky étant la personne qui comptait le plus aux yeux de Podge. Je ne décelai aucun mouvement parmi les buissons. Je réagissais sans doute de manière excessive. Peut-être était-il reparti vers la maison pour aller chercher un jouet. Et s'il était à présent en sécurité dans la nursery ? Je ne pouvais néanmoins surmonter la peur terrible qui s'était emparée de moi.

Je venais d'atteindre l'allée de gravier quand j'entendis quelqu'un lancer mon nom. Je me retournai. Mon grand-père venait à ma rencontre en agitant la main.

— Pourquoi t'es si pressée, mon canard ? Tu t'entraînes à la course ?

— Non, grand-papa. C'est le petit Podge, mon neveu. Il a disparu et je suis très inquiète…

Je ne parvins pas à terminer ma phrase.

— T'es sûre qu'il s'est pas tout bonnement égaré ? Ça leur arrive souvent, aux gamins.

— Je sais, mais nous avons beau appeler, il reste introuvable.

— T'en fais pas, ma chérie, dit-il en passant un bras autour de mes épaules. Je vais t'aider à le chercher, d'accord ? Tu crois vraiment qu'il serait parti si loin du château tout seul ?

— Non, sans doute pas, mais… attends ! Qu'est-ce que c'est ?

J'avais remarqué l'éclat d'un objet rouge qui gisait sur le gravier, non loin du portail. Je courus le ramasser.

— C'est l'un des petits soldats de Podge ! m'écriai-je. Va le dire à sa nourrice !

Sur ce, je m'élançai en direction des grilles ouvertes. Je regardai de chaque côté de la route. Je n'entendis aucun bruit de moteur dans le lointain. Tout était silencieux, hormis les soupirs du vent dans les pins et le doux clapotis des vagues sur la rive du loch. Debout au bord de la route, j'hésitais. Que faire, à présent ? À supposer que Podge fût sorti du domaine, quelle direction aurait-il prise ? Je n'avais aucun moyen de le savoir. Il fallait prévenir la police, naturellement. J'espérais que grand-papa s'en chargerait.

À cet instant, j'entendis un véhicule approcher. C'était une petite automobile. Une Morris, visiblement. Je m'avançai sur la route et lui fis signe de ralentir. Dès qu'elle s'arrêta à ma hauteur, j'ouvris brusquement la portière côté passager.

— À tout hasard, vous n'auriez pas vu un petit garçon dans les parages ? demandai-je. Oh, Ronny, c'est vous, ajoutai-je en reconnaissant la conductrice.

— Bonjour, Georgie, répondit-elle aimablement. Un petit garçon ? De quel âge, environ ? J'en ai aperçu deux qui pêchaient à un kilomètre de là.

— C'est mon neveu, Podge. Il a seulement trois ans. Il s'est enfui. Sa nourrice est dans tous ses états.

— Il n'a pas pu partir bien loin. Il doit se cacher quelque part, suggéra-t-elle avec un grand sourire. Cela m'arrivait souvent, à cet âge. Je flanquais chaque fois une peur bleue à mes parents. Un jour, je suis montée dans le grenier, et je n'ai pas pu en redescendre.

Je lui montrai le petit soldat.

— Je l'ai trouvé dans l'allée, non loin du portail. Il a donc dû se diriger de ce côté.

— Dans ce cas, montez, proposa-t-elle. Nous n'avons qu'à le chercher ensemble, si vous voulez.

— Merci infiniment, dis-je en prenant place à côté d'elle.

Elle se mit à rouler lentement, vitres ouvertes, tandis que nous scrutions la berge du loch et les haies sans cesser d'appeler Podge. Je fus soudain frappée par l'ironie de la situation : elle m'aidait alors que son père était probablement le ravisseur de mon neveu.

Au bout de huit cents mètres environ, un autre éclat rouge attira mon attention.

— Attendez ! J'ai vu quelque chose.

Ronny freina brusquement. Je bondis hors de l'automobile avant même qu'elle s'immobilise complètement et courus vers un vieil abri à bateaux juché au bord du loch. Devant l'entrée, je ramassai un deuxième soldat de plomb. Je le montrai à Ronny, qui m'avait rejointe.

— Pensez-vous qu'il est là-dedans ? demanda-t-elle en entrebâillant la porte pourrissante avec beaucoup de prudence. Ce doit être un petit bonhomme aventureux.

— À moins que quelqu'un ne l'ait amené jusqu'ici, répondis-je d'une voix qui tremblait littéralement de terreur à présent.

— Le battant était mal fermé, précisa-t-elle en l'ouvrant grand. Il fait affreusement noir, dit-elle en me jetant un regard. C'est bien Podge, son nom ? Podge, es-tu là ? Je crois que j'ai une lampe torche dans la voiture, dit-elle en rebroussant chemin.

Je franchis le seuil de l'abri, terrifiée à l'idée de ce que j'allais peut-être y découvrir. La seule lueur venait du reflet de l'eau en contrebas. Un chemin de planches courait le long de trois des murs. Tout était plongé dans la pénombre, et l'endroit dégageait une puissante odeur d'humidité et de moisi. Je commençai à fouiller parmi des vieux sacs de toile et des boîtes en carton pourries ; mon cœur s'accélérait chaque fois que mes doigts entraient en contact avec un objet mou ou trempé. Je sentis la présence de Ronny derrière moi. Elle était de retour.

— Je n'ai pas l'impression qu'il soit ici, finis-je par dire en me tournant vers elle.

— Non, en effet.

— Vous l'avez trouvé ?

— Disons simplement que je sais où il est.

— Où donc ?

— En sécurité. Pour l'heure.

— Que voulez-vous dire ? demandai-je en la regardant fixement. Votre père l'a-t-il enlevé ?

J'avais le plus grand mal à comprendre ce qui se passait.

— Mon père ? Mon père est mort.

— Le major Padgett est mort ?

— Ce n'est pas lui, mon père, mais vous le savez déjà, n'est-ce pas ? Hugo vous a sûrement tout raconté. Pour quelle autre raison auriez-vous visité le château de Craig, hier ? Vous savez tout de mes vrais parents.

— Maisie McPhee est votre mère, n'est-ce pas ?

— Bravo. Oui, ma mère. Elle a perdu la raison. Elle ne me reconnaît même plus, mais je continue d'aller la voir. J'estime le lui devoir.

Elle me dévisagea, puis éclata de rire.

— Vous êtes tellement naïve. J'ai seulement semé quelques soldats de plomb, et vous avez mordu si facilement à l'hameçon, ma chère... Il ne me reste plus qu'à vous remonter à la surface.

Je me rendis alors compte que ce n'était pas une lampe torche qu'elle tenait à la main, mais un pistolet.

— C'est donc vous qui avez enlevé Podge ?

— Oui, répondit-elle d'un ton impassible.

— Pourquoi ? Pourquoi infliger cela à un enfant qui ne vous a fait aucun mal ?

— Simple mesure de précaution. Je vais peut-être avoir besoin d'un otage afin de quitter le pays sans encombre. Quant à vous...

Elle se tut, comme pour m'examiner.

— Vous êtes devenue sacrément casse-pieds. Encore plus qu'Hugo.

J'avais de la peine à donner un sens à tout ce que je venais d'apprendre.

— C'est vous qui m'avez tiré dessus hier ? C'est vous qui avez tué Hugo ?

Elle s'esclaffa de nouveau.

— Le pauvre vieux. Il s'est montré trop futé, et il l'a payé au prix fort. Et trop gentil, avec ça. Il avait tout pigé, mais il a commis l'erreur de m'en faire part. Il voulait que je me comporte honorablement et que je me rende à la police. Je ne suis pas idiote à ce point.

— Je n'ai pas compris assez vite, reconnus-je. J'aurais dû m'en apercevoir. Quelque chose me tracassait, je le savais. Vous vous êtes trahie alors que nous discutions de la mort de Hugo. Quand Godfrey Beverley a annoncé qu'il y avait eu un accident de chasse à Balmoral, il n'a pas précisé que Hugo était mort. Or vous avez aussitôt parlé de ce dernier au passé.

— Vous avez en effet manqué de présence d'esprit.

— Quant à Godfrey Beverley, il regardait dans votre direction quand il s'est interrogé tout haut sur la nécessité de posséder deux armes, repris-je, tandis que les pièces du puzzle s'emboîtaient dans ma tête.

— Quel imbécile, ce nabot. Toujours à fourrer son nez dans les affaires des autres. J'ai compris qu'il avait dû me voir.

— Et Mavis Pugh ? Vous avez emprunté la motocyclette de Paolo pour la renverser, n'est-ce pas ?

— Une fouineuse, elle aussi. Il a fallu que je m'en débarrasse.

Je la fixai, notant la facilité avec laquelle elle justifiait ces meurtres.

— Qu'avez-vous fait de Podge ?

— Il est en sécurité, pas d'inquiétude.

— Je m'inquiète, naturellement. Emmenez-moi jusqu'à lui.

— Il est dans mon Gypsy Moth, qui est posé sur le loch. Montez dans ce bateau et vous pourrez le rejoindre, précisa-t-elle en désignant une petite barque amarrée en bas des marches.

Elle me fit signe d'avancer en agitant son pistolet.

Je tâchai de contrôler mes pensées affolées. Avais-je une chance de m'en sortir si je plongeais dans l'eau pour aller chercher de l'aide ? La maison la plus proche était le château de Rannoch et, le temps que je l'atteigne, Ronny aurait tué Podge ou décollé avec lui. Je pouvais tenter d'atteindre l'avion la première. J'étais une bonne nageuse, et il lui fallait encore descendre l'échelle puis détacher la barque, ce qui me donnerait une bonne avance. Cela valait la peine d'essayer, me dis-je. Ronny avait à l'évidence l'intention de me tuer et probablement d'éliminer Podge dans la foulée. Qu'avais-je à perdre ?

Je pris une profonde inspiration avant de m'élancer dans les flots noirs. J'entendis l'écho d'un coup de feu résonner dans l'abri à bateaux. Je m'attendais à sentir d'une seconde à l'autre la douleur cuisante d'une balle pénétrer ma peau ; je heurtai cependant sans dommages la surface du loch et m'enfonçai sous l'eau. Le froid me coupa la respiration, et je dus me retenir de remonter aussitôt afin d'avaler une nouvelle goulée d'air. Je me mis à battre des pieds tout en espérant avoir pris la bonne direction. Je continuai de nager sous l'eau et distinguai bientôt la lumière du jour devant moi. Je retins mon souffle jusqu'à ce que les poumons me brûlent, puis, suffocante, je refis surface. Aucun signe de la barque alentour. Je me dirigeai vers le Gypsy Moth en nageant vigoureusement, plus vite que cela ne m'était jamais arrivé. Je n'avais pas réfléchi à ce que je ferais une fois que j'aurais rejoint l'aéronef, mais j'improviserais le moment venu, songeai-je.

Légèrement ballotté sur ses flotteurs attachés à une bouée, l'appareil était tout proche à présent. Dès que je l'eus atteint, je me hissai sur l'empennage et m'agrippai à la partie inférieure des ailes. L'avion me parut fragile, peu fiable. Je ne m'étais jamais rendu compte auparavant que les aéronefs étaient semblables à de gros cerfs-volants, fabriqués à partir de bois, de tissu et de fils. J'aperçus alors la barque qui s'éloignait de l'abri à bateaux, Ronny ramant de toutes ses forces dans ma direction. C'était une bonne nouvelle, sachant qu'elle ne pouvait manier les avirons et se servir de son pistolet simultanément. Si je parvenais à attraper Podge et à plonger avec lui dans l'eau, peut-être aurions-nous tout juste le temps d'échapper à notre poursuivante.

J'observai l'intérieur du biplan, qui possédait deux petits habitacles ouverts. Je vérifiai d'abord le siège arrière. Aucun signe de mon neveu. Il y avait bien deux sacs à dos en partie visibles sous la banquette, mais ils étaient trop exigus pour contenir un enfant. J'avançai prudemment le long de l'empennage pour examiner l'habitacle avant. Podge ne s'y trouvait pas non plus. Je passai une jambe par-dessus le rebord et grimpai à l'intérieur. Je tâtai le sol afin de voir s'il y avait un compartiment secret dans lequel il aurait pu être dissimulé. Je ne trouvai rien.

Je n'eus pas le temps de réfléchir à un plan d'action, car l'avion se mit à osciller, indiquant que Ronny l'avait atteint et montait à bord. Mieux valait que je reparte à la nage. J'enjambai l'habitacle.

— À votre place, je m'abstiendrais d'aller plus loin, prévint-elle.

Elle se tenait à moins d'un mètre, le pistolet braqué sur moi.

— Podge n'est pas là, répondis-je avec gaucherie.

— En effet.

— Vous avez pourtant affirmé…

— Georgie, arrêtez donc de croire les gens sur parole. C'est navrant.

— Où est-il ? demandai-je, vraiment furieuse à présent – même si je savais qu'elle allait certainement finir par me tirer dessus. Qu'avez-vous fait de lui ?

— Je vous ai dit qu'il ne craignait rien. Du moins pour le moment. Il est ligoté dans le coffre de ma voiture. Il était si près de vous, tout ce temps.

Elle rit comme après une bonne plaisanterie, tout en se déplaçant avec agilité le long d'un flotteur afin de détacher l'appareil de la bouée.

— Dans ce cas, pourquoi prendre la peine de m'attirer jusqu'ici ? Vous auriez pu m'abattre dans l'abri à bateaux et jeter mon corps dans le lac.

— C'est vrai, mais j'ai décidé que vous me seriez plus utile en tant qu'otage. Vous êtes arrivée ici par vos propres moyens. Cela m'évite aussi de devoir aller chercher votre neveu dans l'automobile – j'aurais pu être vue. Asseyez-vous, je vous prie. Je vous avais promis un baptême de l'air, n'est-ce pas ? Eh bien, voilà l'occasion rêvée.

Je remarquai, pour la première fois, qu'elle portait un blouson d'aviateur. Elle avait tout prémédité. J'étais pour ma part trempée. Il était probable que je mourrais de froid avant qu'elle ne me tire dessus ou me jette dans le vide depuis les airs.

— Asseyez-vous, répéta-t-elle en désignant l'habitacle avant.

Je n'eus d'autre choix que d'obéir. Elle fouilla dans l'un des sacs posés sous le siège arrière et me lança une paire de lunettes d'aviateur.

— Enfilez ça, me dit-elle. Et attachez-vous.

— Pourquoi agissez-vous ainsi ? Que vous ai-je fait ?

— Vous m'avez dépouillé de mon droit d'aînesse. Vous savez qui était mon père, je suppose ? L'héritier du trône. Le duc de Clarence.

— Le duc était votre père ? Mais il a dû mourir bien avant votre naissance !

— Il n'a pas péri à ce moment-là, contrairement à ce qui a été raconté. Il a été victime d'un complot monstrueux. Il a été enlevé et enfermé dans un asile. Il n'a jamais recouvré la santé et il est mort quand j'étais bébé. C'est ce qu'on m'a raconté. Et si l'on examine la situation de mon point de vue, je suis l'héritière légitime de la couronne.

— Même si tout cela est vrai, je suis certaine qu'il n'a pas épousé votre mère. Vous n'êtes donc l'héritière légitime de rien du tout.

— Si, il l'a épousée ! rétorqua-t-elle avec colère. C'est la vérité. Elle me l'a dit.

— Jamais personne ne vous croirait.

— En effet. Voilà pourquoi ce que j'ai fait était le seul moyen de prendre ma revanche sur cette imbécile de famille royale. Et je me suis bien amusée, je l'avoue. Je n'ai jamais eu l'intention de tuer qui que ce soit, vous savez. Je voulais juste les effrayer. Leur faire comprendre qu'ils ne seraient jamais en sécurité nulle part. Et j'ai réussi.

— Mais pourquoi ? Pourquoi gaspiller votre énergie de la sorte alors que vous avez tant de raisons de vivre ? Vous êtes une femme célèbre. Vous avez établi des records. Vous passerez à la postérité.

— Ce n'est jamais assez, répondit-elle simplement. Rien ne peut combler le vide qui est en moi.

Elle grimpa dans l'habitacle arrière.

— Accrochez-vous ! cria-t-elle.

L'engin vrombit. L'aéronef tout entier commença à vibrer.

Puis, sans prévenir, il se mit à avancer de plus en plus vite sur l'eau en rebondissant à sa surface. Et soudain nous fûmes dans les airs. Le loch et les montagnes parurent basculer au-dessous de nous. Je vis le château niché parmi les arbres et l'abri à bateaux, à côté duquel était garée l'automobile, pareille à un jouet. L'Écosse se déployait en contrebas – la sombre étendue des landes appartenant aux Rannoch et, au-delà, la mer scintillante que constellaient les Hébrides.

— Où allons-nous ? hurlai-je.

Il me vint tout à coup à l'esprit qu'elle avait peut-être l'intention d'effectuer un vol jusqu'aux États-Unis et que nous allions tomber quelque part au milieu de l'océan Atlantique. Je grelottais de la tête aux pieds, à la fois de peur et à cause du vent glacial. Ronny était assise derrière moi, et il m'était difficile de voir ce qu'elle faisait. Non que j'aurais pu tenter quoi que ce fût, attachée comme je l'étais, si haut dans le ciel.

Je sentis alors l'avion trembler violemment. Je tâchai de tourner la tête et parvins à voir Ronny du coin de l'œil : à ma grande stupéfaction, elle était debout.

— Que faites-vous ? m'écriai-je.

— J'ai toujours voulu voler ! répliqua-t-elle. Le moment est venu d'essayer, je crois.

Puis elle s'esclaffa.

— Oh, ne vous affolez pas pour moi ! J'ai un parachute dans le dos. C'est plutôt pour vous que vous devriez être inquiète. Je vais vous laisser seule dans les airs. C'est la solution idéale, en définitive. C'est mieux que de vous garder comme otage. Soit vous vous abîmerez dans l'Atlantique, soit vous finirez par vous écraser. Dans tous les cas, j'ai fait le plein de carburant, et l'avion explosera avec vous à son bord. Quand on retrouvera votre corps, on pensera qu'il s'agit du mien. Pauvre Veronica Padgett. Quel triste sort. Elle aura droit à des funérailles nationales. Pendant ce temps, je repartirai de zéro aux États-Unis ! Un pays où chacun a ses chances, paraît-il.

Je voulus déboucler mon harnais afin de l'arrêter, mais je ne fus pas assez rapide. Elle se jeta dans le vide. Je la regardai chuter vers la terre, bras et jambes écartés.

33.

Pendant un long moment, je restai immobile, trop abasourdie pour réagir.

— Je suis seule dans un petit biplan, à des centaines de mètres au-dessus du sol, dis-je de vive voix. Eh merde ! ajoutai-je, vu que personne ne pouvait m'entendre à des kilomètres à la ronde.

(J'estimais en effet que la situation requérait un juron. Je regrettais simplement de ne pas en connaître de plus grossiers. Je les aurais tous employés. Haut et fort.)

J'avais franchement du mal à respirer, et pas seulement en raison de la bise qui me soufflait sur le visage. Même si j'avais su piloter un aéronef, mon habitacle ne comportait aucun tableau de bord. Il me fallait regarder les choses en face : c'était la première fois que je me trouvais à bord d'un de ces appareils. Je n'allais pourtant pas me tourner les pouces et me résigner à mon sort.

— Fais quelque chose, m'ordonnai-je à moi-même.

Pour l'heure, l'avion volait sans heurts en direction de l'Atlantique. J'obligeai mes doigts frigorifiés et tremblants à déboucler mon harnais, puis je me retournai et m'agenouillai sur mon siège. Le vent était si puissant que j'arrivais à peine à bouger. M'agrippant aux supports qui maintenaient les ailes en place, je me hissai à genoux entre les deux habitacles. Le pare-brise ne facilitait pas ma progression, et je m'y cramponnai de toutes mes forces en avançant lentement. Lorsque je parvins à me glisser sur le siège de l'habitacle arrière, l'avion vacilla légèrement puis se stabilisa de nouveau.

— Jusqu'ici, tout va bien, dis-je pour m'encourager.

Je portai alors mon attention sur le tableau de bord placé devant moi en espérant être traversée par une étincelle de génie. Des aiguilles remuaient sur des cadrans, sans que j'aie la plus petite idée de ce qu'elles indiquaient. Un levier métallique était fixé au plancher, entre mes jambes. Je l'inclinai avec hésitation sur le côté, et le Gypsy Moth commença à décrire un virage. Je me hâtai de ramener le levier dans sa position initiale. Je pouvais donc faire pivoter l'appareil. Mais à quoi cela me servirait-il ? Je supposai par conséquent qu'il fallait pousser le levier vers l'avant pour que l'avion entame sa descente. En revanche, de quelle manière le faire ralentir suffisamment pour me poser sur l'eau ? Il se dirigeait visiblement vers l'ouest et serait bientôt au-dessus de l'océan ; la chute serait alors inévitable. Réflexion faite, ma mort était inévitable. J'ai toujours été du genre optimiste, et le sang de tous mes ancêtres Rannoch, incroyablement vaillants, court dans mes veines, mais j'avais de plus en plus de mal à me montrer digne d'eux.

Oserais-je faire tourner l'aéronef avant qu'il ne gagne réellement l'Atlantique ? Et si je le faisais descendre le plus bas possible au-dessus de l'eau afin d'y plonger, aurais-je des chances de survivre ? Cette idée m'incita à vérifier si l'un des sacs à dos contenait un second parachute. En l'ouvrant, je n'y découvris que des vêtements de rechange et une barre de chocolat Cadbury, que je m'empressai d'entamer pour me donner un peu de courage. J'en avais mangé la moitié quand j'entendis un bourdonnement sonore derrière moi. Je me retournai : un aéronef me suivait ! Je retrouvai soudain espoir. Quelqu'un était venu à mon secours ! Puis je m'assombris de nouveau : le pilote de l'autre appareil devait croire que

Ronny était à bord, puisqu'il s'agissait de son Gypsy Moth. Il fallait que je l'avertisse.

J'attendis que l'autre avion se rapproche. Je me mis alors debout et agitai les bras.

— C'est moi ! À l'aide ! hurlai-je.

C'était un peu vague, comme présentation. Mais vu les circonstances, je ne pouvais faire mieux.

Le pilote leva le pouce pour m'indiquer qu'il avait compris – du moins cela me parut être bon signe. Je m'aperçus alors qu'ils étaient deux, portant chacun un casque et des lunettes. Leur appareil prit de l'altitude et se plaça au-dessus du mien, planant telle une énorme libellule qui dissimulait le soleil à ma vue. Puis un objet sinueux descendit près de moi, faillit me percuter le crâne avant de s'écarter légèrement. Une échelle de corde ! Ils ne s'attendaient tout de même pas à ce que je grimpe jusqu'à eux ? À la réflexion, cette solution était plus judicieuse qu'un plongeon dans l'Atlantique.

En me penchant hors de l'habitacle pour tenter d'attraper l'échelle qui oscillait dans le vent, je pris conscience qu'un homme descendait jusqu'à moi. Il s'accrocha bientôt au bord supérieur de l'aile et se campa sur le fuselage de bois, juste sous mon nez.

— Pensez-vous pouvoir monter à l'échelle ? cria-t-il.

— Je ne sais pas, dis-je en levant les yeux vers l'aéronef qui se trouvait au-dessus de nous. J'ai les doigts tout engourdis.

À cet instant, alors que j'hésitais encore, un gros nuage menaçant s'approcha de nous.

— Trop tard, déclara l'inconnu d'une voix sèche avant de relâcher l'échelle. Vite, passez devant. Il faut que je prenne les commandes de cet engin.

J'obéis sans réfléchir, tandis que le nuage nous enveloppait.

— Faites attention, prévint l'homme.

Je me levai, et il se glissa dans l'habitacle à côté de moi. Il me retint fermement pendant que je repartais à genoux en contournant lentement le pare-brise pour rejoindre le siège avant.

— Bravo ! lança-t-il. Attachez-vous, à présent.

Le Gypsy Moth émergea du nuage, en pleine lumière. Aucun signe de l'autre avion.

— Je ne suis pas pressé de recommencer des acrobaties pareilles, cria l'homme.

Je reconnus enfin sa voix.

— Darcy ! Que faites-vous ici ? m'exclamai-je en me tournant vers lui.

— Et moi qui m'attendais à un « Merci d'être venu à mon secours » !

— Vous savez réellement diriger ce genre d'appareil ?

— Non, mais j'ai apporté le mode d'emploi, répondit-il en glissant la main dans son blouson. Vous n'aurez qu'à me lire les instructions.

Puis il me dévisagea et éclata de rire.

— Rassurez-vous, j'ai déjà piloté un avion, précisa-t-il. Nous atterrirons en toute sécurité.

L'appareil vira soudain sur la droite, et j'eus un haut-le-cœur. Nous décrivions des cercles tout en descendant de plus en plus bas. Devant nous apparut un immense bras de mer et, un instant plus tard, le biplan frôla la surface d'une eau limpide. Il rebondit follement, à plusieurs reprises, avant de s'immobiliser à quelques mètres seulement d'un affleurement rocheux.

Darcy ôta son casque et ses lunettes.

— Ouf ! On a eu chaud, déclara-t-il en se redressant. C'est la première fois que je me pose sur l'eau.

— Le moment est vraiment mal choisi pour m'en informer ! rétorquai-je, furieuse, avant de fondre brusquement en larmes.

Il se pencha en avant pour m'attirer dans ses bras, tandis que l'avion tanguait dangereusement.

— Georgie, tout va bien. Nous avons réussi. Vous êtes saine et sauve.

— Je sais, murmurai-je tout en tâchant d'arrêter de pleurer – en pure perte.

Agenouillée sur le siège, la joue appuyée contre sa poitrine, je sanglotai de plus belle.

— Je me sens tellement bête, repris-je enfin. Et votre blouson de cuir est trempé, maintenant.

— Peu importe. Les vaches prennent bien la pluie de temps à autre, non ? plaisanta-t-il en me caressant les cheveux – lesquels ressemblaient à présent à une botte de foin. Tiens, vous êtes vous-même déjà mouillée. Que vous est-il arrivé ?

— J'ai nagé jusqu'au Gypsy Moth. Je croyais que Podge s'y trouvait. Mais Ronny m'a tendu un piège.

— Votre matinée a été fort mouvementée, constata-t-il en souriant. Au moins, vous ne pouvez pas vous plaindre de vous ennuyer.

— Je vous croyais parti.

— Heureusement, je n'en ai pas eu besoin. J'ai pu entrer en contact avec votre fameux sir Jeremy, et il s'est avéré que nous avons quelques amis en commun.

— Et comment m'avez-vous trouvée ? demandai-je.

— Par le plus grand des hasards. Nous étions assis devant la maison où je loge, et nous avons vu le Gypsy Moth s'élever au-dessus du loch. Un instant plus tard, j'ai reçu un coup de téléphone. On m'informait que la carabine utilisée pour tuer Hugo Beastley-Bottomey avait été retrouvée chez les Padgett, et que votre neveu avait disparu. Puis quelqu'un a annoncé qu'il y avait deux personnes à bord de l'avion, et nous avons craint le pire. Par chance, Paolo était revenu de Londres dans son propre hydravion, cette fois, et nous avons décollé peu de temps après vous. Et comme l'appareil de Paolo est beaucoup plus rapide, nous n'avons eu aucun mal à vous rattraper. Je suppose que Ronny était avec vous au début, n'est-ce pas ? Vous ne vous êtes pas envolée toute seule, j'espère ?

— Bien sûr que non.

— Que lui est-il arrivé ?

— Elle s'est jetée dans le vide. Elle m'a dit qu'elle portait un parachute, mais je ne l'ai pas vu s'ouvrir. Je crois qu'elle a dû s'écraser quelque part.

— Une fin digne d'elle, fit observer Darcy en hochant gravement la tête. Il aurait été affreux de voir une femme comme elle finir au bout d'une corde ou dans un asile psychiatrique.

— C'est le cas de sa mère biologique, ajoutai-je.

Je m'apprêtais à expliquer qu'elle avait contracté la syphilis, mais je m'abstins – je ne pouvais aborder un sujet aussi honteux avec Darcy.

— Elle s'appelle Maisie McPhee, c'est bien ça ? Vous serez contente d'apprendre que les hommes de sir Jeremy ont trouvé des informations la concernant à la New Register House, le bureau de l'état civil à Édimbourg. Elle a en effet eu un enfant – une fille qui n'a pas reçu de nom et qui aurait aujourd'hui l'âge de Veronica Padgett.

— Et le père ?

— Un certain Eddy Axton. Il semblerait toutefois que l'acte de naissance ait été falsifié.

— Eddy Axton. Un nom apparemment très ordinaire. Et Maisie McPhee ne l'a pas épousé ni n'a eu d'autres enfants ?

— Non.

— Pauvre Ronny et ses rêves de grandeur. Et tout cela pour rien.

— Comme vous dites, pauvre Ronny, répéta-t-il en passant la main sur ma joue. Vous êtes gelée. Je devrais vous ramener chez vous au plus vite.

— Oui, il faut immédiatement rentrer au château de Rannoch ! m'exclamai-je, me rappelant soudain Podge. Je sais où Ronny a abandonné mon neveu. Il faut lui venir en aide.

Je regardai alentour et ne vis que des collines, la lande, l'eau qui clapotait et les goélands au-dessus de nous.

— Pourquoi diable avez-vous choisi de vous poser dans un coin pareil ? Nous sommes certainement à des kilomètres du village le plus proche.

— Je n'ai pas la moindre idée de l'endroit où nous sommes, mais je n'ai pas voulu m'aventurer trop loin avec un avion que je n'avais jamais piloté auparavant. J'ai donc atterri sur la première étendue d'eau qui s'est présentée et où je ne risquais pas de percuter une montagne.

— Bon, d'accord. Ne perdons pas davantage de temps. Il vous faut rejoindre la rive et trouver un téléphone pour avertir la police.

— Vos désirs sont des ordres, lady de Rannoch. Je suppose que vous souhaitez me voir nager jusqu'au rivage ?

— L'eau n'est pas profonde, vous pouvez le gagner à pied, répliquai-je.

Alors qu'il s'apprêtait à enjamber l'habitacle, j'effleurai sa main.

— Darcy, merci d'avoir volé à mon secours. Vous êtes extrêmement courageux, et vous avez rudement bien atterri, tout compte fait.

Il s'esclaffa, puis descendit dans l'eau.

— Elle est littéralement glaciale ! cria-t-il dans ma direction. Qu'est-ce que je ne dois pas faire pour vous !

34.

Darcy trouva rapidement un téléphone, fit venir un agent de police des environs et emprunta une automobile avec un chauffeur. Alors que nous nous dirigions vers Rannoch, assis sur la banquette arrière, je restai blottie contre lui afin de ne pas prendre froid ; j'étais, malgré tout ce qui s'était passé, rayonnante de bonheur. En approchant du col menant au château, nous aperçûmes Paolo et Digby Flute sur le quai. Ils semblaient trépigner et gesticuler en indiquant le loch.

— Qu'est-ce qui se passe ? s'étonna Darcy avant de dire au chauffeur de s'arrêter.

Nous descendîmes de voiture et courûmes vers Paolo.

— Elle a pris mon hors-bord sans ma permission ! s'écria celui-ci.

— Qui ça ?

— Ronny, évidemment !

— Ronny ? m'exclamai-je. Elle a sauté de l'avion, mais j'ai cru que son parachute ne s'était pas ouvert et qu'elle n'avait pas survécu à sa chute.

— Visiblement, si, répondit Paolo, puisqu'elle vient de me voler mon bateau.

— Où est-elle, au juste ? s'enquit Darcy.

— À l'autre bout du loch, regardez. Vous savez ce qu'elle s'apprête à faire, n'est-ce pas ? Elle va tenter de battre le record de vitesse, alors que le hors-bord n'est pas encore prêt. Bon sang, quelle idiote ! Elle va tout gâcher.

— Podge n'est pas avec elle, j'espère ? m'écriai-je. Si c'est le cas, il faut l'arrêter !

À peine eus-je prononcé ces paroles que le bateau bleu avança à toute allure sur le loch, son moteur vrombissant. Le hors-bord accéléra tant et si bien que je ne discernai plus qu'une masse indistincte quand il passa devant nous.

— Attention ! hurla tout à coup quelqu'un.

— Le monstre ! cria une autre voix.

Le vent avait ridé la surface de l'eau, laquelle forma peu à peu une grosse vague qui s'enroula au milieu du loch – ses ondulations ressemblaient en effet à s'y méprendre aux anneaux d'un gigantesque serpent. Le bateau heurta la lame de plein fouet, fut projeté dans les airs et, pendant une éternité, parut planer au-dessus du lac ; puis il se redressa à la verticale, fit un tour sur lui-même et rebondit sur l'eau. Là, il explosa en morceaux qui furent éjectés dans toutes les directions. La vague retomba. Le silence aussi. Des fragments bleutés flottaient à la surface du loch, couvert de flaques d'essence.

— Podge ! hurlai-je soudain en me mettant à courir le long du rivage. Non !

Darcy me rattrapa.

— Georgie, du calme. Je vais vous ramener chez vous. Il n'y a rien que vous puissiez faire de plus ici.

— Il est peut-être encore en vie.

— Non, pas s'il était sur ce bateau. Du reste, vous avez expliqué à la police où Ronny l'avait laissé. Je suis sûr qu'il ne craint plus rien.

Je retins mon souffle tout le temps que dura le trajet jusqu'au château. Dès que l'automobile s'immobilisa devant le perron, la porte s'ouvrit et Fig accourut à ma rencontre. Muni de béquilles, Binky la suivait clopin-clopant.

— Georgiana, Dieu merci, vous êtes saine et sauve ! s'exclama ma belle-sœur.
— Oui, mais peu importe. Et Podge ?
— Il est dans son lit, endormi.
— La police l'a donc secouru à temps ?
— Grâce à votre merveilleux grand-père, reconnut Fig. En vous voyant vous éloigner dans une automobile, il a eu la présence d'esprit de retenir le numéro de la plaque d'immatriculation. La police a aussitôt retrouvé la voiture au bord de la route, et mon petit garçon enfermé dans le coffre. Comment peut-on infliger une chose pareille à un enfant ? Cette femme est un monstre. J'espère qu'elle sera arrêtée.
— Elle est morte, dis-je.

★

— Elle a toujours été imprudente, dit le major Padgett en regardant sa femme, qui gardait le silence.
Tous deux étaient en deuil, assis dans leur salon lugubre et glacial, face à Darcy et moi.
— Même petite, elle prenait sans cesse des risques et ne respectait aucune limite, poursuivit-il. Elle ressemblait beaucoup trop à son père, je le crains.
— Elle affirmait être la fille du duc de Clarence, répondis-je.
— Elle vous l'a vraiment dit ?
J'acquiesçai d'un signe de tête.
— Mais son acte de naissance indique que le père s'appelait Eddy Axton. Il n'avait donc rien à voir avec la famille royale.
— C'était Eddy Avon, en réalité, expliqua le major. J'ai dû le falsifier.
— Pourquoi ? Qui était cet Eddy ?
— Le duc de Clarence portait aussi le titre de duc d'Avondale, et ses proches le surnommait Eddy, précisa-t-il en soupirant. Je me doutais que tout cela finirait par

se savoir. Comment est-il possible de garder un secret aussi monstrueux ? Cela me ronge depuis des années.

— Le duc a donc réellement été séquestré de son vivant ? Il n'est pas mort de la grippe ?

— Hélas, non.

— Vous étiez de ceux qui l'ont enlevé et retenu prisonnier dans un asile psychiatrique ? demandai-je sans pouvoir dissimuler ma répugnance.

— Oui, que Dieu me pardonne, avoua-t-il en baissant les yeux vers ses souliers parfaitement cirés. À l'époque, on m'a privé d'une carrière militaire prometteuse pour me nommer écuyer de Son Altesse Royale le duc de Clarence, héritier de la couronne. Quand je me suis retrouvé à son service, tout ce que j'ai alors appris de lui m'a affligé et écœuré. Ses frasques sexuelles avec des hommes comme avec des femmes, son usage de drogues, ses erreurs de jugement… J'espérais qu'il ne monterait jamais sur le trône. Il aurait conduit la monarchie à sa perte. Lorsque son médecin m'a appris qu'il avait contracté la syphilis auprès d'une prostituée, j'ai cru mourir de honte. Puis un miracle s'est produit : une grippe virulente a frappé le pays. Le duc en a été atteint. Il était à l'article de la mort, dans le coma. À la cour, certains personnages influents ont vu là l'occasion de se débarrasser de lui. Ils ont d'abord voulu que je l'achève, mais j'ai refusé de prendre part à un meurtre. Un second miracle a alors eu lieu. Le même jour, un jeune valet de pied a succombé à la maladie. Il ressemblait quelque peu au duc, par la taille et le teint. Un petit groupe de conspirateurs est parvenu à substituer le corps du pauvre garçon au duc plongé dans le coma. La famille royale a été tenue à distance à cause du risque de contagion. Le valet de pied a été enterré en grande pompe, tandis qu'on remplissait le cercueil du domestique de lourdes pierres.

Le major leva vers nous des yeux pleins de désespoir.

— Le duc de Clarence a été discrètement transporté jusqu'au domaine d'un des conspirateurs. Contre toute attente, il a survécu, mais est resté très diminué. La fièvre lui avait endommagé le cerveau et le cœur et accéléré la progression de la syphilis. Il est resté alité, se montrant parfois violent et tenant des propos souvent incohérents. Un médecin nous a dit qu'il n'avait plus longtemps à vivre, aussi a-t-il été décidé de l'emmener le plus loin possible, dans le nord du pays, jusqu'en Écosse.

— Certains membres de la famille royale sont-ils au courant ? demanda Darcy.

— Non, évidemment. Et ils ne doivent jamais l'apprendre. Personne ne doit jamais savoir. Ces informations ont-elles déjà été divulguées hors de cette pièce ?

— Sir Jeremy Danville a été informé de mes soupçons, précisai-je.

— Mais il est à la tête des renseignements généraux, s'empressa d'ajouter Darcy. Il ne divulguera pas ce secret. Et vous pouvez compter sur la discrétion de lady Georgiana et sur la mienne.

Le major opina du chef.

— Quel fardeau, toutes ces années ! On m'avait confié la mission de veiller sur lui, voyez-vous. Je ne peux vous dire à quel point je méprisais cette tâche – combien cela me paraissait condamnable sur le plan moral.

— Pourquoi avoir accepté, si cela vous répugnait autant ? demanda Darcy.

— Je suis un militaire. J'obéis aux ordres, mon pays m'importe davantage que moi-même, et ma parole est mon titre d'honneur. J'étais présent lors de la première réunion des conspirateurs, quand nous avons fait le serment de garder le secret. Et je ne manque jamais à mes serments, peu importent les conséquences, mais il ne s'est pas passé un jour sans que je le regrette. Ma carrière a pris fin. Ma pauvre femme a été bannie, vouée à une existence solitaire et retirée, loin de la vie mondaine.

— Cela ne m'a pas dérangée, mon cher, intervint alors Mme Padgett. Je vous ai épousé pour le meilleur et pour le pire, vous savez. Le plus dur a été de vous voir sombrer dans le désespoir. Mais nous avons eu Veronica auprès de nous pendant quelques années.

— Le duc s'était donc suffisamment remis pour engendrer un enfant ? demandai-je.

— Oui, acquiesça le major. Même souffrant, il ne pouvait s'empêcher de poursuivre les femmes de ses assiduités. Nous l'avions à l'œil, mais la jeune Maisie McPhee était son infirmière de nuit, et il arrivait au duc d'avoir des insomnies… Ma femme avait toujours désiré un enfant, aussi avons-nous décidé d'adopter Veronica et de veiller à ce qu'elle grandisse dans une maison convenable. Le duc de Clarence a fini par mourir d'une crise cardiaque peu de temps après la naissance de la petite. Nous l'avons élevée comme notre propre fille. Nous étions deux pintades essayant d'éduquer un aiglon.

— Lui aviez-vous parlé de ses parents biologiques ?

— Bien sûr que non. Seuls quelques hommes influents connaissaient ce secret. Quand nous l'avons jugée assez grande, il nous a paru normal de dire à Veronica qu'elle avait été adoptée. Comme je vous l'ai expliqué, elle a toujours eu le goût du danger, de l'interdit. Un jour, elle s'est introduite dans mon bureau, une pièce où elle n'avait pas le droit d'entrer. Elle a fouillé dans mes dossiers personnels et a découvert que je versais régulièrement de l'argent à Maisie McPhee. Elle est allée rendre visite à cette femme, qui sombrait déjà dans la folie. Celle-ci a apparemment raconté à Veronica l'histoire grandiose de ses origines royales et affirmé que le duc de Clarence l'avait épousée, ce qui était faux. Veronica m'a alors fait du chantage, me contraignant à confirmer l'identité de son père. C'est à partir de ce moment-là qu'elle s'est mise en tête d'appartenir à la famille royale. Nous avons tenté de lui faire entendre raison. Nous avons été heureux quand elle a appris à piloter un aéronef et commencé à se faire connaître comme aviatrice. Mais, à l'évidence, cela ne lui a pas suffi.

— Avant de sauter de son Gypsy Moth, elle m'a dit que rien ne pouvait combler le vide qu'elle avait en elle.

— Dieu ait son âme, murmura Mme Padgett.

Darcy se signa.

★

La lumière du jour baissait quand Darcy et moi repartîmes enfin en automobile sur la route sinueuse du château de Rannoch. Le ciel s'embrasait de nuances roses et dorées. Un vol de canards sauvages planait au-dessus du loch. J'eus l'impression que le monde était de nouveau paisible.

— Darcy, dis-je après un long silence. Pourquoi n'avez-vous pas renoncé à moi ? Je ne suis absolument pas votre genre de femme. Je suis fauchée. Je n'ai rien d'une séductrice. Je ne suis ni sexy ni particulièrement belle.

— C'est assez vrai, répliqua-t-il avec son horrible franchise d'Irlandais. Je l'avoue, c'était le fait de relever un défi qui m'a d'abord plu. Vous étiez si incroyablement hautaine, d'une pureté virginale, et l'idée de coucher avec la petite-fille de la reine Victoria me fascinait.

— Une arrière-petite-fille, précisai-je, un peu vexée.

— Oui, évidemment. Au bout d'un certain temps, j'ai réfléchi et je me suis dit : « Je crois bien qu'il serait fort agréable de batifoler avec elle, une fois que je l'aurai un peu stimulée. »

Il détourna brièvement les yeux de la route pour me regarder, et je rougis.

— Et maintenant ? demandai-je.

Allait-il me dire qu'il m'aimait ? C'était ce que j'espérais, j'imagine.

— Je ne renonce généralement pas à un défi, répliqua-t-il sur un ton jovial. Surtout lorsque j'approche du but.

Ce n'était pas la réponse à laquelle je m'étais attendue. Nous restâmes silencieux un instant, tandis qu'il se concentrait sur la route.

— Est-ce donc l'unique raison ? insistai-je. À vos yeux, je ne suis qu'un défi à relever ? Et quand vous aurez enfin atteint votre but, vous vous désintéresserez aussitôt de moi ?

— Pas exactement. Le problème, Georgie, c'est que je ne peux apparemment pas m'empêcher de penser sans cesse à vous. Je devrais me mettre en quête d'une riche héritière, qui m'entretiendrait et me permettrait d'adopter un certain mode de vie. Pourtant, je n'arrête pas de revenir vers vous. Et j'ignore pourquoi.

Il tendit le bras et couvrit ma main de la sienne.

— Mais je suis là, reprit-il. Et vous êtes près de moi. Prenons les choses comme elles viennent, et nous verrons bien, d'accord ?

— D'accord, acquiesçai-je, tournant mon visage vers lui afin qu'il m'embrasse.

Au même instant, j'aperçus plusieurs moutons qui traversaient la route.

— Attention ! m'écriai-je.

Note

Même si des personnes réelles apparaissent dans ces pages, ce livre est pure fiction. La description de Balmoral est fidèle à la réalité, mais n'essayez pas de trouver le château de Rannoch sur la carte, car je l'ai inventé. Pour les besoins de l'intrigue, j'ai aussi pris quelques libertés, je le crains, en imaginant la route menant de Balmoral à Rannoch à travers les montagnes.

Quelques précisions historiques : le personnage de Ronny Padgett m'a été inspiré par la célèbre aviatrice Amy Johnson, qui établit de nombreux records dans les années 1930, dont un vol solo jusqu'en Australie à bord de son Gypsy Moth. Elle fut tuée pendant la Seconde Guerre mondiale.

Le prince Albert Victor (1864-1892), duc de Clarence et d'Avondale, fils aîné du roi Édouard VII et par conséquent héritier du trône, est depuis longtemps l'objet de rumeurs et de conjectures. Même s'il existe peu de preuves tangibles, il était réputé pour ses mœurs dissolues ; il aurait fréquenté des prostitués des deux sexes, se serait rapidement éclipsé d'une maison close au cours d'une descente de police et, selon certains, il aurait même été Jack l'Éventreur. Ainsi, quand il mourut de la grippe à l'âge de vingt-huit ans, laissant la voie ouverte à son frère cadet, un garçon sérieux et digne de confiance qui devint plus tard George V, des rumeurs se propagèrent comme une traînée de poudre – on raconta que sa mort n'aurait pas été naturelle, ou bien qu'il aurait été enlevé pour finir ses jours enfermé dans un asile psychiatrique. Aucune de ces hypothèses n'a jamais pu être confirmée, mais toutes contribuent à inspirer de bonnes histoires !

Sa fiancée, la princesse Mary de Teck, épousa plus tard George, le frère d'Albert, et le couple royal fut paraît-il extrêmement heureux.

Les événements qui se déroulent sur le loch écossais – incluant le hors-bord et le monstre – s'avèrent exacts pour l'époque. Quelques personnes s'efforcèrent d'établir des records de vitesse aquatiques, tentatives qui aboutirent parfois à des tragédies, et le monstre du Loch Ness était sur le point de faire les gros titres des journaux et de captiver des lecteurs dans le monde entier.

Remerciements

Comme toujours, mes plus sincères remerciements à John et à Jane pour leurs suggestions merveilleuses et perspicaces ainsi que pour leur soutien, et à Jackie Cantor et Meg Ruley, qui facilitent tant ma vie de romancière et la rendent si agréable et divertissante.

Ragdoll
(Prix Griffe noire du polar de l'année 2017)
Daniel Cole

Kaboul Express
Cédric Bannel

Domina
L. S. Hilton

Tu tueras l'ange
Sandrone Dazieri

Les Survivants
Ingar Johnsrud

L'Étoile jaune de l'inspecteur Sadorski
Romain Slocombe

Le Zoo
(Prix Transfuge du meilleur polar étranger 2017)
Gin Phillips

Le Tueur au miroir
Fabio M. Mitchelli

Sous son toit
Nicole Neubauer

La Griffe du diable
Lara Dearman

Ça ne coûte rien de demander
Sara Lövestam

Toute la vérité
Karen Cleveland

Coupable
Jacques-Olivier Bosco

Là où rien ne meurt
Franck Calderon, Hervé de Moras

L'Appât
Ragdoll, tome 2
(Prix Bête noire des libraires 2018)
Daniel Cole

Rendez-vous avec le crime
Les Détectives du Yorkshire, tome 1
Julia Chapman

Ultima
L. S. Hilton

L'Échange
Rebecca Fleet

Rendez-vous avec le mal
Les Détectives du Yorkshire, tome 2
Julia Chapman

Sadorski et l'ange du péché
Romain Slocombe

Sur le toit de l'enfer
(Prix Bête noire des libraires 2019)
Ilaria Tuti

Inexorable
Claire Favan

L'Île au ciel noir
Lara Dearman

Rendez-vous avec le mystère
Les Détectives du Yorkshire, tome 3
Julia Chapman

L'Empathie
Antoine Renand

Blood Orange
Harriet Tyce

Libre comme l'air
Sara Lövestam

De si bonnes amies
Amy Gentry

Rendez-vous avec le poison
Les Détectives du Yorkshire, tome 4
Julia Chapman

Le Bûcher de Moorea
Patrice Guirao

Tu tueras le roi
Sandrone Dazieri

Son Espionne royale mène l'enquête
Son Espionne royale, tome 1
Rhys Bowen

Son Espionne royale et le mystère bavarois
Son Espionne royale, tome 2
Rhys Bowen

Coups de vieux
Dominique Forma

Pour seul refuge
(Grand Prix des Enquêteurs 2019)
Vincent Ortis

Les Loups
Ragdoll, tome 3
Daniel Cole

La Nymphe endormie
Ilaria Tuti

Rendez-vous avec le danger
Les Détectives du Yorkshire, tome 5
Julia Chapman

Tel père, telle fille
Fabrice Rose

À PARAÎTRE DANS

LA BÊTE NOIRE

Les Disparus de Pukatapu
Patrice Guirao
(février 2020)

Retrouvez

LA BÊTE NOIRE

sur Facebook, Twitter et Instagram

Imprimé en France par CPI
en mai 2023

Composition réalisée par Étianne Composition

#lisez! engagé
www.lisez.com
Pour plus d'information :
Imprimé sur du papier issu de forêts gérées durablement.

N° d'édition : 65944/08 – N° d'impression : 2071410